铁观音

林筱聆　主编

中国华侨出版社
·北京·

图书在版编目（CIP）数据

铁观音 / 林筱聆主编 . -- 北京 : 中国华侨出版社，
2022.12

ISBN 978-7-5113-8935-0

Ⅰ . ①铁… Ⅱ . ①林… Ⅲ . ①中国文学—当代文学—
作品综合集 Ⅳ . ① I217.2

中国版本图书馆 CIP 数据核字（2022）第 234261 号

● 铁观音

主　　编：林筱聆
责任编辑：肖贵平
封面设计：吴梦涵
经　　销：新华书店
开　　本：710 毫米 ×1000 毫米　　1/16　　印张：20.75　　字数：372 千字
印　　刷：三河市华东印刷有限公司
版　　次：2022 年 12 月第 1 版
印　　次：2022 年 12 月第 1 次印刷
书　　号：ISBN 978-7-5113-8935-0
定　　价：68.00 元

中国华侨出版社　　北京市朝阳区西坝河东里 77 号楼底商 5 号　　邮编：100028
发 行 部：（010）64443051　　传　真：（010）64439708
网　　址：www.oveaschin.com　E-mail：oveaschin@sina.com

如发现印装质量问题，影响阅读，请与印刷厂联系调换。

前言

2022年下半年，中国共产党召开第二十次全国代表大会。安溪踔厉奋发、积极进取、提振精神，以优异成绩喜迎党的二十大胜利召开。安溪文艺界策划组织举办"喜迎二十大 茶乡正春风"系列大赛、采风、展演、展览等文艺活动，编撰精品图书，出精品、出人才，以实际行动礼献二十大。

"名家看安溪"中国著名作家走进茶乡采风活动品牌，从聚焦"三铁"、脱贫攻坚到关注人文历史、乡村振兴等，既紧扣时代，又突出主题，从活动策划组织到举办及成果呈现，已成为安溪诸多文艺活动的拳头产品，在业界引起广泛影响。本书《乡土风》栏目推出的名家力作，如徐贵祥《安溪的手》以独到视角、点石成金的笔，写出安溪的物与人，其他名家作品或纵横驰骋，或披沙拣金，洋洋大观的安溪，各具风情。

安溪高甲戏是茶乡最为闪亮的文化名片。2021年，安溪县高甲戏艺术保护传承中心创作排演的革命题材高甲戏《莫耶·延安颂》，荣获福建省"第28届戏剧会演剧目"一等奖。安溪才女莫耶革命奋斗的光辉形象，在茶乡儿女心中激荡，《戏剧选》予以重点推介。

《小说林》中李迎春的《星空下》，聚焦红色热土，既有对红土地的执念，又有为小人物铸魂立传的笔力。《散文苑》尤为关注安溪历史人文，写得扎实厚重。《新锐坊》中李志宏的小小说似夏日凉风，弥漫着人性的温度。张健的评论言之有物知人论世。《诗歌潮》主推安溪作者新作，旨在发现培养更多安溪诗歌爱好者。《铁观音》的编选理念是立足茶乡辐射全国。

可以说《铁观音》中的作品，大都以丰富厚重灵动回映时代、关注茶乡热点。

编委会

2022 年 7 月

目 录

乡土风

小说林

星空下

◎李迎春

一

我们决定去石马岐，那个传说中著名的狼窝。大人们常常对我们说，要是不听话太顽皮，就送我们到石马岐喂狼。所以，石马岐一定是狼最多的地方。

最初对于狼嚎的印象来自树生公公，那时我不过是四五岁的样子。每到月朗星稀的夜晚，树生公公就会站在村口的大坪上，双手做成喇叭状，向着月亮的方向，嘴里发出长长的"呜——呜"声，尖锐而强劲，像划过夜空的流星，又像石马岐发出的悲鸣。正在坪里玩耍的我，只要听到这刺刀般的长啸，拔腿就往家里跑，跑到床角蜷缩起来。这时，母亲就会来到我房间，轻轻地拍着我说，满仔，不怕，树生公公又发癫了，一会儿就好。

果然，悲伤的长啸终于安静下来。疯玩了一天的我，竟然在母亲的怀抱里睡着了。

有一次，母亲告诉我，树生公公学的是狼叫。只要是十五有月亮的晚上，他必定发病，站在大坪上向着月光像狼一样号叫。于是，我知道了狼的叫声。不过，至今我也没有听到狼的真实叫声。

对于狼嚎，我既恐惧又充满好奇。狼到底是什么东西，为什么会发出这样的叫声？这些疑问在我心里随着年龄慢慢长大，终于长成一颗膨胀得快要开裂的野心果。于是，我和几个同伴决定亲自去探寻真实的狼、真实的狼叫。俗话说，不入虎穴，焉得虎子？同样，不入狼窝，焉能听到狼嚎？

那是暑假刚开始不久，我们对母亲说去笔架山摘杨梅。田里的稻子还没成熟，离农忙还有一段时间。父母允许我们做几天野孩子。母亲反复交代我们一定要认清路，笔架山在左，石马岐在右，两山相邻，不要走错了。我将头点得像啄木鸟，把她的话当成耳边风。

早晨我们破天荒起了个大早。公鸡刚刚在门前打完鸣，看到睡眼蒙眬的我，吓得张开翅膀"啪啪啪"地跑了。我简单扒了几口饭，在饭钵里盛上午饭，就来到约好的村口大坪集合。我们一行五人向着石马岐方向走去。石马岐好远，明明看着就在眼前，却让我们差点儿跑断腿。我们兴奋地沿着石砌小道蜿蜒而上，一会儿上坡一会儿下坡，走得气喘吁吁了，回头一看，家门还清清楚楚地看得到。我们不禁有点儿泄气，但想到可以听到狼叫，又提起精神，继续小跑前进。石马岐好高啊，仿佛山上的石头随时会向我们倾倒下来，还有那些长在边沿的大树，像长在我们头上，看不清它们的真面目。终于听到"哗哗"的水声，我们高兴地追赶过去，只见山涧里一挂瀑布倾泻而下，一汪白晃晃的清泉出现在眼前。我们捧起泉水就喝，还将满是汗水的头直接浸入水中，畅快地欢呼，暂时忘却了疲劳，但终究不敢逗留太久，于是继续登山赶路。好不容易我们进入了群山之中，那个传说中的石马岐。

石马岐是乡里最高的一座山，平时少有人迹，除了打猎的人，本地人基本不到那里。高山之上，草木已不再繁茂，树木变得矮小，像一个个长满皱纹的小矮人。还有草丛，满山遍野起起伏伏都是草甸，草甸之下往往是水洼，就像是红军长征时过的草地。据说石马岐有 33 个崇，一旦进去非常容易迷路，根本找不到出路。我们听大人说过，但都不以为意，还得意地在一路上做好五角星的标记。领头的阿贵说，我们这个标记是红五星，当年红军就是这样做标记的。我们也要像小红军潘冬子一样有勇有谋，做一个敢向狼山行的好少年。阿贵已经读小学五年级了，而且经常留级，比起我这个四年级的学生大了三岁，自然他说的话我们都觉得有道理。可是，当我们踏进茫茫大山的时候，发现根本无法辨别方向，不管走多久，很快就发现了自己做的五角星标记。而且，更糟糕的是，因为没有方向感，我们的行走轨迹已构成一个圆形，五角星标记的恰恰是一个闭环的圆圈。阿贵很快变得垂头丧气，望着一个个馒头似的小山崇，不知该往哪个方向走。还是阿华镇定些，他说不着急，我们先看看有没有太阳，看到太阳就知道是什么方向了，只要沿着一个方向走就不会原地打转了。我们都赶紧抬头看天空，可是高山上一片片流云像赶圩似的席卷而过，哪里看得到太阳的影子？我突然想起来了，对大伙说，我们可以根据水流的方向行走，旁边不是有条小溪吗？我们只要逆流而上就可以走进大山深处了。大伙一听，马上提起了精神，认为这个方法好。阿贵的眼睛发出亮光，仿佛他就是一只少年狼，立刻奔在队伍前头，再次率领我们向石马岐的最深处进军。

我们终究还是迷了路。一路上遇到了碗口大的蟒蛇从小路横穿而过，看到老山羊站在悬崖上悠然地吃着青草，也看到了传说中的倒插竹子，可就是没听到像树生公公模拟的那种狼叫，更别提狼的影子了。不过，在一个小水潭的旁边，我们意外地发现了几枚子弹和弹壳。子弹壳我们见过的，以前经常有民兵训练，打完枪之后就会留下一堆的子弹壳。当过民兵女队长的妈妈还带回几枚给我玩呢。可是，这大山之中哪里来的子弹呢？我们都疑惑不已，不知不觉向前方走去。不过二三百米，竟然发现一块小盆地，除了几处倾倒的草寮，都是杂草丛生。我们在那里发现了更多的子弹和弹壳，大家都兴奋地捡拾起来，装了满满一口袋。可是，静寂下来的时候，我们发现站在云雾缭绕的大山之中，仿佛眼前的树木草丛都向我们发出诡异的嘲笑，突然感到一丝害怕。阿贵显然也是害怕的，他说我们赶紧回去吧。我们都不再说话，走出盆地，沿着小溪顺流而下。不知过了多久，我们发现自己再次犯错，原来小溪流到的是山的另一边，我们谁也不知道的地方。我们傻了眼，只得往回撤，在筋疲力尽的时候，回到了当初做五角星标记的地方。这个让我们转圈圈的鬼打阵里，没有谁再有办法走出石马岐，五个人只有紧紧地靠在一块大石头下边。幸好阿贵带了火柴，让我们在附近找来一些干燥的树枝，点起火来，驱赶了大山的一丝寒意与恐惧。

这场闹剧最后只能以家长们倾巢出动，在漆黑的夜晚从石马岐将我们接回家而告终。我们五个人的结局各不相同，阿贵被他高大的父亲狠狠地揍了一顿，屁股痛得两天下不了楼。其他人也各有伤情，最轻的是我。爸爸在外地教书，妈妈只象征性地打了几下，宣告此事不能再犯就"结案"了。

没过几天，我们便将石马岐的经历忘得干干净净，还把捡到的子弹和弹壳拿到大坪里玩。一开始我们比谁捡得多，这很容易分出胜负。后来，我们想比谁的子弹更有杀伤力。可这怎么比呢？我们拿来各自的链带驳壳枪，就是用单车的链条做成的一种打火柴硝的玩具枪。可是，链带驳壳枪根本装不下子弹，更不用说用来发射。突发奇想的阿贵说，干脆我们用石头砸，看谁的砸得响、爆炸的声音大就算谁赢。这个主意好，多快好省，直接见效果，我们都纷纷同意。

正在实施伟大计划的时候，我们耳边传来一声大喝："郎当鬼，谁敢砸子弹！"阿贵正要往下砸的手一抖，举着的石头砸在了他的脚上，痛得他"哇哇"直叫。

我们循声望去，原来树生公公早已气势汹汹地站在我们面前，浑浊的眼睛狠狠地瞪着，像是向我们发射子弹。我们都吓得后退一步，不明白平时笑呵呵的树生公公为何那么生气。

你们想送死吗？子弹被你们这样一砸，你们的小命就没有了！树生公公大声训斥我们。

我们意识到问题的严重，都不敢吭声。

你们这是哪里偷来的子弹？树生公公将头扭向阿贵那边。

我们不是偷的，是在石马岐捡到的。阿贵大声争辩道。

石马岐？树生公公显然被石马岐三个字吸引住了，他俯下身子，捡起地上的子弹，仔仔细细地看了又看，用衣袖将泥土和灰尘擦得干干净净。过了好一会儿，他才说，是石马岐的。他抬起头来，严肃地问我们，小鬼，你们捡了多少？统统给我拿出来，不然我就去告诉你们的父母和老师。

铁观音

大家猛地记起刚刚被父母打时的痛苦，于是乖乖地将口袋掏了个遍，把子弹连同弹壳放在地上堆成一座小小的山头。

树生公公得意地笑了笑，好，小鬼们，缴枪不杀哈。你们都回去吧……

二

当我在成长中的某一刻突然想到这一点时，树生公公的形象开始在我心里复活。不过这时，树生公公已经去世多年，也在人们的心中渐渐淡忘。

我工作的第一站是县委党史研究室，简称"党史室"。很多人不知道这个单位的存在，在县委大楼的角落里，一间办公室就是这个正科级单位的全部。我是历史系毕业，分配到那里也算专业对口。办公室有三个人，主任、退居二线的老主任，还有初来乍到的我。主任的办公桌靠窗，老主任和我面对面坐着，天天"三人行"，听两位前辈谆谆教诲。

有一天，老主任突然摘下老花眼镜问我，小李，你家是在院田村？

是啊。我感到疑惑，专注地方党史的老主任怎么突然关心起我的家乡了？

你去过石马岐的那个洞吗？老主任用手敲了敲脑袋，自言自语地说，应该是十来年了，当时一拨一拨的人去参观那个洞，十里八乡的都去了，持续了好长时间。

被老主任一说，我沉积的思绪像泥沙似的搅动了起来。记得记得，说起来这件事还和我有关呢。我见老主任吃惊的样子，赶紧重申，真的跟我有关系。原来，我和阿贵等人在石马岐迷路那天，近半个村子里的人都来山上找我们，甚至连打猎的远古师傅也带着猎狗上了石马岐。在石马岐的一处石头山上，猎狗东嗅嗅西嗅嗅，突然掉进了一个洞里。那个洞小而深，猎狗竟一时上不来。焦急万分的远古师傅在众人的帮助下，举着火把靠着绳索慢慢滑进洞里，发现里面是一个巨大的溶洞，可以摆得下十桌八桌人吃饭聚会，还有石笋、灯笼、神仙一样不同造型的岩溶，真是别有洞天。远古师傅不敢久留，抱起猎狗就匆匆从洞口爬了上来。于是，神秘的溶洞被发现。从第二天开始，陆续有人怂恿远古师傅上山，去洞里寻宝。宝自然是没有的，但一传十、十传百，越来越多的人开始去山洞看热闹。将近半个月的时间，人们纷纷结伴而行，沿着蜿蜒的山路前往石马岐。从院田村口到石马岐山洞，构成一条五颜六色的长龙，蔚为大观。

老主任听我说完，确信我是知情的。他点点头，问我，你知道那个神秘的山洞发生过什么事吗？

我摇摇头，不知道，有人传说那里曾藏过游击队的财宝，很多金条被埋在那里，可谁都找不到了。

老主任哈哈地笑了起来，笑话，真是笑话，如果有金条怎么会找不到？更何况，游击队穷得叮当响，哪里来的金条？那个洞原来是游击队的兵工厂。

兵工厂？现在轮到我大吃一惊。

是的，兵工厂，和你院田的老红军李树生有关系。

李树生？就是我的树生公公？我一时蒙圈，反应不过来。虽然长大后的我知道树生公公是老红军，但我怎么也没有将他和石马岐联系起来。

是的，可惜前几年去世了。老主任感叹着，他可是地方党史的活地图，20世纪80年代抢救党史的时候，他起了大作用。

我还沉浸在石马岐的洞里，问老主任，我怎么从来没听说过那个洞是游击队的兵工厂呢？

你当然不会知道，当地人几乎都不会知道，就是早期的地方党史上也很少有这方面的资料，还是我去采访树生老红军的时候挖掘出来的，当时我还写了一篇文章发表在我们县的《党史月刊》上。你到书橱里找找应该还找得到。最直接的物证，就是县博物馆里陈列的那支"汉阳造"。

树生公公虽然与我同一个房族，但回想起来确实对他根本不了解。大人们似乎也对他不是很清楚，只说他是离休干部，好多钱，却又很节省；也有人说他是老革命，因为犯了错误才又回到家里。可真实的树生公公到底是什么样的，我从来没想过。如今被老主任一说，倒想起他看到我们的子弹时两眼发光的样子，真是和平常的老头不太一样。于是，我缠住老主任要他讲讲树生公公和石马岐。

石马岐的那个洞用于修理兵械，注意，严格来说那个地方还不能称为兵工厂，最多只能称为兵械修理厂，那时应该是1946年，最迟不超过1947年。抗日战争胜利后，国共和谈失败，南方革命根据地再次进入游击战争。

原来已经开始在乡镇周边活动的革命队伍，逐渐重新转移至山区秘密活动。而隶属于闽西南军政委员会第七支队的兵工厂也一起进山，来到游击队活动的区域周边，最后选中了石马岐的这个山洞。因为当时兵工厂的负责人就是李树生，他对石马岐最熟悉不过，而选择那个山洞，据他说非常隐蔽，连当地也没有什么人知道。石马岐是狼虎出没之地，人迹罕至，所以在那里建兵工厂再合适不过。石马岐我去过，就是当年猎人发现那个洞的时候。那时每天都人来人往，已经完全看不出早年的模样，我只在一个角落找到了几个像木瓜似的手雷，还有一两块生锈的铁片——估计原来是一个简易机台，被村民发现后能拆的拆回家了。洞里连洞，可以分隔成不同区域，最神奇的是还有地下水。我问过李树生李老，他说洞里分成三个部分，洞口进去的大厅是一些简单的生活陈设，主要解决吃饭问题，也是万一被人发现的时候不会被怀疑；大厅的右边有两个相连的洞，分别是修理枪械和制造手雷、炸药的车间。住宿不在那里，湿气太重，除了每天的值班人员，他们在旁边更高一些向阳的浅洞里，也很隐蔽，又利于观察。我也去看过，站在那里还有一点儿"一览众山小"的感觉。据说，兵工厂最大的时候有11个人，每天要有两个人负责后勤保障，在山上吃饭也是一个大问题。

老主任拉拉扯扯讲了那么多，好像与树生公公也没多大关系，我最想知道的是，树生公公和他的兵工厂在那里发生了什么事情。老主任似乎看出了我的心思，笑着说，不急，我给你讲个故事，你就全明白了。

石马岐有狼你知道吧？当地有句谚语说"石马岐的狼，脯娘子的嘴"，就是指女人的嘴巴和石马岐的狼一样厉害。要在石马岐立住脚，首先要面对的不是敌人不是饥饿，而是在夜晚游荡的狼群。李树生带领队伍将兵工厂安在山洞里的时候，已经和狼群成为老对手，对方有什么习性都已摸得一清二楚。他说，他其实也是一只狼，一只在石马岐游荡的狼。只有狼才能在那里生存下来，否则就别提石马岐三个字。他交代其他游击队员，夜晚禁止出行，除非有他在，否则就是天大的事，也只能在住所，不能私自从石壁下来。他说，想起那一晚的遭遇，至今还心有余悸。

那是春天刚刚来临，冬天尚未撤离的季节。一到夜晚，山上还是寒气逼人，雾气和霜冻像一把无形的匕首细细地割着消瘦的脸颊、单薄的衣裳。那天，李树生带着两个队员刚送完一批武器弹药到游击队的秘密驻地，又背了几把坏枪回来。往回赶的时候天色已经晚了，他们不敢在别的地方过夜，再晚也得回到石马岐。夜晚的路异常难走，一开始怕距离村庄太近不敢使用火把，所以走得缓慢。好不容易进入大山之中，他们才点起松香枝条，加快速度赶路。进入石马岐大山的时候，已经是夜晚9点多了。谙熟情况的李树生知道，这时正是狼群出没的时刻。虽然天寒地冻，但丝毫不影响狼群的活动，反而某种异常更能搅起它们的兴奋。他吩咐同伴们一定要小心，时刻警惕来自附近的异响。他反复交代，火光对狼有威慑力，但不是绝对的。只要它嗅出了对手的弱小，照样可能袭击。一路上，他带领大家互相鼓劲，还不时讲一讲故事，缓解紧张的气氛。

突然，一阵清晰的狼嚎划破冷冷的夜空，接着附近的几个地方也同样响起狼的嚎叫声。李树生明显感到后面的两人哆嗦了一下身子，似乎人也半蹲下来，他轻轻地向后招招手，小声说，不要怕，狼还远着呢，它们在集合队伍。这是一句废话，他们俩在山上住了那么久，当然知道是狼群在集合队伍，但以往是住在安全的山洞里，现在是行走在空旷的野外，相当于自投罗网。他们俩也不敢多说话，只期待老李能拿主意，拿一个能驱走狼群的有用主意。哦，对了，山上大家都叫李树生老李。尽管他还年轻，但资历老，苏区时期参加的革命，是个老红军，谁也不敢不服他。

我们的松香还有多少？老李问。松香实际是松香枝条，指割过松香的松树上砍下的枝条，专门用于赶山路的时候使用。

不多了，原本只够赶回洞里的。后面有个细细的声音回答，老李听出来是去年才入伍的小王。小王与老李邻村。自从打起游击战，除非上级派来的干部，吸收的新队员基本是周边地区的，所以大家在一起干工作的时候，都有一种天然的信任感，加上对地形也熟悉，对开展游击战起了很好的保护作用。

看来我们需要找一个地方停下来，趁还有松香的时候，找一些枝条，生起火炉，准备和野狼来个持久战。老李发话了。他的话就是定调，今晚的战术就是和野狼熬，熬过天亮就赢了。

在老李的带领下，他们悄悄地找到一块相对独立的高地。背后是大石头，前面是一块由乱石组成的平地，如果野狼袭击，只能走前面一条路，可说是易守难攻。另外，由于有大石头的遮挡，旁边容易找到干柴枯枝。果然，当他们准备就绪，火炉生起来的时候，猛然发现前方有一丛绿幽幽的寒光。他们知道，狼群已经来到他们的对面。

老李他们不急。因为根据经验，只要有足够的耐心，燃起的火炉足够维持到清晨，狼群自然不攻而退。我们都知道，狼是一种夜行性的动物，昼伏夜出，白天里静静地待在山林里积蓄力量，到了晚上就是狼的天下，于是四处奔走外出寻觅猎物补充营养。特别是经过一个冬天的煎熬，狼群经常处于半饥饿状态，只要有机会弄到食物，就愿意铤而走险，或者干脆只是守株待兔。根据目前的形势，狼群很快做出了判断，它们只能虎视眈眈地盯着不远处的猎物，等待机会下手。

面对狼群的心如火燎，老李他们显得悠然自得。无聊之中，老李玩弄起了那几把坏枪，还不时教两个年轻人怎样修理枪械。枪械对于他来说，早已是生命中不可或缺的一部分。自从15岁那年接触到了长枪，16岁开始修理枪支，枪械就成了他的全部。我曾经问他修好过多少支枪，他说数不清了，千百把总有吧。他还造过枪，仿汉阳造的步枪，不过由于材料和工具缺乏，只造过十来把。现在烤着炉火，他的手又痒起来。虽然没有工具，他想先玩弄个明白，至少明天修起来更快些。

老天爷真是会开玩笑，竟然在这个漆黑的夜里下起了雨。先是毛毛细雨，轻轻地飘着，一开始他们还以为是山里的雾气或者是霜。可是不对，毛毛细雨变成了小雨，雨水打在身上、火炉上，头发和肩膀都有重重的湿气，连火苗也渐渐弱了下来。他们赶紧把火炉移到角落，星星之火终于又燃起胜利的火焰。然而，他们发现捡拾的柴火已经被打湿了。老李赶紧将柴火堆在火炉旁烘干，防止柴火再被打湿。

为以防万一，老李急切想修好枪，哪怕一把也好。他知道一旦火一灭，狼群的机会就来了，那么他们三人都将处于极其危险的境地。事实也是如此，百米之外的狼群从来就没有停止过嚎叫，忽长忽短，忽高忽低，它们仿佛通过嘶叫来扰乱对方的阵营。它们的绿光一直向老李他们射过来，不放过一丝机会。在某个时刻，炉火渐渐暗淡下来的那短短时间里，老李明显感觉到了狼群里的骚动，甚至感受到它们不断扩张的兴奋。然而，当炉火重新亮起来，狼群又渐渐地趋于安静。老李表面上波澜不惊，心里却煮起了开水。他一边小声地吩咐同伴，就近尽量多找一些尚还干燥的枯枝，一边加快了手上的动作。

雨越下越大，连石头下方的最里面也开始飘进了雨水，更可恶的是外面的雨水开始往炉火边流过来。老李告诫自己一定要冷静，不能慌了手脚。他将带来的四把坏枪一一分析，最终选择了一把问题最小的步枪进行修理。这是一把击针稍有弯曲的步枪，他决定将另一把好的击针换上，这样就能以最简单的方式修好枪。他借助微弱的火光找到几块坚硬的石头，掏出随身带的匕首，小心翼翼地卸下击针，然后将好击针换上。我们现在讲就一句话，但对于没有专用工具的老李来说，确实是一个挑战。幸好，他就是天生修枪的好手，不过一个小时竟然把枪修好了。此时，雨水已经流到了炉火处，火苗明显地弱了下去。

狼群站在雨中一动不动，它们显然也在等待对方最为空虚的时候。它们的付出终于有了回报，眼看火苗一点点变弱，它们慢慢地向前移动，显得胸有成竹。

就在狼群发出一声声长啸，准备提速向老李他们奔袭时，"砰——"清脆而果断的枪声在山林里响起。随即，狼群里传来惨叫的声音，场面似乎变得混乱，嚎叫声一片。狼群迅速向后撤退，声音渐渐远去。

老李慢慢放下手中的枪，对两个同伴说，打伤了一只，在腿上。

你怎么知道？小王吃惊地问道。

因为我就只打它的腿，并不想打死它。

神了！你想打哪里就打哪里？

当然，天天摸枪的人，枪就像自己身上的一部分。

为什么不打死它？

这里本来就是它们的家，是我们入侵了它们的领地，我们凭什么打它？这一枪我是要向天空打的，只是有个仇要报。现在打平了，两不相欠。

什么仇？

老李不应。空气中有一股难忍的沉默。

狼还会来吗？

如果你是狼，还会来吗？

不会。

那就对了。

果然，直到天亮，狼也没有出现。

是什么仇？我也问老主任。

老主任摇摇头说，李老没告诉我，似乎也不太想说，但我大体猜到了一件事，只不过不清楚具体过程。

那么神秘吗？

不是神秘，只是明白的事说不清楚罢了。老主任感叹着说。他随手拿起一本记载革命基点村历史的书，翻开院田村那一页，指着右上方的一张图，问我是什么地方。

我虽然到党史室的时间不长，但基本的地方党史还是清楚的，我肯定地说，这是石马岐的兵工厂。

是的，兵工厂搬到洞里之前就在这个地方。由于设在洞里的时候很少人知道，所以党史书籍里一般只记载了这个地方。这个地方在石马岐腹地的一条小溪旁，是一个四面环山的小盆地。

哦，我知道，我去过那儿。我脱口而出。什么，你知道那个地方？老主任也吃了一惊。

是的，就是那次发现山洞时的同一件事。我赶紧解释。

如果你有兴趣，我们可以去找另外一个人，平安县的老朱。

我当然有兴趣，就和老主任约定下周五去平安县找老朱。

三

到了周五那天，我开车载着老主任，奔向平安县。在平安县委的家属小区里，见到了老朱。

老朱是平安县委党史研究室原主任，已经退休多年。老朱在位时，常常和老主任一起参加全市的党史会议，是老相识了。以前，老主任曾向老朱了解李树生的情况，但老朱每次都语焉不详，顾左右而言他。老主任猜测是老朱当时正在写老红军李树生的文章，怕将情况说出去被他抢了材料，所以才不肯说明白。这次老朱愿意开口讲，主要是李树生已经去世多年，老朱自己身体也病恹恹的，没有精力再去搞研究了。

见到老朱时，我吓了一跳。站在家门口迎接我们的像是一个纸片人，薄薄的，像随时会被风吹走似的。老朱很高很瘦，耷拉着脑袋，耸着肩骨架，脸上黯淡无光，像立在田野里整脚的稻草人。他伸出枯瘦的手欢迎我们，我礼节性地握了握，怕一用力将他的手捏碎。

李树生在平安县工作过很长一段时间。1949年9月，李树生参与领导了解放平安的战斗。平安县政府成立后，他担任了副县长。1955年，县里将原来改造过来的几个小厂合并成立了平安县农业机械厂。没有懂机械的领导干部，于是他兼任了厂长。他这一当就当到了20世纪60年代中期，副县长兼厂长，平安真正成了他的第二故乡。老朱是80年代开始接触到李树生，因为要搜集中华人民共和国成立后平安县17年的党史，而李副县长无疑是最重要的一个人。采访完李副县长，老朱觉得意犹未尽，于是想写一部传记。无奈李副县长不允许，他说作为一名战士，既愧对死去的战友，也无法与指挥千军万马的将帅们相提并论，只要活着就是一种幸福。所以虽然老朱掌握了不少材料，但他只写了一部分事迹，其中兵工厂那段历史就是其中之一。现在他意识到自己已是风烛残年，留着这个也没什么必要，所以也愿意和我们说。当然，当初不肯向老主任提供材料，老朱说主要是考虑到李副县长不喜欢别人宣传。老主任坐在老朱褪了皮的皮沙发里，微微笑了笑，算是对老朱说法的肯定。

石马岐那个兵工厂断断续续存在了十来年，从1935年冬到1946年左右，其中全面抗战那段时间实际上基本是荒废了，抗战胜利后国共双方再起烽烟后才重新启用。红军主力长征前，李树生一直在官田中央兵工厂，后来跟随留守苏区的领导回到了闽西。闽西的游击战争进入稳定期后，他开始奉命组建兵工厂，地点换了好几个，最稳定和长久的就是石马岐这个地方，从来没有暴露过，而出事的那次，已经是1946年秋冬时节，也是令李树生终生遗憾的一件事。

老朱说到这件事，便慢慢地从沙发中探起身子，抓起茶几上的一份资料，说这是他根据李副县长的回忆整理的文章，里面详细记载了事发的前因后果。当然，因为没有其他人的佐证，所以也只能说是当事人的一面之词。他一边说着，一边把资料递给了老主任。老主任郑重地接过资料，高兴地说，老朱，您这个材料很重要啊，这样就把石马岐的兵工厂历史搞清楚了。当时，我去采访李老的时候，他不愿意再说出事前的那一段历史，只把在山洞里办兵工厂的事告诉了我。现在我们俩的材料合在一起，才是完整的《富春山居图》啊。

从平安县回来，老主任将材料给我，交代我让单位的打字员将材料输入电脑。我接过材料，认真阅读起来，对树生公公有了更进一步的认识。

1946 年春以后，石马岐地区再次出现了一支神秘的队伍。这支队伍就是由李树生领导的游击队兵工厂。他们悄悄潜入石马岐腹地，利用原来废弃的场地，重新建起简易的枪械修理厂。修理厂设在名叫天坑溪的小溪旁，大山之中的一个小盆地，既方便生产又利于隐蔽。山上环境恶劣，加上敌人防守严密，李树生他们的处境十分困难，但还是想方设法给游击队提供最好的武器装备。可以说，每一次胜仗，都是兵工厂辛勤和智慧的结晶，甚至是生命的代价。

　　这年深秋，敌人掌握了游击队在闽西双髻山活动的证据，决定对双髻山进行一次"围剿"。游击队得到消息后，命令兵工厂马上送一批武器和手雷、弹药到双髻山驻地，以便对付敌人的进攻。李树生召集兵工厂全体人员布置紧急任务，两人送枪支，三人留在兵工厂赶制一批手雷和炸药。他深知兵工厂设备简陋，生产能力十分有限，肯定无法满足战斗的需求，所以他决定自己带一人下山，想方设法再搞一些土铳和火药，以解战斗之急。兵工厂 7 个人，领到任务后就各司其职，李树生和另一个叫阿才的战士向山下走去。

　　从 1935 年红军返回山区开展游击战争开始，双髻山和石马岐周边许多村庄都有自己的革命群众，他们俗称接头户。李树生要去找的正是他们的一个秘密据点，接头户陈昌隆家。这是石马岐南边的一个小村子，只有十来户人家，陈昌隆家在村子的最上头，与周边人家隔了一片小竹林。陈昌隆以造土纸为生，离家一两百米的水槽边就是一座纸寮，偶尔有土纸商人前来购货。这是一个理想的据点，游击队员以纸商的身份或者帮工的身份进入他家也不会引起别人注意。李树生落脚陈昌隆家后，让陈昌隆出面收购一批土铳和火药，速度要快、理由也要充分，绝对不能引起其他人的怀疑。陈昌隆是个老接头户，经验丰富，做事麻利，很快就将需要的土铳和火药购买好了。李树生决定还是利用晚上的时间先将枪支带回兵工厂，然后再送到游击队驻地。

　　可是百密一疏。尽管他们做得十分隐蔽，还是被一个人看出了蛛丝马迹，那人就是纸厂的一个叫袁二的帮工。这个袁二是陈昌隆的表弟，但他从小顽劣，喜欢赌博，父母早亡后无处落脚，被陈昌隆勉强收留。袁二因赌博欠了不少债，走投无路之际，看到陈昌隆家中留宿的外人不像纸商，便秘密向乡里民团告状，以图获一点儿奖金。袁二拿了奖金马上离开了纸厂，而民团紧接着就来到了村子。陈昌隆的家在半山上，只要对面来人很容易发现。陈昌隆发现民团进村后，立刻安排李树生两人带着枪支从后山撤离。所以，当民团来到陈昌隆的纸厂和家里的时候，里里外外翻了个遍，也没发现什么。

　　李树生两人就没那么幸运了。他们从后山撤离的时候，遭遇到一股民团的小分队，四五个人。原来当地民团也熟悉地形，所以采取前后夹击的方式进行合围。幸好陈昌隆发现得快，他们还没形成包围之势，所以李树生才得以跑出一段距离。在与民团相距百米的时候，李树生发现路已被荷枪实弹的民团堵死，于是只好暂时埋伏下来。可是时间一分一秒地过去，民团丝毫没有放弃防守的意思。李树生感到危险正一步步逼近，只要陈昌隆家搜查的民团搜查完后从后山上来，他们就完全暴露了。他向阿才使个眼色，决定偷偷地从旁边转移出去。他们悄悄地穿行在树林中，尽量找大的灌木丛作掩护，走三步停两步，不让民团发现异常。就这样，他们用了将近半个小时才越过封锁线。

正当他们要松口气时，阿才的手不小心碰到一丛杜鹃的树枝，树枝摇晃起来，惊起树上歇息的喜鹊，"啪啪啪"，鸟儿立即飞翔起来。李树生拉起阿才弓着身子快速离开。团丁们听到鸟儿的声音，端起枪往杜鹃树丛一阵乱射。顿时，子弹像雨点一样密集地扫射过来，阿才躲闪不及，手臂被一颗子弹射中。阿才强忍着疼痛，不敢发出一点儿响声。李树生马上解下腰间的布条，将阿才的手臂伤口处绑住。一阵扫射之后，敌人发现没什么动静，以为虚惊一场，便停止了射击。李树生和阿才等敌人放松警惕后，再次小心翼翼地向山上转移。当他们一点点地向上攀爬，终于到达山顶转向山的另一侧时，还可以隐隐听到山下嚣张的叫嚷声。确定安全后，李树生让阿才倚靠在一棵大树下，检查受伤情况。阿才的左臂处被子弹射中，子弹贴着皮肤穿过，好在没有伤筋动骨，只是血涌出来，染红了一片，样子甚为吓人。李树生随手抓起旁边的芦萁嫩叶，放进嘴里嚼碎，然后敷在伤口上，重新用布条绑上。他对阿才说，不用怕，没有动到筋骨，血很快就会止住，现在最为要紧的是尽快离开这里，回到石马岐。就这样，李树生背着沉重的枪支，领着阿才一步步向石马岐走去。终于，在这天夜里回到了兵工厂。一到兵工厂，李树生将阿才交给同事照顾后，对着炉火倒头便睡，直到第二天午时左右才睁开眼下了床。

李树生第一件事便是察看阿才的伤情。他抬起阿才的手臂，发现伤口已经被控制住，但一摸身子，发现有轻微的发热。他知道，应该是伤口发炎了才导致低烧，当务之急是消炎。他从房间里拾起一把小锄头，来到山林里，挖了一大把鸡刺根，清洗干净，少部分放进锅里熬汤，其余放在外面的石头上晒干。他交代其他人员，每天三餐都要给阿才喝一碗鸡刺根汤，这样他的炎症很快就会消除，伤口也能愈合得更快。

刚安顿完阿才，从游击队驻地完成运送武器任务的队员也顺利地返回归队了，但是只回来一人。原来，敌人对游击山区的秋季"围剿"已经开始，游击队人手紧张，就留下一人支持战斗。回来的队员带来第七支队的命令，要求全体队员以最快速度将全部武器运送到双髻山游击区，并参加这一轮的反"围剿"战斗。这下李树生犯了难，阿才还在受伤，肯定无法离开，而且他需要人护理，所以至少需要留下两个人。他决定组织队员开会，研究如何执行支队命令。最后，大家决定最年长的老四和阿才留下，一方面是养伤，另一方面是保卫兵工厂。临走前，李树生将兵工厂的经费50块大洋郑重地交给老四，说：老四叔，您是老同志了，我把兵工厂的全部家当交给您，您一定要好好保管，并照顾好阿才，等打完仗我们就回来。老四保证一定完成厂长交给的任务，不仅保管好经费，还要把阿才的伤养好。一切安排妥当，李树才带着队伍和武器向双髻山游击区快速前进。

敌人的秋季"围剿"雷声大雨点小。留守在闽西的敌部都是地方势力扩张后的力量，分别投靠广东或闽南军阀，各自心怀鬼胎，怕真与游击队硬打硬拼而损失兵力，所以大都打打停停，观望而行。游击队抓住时机，主动出击，在双髻山周边的村庄打了几个漂亮的奇袭战，吓得敌人不敢再轻举妄动。支队长见战斗不会再扩大，便命令兵工厂的同志们返回石马岐，继续修理枪械和制造火药。李树生和队员们兴高采烈地打道回府。

这天中午，太阳暖暖地照在石马岐的山路上，李树生和队员们轻轻地哼着客家山歌，享受难得的休闲时光。突然，一条岔路上走来三个人，走在前头的人一见大家，便喊起来："老李——"李树生吓了一跳，荒山野岭的，怎么有人准确地叫出他来？他一边提起枪，一边往岔路上看，马上认出领头的正是陈昌隆。他和队员们赶紧迎上去，一看清楚后面的人，他又大吃一惊：老四被麻绳五花大绑起来，由一个人押着，一副垂头丧气的样子。他忙问陈昌隆怎么回事。陈昌隆简单汇报了情况。原来，前天傍晚老四匆匆忙忙来到陈昌隆家，说是执行一项任务。老四以前来过这里，陈昌隆也知道他在兵工厂，而且也是院田人，附近村庄的本来也相互认识。于是，按规定陈昌隆接待了他。但是，陈昌隆觉得这次老四来不太正常，没有交代给陈昌隆任何任务，眼神闪烁，不愿意多说话，一到屋里便关起房门，说第二天就走。陈昌隆多了一个心眼，就偷偷地透过房间缝隙看。结果就看到老四从包袱里掏出大把银圆，不断地玩赏着，不时还轻轻地笑起来。陈昌隆判定老四有问题，于是第二天老四走的时候，陈昌隆交代一个可靠的伙计尾随他，一旦发现问题，就将他抓回来。陈昌隆的判断没错，老四离开后马上到镇上的一个赌馆赌博去了。伙计当机立断，待老四从赌馆一出来就抓了个现行。在陈昌隆的审问下，老四交代私自带了钱从兵工厂逃走的事实。

李树生一听，着急地问，阿才怎么样了？老四低着头，轻轻地说，阿才的伤好些了，我趁他睡觉的时候，偷偷地离开。

李树生气得将枪举起来，大声说，我们赶快回去！如果阿才有个三长两短，我一枪毙了你！

李树生从未感觉脚下的路是如此漫长，自己的脚步是如此之慢。他交代大家好好押送老四，然后三步并作两步往前小跑，把其他人远远地甩在后头。

两个小时后，不，也许是一个半小时、一个小时，李树生终于回到石马岐的兵工厂，眼前的一幕让他终生难忘。简陋的屋子里，哪里还有阿才的影子？在早已熄灭的火炉旁，只有血肉模糊的一些骨头，还有散落的碎骨和肉片，地上一摊早已干涸成了暗红的血渍。可以肯定的是，在昨天或者前天夜里，狼群已经光顾这里，阿才成了它们的猎物。他头脑"轰"的一声巨响，身子软软地瘫在地上，眼前一片空白，什么也不知道了。

当李树生醒过来的时候，大家都已到齐，正等待他做出决断。他勉强撑起身子，环视着众人，等缓过劲来，对着老四一字一句地说，老四，我喊你一声叔，是敬你。当年，你和我父亲一起参加革命，经历了多少生死攸关的战斗。虽然，你有过赌博、抽大烟的历史，但我以为革命的熔炉已经使你改变了这些恶习，所以才放心地把阿才和兵工厂的全部家当交给你。当然，也是考虑到你的年纪大，打仗的事由我们年轻人去。可是我们才离开短短几天，你就背叛了革命！阿才还是个不过18岁的小伙子，是我把他从家里带出来的，可是你怎么就忍心把他独自抛在这里？你明明知道，这里的狼每天晚上都对我们虎视眈眈，只要稍有不慎就容易出事。阿才还在养伤，只要屋里的炉火一熄灭，他就随时处在危险之中。你为了一点儿私利，弃自己的战友而不顾；你为了区区50块大洋，竟然将十几年的革命信念抛在脑后，一心只念着寻欢作乐。你想过没有？在你拿着公款逍遥自在的时候，阿才却正在面临恶狼的威胁。就在这间屋子，我们的战友，被狼群撕咬、猎杀，活生生地被啃下皮肉四肢！你说，你还是人吗？

老四听完话，"扑通"一声跪在李树生面前，痛哭流涕地说，树生，你就念着我们的交情，饶我一回吧。1929年，我和你父亲一起参加革命，后来他牺牲了，是我带着你逃走的。红军长征后，我一直跟着你在兵工厂干，没功劳也有苦劳吧。这次是我鬼迷心窍，动了这笔钱的歪心思。我干革命十几年，从来没见过这么多大洋。钱放在身上，心就像被挠了痒痒，吃不下睡不着，于是趁阿才熟睡的时候，跑了出来。临走前，我特意将柴火添了添，想着能烧到他醒来。没想到，他睡得那么沉……我，我对不起他，对不起阿才……树生，树生，你就饶我这一回吧，以后我再也不敢了……

李树生红着眼，扭过头，说了句，没有下一回了。

一切都覆水难收。老四被两个队员拉了出去。山野里响起一声沉闷的枪声。李树生交代将老四葬在没人经过的地方，埋深一点儿，不要被狼叼走了。

这天夜里，李树生和他的队员们一夜未眠。他几次走出屋子，站在空旷的平地上，对着不远处闪着绿光的狼群，发出"呜——呜——"的长啸，满怀悲怆和孤独，像荒野中孤狼的呼叫，又像一只老狼的哭泣。随着长啸的持续，对面狼群的绿光开始无序地闪动，继而向远方散去，直至消失。在这个夜里，狼群四处逃散，已无心觅食，在悲伤的长啸声中回到狼窝。只有这只连续失去两位队友的"战狼"，用悲鸣，向黑沉沉的大地告白。

据说，这个夜晚之后，兵工厂的每个战士都多了一项技能，就是学会狼的嚎叫。李树生则每到月圆之夜，必定对着月亮发出悲怆的长啸。

不久，为了安全起见，李树生决定将兵工厂搬迁到石马岐的一个山洞里。这个山洞距离原来的兵工厂五六里路，地势更高，不仅没有人烟，连狼也不会光顾。

四

读完老朱给的材料，我终于弄清楚了石马岐兵工厂的历史，当然也对树生公公有了更多的了解。从他向我们讲述当红军的故事到后来参加红军，到建立兵工厂，中华人民共和国成立后当上平安县副县长，那个在夜晚发出狼嚎的树生公公在我心里鲜活了起来。可是，我还是有疑问，为什么一个当了县领导的人后来会回到村子里，和其他老人一样干活劳动呢？难道真的像传言的那样犯了错误吗？

当我把这个问题抛给老主任的时候，他也兴奋地对我说有了重大发现。这几天他也正研究老朱的材料，结合已经掌握的史料，终于将李树生的事迹连接起来，特别是对他后来被关押判刑的事，有了更深的了解。

什么？树生公公真的犯了错误，甚至还坐了牢？

当然，他被判了十年，直到 1977 年才被释放。

是怎么回事？

就是石马岐兵工厂发生的这件事。有人说当年阿才是因为李树生失职而造成的，而老四的事是李树生为了推卸责任造的谣，所以两罪并罚，被判刑劳动改造。当时李树生不服气，可有谁听他的呢？何况当年在场的人有的牺牲了，有的也被关了起来，像陈昌隆早已被当作地主恶霸、叛徒投入了监狱。李树生从监狱出来后，开始申诉，在老首长、同事们的帮助下，才撤销判决书，认为判错了。老首长希望当地党委、政府让他官复原职，可是他不肯再当官，说自己文化程度低，年龄也大了，跟不上形势，当个副县长勉为其难。如果要当就继续当个机械厂厂长，毕竟玩弄机械他还是在行的。这怎么行呢？原本让他兼厂长就是没有办法的办法，更何况那个机械厂自从"文化大革命"后就被打砸抢，什么也没有了。最后，来了个折中处理，让李树生担任了县委顾问一职。顾问顾问，实际上是顾而不问。他开始了在家赋闲的日子。可是，他是闲不住的人，过了两年，干脆将顾问也辞了，办理离休手续，留下孩子们在平安县城工作生活，他和老伴两人回到院田老家，种田过日子。

说完这些，老主任说带我去一个地方。我知道肯定与树生公公有关，所以也来了兴趣。没想到，他带我去的是县博物馆。我立即想到了那支汉阳造的步枪。果不其然，他叫来了博物馆的馆长，让他向我介绍这支枪的来历。

在县博物馆的陈列室里，玻璃罩着的文物柜里，一支生锈的汉阳造步枪静静地架在那里，尽管扳机、膛线这些铁铸部分已经锈迹斑斑，但是枪托、套筒等木制部分仍然光滑如新。这支步枪可大有来历，馆长告诉我们。这种枪是"汉阳式 7.9 毫米步枪"，我们通称汉阳造，其实它不是汉阳兵工厂生产的，而是来自江西兴国的官田兵工厂。中央苏区时期，李树生在官田兵工厂当技术员，是他和一帮技术人员反复研究汉阳造枪支后，利用旧的枪支修复生产了一小批汉阳式步枪。主力红军长征后，官田兵工厂自然也就解散了，李树生带着这把汉阳造步枪从兴国回到闽西，继续参加革命。不管是参加战斗，还是主持石马岐兵工厂，李树生都把这支枪视为命根子，绝对不能丢失。特别是在石马岐兵工厂的时候，他用这支枪教会了许多徒弟，可以说这支枪也立了大功。当然，这支枪其实也不是当初官田兵工厂时候生产的枪了，经过十多年，它也在老化。石马岐兵工厂时期，李树生对它进行过一次大修，相当于重新造了一支枪，所以说这支枪也是石马岐兵工厂的一个重要见证。

关于这支枪的发现也很有意思，老主任接过话说。李老回到院田老家后，作为党史部门负责人，我曾多次到他家去采访。除了不太愿意讲阿才、老四的事和他自己坐牢的事，他都非常热情地和我们交流，并经常提供一些鲜为人知的史料。有一次，我们谈到石马岐兵工厂的时候，问他现在还有没有一些证物，可以证明那段历史。他想了想说，没有，当时生存都很困难，根本没想到留下什么。不过，有一天，他突然到乡政府办公室打电话给我，说有件重要的文物要交给我。我赶紧叫了馆长一起到他家里，结果就拿出了这支汉阳造。他说是当年离开石马岐的时候，因为部队统一装备，所以他将这支枪偷偷地藏在家里屋顶下的棚子里，用麻袋包裹住了，和一些杂物一起放在角落。后来，他参加解放平安战斗并留在了那里工作，基本没有回过家，所以慢慢地把这件事给忘记了。上次我问过他以后，他不断地回想，想起这支枪，就在家里到处找，后来终于在顶棚上找到了。还好，完整无缺，连包在一起的两发子弹都没有遗失。现在这支汉阳枪成为那段历史的见证，也是红军时期、游击战争时期为数不多的文物。

树生公公舍得将这个宝贝交出来吗？我觉得这支枪，对于树生公公也是意义非凡的，为何不自己留个纪念呢？

当然舍得，不然他就不会主动打电话给我了。老主任说，李老这个人不仅党性原则强，而且很豁达，什么事都想得开，不要说这支枪，就是他自己被错误地关押了十年，也从来没有听他抱怨过，他甚至还开玩笑地说，幸好关在里面，否则在外头可能没命了呢。他恢复名誉后，也不贪恋职务，主动请辞回家务农，还常常帮忙大队想办法增产增收，争取上面的政策支持。

我想起来了，小时候觉得树生公公家最冷清，他和秋婆婆夫妻俩安安静静地生活。只有逢年过节的时候，家里才热闹起来。大家说，树生公公的孩子都在外面工作，自己又有工资，吃穿不愁，生活过得好。可是，在我的印象中，树生公公过得很节俭，衣服穿得和村里老人差不多，只有在家里来客人时，才穿起崭新的绿军装。

树生公公是当时村里最长寿的人，活到了 95 岁。只是到了 90 岁以后，他似乎糊涂了，对每个来访的人都叫成战友的名字，什么阿才、福生、昌隆、富佬……唯一没有改变的是，月圆之夜的长啸。那天，他一定会起床，坐在轮椅上，对着月亮发出一声声的狼嚎。他说，这是保佑村里人，这样狼就不会来吃人。我们都不相信，因为村里从来没有出现过狼。在我的印象中，直到十一二岁之前，最怕的还是树生公公的狼嚎。如今，只要想起他在月影下的长啸，心里还有一丝阴影。

老主任听我说完树生公公的事，摇了摇头说，错了错了，你们村里人都不了解他。他把自己的离休工资大部分拿出来，先是资助牺牲的老战友家，后来又给希望工程捐款。他那么俭朴，是因为把钱都捐出去了。一开始，孩子们不理解，他就做孩子们的工作。他说，自己能够有今天，已经够知足了，对比那些牺牲的战友们，他还有什么不满足的呢？钱是身外之物，生不带来，死不带走，如果能够帮助更多的人，何乐而不为呢？其实他捐助希望工程的事，从来没有外人知道，直到他去世后，在他房间的抽屉里发现一封封被资助孩子的来信，大家才知道怎么一回事。

这几年因为工作关系，我从县委党史办调到县文化体育局，担任副局长，分管文物工作。前年春天，我带着一群文物专家赴院田调研考察。他们看着一处处 200 多年的建筑，一个个兴致盎然，每个角落都拍了个遍。当我带着他们来到一个叫爱吾庐的老建筑面前时，一位党史专家发现了端倪，他看到爱吾庐的门槛上方还有模糊的红色印迹，马上叫人轻轻地剥开最上方一层的石灰层。石灰层剥开后，眼前出现了"院田乡苏维埃政府"八个大字，原来这里就是院田乡苏维埃政府所在地。专家欣喜若狂，说这几个字非常有价值，填补了现有乡苏维埃政府旧址没有名称的空白，叫我们赶紧申报省级文物保护单位。

爱吾庐就是树生公公的家，在他家设立乡苏维埃政府再正常不过。当年，树生公公的父亲老铁匠，在红四军的帮助下，带领群众发动院田暴动。暴动成功后，院田成立了乡苏维埃政府，老铁匠担任第一任主席。改革开放后，搜集党史资料，大家都知道院田成立过乡苏维埃政府，但谁也说不上地点在哪儿。现在白纸黑字明明白白，算是了结了一桩公案。老铁匠牺牲后，小铁匠参加红军，成为石马岐兵工厂的守护人。老铁匠、小铁匠两代人，都是为革命立了功的。据地方党史资料记载，石马岐兵工厂为保证闽西南游击战争的胜利做出了重大贡献，付出巨大牺牲，前后共有 18 名战士为保卫兵工厂或者运送武器壮烈牺牲。

为摸清情况，我们叫来村干部将爱吾庐打开。自从树生公公夫妇去世以后，树生公公的儿子就把爱吾庐交给村里保管，说是父亲生前的交代。走进爱吾庐，一股发霉的味道扑面而来，我连打了几个喷嚏，一时适应不了。这是一幢普通的清代客家建筑，三进两横式排列，占地不超过 1000 平方米。一楼因为主人有过修缮，除了个别红军标语，我们看不出有什么特别的地方。不过在二楼却是别有洞天，大量的红色标语还完整地保留在墙壁上，甚至还有一些漫画式的宣传画。比如"反对帝国主义""打倒军阀混战""收回租界地""拥护红军夺武汉""工农从此住洋房""扩大红军十二军""以阶级斗争来消灭军阀混战"等。在众人探究红色标语的时候，我推开了树生公公的房间。老式的房间都不大，十来平方米，床也还是老式的，最引人注目的是床的对面墙上画了一只仰天长啸的狼。这只棕色的狼健壮威武，站在一块石头上，仿佛面对月亮，发出穿透夜空的长啸。我相信，这一定是树生公公的作品，唯有他，才能将狼画得如此豪迈而不凶残；唯有他，才有资格与狼共眠。

《抱朴子》谓狼为当路君、巴西君，《太平广记》称为沧浪君。在这一刻，树生公公也仿佛成了一只驰骋于山林的天狼。这是一只沧浪君，浪迹丛林，威猛有智，清傲不孤。我想，什么时候应该再去一趟石马岐，去看看真正的狼。

小镇老教师

◎黄跃华

1

教师节总少不了鲜花，开头几年，孔昌文也像其他老师一样，常常收到不少学生和家长的鲜花。一次路过花店，进去一问，一束花少则几十元，多则上百元，孔昌文有点儿心疼。再有人送花，他便对人家说，一束花顶一个贫困生一个月的生活费，你有这般好心，不如省下钱帮帮贫困生。

孔昌文过节再也收不到鲜花。然而，令他想不到的是，今年的教师节还没到，他却早早收到了一件特殊的礼物，是一颗"炸弹"。

"炸弹"是他曾经教过的一个学生送的，严格地讲，孔昌文其实只代过他三天课。那天早上，孔昌文还像往常一样到镇上的钱记鱼汤面馆吃刀面，碗一搁，便见有人在门外向他招手，赶紧出去，来人把他拉到墙角，压低声急急地说，孔老师，马小乐把你告了。

来人叫潘守法，也是孔昌文的学生，海阳县最有名的律师。

奇怪的是，孔昌文没有吭声。

潘守法给老师递上一支烟，老师摆摆手，冷冷地问，就为上次那件事？

潘守法望着孔昌文额上两道又长又黑的剑眉，搓搓手回道，是的，我找过他，他犟得很，不听劝。

孔昌文嘴角露出一丝轻蔑的笑，挥手对潘守法说，我现在有急事，回头你到镇上等我。

孔昌文说完便骑着自行车走了，他虽然七十多岁，依旧腰板挺直，骑车走路呼呼有声。路上遇见不少行人，远远地跟他打着招呼，他嘴里应着，脚下不停蹬车，他要赶紧去找一个人。昨天晚上听老伴说，镇上一个叫张凯的学生因为母亲病重住院拿不出钱，准备辍学打工救母。孔昌文听了心急如焚，一夜没睡好，打听到张凯的叔叔张冬林在开发区办厂，他便去找张冬林想办法。

孔昌文来到张冬林厂门口，门卫认识他，把他引到张冬林的办公室。又高又胖的张冬林赶紧从宽大的老板桌后起身，上前紧紧提住孔昌文的双手，上下直晃，晃得孔昌文两眼发花，什么风把您老人家吹来的？您怎么不说一声，学生说什么也该下楼恭候您。

张冬林也是孔昌文的学生，孔昌文开门见山，说了登门的目的。张冬林脸上掠过一丝惊讶，但旋即很快又恢复了平静，他告诉孔昌文，他们兄弟当年因为宅基地闹过纠纷，官司打到法院，虽然最后不了了之，但从此两家结下了深怨，十几年不往来，见面话也不说一句。

孔昌文拍着他的肩说，你哥去世得早，就这么一个侄子，你能眼睁睁看着他辍学打工？

张冬林立即满脸堆笑，铜盆似的大圆脸不停地在孔昌文眼前晃，嗯，嗯，您的意思我懂，回去我跟老婆商量商量，看能不能借点儿钱给她。

孔昌文如释重负，问，什么时候有答复？孔昌文是个严谨之人，时间观念强。

张冬林犹豫了一下，哈着腰说，很快很快。

孔昌文又问，明天上午？

张冬林点头。

回到关工委，潘守法早等在那儿，孔昌文给他泡上一杯茶。潘守法问，孔老师，马小乐上次找您，您没理他？

孔昌文擦了擦手，漫不经心地回，我哪有闲工夫理他，多大的事？

潘守法和孔昌文究竟说的怎么一回事？原来县里为了庆祝教师节，要求电视台宣传一批先进典型，其中包括已故的李仁山老师。李仁山老师跟孔昌文同过事，退休后又一起到镇上关工委，两个人在小镇上威望都很高，小镇人常说，小镇有二宝，孔老和李老。李仁山老师性子慢，温和，不管多调皮捣蛋的学生，在他的耐心教育下，大多能改掉不好的习惯。记者要孔昌文举个例子，孔昌文顺手拈来，举了个爱捉青蛙吓女生的男生，那个男生天天夜里捉青蛙回来剁了喂鸡，同桌的女生嫌他身上腥，告发了他。他报复女生，捉了几只大青蛙藏到女生抽屉里，第二天女生打开后吓得半死，尖叫着逃回家，再也不肯来上学。李仁山得知后狠狠熊了他一顿，青蛙是人类的朋友，你怎么能这般滥杀无辜？人无爱心何异于行尸走肉？况且你还用它吓同学，是可忍孰不可忍？！

电视台的记者十分感兴趣，问了又问，一定要孔昌文说出那个学生的名字。由于年代久远，孔昌文只模糊记得叫什么小乐，想了半天，才说可能姓马，因为马是小镇的第一大姓，有一半人都姓马。可偏偏雨点滴在香头上，节目播出后，一个真名叫马小乐的人找到电视台，他从小调皮捣蛋，逃学旷课打架是常事，还爬到墙头上偷窥过女生上厕所，但唯独捉青蛙吓女同学这事不是他干的，而是一个叫侯小乐的学生干的。

潘守法拿手推了推眼镜，因为着急，白白净净的脸上渗出一层汗珠，闪着亮光。孔昌文皱起眉头，他的双眉拱向中间，隆起一个大包，他拿厚厚的双手拍拍花白的头，边拍边嘟哝，可能记错了，此小乐非彼小乐，张冠李戴，但这些事都发生过，不是虚构捏造的。

潘守法爬起身，跑到老师身边，轻声说，孔老师，马小乐告你诬陷，坏了他的名声，要你登报道歉，赔偿律师费、精神损失费。

孔昌文向后一仰，突然哈哈大笑起来，笑话，为这事告我？不就芝麻大的事吗？记错个人名犯了罪？我教过的学生成千上万，能记住所有人的名字？况且又没说他杀人放火耍流氓！

潘守法喝了一口水，轻轻盖上茶杯，叹了口气说，马小乐打电话找我，我劝了半天，他不听，一定要起诉，这家伙看来是王八吃秤砣——铁了心。

孔昌文鼻子里"哼"了一声，大手一拂，让他去告，我教了四十年书，批评过多少学生？罚过多少学生？包括你在内，你那时还是班长，不也被我责令写过检讨书？这种事都可以告，法院不要挤破门？

潘守法见孔昌文不当回事，忐忑不安起来，不停地挪着屁股，仿佛椅子上着了火似的。

有人敲门，喊孔昌文去开会，潘守法起身告辞，临走前仍不忘提醒老师一定要高度重视这件事。

孔昌文拿手"笃笃"地敲着桌子，告诉潘守法，眼下倒是有一桩事需要高度重视，一个叫张凯的学生，母亲躺在医院里没钱看病，他准备辍学打工救母。

2

马小乐从扬州坐车到海阳县法院，送完诉讼书后本想回家看望父母，毕竟难得回来一次，但摸摸口袋，里面只剩下二百多元钱，舍不得再花，只得买票回扬州。他初中毕业后外出打工，辗转数十个城市，最终落脚在扬州一家私营企业做电工，妻子王丽跟他同龄，邻乡人，在一家肉联厂上班。

马小乐没有直接回家，而是一头扎进麻将场。刚摸了一圈，王丽打电话问他回来了没有，儿子上英语辅导班，下课后要人去接。他撒谎说还在法院。七年前，儿子出生，马小乐和王丽一心想跳出农门，要在扬州买房，但两手空空，怎么买得起？没法儿，只得回去向磨豆腐的父亲要，父亲是个瘸子，母亲又有病，只能拿三十万元。马小乐磨了三天硬是磨来五十万元，在扬州买了个五十多平方米的房子。

牌友们都是熟人，知道他要跟老师打官司，笑话他，天下哪有学生告老师的？马小乐自信满满地说，法律面前人人平等。老师犯了法，不追究他责任？你们就等着听好消息吧。

洗牌，摸牌，马小乐拜托大家，今天打牌的事千万不能告诉王丽。

王丽也是这家麻将馆的常客。那天，她正在这里打麻将，同学发来微信，说你家马小乐出名了，同学把电视台的视频传给王丽。王丽一看傻眼了，当即打电话责问马小乐。马小乐也正在一家麻将馆打牌，谎称加班，没理王丽。

王丽晚上十二点回家，马小乐先回来的，假装睡熟了打鼾。王丽一把揪住他的耳朵，喝问道，马小乐，你从小不学好，捉青蛙吓唬女同学，有这事吗？

马小乐云里雾里，摸不着头脑，打了一下午麻将，输光了身上仅有的四百块钱，自然不敢吭声。马小乐小时候调皮得出了名，作业靠抄，考试靠偷，撒谎不害羞，留级不脸红。别看成绩不好，但捉弄人的本事第一名，他捉麻雀吓过许多女生。李仁山老师批评过他几次，他每次都把李老师的眼镜藏起来，让他手忙脚乱出洋相。然而，他在脑子里把自己的所作所为像过电影一般，认认真真，反反复复过了一遍又一遍，始终没找到拿青蛙吓唬女同学的影子。怕自己记性不好，还特意打电话问了当年最要好的一个同学，同学告诉他捉青蛙吓女同学的是侯小乐，人称"瘦猴子"，此小乐非彼小乐。

马小乐恍然大悟，拍着胸口向王丽保证，这是诬陷，我从没做过这事。王丽不相信，戳着他的鼻子，你的话谁信？全世界哪个不晓得你撒谎成精？

马小乐委屈得又是赌咒又是发誓，王丽大着嗓门吼，电视台都放了，你老师亲口说的，人家会冤枉你？

第二天一大早，马小乐不敢惊动王丽，悄悄起床给儿子做早饭，儿子赖在床上不起来。马小乐急了，扇了儿子一巴掌，儿子大哭，舞手蹬脚。王丽被吵醒了，大声骂，你还骂儿子？也不撒泡尿照照，自己什么德行？

马小乐不吭声，别看他平时很毛躁，但在儿子面前多少都会收敛些，毕竟儿子七岁，马上要上小学了。儿子还在哭闹，王丽只好自己起来给儿子穿衣洗脸，她的身子圆鼓鼓的，像吹足了气的气球，脖子后面三四道肉褶，一层叠着一层，像肉夹馍。她哄儿子，下次不喊他爸，喊他马青蛙。

儿子一听，突然不哭了，鼻涕一抹两只小手直拍，马青蛙！马青蛙！

马小乐不但不生气，反而咧开嘴晃着头笑，他的头尖尖的，像葫芦，脸上刀削了似的，没一丝肉，两颗门牙包不住。为了逗儿子高兴，他特意蹲下身，两手一伸，身子往前一扑，做了个青蛙捕虫的动作。

马小乐送儿子上英语辅导班，他在路上考儿子，"早上好"怎么读，"再见"怎么读，儿子还不错，全读出来了。儿子听了表扬高兴起来，捅着他的下巴问，青蛙怎么读？马小乐没理他。

送完儿子，马小乐匆匆吃了一碗面，上班后躲到配电房又与几个同学通电话，再一次证实当年捉青蛙戏弄女同学是侯小乐，而不是自己。这下子他的腰杆更硬了，当即打电话给做律师的潘守法，理直气壮地声称孔昌文诬陷自己，这一次一定要去法院告他，非让他吃官司不可。

潘守法吃了一惊，要求他冷静一点儿，毕竟孔昌文是老师，而且德高望重。此时的马小乐兴奋得像打了鸡血，咬着牙说，我不但要他登报赔礼道歉，还要赔偿律师费、精神损失费，我保证，他这次输定了！

潘守法跟马小乐初中同学一年，后来马小乐留了级，潘守法则去了孔昌文班上，中考考进县中。同学一年间，马小乐抄了他两学期作业。潘守法大学毕业回海阳县做律师，马小乐找他帮过三回忙：一次搞大了女朋友肚子，女朋友打胎找马小乐索赔，马小乐求潘守法帮忙做工作；前年回老家马小乐要请老相好吃饭，没钱，找潘守法借了一千元，至今未还；去年下半年王丽嚷着要离婚，马小乐专门悄悄跑回海阳县，请潘守法帮忙想对策。

马小乐气呼呼回老家，到镇上找孔昌文，孔昌文不见他。马小乐气不过，找到孔昌文的女儿孔立群，孔立群在县医院当医生。孔立群劝马小乐别告，但马小乐听不进去。孔立群又请李仁山老师的儿子李俊峰帮忙说情，上学时他跟马小乐同桌，关系最好。李俊峰做了半天工作，马小乐无动于衷。

打官司要找律师，当然不好找潘守法，正巧社区有维权人士，可以免费帮他打这个官司。马小乐捡了便宜，还不忘打电话挖苦潘守法一通，潘大律师，你这样的大名人我请不起呀，只能请个免费的，但你放心，这官司我赢定了，不信你等着瞧。

潘守法急了，在电话里大吼，这事你必须听我的，否则下次别找我！

3

孔昌文根本没有把潘守法的提醒当一回事，他骑车去华扬村找张凯。张凯家三间小瓦房，破旧不堪。张凯正在地里铲青菜，准备给母亲做饭送过去，见到孔昌文，赶紧起身，恭恭敬敬叫了声孔老师。

孔昌文抚摸着张凯尖尖的肩胛骨，心疼地说，你妈的病别担心，相信社会，相信政府会帮你们的。

张凯不停地拿手揉眼睛，连连点头。

从张凯家里出来，孔昌文便骑车去了医院，女儿孔立群下楼接他，开口就问打官司的事，被他拿手挡住了。孔昌文问张凯母亲的病情，孔立群告诉他，张凯母亲患的是早期肝癌，近期准备手术。孔昌文千叮万嘱，一定要共同努力，帮帮这对可怜的母子。孔立群点点头说知道，正准备又开口，孔昌文自行车一推，头也不回走了。

孔昌文马不停蹄去县中，找到校长，校长是他大学同学的儿子，年轻有为，对他很客气，告诉他学校已经从解困资金中拿出钱来帮助张凯，高一年级还将组织师生捐款，总之绝不会让张凯辍学。

次日一早，孔昌文便去找张凯的叔叔张冬林。一见面，张冬林还像上次那样，夸张地抓着孔昌文的双手直晃，边晃边感慨道，孔老师呀，还是您面子大，我老婆本来不同意的，但一听您老人家出面，爽快地说借两万。他将两万元现金递给孔昌文，并说借条不借条无所谓，只要您知道就行。

孔昌文先是替张凯母子谢了张冬林夫妇，并说这账先记着，到时报销还你。张冬林客套了几句。孔昌文顿了顿，又搓搓手说，不过，马上要手术，手术费、药费、住院费、护工费还要不少，到时，到时……孔昌文欲言又止。

张冬林把眼光从孔昌文脸上移开去，落在桌上的一张报表上，从上看到下，又从下往上看。

孔昌文把钱装进口袋，拿手按了按，身子向前倾了倾，轻声对张冬林说，这趟看下来估计没个二三十万元不行，不过，也不会绑在你一个人身上，娘家几个亲戚能凑几万，医院那边孔立群也通融了，省一点儿好一点儿。其他人包括潘守法、李俊峰几个人也答应借，镇上关工委还将组织人献爱心。

张冬林不再吭声，只是不停地跟在孔昌文后面点头，眼睛却始终没有离开桌上的报表。他那圆盆似的大脸上始终洋溢着笑意，但那笑却一动不动，僵硬得很，像画好贴上去似的。

孔昌文起身要走，张冬林执意留孔昌文吃饭。孔昌文说吃饭就免了，你也是大忙人，回去再跟夫人吹吹风，行行善，古人说"救人一命胜造七级浮屠"，何况救的是你嫂子和侄子。

张冬林还是机械地"嗯嗯"应着，孔昌文拿手用力拍了拍他的肩膀。张冬林下意识地缩了缩脖子，孔昌文的手厚，像砖头。张冬林边点头边勉强地说，好的，好的。

孔昌文半开玩笑半当真，张老板，这个忙你不帮也得帮，不然走在街上人家不冲你戳指头？谁不知道你是全镇响当当的人物，软管厂一年产值几千万，堂堂的县人大代表呢。

张冬林赶紧双手作揖，您老千万不能喊我张老板，张冬林，您的学生。

孔昌文仰起头笑了，他的笑声如铜钟一般，撞击着张冬林的耳膜。张冬林侧着身子引孔昌文下楼，孔昌文腰杆笔直，大步流星，脚下的楼板咚咚地响。

孔昌文骑着自行车走了，张冬林还在琢磨着孔昌文的话。无疑，孔昌文的话不轻，但他有底气，在镇上，他德高望重，谁见了都恭恭敬敬叫一声孔老师，当官做老板的也是如此，就算是不守规矩的小混混，见到他也不敢嚣张。钱记鱼汤面馆有次来了两个小混混找碴儿，拣出面汤里一只苍蝇，嚷着要砸店。正巧孔昌文刚吃完，他放下碗，黑着脸说我在这儿吃了十多年，怎么就没吃到过苍蝇？你怎么这么有本事？！其中一个黄毛小子不服气，冲孔昌文挥了挥拳，但很快被同伙拉走，逃之夭夭。

孔昌文找到女儿孔立群，把两万块钱送到医院，孔立群忙着联系南京的专家。出了医院大门，碰巧遇到潘守法，潘守法请孔昌文去他的律师事务所坐一坐。孔昌文本不想去的，但架不住潘守法的热情，骑车去了。

潘守法给孔昌文泡上一杯龙井茶，寒暄几句后自然而然又扯到了官司，潘守法告诉孔昌文，马小乐找了扬州的律师，发狠要把官司打下去。

孔昌文鼻子里轻蔑地"哼"了一声，嘴角上挂着不屑的神情，显然，他仍没把这事放在心上。

潘守法心里着急，但又不敢当面表露出来，只是建议老师别只顾忙着关心你关心他，毕竟马上八十岁了。正说着，孔立群打来电话，说医生联系好了，明天手术。孔昌文这才松了口气，端起茶杯慢慢品着茶。窗明几净的律师事务所人来人往，一派繁忙景象，潘守法不但成了海阳县最有名的律师，而且马上要去上海开律师事务所，看到自己的学生出息了，孔昌文脸上露出满意的笑容。

孔昌文跷起二郎腿，跟潘守法谈笑风生起来，像天下所有的老师一样，一谈及自己的学生便会眉飞色舞，滔滔不绝。孔昌文记性好，掰着手指头一一数出学生中哪些人成了科学家，哪些人当了教授，哪些人从了政，还有哪些人做了老板。有些学生虽然二三十年没见面，但仍熟悉得好像昨天还在一起一样。孔昌文还提到了李仁山老师，李仁山老师性子慢，教语文，善于讲道理，不像他，性子急，他们是黄金搭档，他们一起带的毕业班每次考下来都是全县前三。

潘守法插话，成绩好是一个方面，更重要的是，您和李老师特别重视学生的品行修养，教好了不少不听话的学生，特别是您，没有您那把钢刷子，不少人就半途而废了。

孔昌文谦虚地摇头，不见得，不见得，但有些学生真的野，调皮，不严怎么行？记得八六届吧，李仁山老师当班主任，我教数学，有个姓马的学生不听话，上课常常开小差，李老师没办法，让人带信请家长来。他爸刚一到，他便破口大骂，狗日的，谁让你来的？我当时正好在场，一听不得了，哪有儿子这样骂老子的？姓马的学生不买账，冲着我回，就骂他！我忍无可忍，抓起桌上的三角板冲着他手心就是三下，打得他手指直跳，他爸则在一旁一边流泪一边喊打得好。

潘守法也听说过这事，附和道，该打！老子教育不了，老师再不教育，这不就和尚打伞无法无天了？那个学生我认识，其实蛮聪明的，就是不听话，要不是您呀，说不定早坐牢去了。您一教育，他怕了，初中读完考高中，后来考上大专，现在做老板，而且还是个不小的老板。

孔昌文点头，高兴地说，上次我们关工委帮助困难学生，他一下子帮助了六个，不但替他们交了书本费，还负担了中学六年的全部生活费。

潘守法拿手比画着衬衫上的纽扣，对孔昌文说，我记得您好像打过这样一个比喻，学生时代就像人生的纽扣，第一个扣子扣错了，下面的肯定全错。

孔昌文得意地晃了晃头，拿手向后梳着头发，他的头发雪一样白，一梳，整齐得纹丝不乱。他又提起九〇届有个学生，个子特别高，人称冯大个子，仗着他爸当村支书，谁成绩好就忌妒谁，专爱无中生有打小报告。说实话，我最恨人打小报告，从小玩阴谋，这种人将来走向社会危害更大。一个女生常被他欺负，我发现了，把他叫到办公室狠狠批评了一顿，他不服气，回去又扇了女生一巴掌。我火了，罚他面壁思过，并要求学校处分他。他老子急了，连夜找过来求情，校长同意了我也没答应，直到他当面向那个女生道歉了才罢休。后来呀，一懂事就一直懂事，当兵提了干，干到了副团。

听到这里，潘守法突然想起什么似的，有点不好意思起来，仄了仄身子对孔昌文说，您爱生如子，慈祥如父，这一点，我们都感同身受。

潘守法一说，孔昌文禁不住哈哈大笑起来，孔昌文一笑，倒把潘守法笑得满脸通红，赶紧摘下眼镜拿纸巾擦脸以掩饰。当年，潘守法班上转来一个叫陶丽娟的城里女生，长得漂亮，说一口标准的普通话，很好听。不知什么时候起，潘守法上课看黑板时常走神，一行字看着看着就成了陶丽娟的小辫子，回答老师的提问不是张冠李戴就是牛头不对马嘴，成绩直线往下掉。这一切没有逃过孔昌文的火眼金睛，一天放学后，孔昌文找到潘守法，提醒他不要陷入早恋的陷阱。潘守法依旧无法控制自己，每天下晚自习后仍然到女生宿舍门口等，一次回来晚了，宿舍关了门，只得爬墙进去，正好被孔昌文抓了个现行。孔昌文把他带到办公室，警告说，如果你再控制不住自己，将来早晚会毁了一生。孔昌文的一盆冷水终于泼醒了潘守法，几天后陶丽娟转回了城里，潘守法这才又恢复正常学习，后来顺利考取了大学。

孔昌文喝完杯中茶，潘守法留他吃饭，他不肯。到了楼下，孔昌文突然想起什么似的对潘守法说，现在想起来，或许当年我对学生太严了点儿。

潘守法连连摆手，不，不，您不是常说"严是爱松是害，不管不教要变坏"吗？

握手告别，潘守法再一次提醒老师，不管怎么忙，马小乐这件事您都要重视一下，这小子不但告到了法院，还找了媒体。媒体对这种事最感兴趣，特别是一些小报、网站、自媒体，炒作起来后果不堪设想。

孔昌文回过头，爽声笑道，随他便，他爱怎么着就怎么着。

回到关工委，李仁山的儿子李俊峰打来电话，不停地打招呼。孔昌文大度一笑，什么麻烦？这点儿屁事有什么了不得！李俊峰每次从上海回来都要看望孔昌文，在他的心目中，孔昌文与父亲当年亲如兄弟，孔昌文俨然父亲般的存在。

李俊峰说近期要到南京开会，到时回来找马小乐一下，孔昌文不满地问，找他干什么？

李俊峰劝，您别急，我有办法对付他。

孔昌文反问，关你什么事？

放下李俊峰的电话，孔昌文又翻出抽屉里的影集，当年每送走一届毕业生，学校都要拍一张师生合影。所有的合影都被他一张不差地收在这本两寸厚的影集中，这是他最为看重的东西，走到哪儿都带在身边。影集上的照片不少已经发黄了，有的斑驳看不清人脸。照片上的李仁山一身中山装，胖胖的，脸上永远带着那种浅浅的微笑。他脾气好，就连跟学生发火也不像自己那般电闪雷鸣，而是和风细雨，润物无声。两个人虽然性格差异大，但他们对待学生都是一样的热心肠。他永远忘不了，一年秋天，为了给住校的学生冬天取暖，他们俩一连半个月放学后骑车去十里外的草荡割芦苇，两双手磨满了血泡，害了一个冬天的冻疮；为了劝一个困难学生返校，他们步行二十里，过了三条河，回来时没渡船，脱掉衣裳下河游回来，第二天都感冒了，挂水一个星期；两个人有一次骑自行车给学生送录取通知书，一不小心摔下渠道，孔昌文摔断了两根肋骨。后来两个人退休后一起到关工委，做的第一桩事便是把全镇二十六个辍学学生一一排查出来，连夜上门劝说。劝回来二十五个，最后一名女生实在劝不回，因为女生得了抑郁症，为此两个人遗憾了好长时间。

孔昌文合上影集，信步踱到院子里，院子里的两株桂花树开了，一片片椭圆形的叶子衬着金色的小花，就像一个个胖娃娃躺在摇篮里，密密麻麻，一簇连着一簇，远远望去，仿佛绿叶丛中点缀碎金。拿影集一拂，一缕缕清香袭来，香满整个胸腔。

4

马小乐和王丽两个人嗜牌如命，下班后第一桩事便是打电话约场子，休息日或者节假日更是忙得下不了麻将台，饿了回来泡包方便面。儿子小的时候没什么矛盾，有父母帮着带，但接到扬州上幼儿园后问题来了，儿子十分调皮，不可能把他一个人关在家里。晚上谁留下来陪儿子？两个人为此三天一小吵七天一大吵，眼看着战争要升级，最终还是马小乐脑子活，说这样吧，你来抛硬币，抛到正面我去，反面你去，公平公正，机会均等。王丽想想没有更好的法子，只得同意。一段时间下来，风平浪静，相安无事，但不久后，问题又来了，两人除了上班，在家碰面的时间往往只有十来分钟，不是王丽打麻将半夜回来，马小乐还在说梦话，牙齿咬得"咯嘣咯嘣"响，就是马小乐煮好早饭送儿子上辅导班，王丽还鼾声如雷，猛不丁大喊一声"和了"。马小乐时间长了憋不住，要跟王丽热乎，一天中午，王丽在家心情不错，看看手机说给你十分钟。房子就这么大，儿子在家。马小乐点子多，灵机一动，抓了一把饼干捻碎了摊到外面吃饭的桌上，要儿子捡着吃干净，一点儿也不许剩，否则下次不买。当两个人大汗淋漓从房间出来时，儿子还在埋头专心致志地捡饼干屑吃。

这天王丽又抛到了反面，马小乐急了，怎么连续三天都是反面？莫非你做了手脚？王丽一听火了，骂道，屁是你放的，这东西做什么手脚？马小乐坚持要自己抛，王丽哪允许，说规则是当初定好的，就像发球权一样哪能随便改变？马小乐不好再说什么，只是满脸堆笑地在王丽硕大如盆的屁股上捏了一把，戏谑地说，好好好，你去，赢了钱回来慰劳你。

王丽呸了他一口，慰劳你个头！

马小乐气得满脸通红，冲着王丽飞驰而去的背影回啐了一口浓痰。

王丽一走，马小乐像个没头的苍蝇乱转，他的心比王丽更早飞到了麻将桌。连续几天输钱，输光了所有的私房钱，昨天好不容易赢了三百多元，今天理应乘胜追击。手气这东西神奇得很，有时手背，牌起好就听和都和不了，手顺呢，要啥有啥，呼风唤雨。

儿子跑过来抱住马小乐的腿，讨好地说，我喜欢爸爸在家，爸爸是青蛙，妈妈是大青虫，青蛙吃大青虫。

马小乐更正，爸爸不是青蛙，爸爸小时候只捉过小鸟、螃蟹、王八。爸爸会烤小鸟，小鸟肉最香，下次回老家我捉了烤给你吃。

儿子拿手捂住马小乐的嘴，老师说了，鸟儿是保护动物，人类的好朋友，不能吃！

马小乐不耐烦地挥了挥手，去去去，我们小时候穷，饭都吃不饱，还保护什么动物！

儿子去玩游戏，马小乐望着虎头虎脑的儿子，心里自然高兴。儿子七岁了，马上上一年级，为了让儿子赢在起跑线上，他特意把儿子带到扬州。为了彻底摆脱土气，他从给儿子起名字开始，坚持一定要起个洋气的，为此他专门打电话给几个上了大学的同学，包括律师潘守法和工程师李俊峰，无奈他们起的名他都不满意，马小乐花钱请人给儿子起了个名字：马彧。这个"彧"字一般人认不得，王丽让牌友们认，二十几个人没一个人读得出，王丽自豪地解释，"彧"是文采的意思，我儿子五岁就能背"床前明月光，疑是地上霜"，将来说不定能成大才。王丽虽然为花了一百块起名字心疼了半天，但很快便释然了，任何东西都可以输，但儿子的教育不能输。儿子跟马小乐一样调皮捣蛋，上幼儿园三天两头打架，老师告诉王丽，王丽总抱怨老师嫌她不送礼，故意找碴儿。马小乐承诺等儿子正式上学后，要加大投入，该请的请，该送的送，用他的话说，舍不得孩子套不着狼。王丽前天已经找关系拜访了班主任，联络了感情，还有几天就是教师节，两人约定这一次一定给老师送花，当然更要送礼。

儿子马彧睡了，马小乐开始忙碌起来，王丽临走时交代他炖黄豆，他开了燃气灶开始炖。白天上班时几家报社打电话，采访打官司的事，他都没空回。翻出电话号码，一家一家回。为了省电话费，他先把电话拨通了，立即挂掉，等人家打过来。

媒体对这桩官司十分感兴趣，晚报、网站、自媒体，本地的、外地的，甚至号称香港台湾的，一个比一个来劲，一个比一个兴奋。马小乐把事情的来龙去脉讲了一遍又一遍，同时把自己的坚定决心强调了又强调，一连一个多小时说下来，口干舌燥，嗓子口往外冒烟。正准备关机，有一个女的打进来，声音特别甜，腻腻的，原来是本市的一个网站记者。马小乐兴趣大增，从床上蹦起来，端坐着，马小乐一见到甜腻腻的女人就兴奋，凭直觉他估计这女子一定长得不错。他就跟那个女的滔滔不绝地交流着，女的问什么他答什么，女的没话题了，他再透露一些当年的八卦新闻，比如说某某老师特别喜欢女生，某某老师体罚学生特别狠，某某老师特别爱占小便宜。为了显示自己的沉稳，他一反平时暴躁粗鲁的性格，把"你"还改成了"您"，礼貌客气得体。他投入地跟女记者聊着，手机快没电了，他赶紧插上电源，灶上的黄豆炖焦了，满屋全是焦味，他赶紧跑过去关掉煤气，也不加水，不揭锅，手机仍用下巴夹着，不肯放下。

恰巧教师节马上到，教育成了热门话题，几家媒体铺天盖地发出消息，版面一个比一个大，标题一个比一个吓人，什么《天下奇闻，学生要跟老师打官司》《你来当法官，断断这桩奇案》《老师，今年的教师节你还快乐吗》等等。家乡地级市的晚报更是用一个整版，详细介绍了整个事情的来由，还特意提到了孔昌文老师拒绝采访，言下之意老师自知理亏。最后采访的那个女记者在网上特意给马小乐戴上了一顶"维权卫士"的帽子，大标题是"维权卫士马小乐能打赢这场官司吗？"为了鼓励读者参与，专门开辟了竞猜，猜中者参与摇奖。这一下网站上炸锅了，参与者达到五千多人。支持马小乐的一方认为，不管是谁，现在是法治社会，法律面前人人平等，老师为人师表，从事着太阳底下最光辉的事业，哪能抬高自己打击学生呢？支持孔昌文老师的一方则认为，尊师重教，这是一个社会文明与否的标志，孔老师德高望重，难道还需要通过贬低自己的学生来博取别人眼球？老师也是人，也会有失误，对这种并非主观恶意的失误都不能容忍，谈什么尊重？双方僵持不下，有好事者上网人肉搜索，搜出了孔老师什么年代生，什么时候退的休，获得过什么荣誉，还披露了孔老师住的三百多平方米的单门独院，夫人赵慧娟退休前是镇卫生院工会主席，女儿孔立群大学毕业后分配在县人民医院做医生，女婿在县文化局当局长。更有好事者蛊惑人去调查孔昌文当年一共体罚过多少学生，产生过什么不良后果，收没收学生家长的礼物，有没有跟女学生或者女教师闹过什么绯闻。网站最后还特意链接了几个案例，山东某学校老师拿手打了学生几下，被学校开除，校长行政记过处分；海南某学校老师批评学生，被家长围殴，老师被打成脑震荡；河南某学校老师因为学生上课玩手机，一气之下砸了手机，学校责令赔偿；等等。

5

孔昌文的手机被打爆了，女儿孔立群第一个打电话来，孔昌文听了哈哈一笑，说他炒他的，我没空理他。夫人赵慧娟乘公交车去城里，在车上一连打了三个电话，孔昌文回话说，我正骑车去找张凯，他今天回家。

孔昌文来到了张凯家，把关工委几个老同志捐的三千块钱送给张凯，叮嘱他吃饭千万不能省，正是长身体的时候。张凯感激地朝孔昌文深深鞠了一躬，眼含热泪地说，谢谢孔爷爷，谢谢其他爷爷，我一定好好学习。

从张凯家里出来，孔昌文的手机还是响个不停，李俊峰的电话刚放下，潘守法的又紧跟着来，这个学生那个同事，这个亲朋那个好友，孔昌文开头还耐心地表明自己的态度，但实在接不过来，索性关了手机，跑到河边看人家钓鱼。

孔昌文刚退休时钓过一段时间鱼，但后来忙起来便没钓过，闲暇之时常一个人到河边散步，河边清静，空气又好。正值夏天，只见成片的荷花绿油油的，蜻蜓在荷叶上飞来飞去，接天莲叶，小的如盅如碟，大的如盘如盖，风一起，众荷起舞，轻摆慢摇，浅唱低吟，泼一捧水上去，水珠在荷叶上滚来滚去，水晶一般。孔昌文入神地看着那些荷花，上大学时他学习画画，最爱画的就是这荷花，荷花高洁，不狂躁，不喧哗，出淤泥而不染。他的书房里挂着一幅荷花，那是李俊峰到上海工作后请一个画家画了送给他的。

夫人赵慧娟从城里赶回来，四处找孔昌文，终于在河边找到他，举着手机远远地喊，你手机关了，好多电话打到我手机上了。

孔昌文接过电话，李俊峰的。孔昌文不耐烦地问，你不是刚打过吗？李俊峰问你为什么关机？孔昌文没好气地笑，怕我出事？李俊峰不知又说了什么，孔昌文越听额上的两道眉毛皱得越短，越皱越粗，最后拱成一个疙瘩。李俊峰告诉孔昌文，他已经找到马小乐的老板，老板说不行就开了他。

孔昌文淡淡一笑，大度地说，那不行，咋能打掉人家的饭碗呢？他闹他的，孙悟空还大闹天宫哪，到头来又怎么样？

孔昌文每天早上都要去钱记鱼汤面馆吃面，小镇上有四家鱼汤面馆，数钱记鱼汤面馆最有名，钱老板熬的汤好，先将黄鳝骨炒熟，加入野生小鲫鱼一起熬，熬出的汤雪白如奶，鲜美无比。钱老板见孔昌文来了，早早拿出他存在这儿的咸生姜，扭开瓶盖，放在靠窗的桌子上。

孔昌文一到，熟客们都忙着跟他打招呼，钱老板特意跑到孔昌文面前，左左右右打量他的脸，像不认识他似的。孔昌文正在往面上撒胡椒粉，被他看得不自在，问，不认识呀？

钱老板缩回身子，后退了一步，一惊一乍道，孔老师，你又成名人啦！

孔昌文做教师时是名人，教的学生经常考全县前三，这自不用说，退休后到关工委又年年评为先进工作者，经常戴着大红花，小镇上家喻户晓。然而，钱老板今天说的"名人"意义却不一样。

孔昌文呼呼地喝着鱼汤，头也不抬地问，咋啦？

钱老板说，报上、网上都在炒你呢，你那个学生告你，要你登报道歉、赔偿精神损失费。

孔昌文"笃"的一声放下面碗，响声惊动了所有食客，个个扭过头朝这儿看。孔昌文一字一顿地声明，他不是我的学生，我只代了他三天课，他一节也没上，跑到某某寺学武术去了。

钱老板张大嘴，嘴里"哦"了一声，赶紧跑过去拿勺子给锅里加水，加完水又回头来提醒道，网上传得快，什么样的人都有，你要重视。

孔昌文继续埋头喝汤，喝了一半才抬起头，惬意地哈了一口气。他拿餐巾纸擦了擦嘴角，然后将餐巾纸砸进垃圾桶，大声说，网上的东西我不看，没工夫，乌合之众！

食客们显然都知道了这件事，只是碍于孔昌文的面子，不敢先说。钱老板这么一说，就像一把盐撒进了热油锅里，炸开了，个个义愤填膺起来，大骂这学生没德行，为这点儿小事就跟自己的老师打官司，像什么话？古语说一日为师终身为父，老师只不过说错了人名，多大的事？谁小时候没被父母错怪过，甚至打过？照这样下去不也要跟自己的父母打官司？

大家越说声音越高，越说情绪越激动，这时进来一个中年人，大腹便便，人称马老板。马老板一进门便扯着大嗓门嚷，告诉你们一条特大新闻，昨晚二中有个学生跳楼了，从五层楼上跳下来，当场跌死了。

所有人都"啊"的一声惊叫起来，个个放下手中的碗，眼睛瞪得圆圆的。

马老板介绍，据说那个学生经常不做作业，老师检查严了就抄人家的，昨天上晚自习，被老师逮了个正着，批评了几句，撕了他的作业本，他一气之下跑到窗口跳了下去。

孔昌文瞪大眼睛，嘴里的面条忘了咽，一根面条滑到嘴边，长长的，一直拖到碗里。

正说着，又进来一个人，宋先生，退休前镇卫生院的老中医，他比孔昌文小一岁，也一样瘦瘦精精的。他一来，众人便簇拥过来，因为他儿子正好在二中做老师，纷纷向他打听消息。宋先生透露，那个学生当场摔死了，家长已经闹到学校，堵了大门，把尸体抬到校办公室，校长吓得躲起来了。

孔昌文愣了一下，随即拿手拍着桌子，连连叹道，可惜啊可惜，才多大的孩子，说没就没了，简直不可思议！

宋先生盛了一小碟雪里蕻咸菜端过来，坐到孔昌文对面，又告诉他一条同样令人害怕的消息，四中有个初三女生谈恋爱，上课时传纸条，前天被老师现场抓住，老师批评了几句，一气之下也要跳楼，幸好老师抓得快，不然又是一条人命。

宋先生边说边拿手拍着胸口，心有余悸地说，不怕老哥你笑，我到现在心都怦怦跳个不停，兵当老了胆过小了，听到消息后我赶紧给儿子打电话，叮嘱他现在这时候千万要小心，学生做不做作业你别管，他打架也好，逃课也好，千万不能骂，不能训，更不能罚，现在的孩子个个都是"玻璃心"，再怎么着也不能跟自己过不去，拿饭碗作对。

孔昌文不满了，横眼瞪着宋先生，瓮声瓮气地说，照你这么说，这也不能那也不能，这老师怎么当？

宋先生连连摆手，我是说你说归说，听不听他的事，别太顶真，自觉的学生自然听你的。

那不自觉的学生呢？孔昌文虎下脸问，任由他自由发展、野蛮生长？怪不得现在社会上不少人骂老师上课不好好教，下课补课收黑心钱。

宋先生觉得有点儿刺耳，争辩道，话不能这么说，下课补课人家也付出了劳动，按劳取酬呗。

钱老板一听补课火冒三丈，放下手中的勺子跑过来，粗着嗓子嚷，大城市一堂课都涨到三四百了，这跟抢钱有什么区别？我眼睛一睁忙到熄灯，一年挣的钱还不够孙子补课。

马老板火上浇油，愤愤地捋起袖子，爆粗口，他妈的，我外甥夫妻天天为儿子是否继续补课吵架，两个人三天两头打得鸡飞狗跳。

孔昌文大声拍着桌子，感慨道，世风日下，有辱斯文，这种人枉为人师，误人子弟！

宋先生不服气，喝了两口面汤，故意跟孔昌文抬杠，他说，像您老这样德高望重的老师现在哪儿找？您对学生多好，一个个像对待自己的子女。可话又说回来，即便这样也不等于每个学生都能成才，三十年河东三十年河西，这么多年过去了，还冒出个学生来告你。你没骂他、打他，也没撕他的作业本，只不过记错个人名，就把你告上法院，这怎么解释？

宋先生话一出，所有人都愣住了，这真是哪壶不开提哪壶。孔昌文瞪大眼睛，满脸涨得通红，像一块红布，额上两道眉毛一蹦一跳裂开来，像一把剪刀愤怒地剪向宋先生。

大家赶紧七嘴八舌劝孔昌文，您老人家为什么要跟那种人较劲呢？您什么身份？听说那小子成天赌博，不务正业，故意拿这事来炒作自己。

马老板走过来拍着孔昌文的肩，劝道，孔老师，惹不起躲得起，多一事不如少一事，您生他什么气？您跟他越生气他越起劲，就像爱哭的娃，越哄他越闹，最后倒霉的还是您。

孔昌文"啪"地一掌拍在桌上，桌上的几只碗哐当哐当跳个不停，愤怒地骂道，他妈的！他摔门而出，所有的人都惊呆了，平时温文尔雅的孔老师今天怎么也爆粗口？

孔昌文去找张冬林，上次张冬林借了两万元，张凯的其他亲戚也凑了两万元，他和孔立群分别垫了一万元，总算帮张凯的母亲顺利动了手术，虽说报销了一部分，但后续治疗的资金缺口仍很大。

孔昌文去时张冬林正在接待客户，办公室主任客客气气给孔昌文倒了一杯茶，陪孔昌文坐着聊天。一支烟工夫不到，张冬林来了，照例热情地抓住孔昌文的手直晃。张冬林问了手术费、医药费报销的比例，孔昌文一一向他做了解释。

张冬林掏出烟递给孔昌文，孔昌文摆摆手，张冬林这才想起来老师不抽烟，讪讪地笑了笑，笑过后，关心起孔昌文来，孔老师，听说您以前一个学生跟您打官司？

孔昌文挺直腰，拿手使劲捶，更正道，不是我的学生，打不打官司随他便。

张冬林提醒说，您是知识分子、名人，社会上形形色色的人都有，得防着点儿。

孔昌文回道，我的事你别管，言归正传，你嫂子的事你要再出点儿劲，医院又催款了。

张冬林立刻满脸堆笑，点着头说，我再想想办法，我再想想办法。

孔昌文说，下周一要缴四万元。

张冬林搓着双手，说，您知道的，我在家不做主，二把手，不，三把手。

孔昌文拂拂手，笑道，什么二把手三把手的，你是大老板，书记镇长的红人，你回去跟夫人再商量一下，好人做到底，过两天我再来找你。

6

孔昌文一到关工委，几个老同志正等着他商议新学期的活动安排，孔昌文先介绍了张凯母亲的手术情况，大家表示将继续跟踪此事，帮这家人渡过难关。工作谈完了，大家七嘴八舌关心起孔昌文来，显然，他们也听说了学生告他的事。大家劝他，您有高血压，年纪又大了，千万不要为这事上火，这点儿小事，法院会调解的，哪能你想打官司就打官司？

孔昌文拿手向后梳了梳头发，不屑地说，他要打官司，见了面看我不扇他几记耳光！

大家惊叹，天啦，您现在还敢扇人家？您只不过说错个名字，人家就把您告上了法庭，扇了人家那还不闹翻天？

孔昌文再一次更正，他不是我的学生，我只代了他三天课。

有个老同志说，现在的老师还敢打学生？二中那个学生偷抄别人的作业，老师批评了几句跳楼死了，人家闹到什么程度？闹到教育局，闹到县政府，要处分校长、开除老师、赔偿损失。

孔昌文铁青着脸，满脸的络腮胡子像根根钢针竖着，戳着众人的眼，他愤怒地双手一摊，你们评评看，这是什么世道？做老师的不能批评学生，这老师怎么当？

又有人透露，四中那个批评学生早恋的老师现在一看见窗台就打哆嗦，厨房不敢去，厨房就在窗台边呀。这还不算，家长找到教育局，锁了局长的门，声称不处分老师就去北京上访。

孔昌文脸上的肌肉哆嗦了一下，触电了一般，两只眼睛瞪得像灯泡，好半天，他才一拍桌子，吼了一句，岂有此理！

老同志们从未见过孔昌文发这么大的火，平时他总是一副慈眉善目，看到小孩总笑眯眯的。众人赶紧劝他，您是什么人？犯得上跟这样一种人去怄气？有些人巴不得您急，这世上看热闹的人多，特别是一些网站、自媒体，专门无中生有炒作，博人的眼球，过去人们常说狗咬人不是新闻，人咬狗才是新闻，依我们说呀，您就承认一下，道个歉，大事化小，小事化了，惹不起还躲不起？

孔昌文怒目一瞪，承认什么？

话不投机半句多，开会的人陆续散了，孔昌文关上门，一个人闷坐在那儿，喘了半天气，才从抽屉里翻出那本影集。霎时间，一个个熟悉的面孔又跳出来，他们那般青春年少，那般热情洋溢，争先恐后地跟他打着招呼，他似乎又听到了一声声熟悉的叫声。再看看老搭档李仁山，还那般灿烂地笑着。他俯下身，凑近李仁山，把马小乐的事跟他说了，也把早上面馆里听到的事告诉了他，他问李仁山，教师走到这一步你想到过吗？

有人敲门，拉开门一看，潘守法来了。寒暄了两句便在孔昌文对面坐下，见孔昌文沉着脸，潘守法连忙安慰他，那件事您别放心上，我来负责处理，您有高血压，血糖又高，身体要紧，听师母说这几天药量加了还降不下来。

孔昌文硬邦邦地顶回去，你处理什么？他打就让他打，法院判就让他判。

潘守法解释，没这么简单，法院判之前要开听证会，有个调解过程。

孔昌文回道，我不参加。

潘守法说，不要您参加，您忙您的事，没必要跟这种人斗气，您教了那么多学生，出一两个另类无所谓，林子这么大，什么样的鸟儿没有？

孔昌文站起身，在办公室来回踱着步。在潘守法的印象中，孔老师当年最喜欢在教室里这样背着手边踱边讲例题，眼光还不肯放过任何一个人，直到所有学生眼里的疑惑都消失了才停下来。你要是分心，或者似懂非懂，他立即会喊你站起来答题。答错了耐心再讲一遍，直到你全懂了才向后仰起头大笑，边笑边得意地拿手向后梳着头发。

孔昌文回到椅子上，拿手指"笃笃"地敲着桌子道，古人说"养不教父之过，教不严师之惰"，怎么解释？

潘守法一听到老师又提起当年的口头禅，忍不住笑了。他给老师斟满茶，慢悠悠地劝道，我一直认为，世上有两种爱最纯洁，一种是父母对子女的，没有哪个父母不希望自己的子女好；另一种便是老师对学生的，没有哪个老师不希望自己的学生成才。您当年那般严格要求学生，还不是为学生好？您说过，教师的职责就是帮助孩子成为更好的自己，这话说得多好！

孔昌文点了点头，又拿手向后梳起了头发，慢悠悠地，五指弯曲，梳了一遍，又来一遍，直到满头头发齐齐整整，一丝不乱。

7

王丽下班前给马小乐打电话，问官司打得怎么样，同事们都问她马青蛙这次能拿到多少钱，请不请客？马小乐骂道，我是马青蛙你还不得是癞蛤蟆？至于赢官司，那是十只指头捏田螺，十拿九稳。具体情况回头再说，我正在给老板换灯泡。

晚上一下班，马小乐刚进门，便嚷着要王丽抛硬币。王丽在洗菜，挪着两条大象腿说，你这般猴急干脆别上班算了。说归说，硬币还是要抛的。连续几天没抛到正面，这次终于抛到了，马小乐不禁喜形于色。王丽则不高兴，她昨天刚输了五百多块，本想今天捞回来的。

菜一上桌，马小乐便催着吃饭，儿子马彧心不在焉，仍在玩手机游戏。王丽气没地方出，一把抢过手机，扔到沙发上。马彧仰面大哭，边哭边骂，大青虫，大青虫，我让爸爸吃了你！王丽伸手扇了儿子一巴掌，骂道，小畜生，才几岁就骂老娘！跟谁学的？上梁不正下梁歪，没一个好东西！

马小乐见她在骂自己，怒火中烧，脑门充血，刚要发作，但一想到马上要去打麻将，只好忍气吞声，否则王丽动起手来两个人又要打得鬼哭狼嚎。

马小乐埋头喝了一小杯酒，平时他总爱喝几杯，但要去打牌，怕喝多了迷糊。匆匆扒饭，他边扒边告诉王丽，潘守法想从中调解，被他一口回绝了，登报道歉、赔偿金五千元，一个也不能少。王丽说潘守法她认识，大律师，上次跟你叔打官司人家帮过忙，小彧上幼儿园咬断同学手指也是他出面协调的。马小乐连连点头，但他不会告诉王丽为离婚的事去找过潘守法，还有向他借钱请老相好吃饭。王丽说不能少归不能少，但对人家要客气点，没准下次还有事麻烦人家，现在律师费贵，打一场官司没万儿八千下不来的。

马小乐说他这次打官司没花钱，法律援助，人家免费帮咱打。他拿眼瞅王丽，王丽也正拿眼盯他，王丽是三角眼，眼光像锥子。这一盯，倒把马小乐心里盯得发毛，难道有什么事被王丽发现了？离婚的事？请老相好的事？还好，王丽又把眼光转移到他的裤子口袋上，马小乐这才放了心，拍拍口袋说，我只有三百元。

王丽拿手戳着他的额头，少输点，用钱的地方多，过几天就是教师节。

马小乐赶紧说，是的，该送的送，该花的花，虽然咱拿不出什么大钱。

王丽没好气地白了他一眼，你这个小气鬼，能有什么大名堂？

马小乐急着要走，赶紧鸡啄米似的直点头，这次多花点儿，古人不是说舍不得孩子套不住狼吗？

王丽问，花多少？

马小乐搓搓手，麻秆腰一直，伸出一个指头，起码一千元。

王丽双手掐腰，胖肚子一直挺到马小乐面前，马小乐赶紧往后缩了缩身子，王丽厉声道，你这是打发叫花子？外面什么行情你清楚吗？

马小乐无心打嘴仗，抓过衣裳拉开门，王丽从后面揪住他的衣领，慢着，话还没说完呢，多少？

马小乐歪着头，嘴咧着，你说多少就多少。

王丽伸出三个指头，班主任三千元，其他老师一人一千元。

马小乐倒吸一口气，乖乖，班主任三千元，其他老师还一人一千元，我的妈呀！

王丽警告道，儿子就一个，上学可是一辈子的事，饭可以不吃，房子可以小点儿，但万万不可输在起跑线上，这世上什么药都有，就是没有后悔药，你看看，人家送了你不送，老师会对你好？现在不投入，将来叫天天不应叫地地不灵，几年混下来，还不跟他老子一样没出息？

马小乐本想回王丽，跟咱没出息，跟你就有出息？别忘了你在哪个厂待着也不会超过一年，不是跟人打架被开就是旷工打麻将被开。马小乐心疼那几千块，下意识地拿手捂住口袋，那里只有三百块钱。看着王丽下巴上几道厚厚的肉褶还在一张一合乐此不疲，马小乐只得赶紧溜了。

马小乐边小跑边嘴里嘀咕，但很快又想通了，这一点看来王丽还是有道理，自己一辈子就这么长，一生的宝只能押在儿子身上，该花当然还是要花。马小乐满头大汗赶到棋牌室，三差一，三个人等急了，其中一个三十多岁的女人问，是不是胖老婆缠着你交公粮？马小乐浪笑道，公粮今晚全交给你。不知因为今天出来时心情不好，还是对过那个女人老向他抛媚眼，打了两圈他都没和上一把，有一把起手摸了五对，最终也没能再摸上一对听牌，反而点了炮。媚眼女人乐了，笑道，看来老马这几天没在家点炮，跑到外面乱点来了。

马小乐不是善茬，这种场合如鱼得水，他朝媚眼女人挤挤眼，坏笑着说，家花没有野花香，今天给你点个够。媚眼女人笑得胸前两块肉直晃，晃花了马小乐的眼，他甚至连牌都看不清，差点儿把五条当成七条发出去。

就在这时，有人打来电话，马小乐本不想接，但一看是潘守法打来的，还是接了。他侧过脸，用下巴夹住手机，手里继续码牌。

潘守法还是为打官司的事，不说马小乐心里也清楚。潘守法前天想开车来扬州当面找他，被他以有事加班拒绝了。接了十多分钟电话，基本上是潘守法说，马小乐听。马小乐话虽不多，但措辞很坚决，要登报道歉，要赔偿精神损失费五千元，两样缺一不可，否则免谈，让法院直接判。

潘守法耐下心继续劝，毕竟是律师，有着和风细雨做工作的功夫。他说，你让一个老师登报道歉显然不可能，老师的面子咋放得下？何况是一个德高望重的人，教过的学生成千上万，退休了还为关心下一代奉献余热，这几天正全力帮助一个叫张凯的学生。

马小乐说，亏你还是个大律师，现在什么社会？遵纪守法是每个公民的责任，老师为人师表，难道这一点不懂？

潘守法说，就那点儿屁事还说得上嘴？你不知道你上学做过多少坏事？三天三夜说得完？

马小乐笑，你别管几天几夜说得完，桥归桥路归路，虽然是屁事，但不是我干的，强加于我就是诬陷，公民有权拿起法律武器保护自己。

潘守法还在那边说，他尽量控制住自己的情绪。马小乐突然大喊一声"和了"，条子清一色，心情大好，说话的口气立即温和了许多，或许他也想起了平时没少麻烦过潘守法。想到这里，他软下来，轻声对潘守法说，孔老师我还是挺尊重他的，上学时从没顶撞过他，毕业后几次遇见他我都大老远叫他，一次在钱记鱼汤面馆他钱掉了还是我帮他捡起来的。

潘守法问，你既然尊重孔老师，这次为什么要认死理钻牛角尖？

马小乐狡辩，不是我认死理，我也没钻牛角尖，这是原则性问题，你见的世面比我大，不论国家还是个人，原则性问题都是不能让步的。官司打到这份儿上，我松口不等于我投降？我投降了这脸往哪儿放？还怎么在这世上混？

潘守法想控制住自己的情绪，但实在控制不住了，终于破口大骂，你还要脸？还算人？还想在这世上混？你也有儿子，你儿子不靠老师教育？你不怕儿子将来骂你？

马小乐听着潘守法发火，反而冷静了些，一心一意打牌，手机就那般夹着。他明知潘守法在气头上，火旺得很，没必要再火上浇油，毕竟老同学能走动的不多了，再闹翻了以后回家连串门的地方都没了。想到这里，马小乐便嬉皮笑脸地说，你骂得对，我不是人，现在我老婆一开口便马青蛙长马青蛙短，连儿子都喊我青蛙爸爸。

潘守法见他口气软了些，便又细言慢语相劝，让老师道歉这事千万别做，老师说在人前站在人前，让他道歉不等于打他的脸？再说，他早退休了，一个月工资就几千元，到关工委后今天帮这个，明天帮那个，那个张凯母亲手术他还给垫了一万元，你开口就五千元，不要他的命？

马小乐不留神，随手打出一张"小鸡"，媚眼女人浪笑着一把抓过去说，我要。马小乐又点炮了，气鼓鼓地推倒麻将牌，冲着手机大声吼，权当我也是个贫困生，老师当年没教好这个学生，现在也帮扶帮扶他吧，他现在比谁都困难，一个月屁颠屁颠忙下来才挣三四千元，回去还要受老婆的气，儿子上学要送礼又没钱，打牌老点炮，这一炮又去了三十元。说完便挂了电话。

潘守法气得砸了茶杯。

潘守法窝了一肚子气，一夜没睡着。次日天一亮就打电话给孔立群，约她一起回镇上。孔立群正好休息，潘守法开车，出了县城，孔立群在车上接到李俊峰的电话，让孔老师给个账号，他可以借五万元给张凯的母亲治病。孔立群高兴地说，老人家正为这事愁得睡不着觉，李大工程师你这真是雪中送炭，我先替老人家谢谢你。又提到打官司的事，李俊峰告诉孔立群，马小乐的老板发话了，不撤诉就开除他，这小子上个月上班赌博被抓，厂里正准备处分他。

潘守法按了按喇叭，愤愤地说，这家伙是茅坑里的石头，又臭又硬。不过老板要开除他，可能有点儿用，毕竟他对现在这家单位很满意，工资高，离家只二三里路，上班时间只有八个小时，有时间打麻将，但这家伙滑，嘴上一套背后一套。

孔立群说，不管哪一套，越快息事宁人越好，实在不行给点钱就给点钱，只不过登报道歉老人家万万不会答应。

潘守法说，我再做做工作，这家伙求我的事不少，我不信他能硬到底。

到家没遇上孔昌文，潘守法又找到镇上，关工委的人说孔老师去了冯庄，一个小学生患了白血病，他去了解情况。打孔昌文手机，关机。潘守法说，老人家可能让那些报纸网站自媒体的人打怕了，这些人苍蝇似的乱飞乱窜，讨人嫌。孔立群叹气，怪不得母亲说父亲现在常一个人到河边转，电视报纸一概不看，更不用说手机。

8

九月初的雨仍然非常任性，说下就下，而且一下便下得没了章法，铺天盖地，肆无忌惮，刚刚还大白天，突然天一黑，便连走路也看不清。

孔昌文早上起来后望着那雨愣神，以往这个时候他都在钱记鱼汤面馆吃面条，但今天雨实在太大了，地上都扬起了烟。孔昌文犹豫着，夫人赵慧娟拿过一把伞说，等会儿再去吧，这雨不会下太长时间。

孔昌文没回话，不知为什么，他头一次产生了不愿去的念头。他回到屋里泡了一杯龙井茶，低着头听雨声。

赵慧娟见他闷闷不乐，心里不放心，轻轻问了句，那事怎么样？怕刺激孔昌文，没敢提"打官司"三个字。

孔昌文一愣，赶紧抬起头，粗着嗓门反问，什么事？

赵慧娟不再吭声。

雨终于小了点儿，孔昌文犹豫了片刻，还是抓起门口的伞，出了门。

到了钱记鱼汤面馆，已来了不少熟客，宋先生晃着脑袋高兴地说，说曹操曹操到，我说孔老师马上到，有人不信，说雨大，怎么样？知昌文者宋某人也。

面馆是小镇早上最热闹的地方，也是各种新闻的发布场，大伙寒暄几句，便又扯到了全县眼下最热的两个话题，二中和四中的学生事件。宋先生最有发言权，钱老板把一团面扔进锅里，问宋先生，听说跳楼的学生家长闹到县政府，县长责令成立工作组，但到现在还没处理好，人家开口向学校索赔一百六十万元。

宋先生不置可否，只是说具体数目不清楚。

钱老板肯定地说，虽说狮子大开口，但几十万元还是要赔的，因为事情发生在学校，学校有不可推卸的责任。

孔昌文扑哧一笑，开玩笑说，钱老板也与时俱进，说话文乎文乎的。

有人问宋先生，听说四中那个老师真的调走了，调到最偏僻的石黄中学，还背了个处分，老师一气之下辞了职，有的说他去了深圳，有的说他去了南京。

众人唏嘘不已，有人骂起了校长，有人抨击起教育局局长，有人责怪现在的老师不敢管学生，还有人指出老师上课不管是为了下课搞家教。

钱老板拿勺子敲着铁锅，调侃道，咱姓钱的马上要成为全国第一大姓啦！

众人不解。

钱老板幽默一笑，全国多少人，一个个往钱眼里钻，他们不姓钱姓什么？

众人跟着哈哈大笑。

钱老板愤愤不平，扳着手指头说，儿媳一年拿的工资不够孙子补课，三天两头回来要，老师呢，不看作业只看家长签字，他的时间比谁都宝贵。

宋先生揶揄道，孙子是你的，不问你要问谁要？

大家七嘴八舌，越说声音越高，越说气越大，不停有新食客加入进来，一位白发老者愤愤地数落，现在多少恶性事件呀，前些年一名大学生杀母，大学生呀，天之骄子！今年，据说又有一个学生杀死亲生母亲，这还有一点儿人性吗？昨天报纸上又登了，某地的两名初一女生把女同学关在厕所里抽打了一堂课，最后打昏了也没人管，天理何在？

小面馆里群情激愤，众人争相发言乱得像一锅粥。白发老者退休前是副镇长，跟孔昌文是几十年的好朋友，他走到孔昌文身边，关心地问学生跟他打官司的事。

孔昌文正在喝面汤，一急，烫了嘴，赶紧放下碗，正色道，他不是我的学生！

宋先生连忙解释，孔老师只代了他三天课。

钱老板又来给孔昌文和宋先生加鱼汤，他们俩都喜欢喝鱼汤。宋先生边喝边悄悄对孔昌文说，这几天我的心怦怦跳个不停，夜里三点多钟便睡不着，起床后第一桩事便是给儿子打电话。

孔昌文不满地白了他一眼，这般活受罪，干脆叫你儿子辞职不干，回家算了。

宋先生脸色一沉，辞职不干？你说得倒轻松，辞职不干吃什么喝什么？

孔昌文板下脸，脸色阴沉，我问你，这样的老师能教出好学生？

宋先生知道孔昌文生气了，但他不会计较孔昌文，两个人几十年的朋友了，天天见面，互相间常开玩笑，谁也不会为之生气。宋先生竖起大拇指，在孔昌文面前晃了晃，哪能跟您老人家比，您什么人？德高望重，桃李满天下。

孔昌文脸上平缓了一些，嘴角向上扬了扬，谦虚地说，教好了的学生那只是一小部分，大部分学生是一般的。

宋先生点头，赞同他的观点，十个指头伸出来有长短，至于个别现象你别理他。

孔昌文明白他说的"个别现象"，抓起餐巾纸擦嘴，然后用力将餐巾纸团起来，狠狠砸进垃圾筐。垃圾筐歪了一下，差点倒下来。宋先生的身子也一斜，差点撞到一个食客身上。

宋先生拿手撑住桌子，问道，孔老师，你说现在的学生咋这样娇嫩？说不得，骂不得，罚不得，更打不得，放在从前呀，简直不可思议。

孔昌文看着外面，没吭声，但内心里却翻江倒海开了，回想自己从教四十年，可以说是兢兢业业、勤勤恳恳的四十年，自己对学生比较严，不像李仁山老师，温文尔雅，慢条斯理。调皮的学生不怕李仁山老师，孔昌文有时看不下去，替他管教不听话的学生，罚站、训斥，气急了还拿三角尺打学生的手心。"教不严师之惰"，教师的职责是教书育人，育人的重要性其实高于教书。

孔昌文起身，看看外面雨小了，要走，他马上还要去找张冬林，前天说好的。

宋先生拉着他的衣角说，孔老师，再问你一个问题，如果你是二中、四中那个老师，咋办？

孔昌文毫不犹豫，大手一砍，理直气壮地说，照样批评！

敢撕他的本子？

当然！

谈恋爱的女生呢？

一样教育！

宋先生大惊失色，天啦，你孔老师胆子可真大，反正你借我十个胆我也不敢！

孔昌文不满地瞪着他，为什么？

宋先生张大嘴，呜呜了半天，不清楚说的是什么。

一屋子的人都不吭声，只听见电风扇呼呼地吹着，但吹在脸上除了热风还是热风。

面馆里人来人往，老副镇长吃完面跑过来，这一次他力挺孔昌文，他拿手向下压了压，示意大家静一静，说，想必大家都读过鲁迅先生写的《三味书屋》，寿镜吾老先生有一把戒尺，学生不听话得罚跪，打戒尺。打戒尺好啊，如果老师手中没戒尺，就如同汽车没有刹车。现在的孩子在家中父母舍不得管，在学校老师不敢管，长大了不个个成了大闹天宫的孙悟空？

老副镇长的话引来许多人的共鸣，包括钱老板。有个中年人说，马上又到教师节了，国家为什么要设立教师节？不就是倡导全社会尊重教师吗？你不尊重教师，教师怎么会有责任感、自豪感？

钱老板赞同，有道理，远的不说，就说孔老师，他那般热心帮助那个张凯同学，一非亲二非故，为什么？还不纯粹是一种爱，一种责任心？

宋先生对老副镇长刚才说的戒尺耿耿于怀，反驳道，现在什么时代？法治社会，人人都懂法，你打，弄不好就侵犯人权，惹官司上身。

老副镇长不服气，大了嗓门，惹什么官司？你做错了事，不守规矩，难道不应该受惩罚？这天经地义！同时，挨戒尺也是一种挫折教育，现在的孩子承受能力多差，动不动跳河跳楼，个个"玻璃人"似的，将来走上社会遇到挫折怎么扛得住？

宋先生满脸涨得通红，他本是个温和之人，从不跟人高言高语，但今天显然生气了，跟老副镇长叫起板来，两个人针锋相对，你来我往，互不相让。

孔昌文坐不住，呛了宋先生一句，别纸上谈兵，坐飞机吹喇叭——唱高调。

宋先生拿手拍桌子，人命关天！人命关天！这责任你负得了？

孔昌文火了，上前一步冲着宋先生责问，负什么责任？如果为这事处分我，我也跳楼！

宋先生气得说不出话，你，你……

孔昌文不依不饶，你什么？按你说的，老师只管糊弄学生四十五分钟，然后就可以昧着良心去赚钱，一节课再收几百元！

宋先生清楚孔昌文在讽刺自己的儿子，气得脖子的青筋直跳，一条条蚯蚓似的，拼命往外拱。他几乎失控了，大声吼道，我儿子不认真教课？你说的？他教的班常考第一，补课的就他一个人吗？哪个老师不补？

孔昌文手一甩，亏你教得好！

宋先生暴跳如雷，戳着孔昌文的鼻子，周瑜打黄盖——一个愿打一个愿挨！你管得着！

孔昌文寸步不让，回击道，跪着的教师能教出站着的学生？

宋先生吼，你女儿当医生，她不收人家红包？

孔昌文拍着胸脯，不收，收了我不认她！

面汤淌了一地。

9

孔昌文骑车去找张冬林。办公室主任对孔昌文说，张老板去了城里，马上回来。孔昌文就到厂后面的河边转，这是条大河，一直通到东台。几个身着蓝布碎花衣裳的采菱女正在河里摘菱角，只见宽阔的河面上一只只木桶穿梭往来，采菱女们左手托着菱盘子，右手摘菱，身下的木桶左右旋转。溱潼菱角生吃皮脆肉嫩，熟吃又粉又香。采菱女们认识孔昌文，大声跟他打着招呼，一个女人专门划到岸边，扔上来几捧嫩菱。孔昌文喜欢吃菱，特别爱吃老菱烧鹅，每到八月初冰箱里便塞得满满的。

等到张冬林，孔昌文递给他一把菱角，告诉他，张凯的母亲手术很成功。张冬林剥开一只菱角，将雪白的菱白送到嘴里，不停地夸这菱又脆又甜。

等手里的菱角吃完了，张冬林才开口说，孔老师辛苦了，若不是有您和孔立群，事情怕是没这么顺利。

孔昌文摆摆手，客套了几句，便又问起回去跟夫人商量得如何。张冬林支支吾吾，说老婆有点儿、有点儿……孔昌文眉头一皱，有点儿不高兴，加上早上在面馆生的一肚子气还没消，脸色便难看起来，他一针见血地指出，我看怕是你的问题吧！

张冬林赶紧摇头，连连摆着手，不是我的问题，不是我的问题。

孔昌文把手里的菱壳扔进垃圾桶，告诉他，小张凯说了，这账他记着，将来还你。你说，你这侄子多懂事，现在这样的孩子哪儿找？

张冬林不再吭声。孔昌文背着手，在办公室里踱来踱去，脚下"咚咚"地响，张冬林似乎觉得屁股下的椅子在震动。他尴尬地搓着手，搓了半支烟工夫才对孔昌文说，孔老师您别着急，妇道人家，眼光浅，我再来想办法。至于还不还另当别论，小孩子说的话哪能当回事？

孔昌文生气了，你怎么什么人都不信？他是你亲侄子你也当外人？我真搞不懂，你嫂子没钱看病你坐得住？你侄子辍学你忍心？你想过没有，一个十几岁的孩子，真的失学了将来心里的阴影多大？他会恨一辈子，恨所有的人，包括你！

张冬林愣住了，赶紧赔着笑脸。孔昌文掰着手指头说，别以为只有你一个人出了劲，其他不少人也在帮忙，医院、学校、关工委，李俊峰一个人就借了五万给张凯。

张冬林毕竟见多识广，赶紧满脸堆笑，奉承道，大伙还不都是看您的面子？谁不晓得我们的孔老师菩萨心肠？大好人一个！唉，要是我们办厂的都碰上您这样的好人就好了。

孔昌文鼻子里哼了一声，我不听奉承话！

张冬林凑上前，讨好地说，孔老师，您是大好人，大菩萨，不过现在跟过去不同了，您好心，肯帮人，但有时好心不一定有好报，套用一句时髦的话说，理想很丰满，现实却很骨感，比如、比如……

孔昌文警惕地回过头，两只眼睛像锥子，死死盯着张冬林。张冬林被盯得浑身不自在，讪讪地拿手挠头，挠得刚才还油光光的头发东倒西歪，荒草一般。他侧过脸，赶紧自我圆场，我是说，您过去对学生那么好，比人家父母都好，但是，还有人不懂得感恩，这真是知人知面不知心，社会呀，太复杂了！

孔昌文突然被火烫了一般，张冬林话中有话，他在说打官司的事！孔昌文被刺痛了，"扑通"的一声放下茶杯，问，你这话什么意思？

茶水溅了一地。

张冬林连忙摆手，我不是这个意思，我只是说那个家伙不像话。

孔昌文再也忍不住，满脸涨得通红，就你像话？

张冬林还想说什么，只听见"砰"的一声，孔昌文摔门而出，临走时丢下一句话，借不借随你！

大门在身后"咣当咣当"响了好一阵。

孔立群在半路上找到孔昌文，孔昌文一见面便发火，什么亲情友情，什么血浓于水，统统狗屁！

孔立群知道他刚从张冬林那儿回来，劝道，你可不能这样熊人家，人家过去是你的学生，现在不是，况且法律上也没有规定嫂子生病小叔子一定要借钱。

孔昌文怒气未消地吼道，法律？法律！人不要讲良心？

孔立群不直接回答他，而是亲热地拍着他的肩，老爸到底是做老师的，爱心满满，您是好心，但说话要讲究艺术。

到家了，孔昌文还在喘粗气，孔立群拉着他坐下来，劝道，现在有些事说不清，道不明，就像我们做医生的，给人看病，救死扶伤，可偏偏却动不动挨人骂，挨人打，昨天三病区一个医生被人家打掉了三颗牙，血流满面。

赵慧娟在一旁大吃一惊，为什么？

孔昌文气呼呼说，还不是因为医生拿回扣？

孔立群赶紧起身，拍着胸脯保证，我工作十多年，可从没拿过人家红包回扣。

孔昌文一字一顿地说，拿了就不配穿白大褂！

吃饭时，孔昌文闷着头扒饭，一句话也不说，搁下碗时才提醒了孔立群一句，你也要小心点儿。

孔立群惊讶地望着父亲，父亲怎么也变得胆小了？孔昌文扶着门框去休息，孔立群第一次感到父亲的确老了，身子再也没那么挺拔，步子不稳，背也驼了下来。

10

潘守法又去了一趟法院，想最后一次调解，打马小乐电话，没打通。下午他继续打，马小乐关机。潘守法火了，这家伙太不像话了，连电话也不接。想到过去马小乐一有麻烦事就来求自己，不管是半夜还是在开庭，这是典型的有事有人，没事没人，势利透顶，令人不齿！行，你把路走绝了，下次还好意思找我？要知道你不但欠咱人情，还欠咱的钞票呢，虽然不多，一千元，但人而无信，不知其可！

潘守法气坏了，看着一直无人接听的手机，恨不得一把砸碎它。

晚上十一点多，潘守法正准备睡觉，电话突然响了，一看，是马小乐打来的。

潘守法骂道，我还以为你死了呢！

马小乐恢复了他嬉皮笑脸的本性，打哈哈说，我怎么能死？我死了你不就少了一个同学，一个好同学？

潘守法不愿跟他打嘴仗。马小乐解释，老板给我布置了一项特殊任务，必须十一点完成，不准我带手机，因为现在个个会拍照往网上传照片。他压低了声音神秘地说，他刚刚在给老板的情人修电灯。

潘守法连打了几个呵欠，马小乐并不在意他的怠慢，话锋一转，破口大骂起李俊峰来。李俊峰找到他老板，老板不分青红皂白责令他撤诉。马小乐万般委屈地问潘守法，你说这时候怎么撤？撤了我脸往哪儿放？

潘守法故意激他，你不愿撤就不撤，这时候撤就是扇自己的耳光！

马小乐明知潘守法在激他，咬着牙说，潘守法，你要人不是这个要法！

潘守法继续激他，老板你怕他什么，不行再换一家公司干，此地不留爷自有留爷处。反正你都跳了七八家了，再跳一家又何妨？说不定下一家比这一家更好，拿的钱更多。

马小乐不吭声了，潘守法听得出那边传来女人的大嗓门，怕是王丽打麻将回来了。过了片刻，马小乐才压低嗓门说，这样吧，看在你的面子上，这事只要他在报上声明一下错了，道个歉我就撤诉，钱不钱无所谓，怎么样？我还给老师留面子吧？

潘守法"扑哧"一声笑起来，心想，你马小乐真够逗的，把我当三岁小孩耍？你尾巴一翘拉什么屎我还不清楚？但他表面上不动声色，而是就坡下驴，爽快地说，行行行，我明天打电话给孔老师，道个歉，钱就不谈了。反正这事总要有个结果，年纪大了，记错了人名，谁也不会苛求。最后他又强调，这可是你说的，男子汉大丈夫，一言既出驷马难追！

马小乐刚应了一声，潘守法便关了手机。

王丽上厕所回来，躲在门后听到了刚才的通话，一把抢过马小乐的手机，揪住他的耳朵骂道，狗日的昏头了，道歉有个屁用，当饭吃当衣穿？

马小乐挣开身，捂住揪疼了的耳朵，死命跺着脚，你懂个球，女人头发长见识短！潘守法什么人？比鬼都精！跟他不斗智斗勇还行？我这是故纵欲擒。

王丽纠正，欲擒故纵！

马小乐改口，欲擒故纵，你想想看，孔昌文会道歉？这比登天还难！

王丽没好气地瞪着他，欲擒故纵？好你个欲擒故纵！当年谈恋爱时你这厮装出一副很本分的样子，见面三四次也没动过手，不像以前几个男朋友，个个饿狼似的，见了面便要吃了自己。谁料到第五次你手一动便把人家抱上床，挣也挣不脱。

11

孔昌文一连几天都没出现在钱记鱼汤面馆里，钱老板天天都把他存在那儿的生姜早早拿出来，同时又拿出一只小碟，装上半小碟雪里蕻咸菜，但等来等去等不到人，只得再拿回去。

宋先生天天念叨孔昌文，孔昌文几天不来，他有点儿不安起来，本来他跟孔昌文是很好的朋友，认识几十年了，天天一起吃早饭，一起侃大山，从没红过脸，一个医生一个教师，都是小镇上的名人。宋先生估计孔昌文还在生自己的气，毕竟那天两人吵得面红耳赤、天翻地覆，现在想起来，他不觉得自己理亏，但也为那天的争吵后悔——孔昌文有他令人敬重的品格。

又等了两天，还不见孔昌文的影子，宋先生猜，是不是教师节马上到了，孔昌文又要去出席这个会那个会？问儿子，县里表彰会还没开，问老副镇长，镇上也要过两天。那孔昌文去哪里了？会不会又去帮那个张凯借钱？打他电话，关机。宋先生坐不住了，莫非生病了？毕竟年近八十，别看他平时身体不错，但年岁不饶人，这些天忙这忙那，还要应付官司，哪吃得消？

一天早上，来了两个手持相机的人，说是网站的记者，采访孔昌文，四处找不着，找到他每天吃早饭的面馆。宋先生这才想起来，孔昌文一准被这些记者找烦了，官司马上要开庭，又适逢教师节，媒体自然十分关注这件事。

宋先生气不打一处来，冲着两个记者发起了火，怪不得人家说防火防盗防记者，你们成天苍蝇似的乱飞，热衷于八卦新闻，你们老盯着孔老师是什么意思？不就是记错了个人名吗，他有多大的罪？

记者跟他解释不清，嘴里嘟哝了几句，见个个没好脸色，只得灰头土面，讪讪而去。

宋先生放心不下，专门找到孔昌文家。赵慧娟说孔昌文早上去了城里，给张凯送鱼圆，侄媳妇早上送来青鱼做的鱼圆，孔昌文趁热给张凯送过去，正好中午吃。宋先生立即赶到县中，学校正放学，远远地看见一个满头白发的老人，正站在斑马线上等人。毫无疑问，那是孔昌文。几天不见，他的背明显驼了不少，头发全白了，雪一般。

下课铃响了，一个瘦高个学生欢快地跑过来，紧紧依住孔昌文，接过他手里的饭盒，搀扶着他小心地过马路，一老一少，挨肩搭背，亲密无间。

宋先生禁不住眼眶一阵发热。

12

马小乐从银行取回五千块新崭崭的票子，嘴里哼着小调回家，那是潘守法汇给他的。王丽正好打麻将回来，马小乐冲她做了个手势，说胜利了。王丽一把抢过那钱，反问，你的功劳？我不找潘守法能要到这钱？你那个空头道歉有屁用！

马小乐不服气，我这是欲擒故纵，用的一计，潘守法何等人？我不将他的军能成功？

王丽呸道，就你聪明！

马小乐自信地说，我断定这钱是潘守法出的，姓孔的一分都不会拿。

王丽沾了口水，埋着头一张一张数钱，数完了才漫不经心地说了一句，管他谁出的。

马小乐过来抢钱，王丽把钱藏到身后。马小乐转圈子，无奈王丽的胖身子像一堵墙，挡得实实的。马小乐委屈地苦着脸求情，我还有车费，请律师吃的饭费，买茶叶送人家的，你不能独吞。

王丽虎下铜盆似的大脸，吼道，我独吞？儿子上学前班我已经花了八千六百元，你花过一分？

儿子马或闻声从里屋跳出来，两眼紧紧盯着王丽手里的钱。王丽黑下脸熊儿子，学习去，二十三个声母默了十遍都默不全，今天别想让我给你签字。

儿子马或愣住了，但很快又回过身来拽马小乐的衣角，你不签，爸爸签。

马小乐还在气头上，无奈只得把火发到老师头上，狗日的老师太混账，作业不改让家长改，你图省事，这老师谁不会当？

王丽拿手戳着马小乐的脑门，警告道，你还骂老师？记得后天什么日子？

马小乐揩着王丽喷过来的唾沫，愣在那儿。

王丽大了嗓门，你个智障，后天不是教师节吗？

马小乐这才醒过来似的，嘟哝着点了点头。

儿子马或高兴得一蹦老高，拿手箍住王丽的脖子，我要给老师送花。

王丽搂过儿子说，送，你爸马青蛙都准备好了，送花，祝老师教师节快乐！

儿子马或在王丽脸上亲了一口，接着又跑过来搂住马小乐的脖子，亲热地大声喊道，爸爸真好！

随后，马或又忧戚地自言自语道，可是老师今天说过，教师节只允许我们自己做礼物送给老师！

仁 心

◎若 非

1

赵有良医生来时，我们落水湾的天空是明亮的，风把消息从村头吹到村西，孩子们奔走相告，赵医生来了，赵医生来了……

孩子们就这样相互呼唤着，去看赵有良医生。看到孩子们，赵有良医生先是笑眯眯的，然后他身子稍微往前倾了倾，伸出右手食指，放在嘴巴前，"嘘"。

于是孩子们也学着赵有良医生的样子，把右手食指放在嘴唇边，"嘘"，眼睛死死地盯着赵有良医生，脚步不自觉地靠近他几步。

赵有良医生将听诊器贴在病人胸前，认真地听了会儿，一会儿皱眉，一会儿舒眉，然后拿出来，对孩子们说，往后退退，退退。于是孩子们就往后退退。等到赵有良医生用一只手分开病人的眼皮观察眼睛的时候，孩子们又围了上来。

赵有良医生看完诊，叮嘱病人，老人家，问题不大，好好休息，多喝热水，先给你开两天的药。孩子们附和，问题不大，好好休息，多喝热水。赵有良医生说，药要饭后温水吞服，油腻的、辛辣的是不能吃了。孩子们又附和，油腻的、辛辣的是不能吃了。赵有良医生面露愠色，说，退退，让远一点儿。孩子们就让远一点儿，各个龇牙咧嘴地笑着。

赵有良医生开完药，交给病人的家属，说，就给一块七角钱吧。

病人家属说，这不好，这不好，赵医生跑来这么远来看病，还收这么低，不好，不好，硬要给赵有良医生塞皱巴巴的三块钱。赵有良医生推开他的手，说，我说一块七就一块七。孩子们说，多的给我们。赵有良医生冲孩子们半怒道，远远去，别吵耳朵。

孩子们吐着舌头，走得稍微远了一些。大家围在一起，七嘴八舌地讨论，赵医生的药箱里，会装有些什么。

一定有很多的药，不然还能装石头？一个孩子说。

那可不一定，万一赵有良医生就喜欢石头呢？另一个孩子说。

听说他家里就有一个石人。

嘘——

孩子们安静了。赵有良医生家里住着一个石人的事情，可不能乱说。孩子们也是道听途说，没有谁真正见过那个石人。他是谁，长什么样，是赵有良医生的什么人，没人知道。

说不定，箱子里装着一些糖呢，安静了一会儿，有孩子说，最好是有很多很多的糖。

对对对，有糖最好，赵有良医生可从来不缺水果糖的。孩子们附和道。

然而这一次，赵有良医生拿出来的，却是一盒夹心饼干。他把饼干拿出来，交给最大的孩子，让他给大家分分。

孩子们吃完饼干，从家里带来新玉米棒子、猪油烙麦饼等，赵有良医生挑了几样，对孩子们说，够了够了，其他的，我下次来再给我吧。他说着说着就离开了我们落水湾。

2

你可能不知道，赵有良医生是个有趣的人，更是一个真正的大好人。

他跟孩子们的父亲一样大，或许还要年轻一点儿，又比他们白很多，清秀很多，一点儿落水湾人的特征都没有。他戴一副金色边框的眼镜，镜片已经磨成了浅灰色，边缘多处已经破损。他整个夏天喜欢穿一件白色的衬衫，松开靠脖子的那两颗纽扣，胸前的衣袋里插一支钢笔。他穿一条休闲裤，一双黑皮鞋，有时候也穿运动鞋，系一条棕色的变形的皮带。他总是背着一个药箱，那是他的标配。走到哪里都是笑眯眯的，很招人喜欢。

他每次到我们落水湾，都会认真给老人们看看病，看到不太对劲的孩子也抓起来检查检查，虽然很辛苦，但都只收很少的钱。村民们到镇上去看病，随便开点儿药都要好几块钱，但赵有良医生开出来的药，高不过两三块钱，而且药效好，管用。如果遇到无儿无女的五保户，赵有良医生还免费看病。他性格温和，待人和善，我们从来没听到他和谁吵架争执。乡里的女人们抱怨自家男人，就说，你要是有人家赵有良医生五分之一温和，我就谢天谢地了。最重要的是，赵有良医生到我们落水湾时，会时不时带些吃食、糖和饼干，分给孩子们。孩子们非常喜欢赵有良医生。

孩子们都知道，位于小学旁边松林间的那栋平房，就是赵有良医生的诊所。房子是附近村民的，修建年代不详，但面容枯槁，色如死灰，想来已经老了。房子是进出的四间，乡里俗称它"田"字形或者两个出进。诊所没有名字，都是小门，其中一个房间的窗户搭了台面，八块竖立的木板就是窗门了。白天，把竖立的木板挨个拆下来，松垮垮地堆在旁边，路人便可从窗外的马路上看到窗内的景致，无非是摆满药品的架子、几条条凳、一张病床，坐着的人和晃荡的点滴瓶之类的。这就是赵有良医生的诊室了。墙上贴满各种图片，多是些人体骨骼的图片。如果你走近，赵有良医生会笑眯眯地探出头来，老乡，怎么了？是不是有哪里不舒服？排在路边的另一间房平常也是半开着门，里面没多余的东西，只有几张简单的小床，可以算是病房了。病房后面的房间房门常年紧闭，住着传说中的那个石人。赵有良医生从不让人去看石人，他把石人安排在那个房间里，就是因为那里最为私密和隐蔽。

不看诊的时候，赵有良医生会搬一个小躺椅，放在门前的马路边，躺在阳光下晒太阳。过路的人喊一声，赵医生。赵有良医生就回一句，唉，干啥去？他也不抬头，也不侧身，就那么答着，好像每个人他都能从声音里听出来是谁。有时候，赵有良医生的妻子，一个瘦小的女人，会端着簸箕之类的东西坐在离他不远的地方，低着头拣着什么。他们几乎不说话，有时候像两个雕塑。

不仅我们落水湾，所有认识赵有良医生的人，见到赵有良医生都会恭恭敬敬地喊一声，赵医生。总之，我们都喜欢赵有良医生，因为赵有良医生是个大好人。这是把落水湾两座大山都削平也改变不了的事情，也是把两座大山之间的裸洁河拦腰堵住让它倒流回天上也改变不了的事情。

3

就是赵有良医生这样一个温和、善良的大好人，竟然和我们落水湾的汪老三吵了一架。

汪老三家中排行老三，得名老三。汪老三的爹死得早，爹死妈嫁，就丢下了老三和两个姐姐，傍着伯伯家过日子。两个姐姐不到十六岁就嫁去了远处。十八岁那年，伯伯也死了，伯母年岁大，加上又不是亲生的，就不怎么管老三。老三住在自己的老破房子里，种着自己家的几块地，但因为好吃懒做，种庄稼三天打鱼，两天晒网，地里的庄稼还没野蒿高。总之，老三的日子过得紧巴巴的，二十六七岁，娶不上媳妇，常日蓬头垢面，看起来倒像个三十六七岁的人。尤其整日游手好闲，惹是生非，东支西借，又专会干些偷鸡摸狗的事，很不受人喜欢。人们面上客客气气，心底里对他都厌烦得不行。

那天赵有良医生又来看诊，正在一个老人家里闲聊，孩子们得到了糖，喜滋滋地在门前玩闹。汪老三走上院坝来，冲孩子们喊，嗨，给老子来块糖。胆小的孩子跑开了，胆大的孩子冲他吐口水，哼，口水也不给你，还给你糖？汪老三作势要打人，斗嘴的孩子也不怕，挺着腰杆，你来呀。汪老三悻悻地收了手，赵有良在不在？没有人理他，他便往屋里去了。

主人家见到汪老三，起身招呼他，老三，来坐，便递了一张凳子给他。

汪老三不坐主人家递来的新凳子，非要跟赵有良医生挤一张条凳。

赵有良医生往旁移了移身子，笑眯眯地说，老三，媳妇儿可有着落了？

汪老三没好气地垂着头说，咦，没着落。又说，我来看病。

赵有良医生说，啥病，不舒服？

早不舒服了，托上学的娃娃喊你来看看，你硬是不来啊。

你年纪轻轻好小伙，还走不了这点儿路？人家七八岁的小娃，天天上学都要走几趟。再说，我诊所也有病人需要看病呢。

那你就说看不看吧。

看看看，咋能不看呢？现在看也一样，你哪里不舒服？

哪里都不舒服，浑身不得劲，不想干事，睡又睡不着，醒来眼睛干干的，像塞了一把干草，难受，还头晕。

昨晚几点睡的？

哪知道几点，又没个表，有也看不懂，反正鸡叫二遍还睁着眼。

今早几点起的？

都说了没表，有也看不懂，反正我起来的时候大娘割了一背篓草回来了。

赵有良医生把汪老三看了个遍，你这不是病，是懒。

汪老三道，咦，你不要乱说，我勤快得很。

赵有良医生笑了。孩子们也跟着笑，你就是懒，懒猪。

汪老三冲孩子们嚷，滚，你们才是猪。

赵有良医生始终笑眯眯地看着汪老三，我是没检查出什么来。

汪老三说，我就是有病，你必须给我治，你是好医生，你不能不救我。

赵有良医生还是笑眯眯的，那你觉得该怎么治？

汪老三说，你给我喝支葡萄糖。

赵有良医生说，嘿，还知道葡萄糖。

汪老三说，你就说给不给吧。

赵有良医生从药箱里找出一支葡萄糖，再向主人家要了一只碗，将葡萄糖的玻璃瓶子敲开了，将葡萄糖倒入碗中，端起来仔细打量了会儿，递给汪老三，对他说，用牙齿隔着，如果遇上玻璃碴儿，就吐出来。

汪老三接过碗，一口就喝完了，他咂巴着嘴说，玻璃碴儿我也吞下去，不怕，我肚皮刀子都吃过，啧啧啧，真甜。

赵有良医生问，好点了吗？

汪老三说，还真好点了。他丢下碗就要走。

赵有良医生赶紧把他拦住，一块钱，你忘了给我钱了。

什么？汪老三似乎没想到赵有良医生会跟他要钱，我没钱，我一个没爹没娘没儿没女的人，哪里来的钱？再说你这值一块钱？不要唬我。

赵有良医生这回不再笑眯眯的了，正色道，看病给钱，天经地义，你必须给钱。

汪老三说，咦，你个赵有良，你看过多少人没收钱我还不知道？凭什么别人可以不给，我就必须给？

赵有良医生说，我愿意不收就不收，但现在我愿意收你的钱。

汪老三说，不给，没钱，咦，赵有良，你不像人们说的那么善良。

他们就是这么吵起来的。主要是汪老三吵，即便后来赵有良医生无奈表示不收钱了后，汪老三还是一直骂骂咧咧。气得赵有良医生紧闭双眼，喘着粗气。

孩子们看见赵有良医生是阴沉着脸离开我们落水湾的。孩子们断定，赵有良医生恐怕不会再来我们村看病了，至少绝不会再为汪老三看病了。大家都是这样认为的，不只是眼巴巴望着赵有良医生带吃食来的孩子们。

4

赵有良医生没几日就又进了我们落水湾。他依然笑眯眯的样子，路过人家门口就对主人说话，在家啊。主人家呢，也客气地喊他，来家坐坐。赵有良医生倒没时间串门，他径直去了托人请他来看病的人家，那家老人八十多岁了，常患些感冒小病。

赵有良医生刚把病看完，正在给药，孩子们就来了。赵有良医生笑眯眯地说，娃们，今天可什么都没带，糖，没有，饼干，也是没有的。孩子们脸上有些失望，但也没离去。有人说，赵有良医生，不是有葡萄糖吗？赵有良医生赶紧紧张地抱住自己的药箱，走开走开，一群小鬼，那是药，不是糖。孩子们哈哈大笑，谁也没有离开。有孩子给赵有良医生递些树上刚采来的果子，他依例取一些，塞在嘴里。

赵有良医生看完病，依例在主人家歇会儿，聊聊天，叮嘱一些病患休养要注意的事情。走前，赵有良医生神神秘秘地对主人家说，唉，那个汪老三，情况复杂了，上次我回去，查了几十本医书，终于弄清楚，他是真患了大病了，如果不好好治疗，后果很严重。主人家说，怕不会哦，看起来像条狗一样生猛。赵有良医生说，大病就是这样的，前面根本看不出来，你看你家老子，一年四季这小病那小病的，但也没见过三长两短是不是？但大病正好相反，前面根本看不出来，等到看出来了，人已经快玩完了。

赵有良医生再次离开了落水湾，关于汪老三患了大病的消息，被落水湾的风一吹，就从村子这头，吹到那头；从木楼的房檐下，吹到了深深的玉米林；从平坦的田野，吹到了陡峭的山坡……

不久后，汪老三成了赵有良医生的病人。传说汪老三是跑到赵有良医生的诊所，给赵有良医生跪下了，赵有良医生才无奈答应医治他的。赵有良医生让他去外面看，最好马上去市里省里，一刻也耽搁不得，但汪老三没钱，他是真没钱，就他那德行，哪里攒得下钱？赵有良医生看他实在可怜，才收治他。

我给你治疗可以的，但你必须给我钱，我是医生，你是病人，我愿意不收钱就不收钱，但是医治你，我就是要收钱的。赵有良医生说，你可得想好。

汪老三为难地说，可我是真没钱，现在命都快保不住了。

赵有良医生想了想，没钱也行，你就每天来我这里打工，正好我这里病人多，病人多时帮我照顾病人，闲时你可以干点自己的活儿，我不给你一分钱，因为你的工钱还不够你的医药费，但我可以供你一顿午饭，我吃什么你就吃什么，你的工钱充医药费，不够的先欠着。

汪老三想了想就答应了。不然，他还能怎样呢。

于是汪老三成了赵有良医生的病人和工人。每天早早的，孩子们出门去小学上课的时候，汪老三就得出门了，跟着孩子们走大约四十分钟到小学旁边赵有良医生的诊所上班。开始那时候，汪老三老迟到，次次都被赵有良医生一顿批评。他想反水，却又怕赵有良医生一生气不给他治病，只好忍着。病人稍微少一点儿的时候，赵有良医生就为他看诊，主要是拿一个吹气的东西对着他的嘴巴吹上小半个小时，然后还给他吃一种土灰土灰的药丸。

赵有良医生的病人很多，每天四里八乡来看病的真不少。老人来了，汪老三要帮忙扶着，抬上床；孩子来了，汪老三要随时准备好煤灰，好清理孩子们摆摊似的拉在地上的大小便。要是没事，就得拣中药、磨粉、装袋等。活是不重，但是磨人。汪老三忙得够呛，累了他就生气，吼病人。赵有良医生始终都是笑眯眯的，先安慰被吼的病人，再说汪老三，给你说了多少次了，你这个病，不能生气，不能发火，不然吃再多药也是白瞎。

从夏天到秋天，又到了冬天，几个月过去了，汪老三像变了一个人，他也学会像赵有良医生那样笑眯眯的，向孩子们派发赵有良医生带来的小食品，不再动不动就骂人。最为关键的是，他每天和上学的孩子们一起起床出发，晚上要天黑才回家，有时候遇到特殊情况，还得加班到深夜，竟不说一句怨言。有时候他到了，赵有良医生一家还没起床。他向人们炫耀，说自己的身体越来越棒，病正一点点从自己身体里退去，要不了多久，他汪老三就可以做回一个正常的人了。

5

大雪下到落水湾的时候，赵有良医生的妻子不见了。那阵子很多货车开到学校旁收玉米粒，一来就停留三四天，车辆来来往往，很是热闹。传说，赵有良医生的妻子是跟一个货车师傅走的。她为什么要跑掉，没有人知道。赵有良医生身上，有太多不为人知的事情了，他怎么来到这个穷地方的？他家里的石人是怎么回事？他那么好的人为什么和他的妻子话很少？他的妻子为什么要偷偷跑掉？没有人知道为什么。

妻子走后没几天，赵有良医生把汪老三叫到跟前来，说，从今天起，你可以不用来上班了。赵有良医生说，你已经痊愈了，想干吗就干吗去吧。

汪老三心里很高兴，毕竟他的病好了，但他转念又一时没法接受，他已经起早贪黑了几个月，早就闲不下来了，这会儿不让他干了，他还真不知道该干吗去。

如果你实在不知该去干吗，我给你引个路，你去县城里打工吧，回来时把我的钱还了。这是赵有良医生接收汪老三后，第二次提到钱这个事。第一次就是正式答应治疗汪老三那次。

汪老三听愣了，我的工钱还是不够？

不够，赵有良医生很快就在算盘上算清楚了，你一共欠了我两百零四块六毛。

汪老三相信了，连毛毛钱都算尽了，这让汪老三很难过，赵有良，我给你打了几个月的工，你给我治了几个月的病，我以为我们有点点瓜葛的，好歹同一口锅里吃午饭都吃了不下百来次，没想到你算得这么净。

赵有良医生一本正经说，这事，一开始就说得很清楚的。

汪老三很生气，还就还，老子可不想被人戳骨头。他很快就又打了退堂鼓，毕竟他真的没钱。

为了他能还上钱，赵有良医生只好再给了他一些路费，写了个地址给他，叫他进城后按照地址去找活。

汪老三气呼呼地离开了赵有良医生的诊所。离开前还骂了一句，好你个赵有良，是真的一点儿人情都不讲了。赵有良医生都听到了，但他什么也没回，只是默默望着汪老三离开，然后一声不响地进了屋。

第二天，汪老三离开了落水湾。在他走后，关于赵有良医生家里石人的事，也就传开了。说是在赵有良医生诊所最私密的房间里，果真住着一个石人。石人躺着不动，不会说话，跟死了一样。石人是赵有良医生的爹。赵有良医生很害怕别人知道他有一个石人爹。

为什么他这么怕人知道，肯定是他们干了什么见不得人的事情。汪老三吐着酒气说出这些话的时候，听见的人都嗤之以鼻，你就吹吧，赵医生那么好的人，怎么会干坏事，你小子受了赵医生的恩惠，还到处乱编瞎话，小心舌头长蛆哦。汪老三振振有词，我亲自摸进去看过，一点儿也假不了，谁说谎谁烂舌头。再说了，汪老三犹豫了一下，他女人为什么跑掉？还不是跟他过不下去？不就是日子太难过了吗？为什么难过，因为他不赚钱，他为什么这么做？因为做了亏心事，心里愧疚。听者自然不信。他两口子吵架的时候，我听出来的，八九不离十的事。汪老三说得振振有词，好像他是天底下唯一一个知道赵有良医生秘密的人。

大家都不相信汪老三，但汪老三的话还是传开了。

赵有良医生再来看诊的时候，多嘴的孩子们就边嚼着糖边问，赵医生，你家里的石人真的是你爹吗？你爹咋成了石人？汪老三说你——问话的孩子还算懂事，立马发现了赵有良医生的不对劲，赵有良医生的手抖了一下，药品差点洒落在地。他默默地收拾好东西。这一次，他没有笑眯眯的了。他再一次阴沉着脸，离开了我们落水湾。

孩子们以为不出五天赵有良医生就会再次进入落水湾，会给他们带来糖或者饼干，会笑眯眯地喊，娃们。毕竟，汪老三那样的人他都能接受和原谅，他那样的大好人，对孩子们那么好，是不会因为孩子们一句话赌多大气的。谁也没想到，那是赵有良医生最后一次到落水湾看诊。孩子们没想到，那竟是他们最后一次看到赵有良医生，最后一次吃到赵有良医生的糖。

直到有一天，赶场的人从外面带来消息，赵有良医生的诊所关门了。赵有良医生不知去向，他开诊所的房子已经转租给了一个铁匠，铁匠已经在房子旁边搭建偏房，要不了多久，那里就会传来抽风箱的声音和打铁的声音，四里八乡的人们将从那里买到锄头、镰刀、锤子、弯刀，再也没人能从那里买到药了。

对于赵有良医生的突然撤离，我们落水湾的人是非常惋惜的。大人们说，唉，赵有良医生真是大好人，一定是因为我们看病没给钱或者给的钱太少了，让他保不了本，只好另寻地方谋生去了。也有人说，是因为汪老三那狗日的胡说八道，狠狠伤了赵有良医生的心。

孩子们则盼望着赵有良医生再回来，他们觉得，赵有良医生一定会再回来的，那时候，他的药箱里，可就不止拿得出糖和饼干那么简单了。孩子们相互打赌说，赵有良医生一定会再回来的。

然而赵有良医生终究没再回来。

第二年夏天过了一半的时候,汪老三回到了落水湾。当他走到赵有良医生诊所前的时候,被眼前的景象惊呆了——他甚至以为赵有良医生改行做了铁匠,所以对着那个打铁的背影连喊了好几声赵医生,直到铁匠转过身来,瞠目看他,喊个鸡毛的赵医生,现在这里是我老铁匠的了。

汪老三确认了眼前的人并非赵有良医生,又向旁边的人打听清楚情况后,他蹲在马路上,开始时一句话不说,后来竟大声哭起来,嘴里喊着,赵医生,你给我回来,我还你钱,我一分也不欠你的了,不欠你的了……赵医生,你真的是一个好医生。

后来,汪老三把关于赵有良医生的事情补充给我们听。

说是汪老三到了县城,按照地址找到了赵有良医生的朋友,就在他那里干起活了。他每天都努力工作,省吃俭用,只想早一点儿存到钱,把赵有良的钱还了。他说话很硬气,说我汪老三,欠谁的坚决不欠他的钱。等到钱存够了,他准备回来,老板给了他一封信,他哪里认得字啊,就请老板读给他听了。

赵有良医生的信是这么写的:

汪老三:

　　得知你在我朋友那里干得不错,我很欣慰。我思来想去,决定给你写这封信,把一些事说给你听。

　　如你所说,我家里藏着一个石人,他确实是我的父亲。他是一名植物人,植物人是——算了,说来你也不懂的,反正就是相当于活死人。我的父亲曾经是医院的副院长,因为吃回扣,医院进了一批假药,害死了好几个病人,畏罪跳楼,结果楼层挑矮了,没把自己摔死,倒把自己摔成了活死人。

　　因为这事,我母亲重病复发,撒手去了。我心神也不得安宁,背上了沉重的枷锁。这么多年来,我一直努力救人,努力帮助人,我是真的想让自己解脱,因为这,我们夫妻俩吵了不少架……

　　……你其实并没生病,你身子强壮,很好,但就是太懒了,好吃懒做,你所有感觉到的不舒服,都因你不规律的作息引起。我骗了你,给你吹的气没放一点儿药,就跟你站在大山上被风灌进嘴是一样的,给你吃

铁观音

的药都是麦粉和荞粉混合做的，当然也适当地加了些其他东西，添点味道，这样才能更好地糊弄你。我这么做，只是想改一改你的习性，因为，在我看来，你并不是坏人……对我来说，也算是治好了一种病吧……

祝你过得开心。

医生赵有良

令人惊诧的是，汪老三竟然把信全部背下来了，好像这些话本来就是长在他嘴巴里的唾沫，不费吹灰之力就下雨般吹出来。

听了汪老三的复述，人们多半持怀疑态度。你就吹吧，他们说，赵有良医生这么好的人，会有那样缺德的爹？他们又说，还说你没病？莫不是，你想为自己没还钱东扯西扯，找借口？最后他们说，你既然这样讲，那你知道赵有良医生到底去了哪里吗？汪老三说，我不知道。他沉默了好久，说，我不知道，我要是知道，就……

他没有再说下去。他看起来，并不想和问话的人多说一句话了。

现在，汪老三已经老了，老得几乎走不动路了。我们落水湾的人，早已没人直呼他汪老三。当年的孩子们已经长大，他们的孩子们见到汪老三，都叫他汪三爷。

赵有良医生曾经开诊所的小楼，早已经被拆掉了。不过，在离得不远的地方，有人修起了一栋二层小楼，也开了一家诊所。诊所里的医生年龄跟当年的赵有良医生差不多，人们都叫他汪医生。

汪医生可就是老熟人啦，他是汪老三的儿子。

下一站

◎黄荣才

1

"小鲁，你帮我找两个人。"县委常委、副县长陈一关叫来小鲁。小鲁原来是田边镇扶贫办主任，办事利索，陈一关就把他调到县委办，跟着自己。"好，哪两位？我见过吗？"小鲁有点儿好奇。"这两个人你都知道，但都没见过。一个是田一归，另外一个是田奇水。"小鲁一听，心里念叨到一句：果然如此。他把刚要说的另外一句话咽回去，这两个人果然是自己知道，但都没见过。田一归是清朝康熙年间人士，田奇水则是游击队交通员，牺牲在革命年代。两个人都属于历史，小鲁自然没有见过，小鲁无法穿越历史。

"找一些他们的资料，尽可能详细。"陈一关交代。"好。"小鲁答应得非常利落。领导交代肯定有其意图，但究竟何用，领导没说，就不宜打破砂锅问到底。小鲁看陈一关没有其他交代，便转身出去。

小鲁办事效率很高，一个上午的时间，把一叠打印清楚的资料放到陈一关面前，有县志记载，有编进书里的文章复印件，还有网络上搜索来的资料，分门别类。最上面的资料是小鲁自己整理的，分别就两个人的情况做了归纳综述，基本情况一目了然。陈一关看了，点点头："小鲁不错。"小鲁口气依然谦逊："目前能找到的就是这些，您看看是否还需要什么，我再设法去找。"小鲁知道领导的肯定是一回事，但自己一定不能骄傲，不能给点儿阳光就灿烂。小鲁也没有说，其实他已经提前收集整理了一部分两个人的材料，小鲁有种直觉，这两个人的材料用得着。

"你把这材料送给罗则同书记一份，叫上卓可和周见山，下午我们去看看田公陂和一归书院旧址。"罗则同是田背村党支部书记，只是这书记和其他书记有点儿不一样，用陈一关的话说，是成色不同。罗则同属于退休后回乡发挥余热，退休前是省直某部门厅级领导。罗则同回乡任职曾引起热议，被称为"厅级村干部"。卓可和周见山则分别是田边镇书记、镇长。

小鲁知道田公陂，这是个水利工程。当年田一归考上举人之后，带头捐资修建了这道水陂，有好几个村的群众受益，被群众誉为德政工程，称其为田公陂。群众自发刻碑颂扬田一归，县志里有相关记载，但石碑没有留存下来。

田公陂在田坑水汇进西水河上游，田公陂已经损毁，但残段依然留存。可以看到，当年田坑水直泻而下，右岸地势比较低，引水灌溉没有多大问题；左岸地势相对高耸，只能看着水奔腾向前，田一归募集资金修建了田公陂，引水左流。县志里记载："水滔滔而左岸势耸，地欲润而不得，民受其苦，急而泣，公忧之，逡巡上下，公捐俸禄田产，募资修陂，引水，德泽邻里，民感之，称为田公陂，是以立碑，以载其德。"

"看看田公陂，不知道诸位有何感触？"陈一关看着河水冲刷田公陂残段，靠近河岸处，杂草生长。"有些事情会被冲淡，有些事情不该被遗忘。"周见山说了一句。"以前群众给田一归立碑，虽然如今碑已不见，但田一归的德政流传下来，不仅仅县志上有记载，还有一些文章也写了他的事。这都说明他当时口碑很好。"卓可也跟着说。"除了看见陂，不知道大家是否还想到什么？"陈一关依然提问。"这陂很重要，这个是结果，但我记得有文章写到修建田公陂过程中的一些故事。不知道两位是否了解？"另有用意。在旁边的小鲁心里动了一下。

田一归当时决定修建水陂的时候，委托村社老人组织一个团队选择位置，类似于今天的理事会。最初位置并不是定在后来修陂的地方，而是往下三百米。当时主导的人是田一归的外公，他认为自己外孙出钱，这个位置必须自己说了算，有点儿近水楼台先得月的那种意思。田一归外公之所以如此选择，考虑的是把水陂建在自己村里，万一以后和外村人产生争水纠纷，自己这边可以占据地利。田一归外公心里还有另外一个算盘，就是上游一个村社和自己家族曾经有过山林纠纷，把水陂往下移，那个村社的田地就无法引水灌溉，这属于公报私仇，但又称不上阴谋。形势比人强，上游村社的人有苦难言。其他人虽然有想法，但想到牵头的人是田一归的外公，田一归肯定胳膊肘儿往里拐。田一归没有简单根据大家的意见就立马拍板，而是自己再次勘探。上上下下走了几遍，他认为外公等人选择的位置不妥，而是应该上移一段距离才是。这时候上游村社有老人找到田一归，把其中缘由告诉他。田一归听后，立刻把外公劝出选址团队，他认为外公没有秉持公正心，已经不适宜担任这个角色。

田一归外公被自己的外孙逐出选址团队，心里自然不爽。后来田一归亲自确定水陂地址之后，田一归外公想承揽修陂工程，一方面挽回面子，另一方面这项工程肯定有利润。他认为田一归肯定不会拒绝自己的要求，而且其他人也认为合理，但没想到被田一归断然拒绝。田一归的理由不仅仅是外公之前的不当行为，而且正因为自己主导，外公就不能承揽这项工程。田一归的举措让外公勃然大怒，连续多次在田一归上门的时候避而不见，但田一归依然坚持自己的决定。这个故事没有刻在石碑上，但口口相传，后来有文人写成文章得以流传。

"有些事情不匆忙回答，但必须好好思考。"陈一关没有追问卓可和周见山，只是说了一句就准备转场，但对于卓可和周见山，这不是翻篇。他们好像觉察到今天陈一关带他们来看田公陂另有用意，这不是简单地来看数百年前的一个工程，更不是无事转转。从田公陂到停车的地方有一段距离，路不好走，几个人低头看路，小心前行，但卓可和周见山的思维没有停止，他们想到最近一件事。田边镇坑头村从上面争取到一笔资金修建入村道路，村书记和村主任争着做这项工程，为此翻脸，互相举报前几年各自负责的工程偷工减料，一件事引发多件事，引发多种声音。卓可看到路旁有一丛藤，缠来缠去非常复杂，他感觉坑头村目前状况犹如这丛藤，没有那么容易理得清楚。

到了路边的时候，大家的裤管沾上了鬼针草的果实，大家各自忙着清理。陈一关看到在路旁等待的司机小陈，笑说："还是小陈简单，不走进去就不会沾上。"小鲁跟了一句："不过不是想不走进去就可以不走进去。"话刚说完，陈一关接话："小鲁说得对，许多时候身不由己，那就看大家如何走过不沾身。"卓可和周见山互相看了一眼。

"小鲁，说说田公陂的故事，好像中间那段也不是自然损毁？"陈一关转了话题。"我看到材料上写的，当时是故意把田公陂炸了。因为水流量比较小了，还有左岸的田地都不种水稻了，下游需要用水就把田公陂炸了。看看残段，当年的质量确实好。""嗯，小鲁厉害，不仅仅讲了事实，还讲了原因。质量，这个是关键。"陈一关接话。卓可和周见山恍然大悟。

"明白了吗？"陈一关看着两个人问。"明白了。"两个人同时回答，这时候还不明白，两个人就是头猪了。"明白了就好，知道怎么做了吗？""知道。"两个人不敢吭声，其实知道怎么做是一回事，能不能做下去，能不能做好是另外一回事，不过两个人都不敢提出异议。他们记得有次开会，各乡镇在汇报工作推进情况，大多乡镇都表态要努力推进，有个乡镇书记却反复强调困难。这个乡镇书记不知道是认为陈一关是挂职干部或者什么其他原因，在陈一关多次确认，甚至帮他想了几个点子后还是推三阻四。陈一关选择跳过，让其他乡镇继续发言，总结会议的时候，陈一关说他会把今天各乡镇的工作态度和工作进展正式向县委做个报告，如果有的人确实胜任不了岗位，他会建议县委调整其岗位。陈一关语调平缓，但大家都听出其中的波涛汹涌。那个乡镇书记也明白陈一关在说他，但依旧不以为然。半个月后，该书记被调整岗位，调到县直某清闲部门任职。县委书记吴高仁在会上说："既然屁股坐在那里，就应该好好干事，如果只会推卸，那屁股就应该挪个地方。既然这个萝卜不适合放在这个坑，那就换个坑。如果挪坑还不行，那就拔起来了。"

"我知道你们还有想法，这很正常。田边镇出现的问题不仅仅你们这个地方有，不少地方都有，属于疑难杂症。不能指望一劳永逸解决问题，否则就不是疑难杂症。"陈一关说看到卓可刚才在路上的时候认真看了那丛藤一眼，他知道卓可肯定有触动。卓可心里吓了一跳，这领导的眼睛属于什么，自己就看了那丛藤一眼，他居然看到自己内心了。"不是我厉害，只是我一直在想，吴高仁书记也在想，我们要如何解决这共性的问题。你们两个考虑田边镇，吴书记考虑的是西水县，我属于敲边鼓，搞点儿动静。几天时间让你们想，到时候再碰头聊聊。"

2

陈一关上车，去下一站——一归书院。他让小鲁告诉已经在一归书院等待的罗则同和县文旅局局长等人，自己马上就到。陈一关闭眼，小鲁知道他不是在休息，而是在思考问题，就悄悄地把车内音响关了。

一归书院在田边中心小学校内。一座青砖灰瓦的平房，安静地处在校园一角。一归书院曾经写进县志，历经数次修葺，也面临数次拆迁危机。最近两次，一次是20世纪70年代，当时有人说书院空置在那里，浪费空间，时任校长组织教师连夜把学校的旧课桌椅、档案等杂物搬进去，说书院是学校仓库和档案室，一旦拆除这些东西无处容身，一归书院得以保留。另外一次是二十多年前，曾有镇领导动议要拆掉这书院，说这平房和学校其他的教学楼相比，格格不入，拉低学校档次。这个动议引发教师强烈反对，说这是破坏文物、损害文化的荒唐举措，差点引发教师集体上门，把提动议的领导搞得相当狼狈。

陈一关等人到达的时候，罗则同和县文旅局局长等已经在书院内等候。前几年，学校把一归书院做了修整，当成学校文学社团场所。书院不大，朴素安静，大家绕了一圈，回到书院内坐下交流。校长发现领导重视，马上表态说要进一步发挥书院作用，把书院设置成学校校史馆。

卓可明白陈一关志不在于此，提出要从全镇的高度再次修缮一归书院，从全县乃至更高的高度挖掘一归书院的精神实质和文化内涵。"我想提醒大家关注一个点，这就是一归书院当时为什么建在这个地方？"陈一关插了一句话。"和田一归的格局有关。"小鲁说了一句。田一归是田背村人，按常规会把书院设置在田背村，但他没有，原因在于当时田背村地偏，不利于文化的传播，但他也没有把书院设置在当时的县城，这有记载，说田一归认为县城人来人往，而且已经有了书院，把一归书院设置在县城属于锦上添花的重复建设，选择把书院设置在田边镇则是拓荒之举。

卓可听了这个说法，把书院的选择和田公陂的修建联系在一起，他觉得陈一关今天的行程好像意味深长。"罗书记说说。"陈一关示意罗则同。"我觉得几百年前田一归都知道建书院，建书院的目的是什么？传播文化，传播文化的重要功能是教化。作为村书记，我觉得田背村在乡村文化的挖掘和建设方面要先行一步，走深一步。修缮书院仅仅是载体，挖掘和传播文化才是关键，把它的文化本质转化为指导今天工作的实质是要害。"罗则同的话一落地，卓可心里"轰"的一下，认为自己抓住了那丛藤的关键。

"罗书记就是厉害，不愧是厅级村干部。"陈一关喝了一口水，手指头敲着桌面。"我们看事情确实不能只看到表面，要透过现象看本质。而且要善于总结提升，不能几百年前的一个官员都能看到做到的事，几百年后我们却干输他。"陈一关让卓可和周见山好好谋划一下，准备在田边镇开一个现场会，参观田公陂和一归书院，关键是摸索乡村小工程的规范管理。"卓书记你做个发言，这个发言角度要选好，不要泛泛而谈不痛不痒，要有辣味有深度有力度。请罗书记考虑一下田背村村庄文化如何挖掘建设，做个示范。"陈一关还就文旅局的任务和学校的任务做了分解布置。

"好好准备，参观路线修整关注一下，但要考虑清楚，不要留下一地高跟鞋。"大家要笑但不敢笑。故事是陈一关之前说的，言及某地建设美丽乡村，在村里种了花草，修了木栈道，刚修成观感不错，后来牛也走上木栈道，把木栈道踩坏多处，留下多个坑洞。有几个在城里生活的年轻女性村民回到村里，看到村里有木栈道就前往散步，一高兴就在木栈道上奔跑，谁知道高跟鞋陷进栈道上的洞里，脚崴了。还因为木栈道工程质量存在缝隙过大问题，另有游客的高跟鞋被卡，刚好事情发生在同一时间，这几个人又把自己的遭遇发到网上吐槽，引发网民热议，被称为高跟鞋事件。后来舆情关注点就转到美丽乡村建设的面子和里子问题。持续多天才逐渐消停。大家明白陈一关话里意思，哪敢再笑出声，这不仅仅是不合时宜，简直是找骂。

陈一关留下罗则同。罗则同说陈一关要下盘大棋，今天之前没有先透露风声，差点没有领悟领导意图。陈一关笑答这是县委吴高仁书记出的题，今天只是小试一下，看看能否破题，未来任重道远。至于透露风声，大可不必，冲着罗书记厅级领导退休后回乡担任村干部，这题目想必难度不够，还可以做些延伸和附加题。罗则同说："我发现你越加狡猾了，随便两句甜言就想让我往前冲，以前还给两个糖果，现在连这也节省了。"打趣完毕，罗则同说他回去之后，把村口那棵桂花树的故事先进一步梳理，这棵桂花树是田一归种植的，有着不少故事。还有田一归在村里的故事，一并认真挖掘。

"就这？"陈一关有点儿不满。"唉，就知道你不容易对付。田背小学现在已经逐步走上轨道，我知道这个试点关注的目光多。当年田一归能把一个书院办得有声有色，难道我们能干输他？连一个学校也建不好管不好？"田背小学是该村村校，曾经热闹过，后来学生日益减少被撤并，罗则同争取复办了该小学，罗则同认为没有读书声的村庄是没有希望和活力的。罗则同知道这种逆向而行只能成功不能失败，关键点还是要可复制，敲锣打鼓要有连串效果，不能简单地发出单音。"嗯，这个是说到点子上了，算一个。"陈一关有点儿得逞之后的得意。

"我现在在搞村庄彩画工程。"罗则同有点儿无奈，"我原来想搞完了再说，就这我都不好意思，好像我是一只母鸡，下一个蛋就'咯咯嗒'叫几声，现在被你逼得还没下蛋就开始叫。"罗则同的彩画工程就是让田背小学的陆莉华校长组织田背小学师生，还有田背村在外的学生，按不同主题在村里房子的白墙上画画，粗糙也好，稚嫩也罢，罗则同要的是村民的参与感，还有对村庄的想象设计。"把梦想和美丽画在墙上，陆莉华觉得从小就得培养孩子对家乡的认同感，而且要凸显孩子们对家乡的个性化理解。"罗则同认为这个很好，就全面铺开。"现在的田背村，墙就不是统一的白了，那只是底色，说是五彩斑斓一点儿都不为过。"罗则同说起这个很高兴。

"加上这个依然不够。文化不仅仅是静态的，也需要动态的；不仅仅是现在的，还要有历史的。"陈一关边走边说，"乡风文明，移风易俗，这内涵很丰富。田背村禁赌了，但能否坚持下去？还有那些村民空余的时间干什么？天眼工程除了治安管理，还能发挥什么作用？"罗则同对陈一关话题的转向跳跃有短暂的不适应。

"田背村能否在这方面有所突破，您回去思考一下。我们再探讨。还有，我准备了田奇水的材料，您看看。"陈一关把小鲁准备的有关田奇水的材料给罗则同，他知道罗则同会有所动作。

"书记，我开始行动了，不过这是个系统工程，能推进到什么程度，不好说。望闻问都相对好办，切也要摸索，关键疗效如何，心里没底。"陈一关给吴高仁打电话。"看来你这个医生也不是包治百病。"吴高仁在电话里笑道。"每个人症状不同，没有哪种药可以包治百病，所以才有对症下药的说法。""嗯，希望你这个名医能探讨出治疗方案。能不能治好病是关键，敢不敢出手是勇气。我们这个医疗小组，共同努力。""好，共同努力。"陈一关有力回答。挂断电话，陈一关觉得自己好像穿上白大褂，成为一个名医，继续望闻问切。

3

罗则同马上行动。

罗则同在车上就给田背村村主任田河水打电话，让他找几个人，聊聊田奇水的事情。等罗则同到了村里，田科人、田古水、田吉山和田小天等人已经等候在村部。有关田奇水，大家多少都有了解，但也没有完整版本，基本都是片段，拼凑起来有个大致轮廓，最为清晰的是田奇水是被国民党反动派在村口砍头。

田奇水牺牲的时候是1936年春天。那天田奇水正在犁田。初春的水还有点儿冷，但田奇水没有感觉到水的冷，干活儿的人是不冷的。他赶着借来的牛在犁地，牛是老牛，无须扬鞭自奋蹄，不急不躁地走着，偶尔喷个响鼻。田奇水扶着犁，很有技巧地控制着按住犁把的力度，把犁头控制在合适的角度，沉睡一个冬天的土地被犁头豁开。他不时晃动一下手腕，以手腕的力度控制犁把，压重了，犁头上扬，就从土地表层溜过去，地犁不开；压轻了，甚至把犁把扶起来，犁头马上吃进土地深层，很容易就被卡住。就是在同一个水平线往前，也要控制犁头的路线，偏左，犁头就空跑；偏右，又会漏一条地没犁到。田奇水跟着牛，犁头向前，地一块一块翻起，侧翻着裸露出泥土的肌理，啪嗒躺倒在水里，有泥土的气息浮上来。田奇水很有成就感地看着身后犁开的地，在附近的秧地里，秧苗已经绿油油地很有生机地生长。地犁好耙好，过一段时间就可以插秧了，田奇水好像看到黄澄澄低垂的稻穗。田奇水抬头想呼一口气，这时候，他看到山路拐弯处走来一支队伍，心里咯噔一下。

田地在山路拐弯处的路下面，这支队伍迅速走近，是一支被称为白狗子的国民党兵队伍。田奇水不看这支队伍，他抖了一下缰绳，老牛"哞"地叫了一声，似乎很奇怪，它走得好好的，为什么田奇水要驱赶它。不过老牛还是加快了脚步，把泥水踩得飞溅起来。

"你，上来。"白狗子的队伍停下来，有个兵朝田奇水喊道。田奇水叫了一声，牛停下来。田奇水没有动，看着白狗子，大声说道："我犁田呢，什么事？""上来。"白狗子又喊了一声，还"哗啦"上了保险，枪口指着田奇水。田奇水把"牛担"退了，扔了一把干草给老牛，向路上走去。他知道这地估计犁不成了。老牛"哞"地叫了一声，卷起一口草咀嚼着。

"你们要问什么事？直接问不就行了，还得我上来。我犁田呢，这牛还是借的。"田奇水念念叨叨，一脸不耐烦。"把他捆起来。"带头的白狗子喊了一声，马上有几个人扑上来，把田奇水按倒在地。"干什么？干什么？"田奇水徒劳挣扎着，嘴里喊道。"干什么？田奇水，你这个共匪，今天终于抓到你了。你不要告诉我你不是田奇水，也不要说你和游击队无关。今天你跑不掉了。"白狗子又喊了一声。田奇水停止挣扎，他知道今天自己真的跑不掉了。

田奇水被押回村口，在村口的一棵柿子树下停下来，被绑在树上。"去，把村里的人都赶过来，看看私通共匪的下场。"带队的白狗子喊道，村里的人很快就被赶到村口。"奇水，奇水，你怎么了？怎么会抓你。"田奇水的老婆田小草扑进人群，朝着白狗子喊："你们是不是抓错人了，他就是一个卖菜籽的。""别说了，我们都知道了，他借卖菜籽替游击队送情报，他是游击队的腿，我们今天就把这腿砍了，看谁还敢替游击队跑腿。"田奇水听了这话，知道自己暴露了。他朝田小草摇摇头："别说了，你自己要好好地活下去，再找个人嫁了，我连累你了。"田小草哭了出来，瘫倒在地上。

"今天你是活不成了，我要砍下你的头。"白狗子不看田小草，"活着不好吗？私通游击队，就必须死。来人，把田奇水的头砍下来。"村民看到要砍头，想往后退，可是后面有白狗子守着，退不了。"等等。"田小草爬了起来。"干什么？今天他必须死。"白狗子不耐烦。"他今天一早就去犁田，到现在肚子空空了，家里还有碗早上剩下来的稀饭，能不能让他吃了再上路。"田小草哀求道。"好吧，就让你吃了这碗稀饭，也不会是个饿死鬼。"带队的白狗子答应了。

田小草回家把稀饭端过来，上面放了一点儿咸菜。她边哭边喂着田奇水，田奇水流着眼泪，把那碗稀饭吃了。白狗子等他吃完，就把田小草拉到一边，把田奇水的头砍了下来，血喷了柿子树一树，田奇水的头掉到地上，嘴角还挂着一颗饭粒。田小草晕了过去。

田小草醒来后，拿来家里缝麻袋的针和麻线，把田奇水的头缝了起来，在村民的帮助下，把田奇水下葬了。她拿来田奇水的菜籽袋，这是布袋，有两个，平时田奇水就把两个布袋打结，一前一后搭在肩膀上，背着这两个布袋，走村串户卖菜籽。田小草把里面各个小袋的菜籽各抓了一把，抛撒在田奇水的坟头。过了不久，田奇水坟头长满了各种菜苗。

这个片段最为清晰，经常被各种文章引用，但历史不可能仅仅只有一段。田奇水死后，田小草自己养活自己，经常到山上砍柴。后来再次找了一个男人，叫罗两升。罗两升并不是本地人，是个篾匠。田小草如何认识他，当时无人知晓。当地的村民见过几次罗两升在田小草家出现。有一天，田奇水的坟头压了新纸，有烧纸钱的痕迹。田小草告诉了几个村民，说她要离开村里，以后也许会回来。如果她没有回来，请村民在清明节也给田奇水的坟头压点纸，烧点纸钱。那几个村民听得眼泪涟涟，他们知道一个女人自己要活下去不容易。

田奇水死后不久，有个晚上，有三个人找到田小草家。田小草对突如其来的三个人有点惊讶，但又似乎没有特别意外。这三个人是游击队的人，其中有个人是李副队长。李副队长告诉田小草，田奇水是李副队长发展的交通员，平时只和他们三个人联系。此次田奇水牺牲，他们也很奇怪，但白狗子能够直接指认，肯定有哪个环节出问题，只是不知道在哪个环节出了问题，只能留待以后查证，他们会尽力给田小草一个交代。

他们带来三十斤大米，说这是组织上对田奇水牺牲的慰问，同时带来一张他们三个人捺手印的证明，证明田奇水是游击队交通员。田奇水是交通员的事情，因为他的牺牲，在游击队被公开。田小草再次大哭，她拒绝了李副队长发展其为交通员的劝导，说自己只是一个农妇，只想过好自己的日子。李副队长看到田小草看着他们三个人的目光，点了点头，只是让田小草好好照顾自己，说他会再来看她。田小草把门拉开，请他们离开，说他们有来看自己，承认了田奇水确实是为游击队做事，那田奇水至少不会死得不明不白，以后就不要再来了，她一个农村妇女，胆子小。

田小草在李副队长离开之后，烧火做饭。她把李副队长拿来的大米做了一大碗干饭，在门里烧香，对空祭拜，让田奇水回家吃饭，吃饱饭。田小草想到田奇水被砍头前，就只吃了一碗冷稀饭配一点儿咸菜耿耿于怀。这些故事是田古水说的。算起来，田古水要叫田小草姑婆，田小草和田古水的爷爷同辈，属于同族兄妹。因为田小草和田奇水包括他们的祖父、父辈都属于一人单传，他们一人死了，一人改嫁，后面的故事就逐渐消失。

"这不仅仅是个人的事情，也是村里的事情，是县里的事情，我们有责任有义务把这些故事整理清楚。"罗则同也感到有点儿愧疚，他知道好几次有人提议应该把田奇水的事迹整理清楚，但因为有难度又搁置下来，每次的收集整理都是碎片化，没有形成完整链条。

"组织一个工作班子，收集整理田奇水的革命事迹。"罗则同当即拍板，"要多种形式并进，到本地党史部门，也可以到邻县党史部门，还可以通过网上征集的方式。我们要尽力还原历史。这个是村史馆的重要内容。"在罗则同开会的时候，小鲁打来电话，说陈一关让他参与田奇水事迹收集整理的工作，他已经和党史部门联系了，应该有新的东西出现。

罗则同长呼一口气，这陈一关好像算定自己会马上行动，相关工作都安排跟进了，这节奏不跟上不行。"节奏不快，跪赶不上拜"，罗则同想到这句俗语。

4

田奇水的面目在李副队长的一篇回忆录里逐渐清晰。

李副队长是田奇水的上线。田奇水走村串户卖菜籽的某天，行走在山路上的他听到身后有人奔跑而来，田奇水侧身让到路旁，那个人冲过他身旁的时候，把一件东西塞到他手中，急促地说："菜籽水，这个东西先帮我收着，过后我找你拿。"田奇水来不及说什么，那个人继续向前。田奇水似乎是本能，把那人塞过来的东西，其实就是几张折叠好的纸，迅速塞到垂挂在胸前的菜籽袋，把纸张埋在菜籽里。他刚把手缩回来，身后就传来一阵急促的脚步声，是一队国民党兵。

田奇水继续往路旁让，前面那个人跳下路面，顺着一丘一丘的水田往下窜。"站住，再不站住开枪了。"国民党兵大叫，但那个人依旧奔跑。枪声响起，打到水田里溅起一串一串水花，田奇水心提到嗓子上。这时候那个人已经跑到一条山涧上方，他猛地扑进山涧。这山涧不宽，杂草和小树木丛生，互相掩映，一个人到里面，上面根本就看不清楚。那个人得以脱身。

国民党兵骂骂咧咧，又放了几枪往回走。临走的时候，看到满脸煞白的田奇水，开玩笑说："游击队没抓到，差点儿把卖菜籽的吓死。"这群兵哄然大笑，逐渐走远。田奇水的腿都软了，在路旁一块石头坐了下来。

一阵时间过后，田奇水看到那个人从山涧上游爬出来。等那人到后，田奇水把东西从菜籽堆里掏出来，那东西沾满了菜籽的香味。那个人自我介绍，说自己是游击队李副队长，今天去取情报，被白狗子盯上了。李副队长说认识田奇水，田奇水奇怪他怎么就如此信任自己，不担心自己把情报交出去。李副队长一笑，说他相信自己的眼光，再说了，田奇水如果把情报交出去，就根本撇不清和自己的关系，国民党兵肯定认为两个人是一伙的。几年过后，说到两个人的第一次交集，田奇水还说当时李副队长是吃死自己了。李副队长大笑，说自己阅人无数，相信自己的眼光。

李副队长和田奇水告别之后，说自己会去找田奇水喝茶。果然，李副队长连续找了田奇水几次，喝茶是其次，田奇水就此成为游击队交通员，利用自己走村串户卖菜籽的方便，替游击队传递和收集情报。其中一次最为惊险，田奇水卖菜籽的时候，看到众多国民党兵往某个村前进，行动异常。他穿过国民党兵队伍想继续向前行走，被国民党兵拦下。他哀求国民党兵让其通过，说自己要去前面村子卖菜籽。其中一个国民党兵破口大骂："滚，要打仗了还卖菜籽，小心你的小命都没有了。""要打仗啊，我走，我走。"田奇水很害怕地后退。几个国民党兵大笑，说这次挖的坑够大，可以把游击队一起埋了。他们不再在意脸色发白的田奇水。

田奇水掉头走出国民党兵的视线之后，发力狂奔，他气喘吁吁地抄近道赶到情报交换点，让联络员火速通知游击队转移驻地，更换行进路线。游击队得以避免一次灭顶之灾。田奇水因此被记了一功。

田奇水如何暴露一直是个谜。田奇水被砍头之后，游击队内部开展一次审查活动。李副队长和另外两个联络员是主要对象，但审查一段时间，没有发现明显疑点，只好暂时搁置。

搁置并不意味着放弃。对于田奇水暴露的事情，李副队长耿耿于怀，他要给战友一个交代，要给田小草一个交代。他看得出当时他上门慰问的时候田小草的那种怨恨和冷漠。李副队长也要给自己一个交代，他明白在其他人眼中，自己也是一个怀疑对象。

事情后来有一个转机，某次游击队抓到一个国民党兵，审问快结束的时候，李副队长多问了一句："还有没有其他要交代的？"那个国民党兵迟疑一下，说："你们还记得那个卖菜籽的吗？你们不奇怪我们是如何知道他是你们的交通员？"李副队长的脑袋轰然一热，差点儿站起来揪住该国民党兵。

据交代，这个国民党兵听他们排长说过，他们排长原来只是副排长，能够提拔就是抓住田奇水，把田奇水砍了头。该副排长姓孙，当时孙副排长之所以识破田奇水，是因为某次和他一个表弟聊天的时候得到线索。他表弟是个卖草药的，经常去山里挖草药，山里有个寺庙，庙里有两个和尚，一老一小。排长表弟经常在挖草药的时候，顺路会去找两个和尚喝茶，好几次遇到田奇水，这让他很奇怪，两个和尚虽然也种菜，但需要的量极少，田奇水应该没有理由经常去庙里。

孙副排长听完，不动声色。跟踪田奇水，发现田奇水果然常去寺庙。他在一次田奇水离开之后，突然袭击搜查寺庙，当天老和尚不在。孙副排长在小和尚的房间里搜到一小块布，这块布有浓郁的菜籽香味。虽然只是一小块布，小和尚也咬紧牙说这块布是前几天包菜籽用的，但孙副排长根本不信。菜籽卖给客户几乎都是用粗纸包的，根本没有听说是用布包的，这不符合情理。孙副排长信佛，找不到证据，只好悻悻而回，但他没有放弃继续追查。

时隔不久，游击队有个交通员被捕，被拷打之下，说他有一次和队友喝酒，那个人曾经提及，他接手的情报时常有一股菜籽的香味。孙副排长一听，马上联系到田奇水，于是他就带兵前往抓住田奇水，把田奇水砍头示众。

李副队长听完，颓坐在椅子上。田奇水暴露的原因有比较清晰的指向，但那个被捕交通员提及的队友，已经在某次战斗中牺牲。当时该队友为了掩护战友撤退，带着五个人拖住国民党兵一个营的兵力，在被敌人包围的时候引爆最后一颗手榴弹，粉身碎骨，在英烈花名册上赫赫有名。李副队长也终于明白，那个寺庙里的两名和尚为什么在某天晚上突然转移。老和尚回到自己老家不久后圆寂，小和尚参加某次战斗牺牲。

李副队长找来当时和自己一起前往看望田小草的两名队友，把情况说了，写了一份材料捺了手印上报。他们三个人前往田奇水坟前，烧香相告，因为田小草已经离开，只知道她后来改嫁，具体情况不详。李副队长他们只好惆怅离开，在后来的战争岁月中，另外两个战友相继牺牲。有关田奇水的事情逐渐淡去。

小鲁在一本书里找到李副队长这篇回忆录，非常兴奋。他觉得这篇文章把本来有些模糊的田奇水清晰化了。他到党史办查找资料，期望能够找到当时李副队长三个人捺手印上交的情况报告。不过他翻了一个遍，还是没有找到这份报告。就在他不抱希望的时候，在一个档案袋里，找到一个字条。这字条写的是中华人民共和国成立后，田小草和他儿子罗水生曾经来查过田奇水的档案，按原件抄写复制了李副队长的报告。字条里写明这件事，还说字条一式两份，互为佐证该事实存在。字条上有时任党史部门负责人的签名和手印。

小鲁有"柳暗花明又一村"的感觉，而且他原本就计划寻找田小草，他想知道这个女人最后的命运如何。党史办没有田小草的联系方式，只知道她在邻省生活，儿子叫罗水生。小鲁草拟了一份寻找田小草和罗水生的启事，发在网上，重点是发在罗氏宗亲群，尤其邻省的罗氏宗亲群。小鲁凭直觉觉得这应该会有效果。

事情马上有了回应。得到消息的居然是田背村的罗建安。罗建安在邻省办企业，在当地有不少朋友，当地有几个村姓罗，这也是罗建安当初选择把公司落户在此的原因之一。罗建安有个朋友就叫罗水生，这个老人是当地退休教师，看到罗建安转发的寻人启事，他找上门来，让罗建安可以把寻人启事撤了，说自己就是启事上要找的人。

小鲁接到罗建安电话，非常兴奋，立刻向陈一关汇报。获得批准后，小鲁一行稍做准备后就启程，前往目的地。小鲁觉得自己可能会还原一段历史。出发的时候，小鲁跑了一趟田背村，把田奇水的坟墓，包括田奇水的老房子都拍了下来。田奇水的老房子是土建平房，历经数十年已经颓败，荒草丛生。这房子自从田小草走后就上锁了，锁头锈迹斑斑，木门沉寂，关住了一段历史。小鲁没有急着打开这扇门，他觉得现在还不是时候，只是拍了几张照片就出发了，但小鲁相信，这扇门打开的时间不会太久。

5

陈一关接到县文旅局局长的电话，说环城公路施工现场挖到一块石碑。挖掘机驾驶员没有简单地把石碑填埋，而是拎了几桶水冲洗，发现是《修田公陂记》，立刻报告文旅局，目前文物人员已经赶往现场，文旅局局长听说陈一关前段时间专门去看了田公陂，不敢造次，立马汇报。陈一关马上出发，前往现场。

现场，文物人员已经把石碑弄到路边上，石碑完整，字迹基本清晰。文物工作人员说拓印下来后，应该可以完整辨认。陈一关让人把石碑拉回县博物馆暂时存放，让相关人员抓紧拓印，细心辨认解读。

陈一关正和挖掘机驾驶员聊天，他表扬该驾驶员意识到位，说不定抢救了一段历史。这时候，周见山的电话来了。周见山报告了一个消息，坑头村的村主任打电话汇报，该村一水毁工程施工现场，有辆运送石料的工程车滑进河道，司机重伤。问题关键不是司机操作不当，自己把车开进河里，而是司机倒车的时候，幅度相对较大，倒得比较靠边，把一处已经完成的工程压塌，造成车辆下滑，滑到河里侧翻，司机重伤。周见山不敢说，村主任的语气中有点儿压抑不住的兴奋，因为这工程是村书记的亲戚承建的，大家都明白承建方这明面老板背后站的是谁。

陈一关赶到塌方现场，看到被压塌的豁口，村书记等人都在。周见山正在训话："你们看看这工程，鼻涕糊的？还有监理单位，眼睛被屎糊了？"陈一关相信这是因为不能动手，否则周见山真可能一巴掌过去。

陈一关看到质量监督人员已经在取证，他瞟了周见山一眼，没有吭声。村书记想打招呼，但陈一关根本不理，他只好讪讪地站到边上。陈一关在现场停留五分钟，没有多说什么，留下一句话："认真查，好好查，查到底。"随即上车而去。这句话陈一关语气平静，没有恶狠狠，也没有声嘶力竭，但大家都听出平静语气后面的波涛汹涌。

陈一关让驾驶员开车随便走走，他来到一处工地。该工地是水面桥，原来设计是桥的两边有栏杆防护，但陈一关多方咨询后，建议把桥面拓宽一点儿，取消栏杆。理由就是栏杆会造成垃圾在栏杆处纠缠拥堵停留，造成洪水排泄不畅。该河道不宽敞，上游是林场，暴雨过后时常会有枯枝败叶等被冲到河里，水面桥考虑的不能仅仅是通行。"决策真的不能简单拍脑袋。"陈一关念叨了一句。

周见山赶来。他示意司机和陈一关的司机都不要靠近，自己向前。周见山递了一根烟给陈一关，没有说话，有些时候，任何语言都是多余。陈一关接过烟，狠狠吸了一口。"记得那些校安工程吗？"陈一关问了一句。周见山当然记得，开始的时候，校安工程也是各个学校当业主，吴高仁说每个校长都是工头，都是小老板，每个校长都有工头找，不专业，又忙得一塌糊涂，一不小心还犯错误。吴高仁一声令下，成立全县的校安工程办公室，把所有的校安工程都交由县属国企承建，校安办当业主，所有校长不再直接介入工程事宜。这不仅仅是专业的人干专业的事，还堵漏洞。开始的时候，也是褒贬不一，各种声音都有。吴高仁不为所动。他坚持一个原则："任何事情有声音是正常的，没有声音才是不正常的。要干事，就要理性对待这些声音，许多时候，不同的声音是最好的监督。""要下决心了，不能再拖。"陈一关把烟头碾灭。

"我要拜师了。"陈一关打通吴高仁电话，汇报了自己的思路：把所有的小工程打包成工程包，加强建设过程中的监管。"望闻问切，你要开方了。你这个做法会得罪不少人，但更会惠及许多人。"吴高仁充分肯定。"医生要考虑疗效，但可不能因为担心不敢开药方，这就不仅仅是庸医而已。您当年都不怕，我至少也要有输人不输阵的勇气。而且，更多压力在您这边。"陈一关没有说，自己属于有明显时间限制，两年挂职期限一到，拍拍屁股走人。

陈一关刚来挂职，也有人提醒他，不宜太刚，只要平稳就好，反正两年时间一到就回来，不出意外再提一级没有问题，但陈一关用行动拒绝这种提醒。"我不能简单留下我曾经来过。所有的政绩应该是写在大地上，不是写在纸上挂在墙上。"陈一关有天和吴高仁一起在月光下喝茶，聊到挂职问题。用吴高仁的话说是深入坦诚交换意见。"你是省直部门来的，某种程度上属于制定政策的人，至少是可以影响某政策条文的人之一，有必要深入基层了解各种情况，起草各种政策要多考虑基层实际和可操作性。"陈一关以茶代酒，敬了吴高仁一杯，说："以后无论走到哪里，当牢牢记得书记提醒，多换位思考。制定政策是要执行落地的，不仅仅是挂在墙上好看。""嗯，我这低音能够影响到高见，确实不容易，你能听进基层声音，很好，可以考虑挂职期满转任职。"陈一关笑笑，没有接话，吴高仁端起茶，一口喝了："好茶。好月光。""低音"和"高见"属于吴高仁和陈一关两个人的互相调侃。吴高仁说陈一关来自省直部门，看问题有高度，属于"高见"，而自己身处基层，即使有发出一点儿声音，也是"低音"。

县文旅局局长打来电话汇报说文物工作人员已经把《修田公陂记》碑文拓印下来，碑文内容已经发过来。陈一关详细一看，碑文信息量很大，基本印证了修建田公陂的种种说法。陈一关细读碑文，想起自己之前看到的一篇文章，谈及修建田公陂的时候，有个捐来的官员，因为在工程中谋取私利，被田一归发现，立刻取消其资格，而且田一归不停留在就事论事，而是彻底调查，最后该官员被免。陈一关和周见山聊起这事，周见山恍然大悟，说这个官员在他们的族谱里出现过，但昙花一现，后来就极少有人提及，原来消失的原因在此。

陈一关收到《修田公陂记》的时候，正在参加县委常委会，会议其中一个议题，就是通报对坑头村水毁工程修建过程出现问题的处理意见。相关部门一查，发现该村党支部书记涉入颇深，县纪委决定对其立案调查。"拔出萝卜带出泥，我们不能因为这些泥就不拔这个萝卜。也不仅仅是拔一个萝卜了事，要好好看看，其他的萝卜怎样了。有没有空心烂心了，只要萝卜坏了，坚决拔。"吴高仁毫不留情，"我们还要及时看看，这萝卜地的环境变化。大家都有经验，如果萝卜地长期浸水，这萝卜就容易坏。我们就要时刻监控，坚决不让不利于萝卜的水流进萝卜地。我们不能因为修了一批工程倒下一批干部。"

吴高仁的话铿然有声。与会同志纷纷发言，赞同要完善机制，出台更系统更有力的监督手段，不能简单地头痛医头脚痛医脚。陈一关提出的加强小工程监管的议题得到热烈回应。"蚊子肉也是肉，既然小家伙不容易引发关注，我们就让其长成大块头，吸引各方目光，强化各方监督。"吴高仁做了总结发言，该议题顺利通过。

会议结束，县文旅局局长前来汇报，请示《修田公陂记》石碑要放在哪里。针对石碑安置，有两种意见，一种意见是要在田公陂附近重新立起来；另一种意见则认为要把石碑收藏在博物馆，认为石碑是文物，不宜在野外风吹日晒雨淋。县文旅局局长觉得两种意见都有道理，自己不好轻易决定，就来汇报请示。

陈一关的意见是要把石碑立起来，石碑本来就是立在室外，不能因为要保护就简单化处理，把其挪进温室藏起来，但因为道路改线，田公陂已经少有人经过，为了立碑而立碑也不对。陈一关对县文旅局局长提起，田公陂附近不是有个残破的田公亭吗？陈一关一说，该局长马上明白，这个亭原来是驿道上的一个凉亭。西水县有"十里一铺，五里一亭"的说法，这个亭子就在离田公陂数百米处，因为田公陂的存在，当地人习惯把其称为田公亭。"曾经有群众给我发短信，说这个亭是目前全县唯一还保存相对完整的凉亭，属于西水县的一个文化符号，不能任其消亡。"陈一关话音刚落，县文旅局局长马上反应过来："我们把田公亭重新修缮，把《修田公陂记》石碑立在田公亭中，两全其美。"陈一关肯定了该局长的提议："许多时候，解决问题的办法不是非此即彼，不能直来直往，要多考虑是否还有第三、第四种方法。"该局长拿到解决办法，高兴而去。

陈一关掏出电话，打给小鲁。他想知道寻找田小草的事情进展如何。他觉得应该会有相对满意的结果，"甘蔗一节一节啃。"陈一关想起这句话，"啃不动就榨甘蔗汁。"陈一关自己笑了。

6

小鲁到达的时候，罗建安已经在等待。喝了几杯茶，小鲁迫不及待地要求出发，看到答案很可能就在面前，小鲁无法平心静气。

罗水生见到小鲁，也是颇为激动。小鲁明白罗水生的激动和自己不尽相同。小鲁激动是因为马上可以揭晓一段历史，罗水生的激动更多的是因为可以把藏在心底数十年的往事说出来。罗水生拿起早就放在桌上的档案袋，递给小鲁。当年罗水生抄下来的李副队长三人写成的报告就在其中。这报告只是事实的一部分，小鲁需要的东西更多。档案袋里有数张照片，黑白、彩色都有。照片的主角是一个女人，小鲁知道这个人就是田小草。从面容上就可以看出，田小草是个有故事的女人。岁月还是无法掩盖全部。

故事在罗水生的叙述中展开。当年田奇水被砍头之后，李副队长曾经想发展田小草为交通员，田小草断然拒绝。因为李副队长他们三个人负责和田奇水联络，但田奇水交通员的身份暴露，三个人都有嫌疑，田小草谁也不信。田小草自己养活自己，经常到山上砍柴割茅草，有几次碰到罗两升。罗两升是个篾匠，走村串户给人编谷笪、补谷笪和编箩筐等竹制品，干这些活儿的原材料就是山上的竹子，罗两升就需要不时到山上砍竹子。几次交流，罗两升和田小草逐渐熟悉，有些事就水到渠成。

田小草和罗两升结婚前夕，罗两升告诉田小草，自己的真实身份是游击队的交通员，篾匠的身份和田奇水卖菜籽一样，也是一种外衣。或者说，他是借自己走村串户做篾匠，同时承担交通员的角色。田小草对天一笑，觉得冥冥之中自有定数，自己好像跳不出交通员家属的角色。田小草和罗两升一起，前往田奇水坟头，烧香告知田奇水。

两个人在一起不久，罗两升发现自己可能暴露，根据上级要求紧急转移，田小草随同转移。罗两升辗转各地，继续担任交通员角色，田小草也成为一名交通员，辅助罗两升工作，组织上只知道罗两升负责单线联系一名交通员，但具体身份不详。或许是为了和过去有个告别，或许是其他原因，田小草更名罗细妹。两年后，罗水生出生。这时候，组织上派遣他们一家三人护送一份重要情报，在路上，被叛徒告密泄露，罗两升引开敌人，匆忙之中只来得及匆匆告诉田小草，让她带着儿子罗水生回他的老家罗家村，投靠老家亲友。

罗两升没跑多远，就被国民党兵追上。田小草听到枪声，她带着罗水生靠着路旁的石头，她知道这时候自己不但不能像田奇水牺牲时那样站出来，还不能有任何异常，否则不仅仅无助于事情解决，自己母子俩也活不了。也许自己可以不在乎，但刚刚出生没多久的儿子如果出了意外，就对不起罗两升，也辜负了他引开敌人的努力。

没多久，国民党兵架着受伤的罗两升从田小草面前经过，田小草惶恐地看着罗两升一行，她知道如果自己过于镇定，肯定会引起怀疑。实际上，她内心也是惶恐的，她知道罗两升这一去，活命的概率非常之低。罗两升漠然经过，好像不经意地瞥了自己两眼，然后把目光转走。田小草知道这目光含义丰富，她微微点头，抬手理了一下被风吹乱的头发，掩饰自己的惶恐和眼泪。

国民党兵走远后，田小草顺着罗两升跑开的路线，在荒草丛中找到行李。因为田小草看到罗两升被捕的时候，行李已经不见，估计罗两升会在被追的过程中把行李扔了。田小草找到行李，里面为数不多的一点儿钱还在，她知道自己这时候必须坚强，必须把罗水生养大成人。情报不在，田小草估计罗水生已经把情报销毁，他不敢冒险把情报放在行李中一并扔掉，万一国民党兵追查，情报可能泄露。

田小草找到行李后，把行李重新藏在草丛中，自己抱着孩子远远跟着罗两升。罗两升被国民党兵架着，开始的时候并没有异常，只是漠然前行，也许这认命的姿态让国民党兵放松警惕，走到一个路势比较高的地方，突然之间，罗两升猛地挣脱，要往路下扑去。只是他之前已经受伤，力度不够，没有蹿出足够的距离，他落在路面上，第二次向前的时候，已经有国民党兵反应过来，迅速开枪。罗两升就此牺牲。田小草使劲咬住嘴唇，不敢发出声音，她的脚在颤抖，但她不敢坐下去，她知道一旦有异常举动，马上引起国民党兵注意。

国民党兵发现罗两升已经死亡，仍不解气，用刺刀在尸体上捅了多次，然后骂骂咧咧拖着罗两升的尸体向前，罗两升的鲜血在路上留下道道血痕。田小草等国民党兵走远，才瘫在地上，失声痛哭。她知道自己这回连替罗两升收尸都不可能。哭过之后，田小草起身，回去找到行李，她抱着罗水生往罗两升家乡罗家村的方向而去，这时候，她知道自己要坚强。

田小草历经艰辛，靠乞讨带着罗水生到达罗两升家乡罗家村。罗两升的父母均已去世，没有兄弟姐妹，只留下两间老房子和几块山地。罗两升常年外出，他在外出之前就把老房子和山地托给一个族亲照管，听了田小草的叙述，该族亲二话不说，把房子和山地都还给田小草和罗水生母子。到达的时候，田小草没有提及自己的原名，一直以罗细妹的身份出现，因此，乡亲们只知道罗细妹和罗水生，不知道有田小草这个名字。

罗水生逐渐长大。田小草分多次慢慢把罗两升的事情告诉罗水生，田小草要罗水生记住自己的父亲。中华人民共和国成立后，田小草带着罗水生到罗两升牺牲的地方，试图寻找最后国民党兵是如何处理罗两升的尸体的。但田小草的努力没有结果，没有任何有关当年这起事件的记载，也许当时就是把罗两升的尸体胡乱埋在什么地方，也不可能留下什么标志。田小草和罗水生也找到罗两升最后对接的游击队，因为当时基本都是单线联系，没有人能够证明罗两升是游击队员，也不清楚当时是谁委派罗两升夫妻护送情报这件事，甚至连该任务是否存在也无法证明，田小草又属于罗两升直接联系的。罗两升夫妻护送情报的任务失败，等于这条线在罗两升牺牲后就被掐断。

失望之下，田小草带着罗水生回到老家，她把田奇水的事情也都告诉罗水生。田奇水的事情倒是比较明朗，虽然不完整，但线还能接上。罗水生把当年李副队长三个人的报告原文抄录，请党史部门的人签字证明。

田小草还辗转找到李副队长，李副队长对田小草的到来表示谨慎的欢迎。田奇水已经被确认为革命烈士，不过，他拒绝在田小草早期就参加革命工作的证明上签字。他承认田奇水是交通员，田小草是烈士家属，也许当年田小草知道田奇水的革命行为并支持他的工作，但这和田小草参加革命有质的区别。毕竟，当年他亲自前往慰问并希望发展田小草成为交通员，但田小草明确拒绝。他可以理解田小草的选择，但无法提供证明。他对那次见面之后田小草的行为一无所知，田小草理解李副队长的拒绝。她原来就不抱太大希望，仅仅是一试而已。离开的时候，李副队长没有细问田小草具体的生活状况和生活地址，田小草也没有说。李副队长对田小草另一个身份罗细妹以及罗家村一无所知。

田小草回到罗家村，继续以罗细妹的身份和罗水生一起生活。在油灯下，她把自己知道的田奇水和罗两升的事情详细地告诉罗水生。她没有让罗水生该去找谁，是否承认和是否存在是两回事。田小草要求罗水生记住这些事，但别轻易公开。也许知情者到罗水生这里就是终结，也许哪一天可以广泛传播，田小草让罗水生视情况而定。

田小草去世那年，罗水生已经是一名教师。她告诉罗水生，可以把田奇水和罗两升的故事写下来，以免在岁月流逝中忘记，但这时候还不是公开的最佳时机，她带着遗憾离开人世。罗水生把相关故事详细写下来，放进档案袋压在家里木箱箱底。他没有看到李副队长的回忆录，自然也不知晓当时曾经有关寻找田小草的行为。没有几个人会把田小草和罗细妹画上等号。

罗水生曾经萌发把田奇水和罗两升的故事发表的念头，但在和某个县报编辑沟通之后，对方认为这几本是田小草或者罗水生的一面之词，缺乏有力证明人，可信度并不强，罗水生也就作罢。直到这次看到罗建安转发在罗氏宗亲群里的寻人启事。他迫切希望叙说，他担心某段历史的细节就此消失。

小鲁把罗水生的文章复印下来，又让同去的县电视台记者全程录制视频，然后返程。他知道，这次陈一关布置的作业顺利完成了，不敢说满分，但肯定是高分。他在路上给陈一关打了电话，听完汇报，陈一关在电话里说："小鲁，不错，给你记一功。"陈一关知道，前行路上有许多站点，这只不过是其中一个。

小鲁回来之后，罗则同已经着手推进村史馆建设。村史馆有个特别陈列厅，陈列田一归和田奇水、田小草等人的事迹。村史馆不但要记住村庄历史，关键的是要充分发挥以文化人的作用，推动乡风文明。陈一关给吴高仁打电话："任重道远，每个路口都要选择好。下一个路口向何处去，我会努力寻找。""我相信陈医生的目光，会准确发现病灶，及时对症下药。名医不是那么简单，我一直相信。"陈一关说吴高仁就是画个大饼，描绘了一份美好前程，然后就是挥鞭赶牛，让人吭哧吭哧地往前奔跑。吴高仁哈哈大笑："领导就是把握方向。"陈一关也笑了，他相信下一站风景更为优美。"我们不仅仅欣赏风景，我们也制造风景。"陈一关低声说道，用力挥一下手，"下一站，我们来了。"

散文苑

在冶铁遗址：推理和想象的乐趣

◎石华鹏

一

依我看来，人生有两大乐趣：一是憧憬未来时的乐趣，二是回味过往时的乐趣。无论今日多苦或狼狈，总觉得前方有个好日子在等着，想着想着嘴角就会扬出一丝笑意来，这是相信和希望带来的乐趣。另外，消失了的那些岁月总让人在清晨梦醒时反复咀嚼、回味，也有一种既忧伤又甜美的乐趣在里边。只要提到现在，好像就没什么乐趣可言，所谓"眼前的苟且"说的是现在，"诗和远方""往事如烟"说的是未来和过往。如此看来，乐趣总是和"无"（未来是无，过往也是无）联系在一起的，即便今日得来的"有"（有车有房有存款等），也只是瞬时的小乐趣而已，大乐趣是对"无"的关注和投入。

不知何故，年届中年的我，对未来憧憬的乐趣日渐减少，而对过往回想的乐趣却与日俱增，这个过往甚至已经脱离自我的小天地，深入对更遥远的历史和文化的回溯与想象中去了。比如，不久前的一次安溪青阳下草埔冶铁遗址之行，就带给我极大的乐趣，离开好多时日了，也不曾消减。

相对论告诉我们，物体速度超过光速就能让时光静止甚至时光倒流。就是说，理论上我们是可以回到过往的。那理论之外呢，或许也可以。因为，在青阳下草埔冶铁遗址处，我分明感觉到了一条通往过去的时光隧道的存在，隧道中我们的思维和想象是超过光速的，跟时光一起倒流，回到宋元时期那个"炉火照天地，红星乱紫烟"的青阳、安溪和泉州。

当然，要进入这条时光隧道，首要任务是寻找到时光隧道两端的"站台"。"起始站"已立在那里，就是我们眼前山坡上的冶铁遗址。终点站呢？隐藏在古籍中，也隐藏在时光深处，就是千年前宋元时期那座依稀可见的"东南泉郡"。

二

安溪尚卿青洋村南面下草埔的一处山坡上，一片依山势错落而建的遗址保护棚静静而立，木柱青瓦人字脊，在连绵起伏的绿色山脉间十分醒目，保护棚下就是考古发掘出的重要冶铁遗迹。这里位于泉州西北山区腹地的五阆山余脉。从新落成的"下草埔冶铁遗址展示馆"下行，顺着崎岖小路走一段，就进入遗址区范围了。整个遗址顺山坡抬升，坡面刚好处于两山之间的豁口处，风从南来，形成一个冶铁所需的天然大鼓风机。

拾级而上，是一个大的活动平台，由炉渣、矿石、碎陶瓷片堆叠硬化而成，大约形成于宋元时期，是当时工人们的活动场所。台地上，立着几个锥形小堆，系考古人员收集一些较大块的炉渣、冶炼遗物堆积而成。我拿起一块黑褐色石块样的东西来掂量，很沉，好似一个铁疙瘩，可见含铁量很大。领我们参观的遗址展示馆负责人唤我过去，他指着炉渣小堆上的一块大炉渣让我看。这块炉渣与众不同，黄紫相间，表面有凸起的铁水滴流的纹理，还有一些光泽。他说这块炉渣太重要了。他告诉我，当年考古工作进行了好些时日，一直没有实质的突破，考古人员有些灰心，一天一名队员发现了这块炉渣，将照片发给北大考古文博学院副院长沈睿文看。"这是一块清晰可见熔融、滴落纹理的冶炼排出渣，意味着这里曾有较大规模的冶铁活动。"沈睿文明确表示。队员们因此有了信心和干劲，终于有了大发现。

从平整开阔的活动平台往上走，层级分明的台地上，经考古挖掘，清晰可见 6 座冶铁炉遗址和 3 处房址遗址。其中，不少冶铁炉型在国内尚属首次发现。6 座冶炼炉中，依照冶炼功能不同，有小高炉、竖炉、锻炉、冶铁炉等。当然，因埋地下年代太久，有的只剩下半截烧黄的小炉底，有的只剩下残缺的锻造台，有的只剩下炉渣垒成的地基，如果没有专业讲解，我们非专业人士是很难识辨的。

除 6 座冶铁炉、3 处房址外，还发掘出多个活动面、护坡、池塘、小丘、板结层及石堆，与冶铁有关的遗迹年代集中于宋元时期。考古现场发现了"祥符元宝""皇宋元宝""熙宁通宝"等钱币，均铸造于 11 世纪初；出土的金属器分为铁制品和铜制品，铁钉是遗址目前仅见的经锻打铁制品之一，还有铁片、铁块等块炼铁粗加工产品，是遗址性质的直接证据；出土的陶瓷器，年代集中在南宋中晚期至元代，多为日用生活器具，以安溪窑产品为主。

由此，一条逻辑严密、彼此印证的推理过程呈现了：一块特别的炉渣说明此地必有冶铁炉，有各类冶铁炉说明有不同的冶铁技术，就有不同的产品（冶炼熟铁、块炼铁、生铁、钢等），现场发现的钱币、生活器具等可以断代是宋元时期。由此可以推断出结论："下草埔冶铁遗址是个古冶炼场，展现了宋元中国东南地区冶铁手工业遗址的独特面貌，是宋代经济史、手工业技术史、海洋贸易史的重要发现。"（沈睿文教授语）

三

参观遗址的过程是一个推理乐趣的享受过程。离开"遗址处"这一"起始站"，进入时光隧道，我们的解谜之路继续。

其实古冶铁场在安溪广泛存在早已不是什么秘密，史书和地方志上都有记载，早在 1985 年，青阳冶铁遗址就被列为首批县级文物保护单位。为何这次如此急切、如此大规模地开展冶炼遗址调查摸底呢？因为一件大事，"泉州：宋元中国的世界海洋商贸中心"申报世界文化遗产的项目中缺失了一份有力证据——冶炼遗址。文献记载和考古发现已经证明宋元泉州的世界海洋商贸中有很多铁制品的贸易，但是至今都没有发现宋元冶炼场的实物证据，为了迅速找到实物证据便有了这次安溪境内的深度探查。文献记载的宋代青阳铁场究竟在哪儿？青阳下草埔遗址的发现提供了最有力的证据，不仅为宋元时期泉州冶铁手工业提供了珍贵见证，也为宋元泉州海洋贸易的铁制品出口贸易提供了最直接的证据，为申遗成功立下了大功。

可以说，青阳下草埔遗址的寻找和发现既是无心插柳又是有备而来，偶然中有必然，必然中有偶然，世界万物的演变莫不如此吧。

青阳下草埔冶铁遗址虽同眼前的山林一样袒露在我们面前，与我们处在同一个时间和空间里，但是实际上，它同时在自己的另一套时间和空间维度中运行，对它来说，过往并没有消失，就像岸上的海螺时刻回响着大海的涛声，它身上留存着的千年前的信息无时无刻不在组合、复原。我知道，那是留给我们的想象。

968—975 年，在泉州设置的 201 处矿冶场务中就有安溪青阳冶铁场。北宋咸平二年（999 年），官方于安溪青阳设置专职铁场。到 1045 年，因"青阳铁冶大发"，泉州专门设置铁务部门。"青阳铁冶大发"得益于下草埔这个得天独厚的冶铁场所。冶铁场躺在峡谷中，地势北高南低，三面群山环抱，南面缺口清风徐来，形成一个天然的风口，气候相对干燥，便于冶炼。附近分布着丰富的铁矿洞，为冶铁提供充足原料，森林植被丰厚，燃料取之不尽，山道旁水路四通八达，出产的铁块、铁条、铁钉等走西溪水路进入泉州，然后漂洋过海。

可以想象，千年前，因"选址有道，冶铁有术"而名声大噪的下草埔冶铁场，如磁铁一样吸引了来自四面八方的能工巧匠，许多姓氏的族人聚集在这里劳作、生活。整个山坡上人来车往，热闹非凡。几座炉窑不分白天黑夜冶炼，熊熊的炉火肆意舞动，映红了师傅们的面庞。身材魁梧，光着膀子的工匠们各司其职，叮叮咚咚的锻打声中火星四溅。整座山坡上炉灶的火焰把夜空和大地映照得一片通红……

青阳下草埔的炉火燃烧了 500 年后缓缓熄灭。宋元以后，泉州海洋贸易衰落，安溪冶铁业中心转移，青阳冶铁场也沉寂下来。时间的尘土一层一层覆盖了这个曾经人声鼎沸、"冶铁大发"的青阳下草埔冶铁场，它的重见天日，要等待一千年之后的那个炎热的夏季。

我想说，在青阳下草埔冶铁遗址的时光隧道之旅，让我领受到了推理、发现和想象的乐趣。

北京老胡同杂记

◎宋丽珍

国都北京是中国人向往的政治、经济和文化中心，也是享誉海内外的世界名城。神秘的紫禁城，雄伟的天安门，宽阔的长安街，绵长的两广路，壮美的中轴线，著名的大商圈，还有众多皇家园林、王府侯宅，每一处都是光彩夺目的北京名片，每个点都是独特的北京地标。相比之下，现存不多的北京老胡同则稍逊色彩，不显得繁荣。这些历经沧桑的老街区隐藏于穿云而立的现代化高楼间，白天不见车水马龙，夜晚没有斑斓彩灯，喧闹在这里停滞，沉默逐渐成了它们的常态。

北京老胡同已有九百多年的历史，时代更迭，风云激荡，赋予老胡同厚重的文化，也演绎出数不胜数的传奇故事。那纵横交错的格局曾经是京都城郭的肌理，它们不仅仅是人们出行的通道，也是普通老百姓的日常生活场所，更是京城历史文化发展演化的重要舞台。它们见证了北京古都的变迁，自身也随着时代的变化不断地缓缓改变容颜。

书本里的北京胡同

小时候阅读长篇小说《青春之歌》，第一次知道了北京城市的街道有个很特别的名字：胡同。胡同里，老百姓居住的屋子叫四合院。在闽南，我们见过的是十间张大厝，还有骑楼式街巷，没有见过胡同及四合院的样子，就存了点儿好奇，只是书里关于胡同及四合院的描写笔墨不多，得到的印象很模糊。后来读到著名作家老舍先生的作品，《骆驼祥子》《四世同堂》《我这一辈子》等都有北京胡同生活的生动描述。因为这些作品写的是民国时期北京的普通老百姓，所处的时代背景正值兵荒马乱、社会动荡，所以，"乱""杂"成了我对北京胡同的一种感觉。后来又读了一些名家之作，其中关于北京胡同的介绍就比较客观具体，颇为引人入胜。比如著名学者汪曾祺在文章中写道："北京城像一块大豆腐，四方四正。城里有大街，有胡同，大街、胡同都是正南正北，正东正西。"这就给读者勾勒出北京胡同的整体形象了，而且非常生动风趣，难怪老北京人在给人指路时总是用"往南""向北"这样的表述。和生活在"大豆腐"里的北京人不同，在闽南，我们习惯说的是"直走"或是"向左""向右"。可初到北京的外地客对东西南北方向是蒙蒙的，于是又问：哪一边是南呢？这样，问路的指路的都有点儿尴尬了。日常之习惯是如此不同，而习惯衍生出来的地域文化有很多区别就是必然的了。

有一些文献记载，北京胡同形成于元大都。"胡同"是蒙古语的音译，有"水井"的意思，这体现了游牧民族对水源的重视。历经元明清几朝，北京城不断扩展，胡同规模也越来越大，那到底有多少条呢？有句话是这么说的：北京有名的胡同三千六，无名的胡同赛牛毛。这当然是带着夸张的大概数，其实历朝历代也没有过准确统计。浏览北京胡同名字大全，发现有许多带"井"的，比如"三眼井胡同""七井胡同""井儿胡同"等。也有后来取谐音改名，如"灵境胡同""天景胡同""镜子胡同"。这从一个角度佐证了胡同格局始于元大都的说法。更多的胡同命名带着浓浓的市井味，通俗、有趣，实用、好记。有拿"羊肉、羊圈、揽杆、棉花、手帕、钱粮、禄米仓"用作胡同名的。也有与买卖的商品相关的，如"豆瓣、银碗、果子、灯市口、珠市口、鲜鱼口、菜市口"等。还有直接冠以姓氏的，如"史家、韩家、谢家、贾家"胡同。一些有着历史人物、民族英雄印记的更是自带名气，如"文丞相胡同""张自忠路"就是为了纪念文天祥和抗日名将张自忠。至于"东厂胡同""锦衣胡同"之类的就可以确定是明代所形成的带有当朝痕迹的老胡同了。总之，北京胡同名字五花八门、包罗万象，但有个共同特点：从生活中来，有生命力。

如果再了解一下一些胡同名字的变化就更有趣了。宣武门外大街有个"达智胡同"，名字寓意挺好，但原先是叫"鞑子胡同"，为清朝时八旗兵驻扎之地，当时的北京人管八旗兵叫鞑子。民国时有人提议将胡同名改为"达智胡同"，颇为大众接受，遂沿用至今。还有个"轿子胡同"，早年间是轿行轿夫较为集中之地，称为"轿子胡同"，后来轿子不时兴了，便改为"教子胡同"，也算是改得好的。还有一处原先是做劈柴生意的，叫"劈柴胡同"，民国时期有个天津人在那儿盖了学校办教育，胡同名改成"辟才胡同"，音同义不同，这名也改得受大众称赞。

走进胡同四合院

都说"纸上得来终觉浅"，还有"百闻不如一见"，还是颇有道理的。要了解认识北京胡同四合院，需实地查看方能具体真切。第一次与胡同四合院近距离接触是1995年秋季，应文化部邀请，安溪县高甲戏剧团带着《玉珠串》剧目进京献演。驻地是在一个老胡同里的小旅馆。周围几条胡同都不宽，显得老旧杂乱。然而，在拜访领导过程中，我见到了保存完好古色古香的完整四合院，才明白它们完全当得起"雅致、端庄又不失宁静的古典美"这样的赞誉。

一个夜晚，我们一行人拜访文化领域的一位领导，他的住处就是一个四合院。灯光不太亮，但依然可以看出门楣绘彩，窗棂雕花，回廊通透，全院紧致闭合。这位领导的本色是文人，客厅中的茶几椅凳古朴厚重，做工考究，书房里墨香浓郁，书卷之气赏心悦目，不由得赞叹：这样的四合院真好。

这算是与北京老胡同四合院有了近距离接触。幸运的是，这十年来居于北京，所住之社区与"法源寺历史文化街区"相邻，探访老胡同，细看四合院，询究它们的前世渊源，观察它们的今生变迁，成了特别方便的事。

法源寺是座历史悠久的古刹，始建于唐贞观十九年（645年），是唐太宗李世民为哀悼北征辽东的阵亡将士而下诏兴建，到武则天通天元年（696年）才完成，赐名"悯忠寺"，明朝时又曾改为"崇福寺"。清雍正十二年（1734年），该寺被定为律宗寺庙，传戒法事，并正式更名"法源寺"至今。目前是中国佛学院和中国佛教图书文物馆所在地，也是培养青年僧侣和研究佛教文化的重要场所。有个说法是"一座法源寺，半部京城史"，可以看出史学界对这个古刹的重视程度。梳理史料，"法源寺"里上演的最悲情故事应该是北宋钦宗皇帝被金人掳后囚居于此；最悲壮一幕当属清末志士谭嗣同在戊戌变法失败后仰天一笑慨然赴死；最具浪漫情怀场景的是诺贝尔文学奖获得者、印度著名诗人泰戈尔1924年访华时在此的风华聚会。当时，民国才女林徽因、浪漫诗人徐志摩等一群文人学者陪同，游名寺，吟诗词，聊创作，留下一段中外文化交流的佳话；最为世人津津乐道的是"丁香诗会"，据说是始于明代。当时的法源寺遍植林木花卉，尤以丁香最多。每年丁香盛开，寺里僧侣备好斋饭，邀请文人墨客在花下吟诗唱和，纪晓岚、龚自珍、林则徐等都曾是"丁香诗会"的常客。可以想象，丁香芬芳，名家雅集，以诗互酬，那是怎样一幅有着浓郁文化色彩的画面啊！当然，最日常的莫过于信众礼佛、百姓休闲、孩童嬉戏了，这样的场景年复一年陪伴着法源寺的风花雪月，春夏秋冬。

"法源寺历史文化街区"还因为是北京宣南文化的重要之地而倍受推崇，也是目前尚成片保留没有被拆除改建的京城核心区。清朝规定，汉人和汉族官员不得居于内城，只能在宣武门外建房安家。汉族士子文人聚集于此，兴学研讨，文象日趋繁荣。也正因为这种规定，南城又成了各地兴建会馆的首选地段。

在"法源寺历史文化街区"十几条胡同里，各地会馆云集，其中以湖南会馆、绍兴会馆、浏阳会馆、粤东新馆、江苏会馆为后来者熟知。革命先驱孙中山北上京城时曾在粤东新馆发表演说，畅谈民主建国理想；1919年12月，青年毛泽东为驱逐军阀张敬尧，率领湖南驱张团赴京，在湖南会馆召开驱张大会并发表演讲；鲁迅先生住在绍兴会馆期间，写出中国第一部现代白话小说《狂人日记》，并首次以"鲁迅"为笔名发表。《孔乙己》《药》《一件小事》等小说和《我们应怎样做父亲》《我之节烈观》等杂文也是在绍兴会馆写就的。会馆为科考举子和经商者及短期赴京乡亲提供住宿办事的方便，各地来京人员又带来家乡文化习俗，与京城文化互相融合发展，形成这一时期这个街区独特的文化现象，史称"宣南文化"，是中华民族文化遗产中的瑰宝。

抱有探究之愿，怀着喜悦之心，没料到第一次见到这块瑰宝却是失望。站在高楼俯瞰，这片街区的屋顶凌乱狼藉，有老式灰瓦，有水泥制作的毡板，还有五颜六色的塑料布，上面压着大小不一的石块砖头。有限的院子里搭建着各种小屋，挤挤挨挨，将院子切割成奇怪的形状，哪还有四合院的模样。待走进老胡同，看到的依然是破旧杂乱，四合院特有的朱漆大门石门当少见了，各式各样的铁门充斥于老胡同里，现代生活需要的各种线缆横七竖八地在老胡同上空成网，空调外机或高或低地挂着。能看出四合院格局的是受到重点保护的几个会馆，其他的大多数是一个门连着一条窄窄的通道，站在门外看不到院里。住在胡同里的人似乎不多，老年人三三两两坐着，打盹儿的、聊天的，各得自在。胡同的两边大都堆放了许多杂物，有的还占道搭建小屋。见到的交通工具还是自行车摩托车多些，也有汽车，但在胡同里开着不太方便，只能慢慢走。胡同路面也大多数是坑坑洼洼，雨天会积水，大风天起灰尘。与旧时胡同最大的不同是建了公共厕所，相隔几百米就有一个，这对依然生活在胡同里的人是一个比较大的改善，但是管理并不好，路过时味道很冲。有一回看到一个人拿着桶出门，瞥一眼看到门里空间小得让人难以置信，横着一条不足一米宽的木板，铺着灰灰的布，应该是睡觉的地方，人一进去就得转身坐在板上，那门也是窄得只能侧身进去。那个人拿桶是到不远处的公共厕所里接水，看到他回来我赶紧离开，不敢问在这个小空间里怎么生活。老胡同里还可以看到路边理发摊，两把椅子，一套工具，只是理发，不给洗头，以价位低廉且方便吸引有需要的人，生意很不错。这种路边理发摊如今在农村都少见，却在京城里尚能生存，不由得让人唏嘘。

在这片老胡同里闲逛，对那些老槐树、老杨树最是惊奇。树干粗得需几个人拉手才能围抱，树皮厚得有好几厘米，树冠大得覆盖了几个院落，树高能达二十多米，仰头看不到树梢。这些老树有的植于某个院落，有的立在胡同道路两旁，威风凛凛，气场强大，透着一股不容侵犯之势。最佳去处是法源寺前的小广场，春天时花团锦簇，丁香、玉兰、槐花香气袭人，鲜艳夺目，时不时有人带着自制的风筝在放，引得大人小孩睁眼追寻，这确实是一项很有益的户外活动，养身养眼又养心；夏季里杨柳成荫，一派葱茏；秋高气爽季，变色树纷纷换装，或黄或红，而松柏绿颜不改，在蓝天下更显挺拔；冬日的广场聚集了喜爱阳光的人群，一场大雪过后，这里是堆雪人打雪仗的热闹之地。胡同里最有老北京意蕴的是鸽群，它们在天空恣意盘旋，身姿优美而矫健，鸽哨嘹亮又悦耳，每日伫立窗口和它们约会的那一刻是无法言喻的舒心惬意。估摸着片区里有三个鸽群，在烂缦胡同一个鸽舍边，养鸽者还立着介绍鸽子知识的玻璃墙，胡适写鸽子的诗句也在其中，在诗里的鸽子形象优雅浪漫。

游览、观察，与胡同里的居民聊天，既感受老胡同文化的丰厚，也感慨保护的不易，不禁忧虑：划定为历史文化街区的老胡同尚且这般模样，其他的呢？会更不堪吧。岁月摧磨，北京胡同真是老了，风霜雨雪侵蚀，北京胡同逐渐承受不住了，原本旺盛繁荣的京城民居也会这样衰落消失吗？

老胡同之新气象

近年来，北京老胡同的命运注入生机，古都进入疏解核心区人口，对旧城区实施整体保护阶段。首先是叫停老城区拆迁改造，随后广泛征求民意，让有识者建议，有智者献策，得老百姓支持。更重要的是有了标准，那就是修复城市肌理，恢复老胡同风貌，还得具备现代生活需要的条件，让居住在这里的人感到舒适方便。

"法源寺历史文化街区"也属于这一类，但片区内房子在归属方面非常多，自有的、公租的、企业的。有的一个院子十几户情况各不相同，非常复杂。

在和老胡同居民聊天中知悉，保护方案反复研讨，与居民不断沟通，房子以何种方式腾退可自己选择。为了保存原有的古城气息，支持不想搬走的留下，但要遵从修复原则，拆除违建物，腾出院落，修旧如旧。由于退出之后能得到面积大、条件好的新房，大多数人选择置换政府购买的共有产权住房，也有的申请货币补偿。

看到公告栏里贴的经修缮整理后的街区效果图，确实换了新颜，一些陈述颇为吸引人，比如"科技助力街区新生""智慧运营管理平台""共生院落"等等。工程开始后，出于好奇，隔三岔五去察看，才感觉到这是一个浩繁复杂又麻烦的巨大项目。从施工看，文明有序，半封闭的办法让居民生活可以照常，进度也不慢。两旁违建全拆除，各种管线都埋入地下，一直困扰老胡同的雨污水收集进入城市排水管网难题得到有效解决。路面有的铺石板，有的碾沥青，胡同变得平坦宽敞，出入口石板上刻有胡同名，各种指示牌清晰明了，弄不懂北京东西南北的外地人可以一目了然地找到方向。胡同两旁还点缀些带有老北京风韵的小景，挂上介绍历史文化的图片文字，微型便利店、萤火虫咖啡馆、居民议事室、红色会客厅出现在老胡同里，平添了不少现代之气。

更加不容易的是四合院格局的恢复，站在高处看，凌乱不堪的屋顶日渐减少，片片新瓦在阳光下干干净净，熠熠发光。施工现场，工人们砌墙立柱上梁，相当熟练，一问，才知道有受过培训。青砖砌筑的墙很厚，保暖效果好，梁柱有新也有旧，应该是旧的能用就留下，既节约也符合修旧如旧原则。两年了，已经有一部分四合院修缮完成，从格局看，这些四合院都是普通民居，青砖灰瓦，原木梁柱，小巧朴素而又沉稳厚重，虽是在原地重建或是修缮，但还是带给人焕然一新的欣喜。院里有树的都留着，院外筑了花坛，种满各种各样的花，夜里亮起的灯光是金黄色的，柔和温馨，弥漫着北京胡同气息。

变化是天天看得到的，智能停车场、立体停车场建了好几个，街区治理网络逐渐健全，每条胡同都落实管理专班，成员从理事长到治安、保洁、花木养护、物业管理。只是，工程浩大，全部完成应该得几年之后，但不是有"慢工出细活"的道理吗？这样的精心修复只要持续不断地推进，完美收官的日子终会到来。到那时，这片街区就真的是拥有新颜获得新生了。

各种建筑都是一本本教科书，展示的是多样性、丰富性。时序更替，被历史风尘淹没了的许多旧物都无法复制了，但能留下的就是顽强的，有生命力的。让老胡同在当今盛世有一席之地，是留住乡愁，是保存记忆，应该也是当代人的一份责任。建筑又是时代的音乐，奏响的每一个音符都叩动人们的心灵。欣赏不同时期的建筑艺术，领悟建造者的智慧和审美，让占老与现代相融，是文明延续的一种形式，也是文化自信的必然。今日的新闻是明天的历史，一页一页的历史是一代一代的人接力写就的。保护老街区，修复老胡同，应该是书写历史的特别方式吧，其文化价值和历史意义也是不言而喻的。保护修复之路困难很多，不可能毕其功于一役，数年坚持，合力推进，方能完成这份作业。老胡同，新街区，老格局，新风貌，未来可期。

铁观音

漫忆安溪铁观音神州行

◎宋丽珍

收到《中国"差生"逆袭》一书，迫不及待翻阅。厚厚的一本，洋洋洒洒近四十万字，要将安溪四十年的艰辛探索负重前行，百万茶乡人坚韧不拔团结奋斗，靠着自己的硬骨头摆脱贫困、实现富裕这一波澜壮阔的历史予以讲述实在是非常不易。几位作者功力了得，轻重取舍，详略安排，甚为用心，终于付梓面世，完成树碑扬名大事一件，值得祝贺。

心静好读书，读书心愈静。静则定，定则安，安则宁。欣赏美妙文笔，叹服严密论证，感受实意浓情，遇评述不客观之处一笑而过，对史实有疑惑时尽量查证。阅读没有计划，更没有任务，只随兴趣走。于是乎，日升月落，时光匆匆，年华静享。读《中国"差生"逆袭》一书，却像是在看一部老电影，一幕幕，牵引着记忆，触发着思绪。读至 250 页时看到了这样的表述：2018 年，在第二届中国国际茶叶博览会"中国茶事样板"评比中，"安溪铁观音神州行"成功获评"中国茶事样板十佳"。这于我是新消息，由此，十七年前那场跨越三个年头、行遍神州东西南北中、蜚声中国茶界的安溪铁观音传播活动，以一幅幅鲜活画面浮现于脑海，不禁有忆述这段特殊经历的想法，随笔而成。

"安溪铁观音神州行"起源于 2005 年县委宣传部举办的新闻媒体新春座谈会。当时，我任县政府副县长，参加了座谈。其间，我说了一个想法，适当报道在外奋斗的安溪乡贤，还建议以"天南地北安溪人"为题做系列报道。这一提议引发许多记者的兴趣，围绕这个话题补充了不少，渐渐地，议题集中到由安溪县组织记者们到外地采访。时任县委常委、宣传部部长的廖皆明智高一筹，综合大家意见，提出了"安溪铁观音神州行"这一概念，获得与会者一致叫好。没过多久，我接到了立即组织人员将这个概念转化为理念清晰、内容具体且方便操作实施的方案以供讨论的任务，且要求快。

为什么需要快？改革开放为安溪铁观音创造了难得的传播机遇和发展路径，历届安溪县领导都将提高安溪铁观音知名度、美誉度、市场占有率作为脱贫致富的重要措施，亲力亲为地抓。大规模推广营销，各种形式的品牌宣传，一届接着一届，持之以恒，坚持不懈，也都有不错的成效。"中国茶都"落成之后，大型茶事活动在茶都广场连续举办。2000 年的"茶两节"，2001 年的海峡两岸茶文化交流会，2002 年和 2003 年举办了两届"中华茶产业国际合作高峰会"，联合国粮农组织、国际茶叶委员会、欧洲茶叶委员会等机构都派人出席。2004年，安溪县承办第六届世界安溪乡亲联谊大会，茶的内容也是大会期间的重要环节。可以说，那些年安溪县的茶事活动以规模大、规格高、内容扎实、场面精彩而备受国内外瞩目。这些活动为打造"安溪铁观音"名片提供了文化支撑。

2004年联谊会后，一位曾任安溪县主要领导、后在外地任职的领导曾笑问我：从安溪到海峡两岸，又有国际的了，再往后你还能弄什么名？我回答说，没想好呢。这是实话实说，也是一直萦绕于心的问题。我清楚，思考这一题目的绝不是只有我，还有安溪县茶业管理委员会的成员，尤其是县主要领导。那些年有个共识：对安溪铁观音的宣传推广应持续不断，那2005年怎么做更好呢？新春座谈会的探讨打开了思路，得出了"是时候再走出去了"的答案，都觉得"安溪铁观音神州行"可行，必须行，而且应该在春茶上市季成行。这就是要求快的重要理由。

其实，对"走出去"，安溪茶人并不陌生。早在1993年，安溪县就到泉州市举行"茶王赛"并现场拍卖获得"茶王"殊荣的茶，这是中国首次竞价购买名茶，轰动整个茶界；1995年，到厦门市办了活动；1996年，跨省跃至中国南方最大城市广州做了一场更具规模、更大容量的茶事。在五星级"中国大酒店"丽晶厅里，八百多位各界嘉宾同品安溪铁观音，共赏"纯雅礼和"安溪茶艺。这场茶事具有里程碑意义，不单是跨省办，就其规模和形式而言也有诸多创新，尤其是品饮方式的精心设计，让安溪铁观音品种优势得到淋漓尽致的凸显。大厅里是这样安排的：一张长条桌坐六位嘉宾，共品一壶茶。厅内有茶企产品展销，其余空间宽度适宜五张桌子并列，每列又竖摆了二十张，呈现整齐壮观大场面。五星级酒店的服务是高水准的，无论我们提什么要求都想方设法满足，更难得的是我们要求为一百个茶壶冲第一次水应该尽量同步，前后不差两分钟左右，他们做到了，达到的效果，就是安溪铁观音特有的幽幽兰花香几乎同时释放，弥漫于丽晶厅，沁人心脾，所有客人对这种奇妙感觉发出了惊叹：这么香的茶啊！这个细节在当时的新闻报道中多次提及，记者们用不同的方式解读，但结论是相同的：安溪铁观音特有的神奇兰花香，太迷人了！1998年上海华亭宾馆和1999年北京钓鱼台国宾馆两次活动也很成功。这些在不同地点做的各具特色的茶事活动都积累下许多宝贵经验。

"中国茶事样板"评选是2018年，"安溪铁观音神州行"入选十佳，这是活动结束十一年之后得到的赞誉。何谓"样板"，最直接的解释应该是可学。那么，"安溪铁观音神州行"有哪些可供借鉴的呢？首先是创新，因为之前没有谁用这种方式做品牌推广；其次是从安溪茶产业发展需要选择活动形式，追求实效，不哗众取宠。"神州行"有几个任务：品牌推广，文化传播，市场调研，媒体采风，消费者体验，与当地茶市管理部门交流。为此，活动方案里包含了许多内容，虽然在不同城市会略微调整，但"品茗赏艺"这一独特形式却是每站必做，因为广州的经验表明，这个方式最能展示安溪铁观音品饮文化、品种优势、品牌价值，而且与消费者交流最为直接，但这一形式的操作有难度，要学好不容易。

十几年过去了，当时各级各类媒体对这个特立独行、史无前例之茶事的无数报道已经归于历史，而留在"安溪铁观音神州行考察交流采风团"成员记忆里的应该是苦累疲惫中获得的成就感，紧张忙碌之余的快乐与欣慰。作为全程参与策划并组织实施此活动的一员，历时三年、纵横中国十六个大城市的"神州行"于我是人生的一次塑造，每一段路程都深深地刻在心上，沉淀至今，凝为最想说的三个词：感恩、感激、感谢，是俗词凡语，但却是真实的心情。

感恩家乡，感恩先贤，感恩发现、培育、呵护铁观音的一代代安溪茶人。中国是茶的故乡，是茶叶种类最丰富的国度。安溪是中国重点产茶县，是中国乌龙茶名茶之乡。安溪茶产业在中国茶界举足轻重，在安溪又关乎民生福祉。铁观音在茶叶大家族里亭亭玉立，独树一帜。2010年上海世博会评选"世博十大名茶"，安溪铁观音位居首位，在授牌记中有"专家誉之为名门望族，虽幽兰不及，恐馥桂報对，无愧茶之极品"的评语，这是对安溪铁观音的客观定位。从铁观音问世到改革开放新时期，安溪茶人用智慧与辛劳创造了茶业辉煌，不断地将安溪铁观音推上各种名誉榜单，而每一回荣誉的获得都是在前人肩膀上的又一次登高，这样的努力和付出值得我们永远感恩。

有幸进入安溪县茶业管理委员会，承担相关职责，为铁观音奉献绵薄之力，我感激时代给予的机遇，也非常珍惜。2005年，"安溪铁观音"证明商标有望成为茶界第一枚中国驰名商标；持续不断的努力让安溪铁观音的市场占有率迅速上升，十万安溪茶商活跃在全国各大茶市，消费者给予安溪铁观音超乎寻常的热情。面对这一好棋局，安溪茶人当然欣喜，但依然保持理性和冷静。至今还记得尤猛军书记交代我们的一段话：如何让安溪铁观音稳定发展，是我们应长期关注、研究的课题，希望通过"神州行"考察调研，得到一些成果。有耕耘就会有收获，事实上，每一段行程都让安溪茶人有所领悟，也会对产业发展政策、措施和方式等做出相应调整，在一定程度上促进了安溪铁观音的提质增效，稳定上升。

"安溪铁观音神州行考察交流采风团"由相关部门人员组成，还邀请新华社、人民日报、中新社和福建省、厦门市、泉州市的新闻媒体派出记者加入，团长是时任安溪县委副书记兼安溪县茶业管理委员会主任的陈水潮，茶管委几位副主任都任副团长。这是一个让人念念不忘的团队，这个团队具有很强的集体意识和自觉的使命担当，更有吃苦耐劳的精神。我由衷感谢这个齐心协力干实事的团队，感谢团队每一位成员给予我的支持、信任、合作，感谢在外拼搏的安溪乡贤和闽南、福建乡亲对"神州行"活动的无私帮助。

"安溪铁观音神州行"由南、北、中部、东北、西部五条线组成，每一次用十天完成三个或四个城市活动，行程远，空间跨度大，经常需要日夜兼程，有时甚至是活动结束马上收拾行李直奔机场或登大巴，到达目的地连夜开会，汇总落实各项工作情况。团队人数以精简为原则，每个人的职责任务都不是单一的，而是同时兼顾许多事务，当个搬运工也是常有的，但没有人抱怨推托。记得在深圳，"品茗赏艺"活动结束，一些嘉宾还余兴未尽，继续品饮，负责收纳保管茶具的中国茶都集团党委副书记吴小猛耐心守着，承担其他事务的时任县委办副主任叶睿葆了解到这个情况，马上带人赶来协助。五十几套茶具，每套由三个盖瓯、三个茶碗、三把小勺、八个茶杯、一个酒精炉、一个烧水壶组合成，活动结束后要一个个清洗干净装箱封妥。茶具都是易碎品，只能是细心加小心，他们一直忙到深夜才收好，保证了次日按时出发到下一站长沙。三年里五次出行，十六个城市近百场活动，靠着团队成员互相支持、踏实做事，才有顺利、平安、完美收官的"神州行"。

每回筹备"神州行"活动，团长陈水潮都会强调两件事：一是"品茗赏艺"场所一定要选择当地知名度最高的酒店或宾馆，为这还亲自到北京，多方努力，落实了在人民大会堂正厅举办活动的相关事宜；二是要尽量邀请到部级以上的领导出席我们的活动。第二条靠着在当地工作、经商的安溪乡贤和福建商会、闽南商会、泉州商会的协助都办到了。第一条要办妥就比较费劲，因为对场地要求不仅仅是知名度，还应该交通便利、停车方便，最重要的是要有能摆放五十来张圆桌供三四百人一起品茗的大厅，大厅里不能有柱子，柱子会影响视线交流，妨碍关注度的集中。2007年国庆节，我和安溪县茶业总公司总经理刘青洲、副总经理苏少民利用假期开始"西部行"前期筹备，六天走了乌鲁木齐、兰州、昆明三地。刘青洲处事练达细心，苏少民是个称职助手，我们在乌鲁木齐顺利定下喜来登大酒店，可在兰州找了很多个地方都不适合，安溪乡贤谢贵春热心帮着联系军队的一个场所，叫宁卧庄宾馆大礼堂，才解决了难题。在哈尔滨也是费了好大劲才找到哈尔滨国际会议中心，这个中心符合要求，不单是地方大，名气也大。答应给我们使用，但不能用明火，也就是说在其他地方使用的酒精炉用不了了，我们决定在每张圆桌下布上电缆线，改用"随手泡"。这一改，工作量翻番，当然，这个方法2005年在北京人民大会堂也用过，就是随机应变，因地制宜，追求最佳。

每一站必做的"品茗赏艺"都是"神州行"的高潮。介绍安溪茶产业发展，讲解安溪铁观音特色，是重要内容；请来到现场的各界嘉宾品尝当季"安溪铁观音茶王赛"金、银、铜奖茶，欣赏安溪茶艺、茶歌、茶舞，是最令人期待的乐事。三个茶样分发到每张桌面，三百多位客人自己动手落茶、烧水、冲泡，兴致盎然，对于三个他们还不知道哪个是金、哪个是银、哪个是铜的茶样细闻香气，察看茶汤，品尝滋味，互相探讨，气氛热烈。当我揭开谜底时，有欢欣的，有不解的，有鼓掌的，有拿起茶杯再饮的，都沉浸于品茗乐趣中，这应该就是品饮铁观音的迷人之处。整场活动行云流水，环环相扣，宾主共同享受美好时光，其乐融融，这多亏了谢志攀副团长现场指挥得力有方。从场地布置开始，他就是总指挥，舞台面积要多大，台阶高度多少合适，品茗桌怎么排，灯光音响设备调试，进出通道顺畅安全，与场所服务方协调对接，大事小情，都细致周全。活动开始，我只负责把控节奏，营造氛围，至于什么时候分发茶，什么时候该点火烧水，哪儿应再送些茶点，志攀都安排得妥妥的。每一站活动内容略有不同，又因为我的主持习惯是会根据现场情况即兴发挥，有时还要解答递上来的咨询小纸条，偶尔有激情嘉宾上台发表感想，甚至是高歌，这其中还穿插着安溪县茶文化艺术团精心编排表演的茶艺、茶歌、茶舞，这样对节奏的把控也只能视情调整。说实话，要跟好这种没有固定文本的活动环节不容易。志攀就有这个本事，他的办法是，用心观察现场情况，特别是客人的需求，还要注意我主持话题、语气的变化，予以领会预判，指挥调度。于是，各方配合协同，每个流程都恰到好处，顺畅自然。对志攀这种临场处置事务的能力我是早就了解的。2002年"首届中华茶产业国际合作高峰会"定在11月18日上午开幕，可气象台预报那些天有雨。茶都广场上五千多个座位的庞大看台已搭建完成，铺好了地毯，怎么应对难题？当时负责这个事项的志攀在雨前就安排用彩条塑料布将看台盖上，18日凌晨雨势渐歇，又及时组织人力整理场地，掀去塑料布，用干布吸走湿气，于是，一切完好如初。红日慢慢地从东山升起，高峰会按既定时辰开幕。有人说安溪人运气好，老天爷在帮他们。我更愿意相信，老天是被志攀他们的努力感动了而露出笑脸。"品茗赏艺"内容丰富，流程多，事务杂，各环节交叉进行，一个都不能错，一点儿都乱不得，但是大家知道，志攀现场指挥，有条不紊，一定是顺顺当当，圆圆满满。

"安溪铁观音神州行"是在一段合适的时间里做完的一件有难度的事，也是从来没有人做过的事，精干高效的办公室是完成"神州行"任务的有力保障。每确定一条出行路线，办公室人员就收集相关城市的资料，精心制定方案，策划出"广州书画名家笔下的安溪铁观音""成都万人同品安溪铁观音""安溪铁观音致敬东北抗日联军老战士""向黄河母亲塑像敬奉安溪铁观音"等诸多项目。这些项目既契合当地之情，又能表达我方诚意，既有思想理念在其中，又有文化艺术性的展示，成为沟通交流的有效形式。在北京、济南、西安同时开展的"安溪铁观音知识有奖竞答"，在武汉、沈阳、长春、哈尔滨、乌鲁木齐、兰州举办的"茶与健康"讲座都受到热烈欢迎。几十年致力于安溪铁观音研究的韩驰教授和国家一级评茶师陈水潮向慕名而来的听众讲解茶的保健作用，安溪铁观音的特质及冲泡品饮方法，非常直观，反响出奇的好。俗话说，事非经过不知难，到外地办活动真的不容易。就说"成都万人同品安溪铁观音"吧，创意很好，做成了效果也会很棒，可用什么方法能做到呢？巴蜀饮茶之风重而广，据不完全统计，成都有一万二千多个大大小小的茶馆，分布在大街小巷，时任县委办副主任的林志煌出了个点子：借茶馆之地办这事。经多方联络，确定了成都一个较有名气的庆典公司来和我们合作。他们从六大区里遴选出五十家各具特色的茶馆，在各种媒体刊登广告，将2006年11月15日晚8点"万人同品安溪铁观音"盛事提前预热，五十家茶馆地址在广告中明示。活动当晚，我们将主要精力放在"顺兴老茶馆"，从晚八点开始到十点左右，茶馆里宾客盈门，络绎不绝，还来了几拨西洋茶客。随团记者分为几组到其他茶馆采访，原定每家茶馆二百人，但大多数超员。"顺兴老茶馆"活动结束后我们几位副团长也分头察看，发现所有参与活动的茶馆都注重环境布置，品饮安溪铁观音的氛围非常浓，临近午夜，还有茶客舍不得离开，聚集热议这个活动。"百草遍尝勿忘神农氏，万人同品安溪铁观音"，茶业总公司副总苏少民用这一对联诠释这场活动的主题。

三年里，"神州行"办公室人员有进有出，但所有参与者都以良好的职业素养，积极发挥聪明才智，想方设法解决遇到的难题，仔细周到安排每一次出行的各种繁杂事务，确保了三年"神州行"零事故，圆满画上句号。

"安溪铁观音神州行"又是以真心真诚面对消费者，应天时、借地利、聚人和做成的事。一场场茶商茶友座谈会，让我们感受到在外茶商的坚韧，了解他们的具体诉求，收集了各界茶友对安溪铁观音的品饮意见。一次次行走于各大茶市，听到两句印象深刻的话："无铁不成店""无安不成市"，前一句是消费者说的，后一句是管理者在做，市场建成，他们最急迫的是招到安溪茶商入驻。通过"神州行"，安溪茶商有更多的联络合作，各主销区纷纷成立安溪县茶叶协会分会，有的分会也举行"茶王赛"，邀请当地消费者观摩，增加对安溪铁观音的认知。那时期，互联网没有如今发达，资讯没有如今丰富，传播手段没有如今多样，如果以现在的眼光看十几年前的活动，或许有人会觉得太费劲了，我动动鼠标，点点手机，发发微信，就能办成许多事，何必去行呢？如果以现在的标准去评价"神州行"，或许有人会说，我一次直播就能顶上几场活动的流量了。是的，不同的时代有不同的做事方式。这十几年，科技快速进步推动社会飞速发展，各种新概念、新思潮、新技术、新手段层出不穷，数字化、云空间，智能时代天涯若比邻，做任何事都非常方便快捷。欣逢如此美好的时代，安溪铁观音一定会创造新辉煌，得到大发展。新时代应该有新担当，这是近几年的流行语。在创新创业路上，每一代人都有自己的使命和作为，也必然能超越前人，做得更好。

铁观音选择了安溪，安溪茶人为之倾注一腔心血和感情，安溪人与安溪铁观音，分不开，永不离。千揉百捻，细烘慢焙，安溪铁观音亦柔亦刚，舒卷自如。安溪人的精神家园里必定有铁观音的浸润，敢为人先，智慧和善，成为安溪人笃行立世之本。2007年10月27日晚10点，"安溪铁观音神州行考察交流采风团"到达兰州，次日上午，我们代表安溪茶人，向黄河母亲虔诚敬奉安溪铁观音。仪式上，时任安溪县政协主席苏宇霖宣读了颂文：黄土之滨，华夏摇篮，母亲黄河，浩浩荡荡，携风聚浪，民族之光。中国安溪，著名茶乡，天赐神树，观音祺祥。神州之行，万里飘香，欣达九曲，日吉辰良。茶乡儿女，心怀敬仰，清茶三杯，抒表衷肠。一曰：中华茶业，融合辉煌，奇茗嘉木，各自芬芳。二曰：中华国饮，寰宇名扬，造福大众，和谐万邦。三曰：海峡西岸，春风荡漾，八闽腾飞，伟业兴旺。四曰：山川永秀，母亲安康，民族和睦，共襄国强。后来，苏少民在为县政协提供文史资料的文章《神州万里飘茶香》中写道："颂文集中表达了安溪的茶文化诉求和安溪茶人的情怀"，这说出了我提笔撰写此文的初衷。三杯金黄明亮的安溪铁观音茶汤敬奉与黄河母亲塑像，我们肃穆庄严行礼，周围人群报以热烈掌声，黄河岸边苍穹之下从未有过的这一幕让随行记者们文思泉涌，妙语如珠，佳作迭出。

岁月的脚步永不停歇，也逐渐将往事封存。没想到，"安溪铁观音神州行"收官后第十年，2017年7月，我回安溪小住，"滴滴"司机和我聊起了"神州行"，更讶异的是，打了三回，聊了三次。交谈中，知道了三位师傅分别在西安、沈阳、哈尔滨销售过家乡的茶，一个老家是大坪乡，两个在长坑。他们说，现在是生意淡季，兼职当了滴滴司机。他们还说，"神州行"时见过我，没想到这么多年了能遇上，很高兴。在老家打车出行竟然续上"神州行"之缘，真诚的问候，朴实的回忆，那瞬间，心中不禁涌上一阵小小的感动。新闻界称为"创新之旅，文化之旅，成功之旅，执政为民之旅"的"安溪铁观音神州行"留在了茶商们的记忆里，而在我心中，她是安溪兴茶理念的宣示，是安溪铁观音和谐健康文化内涵的传播，是安溪茶文化宣传队伍的一次系统训练，也是不可复制的，因为时过境迁，斯期已逝。

茶缘，茶情，茶境界，铁观音根植红壤，叶饱清泉，蕴山川灵气，沐日月之光，干净，通透，高贵，祥和，与铁观音结缘，是有福气的。缘深缘浅，皆自修为，愿所有爱茶者用足够的时间与安溪铁观音对话，拥有精神舒展、心灵自在的人生。

昌都望月（外三篇）

◎叶睿葆

凌晨三点，我在昌都望月。

夜半睡梦中，我被一阵窒息捂醒。高原反应，再一次教我懂得该如何敬畏自然。城市的灯火还是那般闪亮，街上依然可见三三两两的行人。我背靠椅子，坐在窗前，抿一口老家的铁观音茶水，心跳渐渐趋于平缓。

远处，一轮圆月当空，天空是澄澈心扉的蓝。山顶的积雪折射着朦胧的银光，恰似一条飘浮的哈达。昌都的月色一派祥和，空气中仿佛还弥漫着青稞酒、酥油茶的芳香。

这是藏东一片美丽而又神奇的土地。扎曲和昂曲在这里交汇，成为澜沧江的起点。横断山脉行经此处，一座座山峰昂首挺胸，寻常的海拔都有四五千米，像一个个威武雄壮的康巴汉子。"那曲最高，阿里最远，昌都最险"，这是当地一句著名的谚语。只要走过怒江"七十二拐"，你就能切身体会到"昌都之险，犹在路上"。这里有"一山分四季，十里不同天"的高原风光，有一望无际的邦达大草原，有终年不化的来古冰川，有如诗如画、如梦如幻的然乌湖，有能歌善舞、撩人心魄的卓玛姑娘……

卡若遗址考古资料表明，早在新石器时代，就有人类在这里繁衍生息。这里曾是"茶马古道"的要地，是那条绵延四千多公里的"彩带"上最耀眼的明珠。一年一度的"三江茶马文化艺术节"，让这条"千年古道"为昌都的发展输入源源不断的文化基因。月光下，我的眼前浮现了巍峨庄严的强巴林寺、水晶满地的古盐田，我的耳边又回响起格萨尔王的古老传说和天籁般的藏族唱腔。

月色下的昌都，如梦境一般。月光、梦想，我的思维跳跃着，也许是眼前的景色触发了灵感，我瞬间把二者联系在一起。

我很喜欢余光中写月光也写李白的句子，"酒入豪肠，七分酿成了月光，余下的三分啸成剑气，绣口一吐就半个盛唐"。李白痴于望月，古月今月、春月秋月、圆月残月……千姿百态，各不相同；李白有过梦想，入仕报国、行侠仗义、寄情山水……起落沉浮，因时而异。就是这一轮明月，伴着他走过了恃才傲物的青年、悲愤孤寂的中年、万般无奈的老年。李白望月，他的诗句在历史的天空里永放光芒，而他济世报国的梦想，终归随着他的生命沉入采石江中。

其实，望月逐梦的又何止是李白！"月高天涯路，林深梦追人"，王昌龄望月，追逐的是征战沙场、卫国戍边的梦想；"闻道欲来相问讯，西楼望月几回圆"，韦应物望月，追逐的是四海升平、万家团圆的梦想；"惟江上之清风，与山间之明月，耳得之而为声"，苏东坡望月，追逐的是超然物外、宠辱不惊的梦想……

一个人、一个地方、一个民族、一个国家，不能没有梦想。昌都，这个西南边陲、雪域高原上的城市，正在编织着一个加快崛起、全面振兴的梦想。而我，一名援藏干部，在昌都，又该怀着什么样的梦想呢？

"清迥江城月，流光万里同。所思如梦里，相望在庭中。"今天是我作为福建省第九批援藏工作队成员进入西藏的第一天，恰逢月圆之夜。我想，昌都上空这一轮明月，也一样映照在东海之滨我的家乡。此时此刻，去乡千里的我，唯有在心里默默祈愿，愿年逾古稀的父母、身怀六甲的妻子、冲刺高考的女儿，都沉浸在香香甜甜的睡梦中！

昌都望月，我想起了一句话，"我们都在努力奔跑，我们都是追梦人"。

达玛拉山的雪

刚到昌都的那阵子，我们常常站在福建援藏公寓的走廊上，翘望达玛拉山远处巅峰的雪。你说，这种感觉，恰似初恋时守望女友的背影，数着日子，期待着某时某刻的重逢。

达玛拉，藏语是"杜鹃花"的意思。

仿佛是一场亘古不变的约定，每年五六月，达玛拉山都会如期盛开各色各样的杜鹃花。深红、浅红、粉红、紫色、黄色、白色……在蓝天白云之下、雪山草地之间，一团团一簇簇，如织似锦，热情奔放。一阵风吹过，花海荡漾，宛如身着盛装的康巴儿女，跳起节日的锅庄。

我们最喜欢的还是达玛拉山的雪。因为，在援藏人的心里，雪是高原的象征，是圣洁的化身，是一份如胆汁苦涩又如藏蜜甘甜的体验。

我的老家在东南沿海，那里经年不见雪，偶尔遇到极冷的冬天，也只是在高山顶上撒把"盐"，太阳一出来，几阵风吹过，就销匿得无影无踪了。我生命中邂逅的第一场雪，是在吉林的长白山景区。那是我和几位同事去旅游的时候，说好了第二天去看天池，没想到夜里忽降大雪，只好临时改变行程，跑到林区里看雪，结果大家格外地开心。后来，又有一次是在春节前夕，为了弥补平时少陪家人的愧疚，我带着妻女到哈尔滨。在零下 16℃ 的街头，雪花如柳絮纷纷，我们咬着马迭尔冰棍，任呼吸在眉毛凝结成霜；在亚布力滑雪场，一起踩雪板、坐雪橇、堆雪人、打雪仗……

记忆里的雪，是新奇，是豪情，是浪漫，是温情。

与万里雪飘、银装素裹的北国雪景不同的是，达玛拉山的雪总是来得那样突然，让人没有一点儿心理准备。当 2020 年第一场雪降临达玛拉山下的昌都市区时，援藏队里很多同事在微信朋友圈感叹昌都"从夏天一下子跨入冬天"。也许，在某个清晨，当推开窗户的瞬间，你会感慨，"安排雪句吟春晓，果见青山尽白头""晨起开门雪满山，雪晴云淡日光寒"；也许，在某个午后，雪毫无征兆地来了，你会赞叹，"白雪却嫌春色晚，故穿庭树作飞花""最爱东山晴后雪，软红光里涌银山"；也许，在某个傍晚，遥望家乡，你会心生惆怅，"乱山残雪夜，孤烛异乡人""晚来天欲雪，能饮一杯无"。

你说，达玛拉山的雪分为三种，隐隐约约的"蚕丝锦"、薄薄稀稀的"奶奶灰"和厚厚实实的"满地银"。

我曾在海拔 4800 米的达玛拉山口，看见几位年轻人在雪地里跳跃拍照，其中有一位前两次没拍好，第三次跳起来后，大概是因大脑缺氧身体失控，直接摔在雪地里。

在雪后达玛拉山下澜沧江边的步行道上，我遇到过一位叫雪的四川姑娘。她开玩笑说自己"中了这片蓝天的毒"，没上完大学就到昌都找工作，两三年下来，身体开始吃不消了，正在打点行装准备回家。

你说，对于我们这群从零海拔地区到雪域高原的援藏人而言，雪意味着挑战，蕴含着艰辛。缺氧、干燥、低压……任何一点，都是必须用身体代价攻克的难关；塌方、落石、暗冰……也许你还不知道，自己刚和死神擦肩而过。踏雪而行，在雪地里留下一行行足迹，是一种责任，一种使命，一种奉献，一种担当，一种荣耀。

2019 年，在我们进藏还未满月的时候，就有三位不曾谋面的其他省市的援友，把生命定格在雪域高原白色的相框里。消息传来，全队震惊。那段时间，我们感慨最多的是生命脆弱人生无常。你说，我们既要有"人定胜天"的斗志豪情，也要有"敬畏自然"的科学精神。

曾经有一位援友在翻越达玛拉的高山峡谷时，一边是悬崖，一边是峭壁，仰望车行天外，又见高空飞石，看着不知何时跌落谷底撞击变形的车辆，心跳加速，血压狂飙。援藏结束多年后，每每讲起，他依然心有余悸。

曾经有一位援友，在他父亲生病弥留之际，因为大雪封山，航班无法起飞，在机场滞留了三天，错过了见他父亲最后一面，从此满怀愧疚。

你说，五次援藏的教师"夫妻档"、57 岁援藏的正高级教师，站在黑板前，粉笔如雪花飘洒，而后化作丝丝春雨；援藏结束时，许多藏族小朋友拉着"福建妈妈"的手，眼泪珍珠般的一串串掉在洁白的雪地里。

你说，我们的援藏医生翻过雪山，为大骨节病、多指畸形、唇腭裂患者免费诊治，当地的群众捧出雪白的哈达，亲切地称呼我们的援藏医生为"活菩萨"。

……

2020年，昌都市如期实现脱贫攻坚目标。"短短几十年，跨越上千年"，这是康巴儿女自豪的口头禅。在谈到达玛拉山下这片古老土地沧桑巨变时，当地一位领导由衷地说，我们不应该忘记，对口援藏省市的无私援助和一批批援藏干部的艰辛付出。

福建省第九批援藏工作队进藏已近两年。我偶然发现，又有不少队员新生华发，跻身"蚕丝锦""奶奶灰""满地银"行列。想来是达玛拉山的雪，落在援藏队员的头上，融进血液里，流淌成此生刻骨铭心的无尽回味。

达玛拉山的雪，还在悄悄地下，无声地讲述着援藏人的故事。

高原上的格桑花

很多人知道格桑花却没见过格桑花，很多人见过格桑花却没读懂格桑花。

"格桑花开了／开在对岸／看上去很美／看得见却够不着／够不着也一样的美"。许多年前，当我还是青涩少年时，仓央嘉措一首《忍住了看你，却忍不住想你》，在我春天的湖心激起阵阵涟漪。我盼望有一天能够目睹格桑花的芳容，能够在格桑花丛中遇见一位格桑花般的姑娘。

向秋告诉我，格桑花，藏语又称为"格桑梅朵"，"格桑"是"美好时光""幸福"的意思，"梅朵"是"花"的意思，所以格桑花也叫幸福花；在藏族同胞心目中，它是一种吉祥的花、圣洁的花；谁有机会见到八个花瓣的格桑花，谁的一生就会拥有幸福。

向秋是昌都本地的藏族姑娘，也是我在西藏工作的同事。她俏皮幽默、热情大方、工作认真，负责经开区产业扶持和产业扶贫项目，在管委会同事的心目中，是高原上一朵土生土长的格桑花。

和雪山、牦牛、哈达一样，格桑花是雪域高原的文化符号。它美丽而不带娇嫩，纤弱而不失挺拔，立身严寒挑战严寒，长得阳光酷爱阳光，在海拔四五千米的高原上随处可见，太阳愈晒它开得愈欢。莽莽苍苍的高原大地厚重如书，格桑花用它优雅的文字，表达着人们内心的至刚与至柔。很多高原歌曲、文学作品都会出现它的名字，借以比喻漂亮的姑娘，寄托美好的情感，象征顽强的毅力。

援藏公寓落成后，领导特地交代在楼前的花圃里种上格桑花。一到五月，各种颜色的花儿如约而至。上班下班路过，援友们忘不了停下匆匆的脚步，把格桑花的倩影"请进"微信朋友圈，让一次次"偶遇"，激活了人们心中向往高原的密码。

看到朋友圈里的晒图，一位从事园林工作的援友却说，其实，格桑花并没有统一的植物认定，她只是高原上生命力顽强花种的代名词。我们在影视、刊物、照片中看到的"格桑花"，通常是波斯菊，只是格桑花的一种。

波斯菊，又叫"张大人花"，因清末驻藏大臣张荫棠引进西藏而得名。援友们半开玩笑半认真地说，这"张大人"还是我们援藏干部的老前辈呢，这"张大人花"也是一朵援藏的花。

"月光落地的声音，格桑花听得清……"这是援藏队江美女最喜欢唱的一首歌。美女也是才女，会写诗会拉琴，很有"文艺范"。2019年7月援藏临行前，写了一首《为梦想鼓翼》的小诗，圈粉无数，收获了好几车"秋天的菠菜"。2020年底援藏结束时，代表专技人员上台发言，情真意切，依依不舍之情感染了台下许多人。

江美女工作地点在澜沧江边的昌都农科院，江边开满了美丽的波斯菊。"日出江花红胜火，春来江水绿如蓝"。在援藏的500多个日日夜夜里，她大部分时间吃住在农科院，牵头创建了昌都市首个农畜产品质量安全检测实验室，留下了一支带不走的"食品安全"检测队伍。

除了波斯菊，在藏区，金露梅、高山杜鹃等，也被人称作格桑花。

金露梅，蔷薇科，小灌木，枝叶繁茂，黄花鲜艳，是藏区建筑常用的填充材料之一。在援藏队里，晓梅老师性格外向，能歌善舞，最像康巴人家的卓玛。2018年8月到昌都援藏支教，一年期满申请留下，又开启了一段为期三年的支教历程。她说，她爱上了西藏的蓝天白云，把学生教好就像看到格桑花开，心情也如同阳光一样的明媚。

昌都市妇幼保健院是福建省医疗援藏项目，建在达玛拉山脚下。达玛拉，藏语是"杜鹃花"。医院里有四位福建援藏的美女医生。林主任是厦门妇幼保健院的专家，女儿在北大上学，援友们称她"北妈"。小吴医生来自泉州，是援藏队里为数不多的"80后"。她俩都操一口浓重的"闽南腔"。呼吸着饱和氧气沐浴着湿润空气的"海边杜鹃"，摇身一变，成了御严寒耐缺氧抗干燥的"高山杜鹃"。

在藏期间，林主任组织了昌都市首次助产技术合格证考试，有效提升了昌都本地妇产科医生专业技术能力，为更好保障藏族同胞母婴安全奠定了基础。在边坝县开展专家下乡健康扶贫暨"师带徒"活动时，恰逢22岁的藏族女性卓拉住院难产，随时有生命危险。林主任和她的同事一起，为卓拉紧急进行剖宫产手术，结果母子平安，手术非常成功。昌都官方网站对此曾做过专门的报道。

2020年4月26日，凌晨4点，洛隆县医院，小吴医生参与了一场与死神赛跑的救治。确定治疗方案、请求技术设备支援、实施手术、献血提血输血……24个小时连续奋战，高度紧张，片刻也没有休息，终于挽救了一例宫外孕破裂出血休克重症患者的生命。

在内地稀松平常的一件事，在高原缺氧、条件有限的情况下，却是一个风险、一个挑战、一个突破。

援藏已满两年，如果有人问我，什么是格桑花？我会告诉他，格桑花是高原美丽的存在和精神的象征，是一朵朵热情奔放的花，一朵朵追求幸福的花，一朵朵顽强拼搏的花，一朵朵无私奉献的花，一朵朵民族团结的花。

"格桑花，格桑花，高原上有朵格桑花，装点着蓝天朴实无华，你的芳香洒满雪山下，醉了日月醉了彩霞……"每次听到这天籁般的歌声，我的眼前都会浮现一朵朵格桑花在风中摇曳的身姿。

梦里雪域春风

巍峨连绵的雪山下，一湾湛蓝宁静的湖水。漫山遍野的格桑花，风中舞动的五彩经幡。一位藏家少女，站在红白相间的木屋前，凝神远望，似乎在等待着什么、憧憬着什么……

这是一幅《雪域春风》图。"西藏，是梦开始的地方，是一生至少要去一次的地方"。多年前，当我在航空杂志上看到它的瞬间，灵魂便开启了雪域朝圣之旅。

一位山东的诗人朋友告诉我，如果说天地有大美，那一定是在雪域高原；如果说高原四季美如画，那最美的一定是昌都的春天。2019年7月，我有幸作为福建省第九批援藏工作队的一员，来到了素有"三江宝地""藏东明珠"之称的昌都，开始了为期三年的援藏工作历程。

阳春三月，沿着国道214线从邦达草原到昌都市区，映入眼帘的是一幅次第展开的唯美画卷。海拔4572米的浪拉山依然白雪皑皑，草原上的流水，随处可见晶莹剔透的浮冰。机场道路两侧，蓝色编织袋包裹得严严实实的小树，宛若襁褓中的婴儿。到了半山腰海拔3700米的西西村，藏柳开始吐出新绿，传说中神女"卓玛嘎布"流淌的热泪——卓玛温泉汩汩冒泡，蛰伏了一冬的牦牛在山坡上活络着筋骨，各种鸟儿在林间、路边、屋顶欢快地鸣啭歌唱。山脚下海拔3000米的吉塘小镇，已是一幅江南的景象。雪山退成了遥远的背景，沿着澜沧江边的公路逆流而上，一路绿树婆娑，杏花、桃花、杜鹃花……白似雪、粉如霞、红若火，在山谷里汇成一片片浪漫的花海。

在昌都，我曾经问过一些同事和朋友，昌都的春天，哪里最美？每个人的回答都不一样——

谷布神山。贾总说，那里"一山分四季"，一面面岩石像一堵堵直立的高墙，原始森林郁郁苍苍，600 多种野生名贵藏药材吐纳着春的气息。贾总是个网红，来自上海，因常年穿行于可可西里、罗布泊、阿尔金、羌塘等无人区，网上称为"行走于无人区最多的中国人"。他和他的爱人——一位复旦大学毕业的高才生，2019年入住昌都新区，致力于开发"第三极客特种路线"旅游。

美人谷。毕业于天津科技大学的昌都本地藏族小伙子丁增，最近都在为美人谷玫瑰苑招商项目奔忙，对这一带的情况很是熟悉。他说，那里至今还流传着《西游记》"女儿国"的原型——东女古国的传说；蓝天白云下，山谷里，一树树繁花宛如身着盛装的康巴美女，从远古的神话中走来。

然乌湖。那里山中有湖，湖中有山，湖边碧草茵茵，岸上铺满五颜六色的鹅卵石；春季的晨昏雾霭氤氲，如梦如幻。小林，福建龙岩人，计划在昌都投资高原微环境空气调节项目，刚从八宿县考察回来。他告诉我，在福建援藏队八宿工作组的推动下，前几天，然乌湖刚刚被评为国家 AAAA 级景区。

怒江七十二拐、边坝三色湖、芒康古盐田、丁青孜珠寺……

小杨却说，春天的昌都新区最美。你看，一幢幢楼房在春风里破土拔节；川藏铁路昌都火车站、澜沧江跨江铁路大桥建设如火如荼。小杨是闽昌众创空间的负责人，老家河南。这三年，在福建援藏队、昌都新区管委会和各双创载体负责人的共同努力下，昌都新区的大众创业、万众创新工作拿到了五块国家级的牌子。

"春风如贵客，一到便繁华"。一日，漫步澜沧江畔，我突然觉得，这些来自全国不同地区不同民族不同年龄的奋斗者建设者，每个人不都是雪域的一缕春风，汇聚在一起，吹开了昌都新区的万紫千红？

在雪域高原，如果说有一个称呼能让我感到如春风般温暖的话，那一定是"援藏队的兄弟姐妹"。

这是一个温馨的"大家庭"。领队虽说是领导，但其实更像是一个"大家长"，操心着队里每一项工作的进展，每一个队员的安全。援藏队里，有"70 后""80后""90 后"，有两次援藏、三次援藏、五次援藏的"老西藏"，还有夫妻携手援藏、高级职称援藏的队友。不管来自哪个地市、哪个行业、哪个单位，大家都十分珍惜援藏的缘分和情谊。工作之余，相约打打牌、打打球；周末有空，食堂包包饺子，野外耍耍坝子。不少援友感慨地说，这么多人一起相处的美好时光，援藏结束后恐怕是很难再有的。

这是一支坚强的"战斗队"。不管是刚到西藏就高反晕倒的，还是长年累月靠吸氧才能入睡的，不管是援藏时间未半突发脑梗死的，还是来时满头青丝如今一头白发的，大家都像藏地的牦牛一样负重坚守着。三年时间，5个国家级、14个省部级奖牌，凝聚着大家多少艰辛多少付出；藏香猪产业初具雏形，水泥厂点火生产，高原葡萄酒销往内地；100多名多指畸形患者、300多名唇腭裂患者、400多名大骨节病患者得到诊治，多少藏族同胞的脸上荡起了自信的喜悦的春风……"援藏为什么、在藏干什么、离藏留什么"，从援藏开始的那天起，每个人都在用心用情用力地思考和回答这一神圣的命题。

这是一群倾情的"援藏人"。大家都想在有限的时间里，尽自己所能，为西藏为昌都为藏族同胞多做点什么。为巩固脱贫攻坚成果，大家一次次走进藏族同胞家里；为帮扶学校的孤儿，大家一次次地为他们购买学习用品，一次次地和他们促膝谈心。曾经有一位乡下的宫外孕患者临产破裂大出血，因山高谷深路途遥远，在送往昌都市妇幼保健院就医途中不幸去世，当得知这一消息后，我们援藏队的所有女医生一起痛哭流泪。

"杨柳绿千里，春风暖万家"，这是南宋杨万里的诗句。如果用它来描写波科村的春天，那是再恰当不过的。

波科村地处昌都市左贡县旺达镇玉曲河畔，海拔3890米，紧邻国道318线，是川藏公路自驾游必经之地。波科，藏语是"丰饶之地"，因村子里有一条小溪"波科曲"而得名。村子里，白杨、藏柳四处可见。全村77户346人，属半农半牧区，2020年人均收入15295元。2021年4月，按照昌都市委、市政府关于开展乡村振兴大调研活动的工作安排，我有幸在波科村住了8天。

在扎嘎林夏季牧场，我遇到了放牧的藏族小伙子顿珠。顿珠告诉我，他的阿爸在旧社会是个农奴，过着牛马不如的生活；1959年西藏百万农奴大解放后，家里才有了土地和牦牛。他说，他们家2020年如期脱贫；他的两个小孩现在昌都市区读书，他自己读书少，这辈子只能在高原放牧，他的愿望是让小孩到内地上大学。

听了顿珠的话，我深感触动。高原的春天虽然来得稍晚一些，但政策的春风已经唤醒了无数个和波科一样的村子，已经吹暖了无数个和顿珠一样的藏族同胞的心。

"有一座圣山在苍茫的高原上，有一湖圣水在蓝天白云下，呀啦嗦……"也许是日有所思夜有所梦，最近几天，耳边一直回响着韩磊演唱的《梦中的故乡》。三年的援藏工作即将结束，我又一次想起那幅《雪域春风》图，心里终于明白：爱上高原，始于艳丽、耽于纯净、敬于厚重、深于灵魂、寄于梦想，不知不觉中，我已经把昌都作为我的另一个故乡。

　　这一别，说不清是归航还是离乡。此后，梦里雪域春风，丝丝缕缕，岁岁年年。

欲把君诗镌翠壁　声名长与此溪留

——南宋安溪县令陈宓安溪题材诗文中的忧民之思

◎章丽香

　　南宋嘉定三年（1210 年）秋，凤山森森，晋水幽幽。距离朱文公"过安溪道中""留安溪三日"五十余载，蓝溪古县、桐郡名乡安溪，迎来了朱文公高足、抗金名相陈俊卿之子陈宓。

　　陈宓，字师复，号复斋，南宋莆田人，南宋抗金名相陈俊卿的第四子，历任泉州南安盐税，先后主管南外睦宗院、西外睦宗院，官至直秘阁致仕，卒赠直龙图阁，其中南宋嘉定三年至六年为安溪县令。陈宓幼年曾拜师于朱熹，当时陈俊卿与南宋理学家朱熹是忘年交，陈俊卿告老在家时，朱熹曾专程到莆田探望，陈俊卿请朱熹住在府第东偏的学馆，让陈宓兄弟几人拜朱熹为师，向朱熹学习了一个多月。当时的学馆正对着壶山，后来陈宓因"思文公而不得见，登其堂，望其山，如见其人焉"，就将学馆命名"仰止堂"，取"高山仰止"之义。

　　陈宓出生于南宋乾道七年（1171 年），到安溪任职时，已年近不惑。彼时，父辈的光环已退却二十多年，然而深厚的师学渊源及良好的家风影响，让他在安溪千年浩渺的史册上熠熠生辉，同时，安溪这片土地，也成为他践履程朱理学的第一站。尽管只有短短三年，但他"善政善教，深及于民"，实施的许多惠民工程荫及安溪及当地百姓长达数百年。

　　在安溪期间，他曾留下许多文字，清代乾隆《安溪县志》"艺文"部分收录他的诗文有十六篇（首），包括《惠民药局记》《安养院记》《流惠亭修禊序》《重建县厅上梁文》等，但他关于安溪的诗文远远不止这些，他的作品集《复斋先生龙图陈文公集》中与安溪相关的诗文近百则（篇），在文集中占据极大分量。这些诗文，有铭、记、文、诗、跋、辩等多种体裁，相当于他在安溪三年工作生活的笔记。诗文内容，有吟咏安溪山水，有与友人、同僚的答和诗，有劝农服药戒巫，也有初到安溪的踌躇满志，离开安溪前的欣慰慨叹。他的诗文，在诗词璀璨的唐宋，可能算不上经典之作，但诗文中，有为政者的刚正、士大夫的理性、教化者的坦诚，也有文人的真性情。从他的诗文，我们仿佛看到千年前的安溪如初生稚子、早春萌枝的模样，感受到一邑之令忧虑民生、关心疾苦的殷殷之情。

铁观音

嘉定三年的安溪，已置县两百多年，但受地理条件限制，依然是穷乡僻壤、蛮荒之地。"安溪视诸邑为最僻，深山穷谷，距县有阅五六日乃至者。又气候多燠，春夏之交，雨淖则河鱼腹疾，旱则瘴疬作焉。俗信巫尚鬼，市绝无药，有则低价以贸州之滞腐不售者。贫人利其廉，间服不瘳，则淫巫之说益信。于是有病不药，不夭阏幸矣。"（陈宓《惠民药局记》）。在安溪，他看到民间缺医少药、百姓信巫尚鬼，初到任的冬天，他就在县衙中门内和大门口分设"和剂局""惠民局"，延请医生为百姓诊治和制药，这是安溪最早的官办医疗机构；第二年，看到贫病苦力无片瓦遮风挡雨，"病作相望，伥伥无所栖"（陈宓《安养院记》），就在县衙西南建屋十四间，名为"安养院"，收容贫病的肩挑苦力，免费供应惠民药局的药，病愈的"裹粮以送之"，不幸病故的"棺殓以葬之"，这也是安溪最早的官办福利机构。

除了救灾抚民，陈宓主持修缮县治，修路造桥。南宋时期的刺桐港，已是商旅云集，安溪虽然"诸邑最僻""深山穷谷"，但水、陆通达，"由陆而至者，必出其途；自水而运者，会流于下"，实为"疆场冲要之区"。陈宓对百姓在交通出行上颇为用心。县衙西侧不远的地方，有一座刚建不久的桥，是蓝溪两岸邑人往来主要通道之一，桥初建时为简陋的木桥，在宽阔湍急的溪面上摇摇晃晃。陈宓召集工匠，把它改建成石墩木梁，并在桥顶覆盖瓦片，建成四十六间可供行人休息、避雨的风雨桥。风雨桥修建完成后，两岸百姓十分高兴，感念陈宓之功，就在桥岸的石头上，刻了"陈公桥"三字。陈宓知道后，就叫人把石头投入溪中，并把该桥命名为"凤池桥"，他在《凤池桥成余长泰以诗贺次韵谢之》中谦虚地说"自是众贤欣出力，何如小己敢贪功"。除了凤池桥，陈宓先后在蓝溪沿岸修建凤山馆、双济驿、罗渡驿等，极大地方便了商旅的往来。嘉定六年（1213年），他更是在安溪辟地修筑东、南两街，东、南两街的开辟，大大便利了当地交通，又进一步推动了古代安溪的商贸交易。

从惠民局、安养院到凤池桥、东南两街、渡口驿站，在安溪，陈宓始终秉持惠民之心、施行惠民之政。他主持修建破败不堪的县厅，在《重建县厅上梁文》一文中，用深情繁复的语言赞扬宾僚"辰入酉出而共治"、感恩"多谢邑人齐尽力，春风隐隐上云梯"、祝福社稷"边疆从此定无尘"、伏愿县邑"春风百里，总鸡栖犬卧之乡；午日一庭，无雀角鼠牙之患"。诗文情真意切，令人读之慨然。

面对恶劣的气候条件，他舟楫劳顿、风雨兼程，不厌其烦地往返于县治与清水岩之间。他的文字中，与清水岩相关的诗作、祝文有四十多篇，如果按照他在安溪任职的时间看，平均一个月到清水岩的次数是一次以上。三年的县令生涯，清水祖师几乎成了他破解迷障的导师，伴随他拯救着"气候多燠"下人力无法冲破的难题。他的清水岩诗、祝文几乎只有一个主题，祈雨、谢雨、祷晴、谢晴。"半年嗟苦雨，三度扣禅扃"。众多的祝文祷文，每一篇都离不开"民"，"天以不雨，民疹物瘵""以民告旱""兼旬不雨，农已病之""一邑之民连年告病"……反反复复地祷与谢，饱含着浓浓的忧民之思。诗歌《登清水岩谢晴承知丞惠诗次韵为谢》中说，"田里今年少叹嗟，前溪敢放夜痕加。天开璧玉三千岫，水绕黄云一万家。古寺安闲茶可饱，深村取次酒能赊。归来晚及西津渡，百丈虹梁喜有涯。"可见诗人所有的欣喜和闲适均源于"田里今年少叹嗟"。《清水岩祷晴》一诗，因为忧愁绵延不断的雨，甚至于"作吏风尘头欲白，此身那不自优游。一心恰似商人妇，苦雨终风便作愁"。

面对猛虎灾患，他率众祷于诸庙，"慕善射者操毒矢"。在《安溪县埔任庙记》一文中，他曾和"神"约定，"聪明不及神则相之，贪以害民神则殛之"。在《驱虎告诸庙中》，他祈祷神力让猛虎"深藏远遁，蜷伏窟穴"，并再次自我检省，"如县令贪刻所致，神其罚之，毋贻害于百姓"。

安溪地瘠民贫，民风闭塞，陈宓积极推动化民成俗，革除陋习。他劝谕百姓服药戒巫，劝农谕俗。每年正月十五日，他在凤山郊外，举行劝农活动，"每岁孟春望日，邑令劝农，即在凤麓之郊"，他的诗歌，《安溪劝农诗》七首，包括《劝农诗》《劝耕荒田》《劝耘苗》《劝种植》《劝孝养》《劝贫富资》《劝息讼》，这些诗，通俗易懂，十分接地气。例如，《劝孝养》"父母辛勤养汝身，直须五鼎奉双亲。有田若不勤耕稼，菽水犹亏岂是人"，《劝耘苗》"力勤瘠地亦良田，丰歉由人莫问天，曝背耘苗能着力，天公毕竟也相怜"。不摆官架，和善待人，循循善诱，因此，在当地，即使是普通老百姓，在路上遇见他，也亲切地称他"复斋先生"。

他重视文化教育，以文化人，取废寺上等田为"赡学田"，县学在学的生员由30人增至40人。在县衙右畔有个印书局，陈宓在这里刊印了《司马温公书议》《唐人诗选》等书。此后，受陈宓影响，接任县令源源不断开展刻书事业，先后刊《西山仁政类编》《安溪县志》《竹溪先生奏议》《庚戌星历封事集录》《宋书》《后村先生江西诗选》《张忠献·陈复斋·修禊序》《文房四友》《王欧书诀》等书，刊印图书数量众多，印书局因此颇负盛名。

陈宓生性刚毅正直、胸怀宽阔、情操高尚。当时兵役供养困难，下属因此提议增加税目，"解补登足，以给兵食"，陈宓断然拒绝，并作《辩经总制补解钱》一文，义正词严说"大贤孜孜为国，念兵食不可缺，而不知兵所以卫民，若使小邑摧胸刲髓以供军，则是以爪牙病腹心也"。当县吏依惯例向陈宓呈进"各色不系的上供钱"，说这是衙门"老例"，陈宓正色道，入县便是官钱，作为私有，便成赃物了。至此，衙门里的"例钱"潜规则得到了遏制。

他尊贤惜才、坦诚友善，与当地尊者、仕子、同僚，甚至普通百姓关系融洽、往来密切，是田夫野老眼中的文化人，是亲朋仕子的同行人，也是普通百姓心目中的贴心人。南宋著名学者、理学大家、泉郡太守真德秀为陈宓诗卷作跋，文中说自己与复斋"平生故人"，"而每叹其不可及"；南宋著名诗人刘克庄则自称为陈宓"门人"，"少小亲炙，平生敬向"。他把安溪的山水草木人文融入自己的生命之中，从他的五言、七言诗，我们遇见了古代安溪的幽胜山水，"蓝溪山川之胜甲诸邑"。桂湖岩、惠林岩、云津阁、双清阁、龙津桥、凤池桥、梅堂、月湖等一些古迹频频出现在他的诗文中，"三年饱识溪山面，未省烟云际晓生。阁迥楼长正相映，桃源图上有人行"（陈宓《早起》）。现在，这些古迹随着时代的发展变迁已消失在漫长的历史长河中。

在安溪期间，许多友朋不远千里跋山涉水来看他，他陪着友朋，或攀游清水岩，或登临双清阁，或划舟龙津渡，或修禊流惠亭。朋友、同僚、子侄一起畅意山水，吟咏酬唱，不亦乐乎。最负盛名的数嘉定六年（1213年）流惠亭之聚。在经过两年精心图治，安溪迎来"昔焉芜秽，今则民歌农桑"（陈宓《民间歌》）、"吏闲剩得三更月，民阜多逢五日风"（陈宓《题龙津桥》）盛景，上巳日这一天，他仿照王羲之兰亭修禊，邀集亲朋好友郊游踏春，并作《流惠亭修禊序》。"东出龙津桥，步登高山""西登凤池桥""拿舟抵流惠亭""回泊双清阁""酒半各赋诗，假笔旁舍，即景成咏，不烦钩索"，饮酒作诗画画观山赏水，一天下来，直到日落西山，所有佳友子侄皆"意恋恋犹未足"。陈宓不由心生感慨"乐不可极，游不可放"，对山水的向往，对亲朋子侄累月的牵挂关怀，他油然而生"向之数美，今已尽尝"的满足感。《复斋先生龙图陈文公集》收录大量他与朋友、同僚、下属等的答和诗、信件。其中，和南宋庆元进士、安溪人、长泰县令余克济（注：余克济嘉定八年任长泰县令，彼时应为从政郎）的诗歌有三首，借助诗歌，表达出他对城邑发展进步、百姓点滴变化的欣喜之情。在安溪清水岩祖殿后面，有一座真空塔，为清水祖师圆寂后，乡人葬其舍利所筑之塔。嘉定四年（1211年）余克济为真空塔作了《真空宝塔记》一文，陈宓则为真空塔书写碑文，两人合作，书写祖师伟绩，亦是一段佳话。

清代康熙《安溪县志·卷6·风俗人物》中说陈宓其人，"天性刚毅，信道尤笃。自言居官必如颜真卿，居家必如陶潜，而深爱诸葛亮。身死，家无余财，库无余帛，庶乎能蹈其语者"。当官要像颜真卿一样有骨气，居家生活则追随陶潜的田园风格，还要像诸葛亮一样为国事鞠躬尽瘁，这是陈宓为自己刻画的人生目标，短短三年县令生涯，他深入地践行了自己的初心，并在浩瀚的史册留下浓墨重彩的一笔。直至五百年后，清康熙年间，安溪湖头人、内阁学士、礼部侍郎李清植（1690—1745）在文章中，依然提到陈复斋，其在《邑侯蒋廷重重修安溪县城记》说"安溪旧为复斋先生治处"，"今侯址朱子之遗踪，循复斋之故治，而又躬修勉斋之政"，足见陈宓三年的励精图治，影响了数百年。

　　"欲把君诗镵翠壁，声名长与此溪留"（陈宓《次安溪赵簿云津阁韵》），岁月流淌，古邑走过千年时光，现在的安溪广厦万千、飞虹映月，百姓安居乐业、生活富足，当年闭塞、蛮荒的景象早已不复存在，然复斋先生的思想、灵魂已深深地烙在这座城市的记忆里。

十里溪山入画来

◎林炳根

唐末的安溪，一片欢腾。此时的安溪，不叫安溪，也不叫清溪，叫小溪场，尽管这三个称谓后来皆指同一个地方。唐咸通五年（864年），析南安近地西二乡，置小溪场，这是安溪第一次走进我们的视野。在一片欢腾声中，溪声、鸟声、人声、虎声，响成一片，而人声最为惊艳，也最为复杂。在整个大的历史语境下，唐末的小溪场，可以说寂静无声，这份寂静，源于无名，源于没有影响，这里是边陲之地、蛮荒之地，还没走出什么像样的人物，甚至整个闽南、整个福建，唐初不著，是可以一笔带过的地方。此时的小溪场，就像人类的前夜，寂寞如长夜，有大段的空白，但从考古发掘证明，早在4000多年前的新石器时代，这里就有人类活动的遗迹。此时的小溪场熙熙攘攘，留在志书记载的唐朝寺院就有十几处，但在今天三千多平方公里的土地上行走，还是显得过于空旷和宁静，一丁点儿的人声，都会让我们欢呼雀跃。

人声的繁杂来自多方面，此时的小溪场上的这些陌生面孔，可能只有少数的原住民，古闽越人，头上扣着草绳，断发文身。拍胸舞者头上戴着草绳，草绳前端像蛇信子，据说是古闽越族的遗存。泉州的丧事中的孝子披麻戴孝，脚上穿着草鞋，留有古风。早年的先民，民风淳朴，人与人之间，相互之间的竞争压力似乎小些，也没多少人，从唐到清初800多年，安溪人口仅维持在1万人左右。他们的压力，更多来自人与自然的博弈，开垦土地，与豺狼虎豹争雄，更多的是与天斗，面对自然环境的压力，生存的压力，他们似乎更愿意抱团取暖，彼此相互尊重，兼容并包。闽在海边。泉南有海浩无穷，地理形势让闽人有了大海的性格。原住民在面对自然环境的压迫下，有可能没做多少抵抗，就接纳了远方的人，反正这里有广袤的土地，有水可居，有土可耕，有衣可穿，他们都可以僻于一隅。

远方的人一路颠沛流离，饥肠辘辘，他们是一大批没有土地或刚刚失去土地的人，我们给他们贯以"流民"的说法，大部分人因为战争、因为饥饿，或不为政府所用，或其他什么原因，离开自己的土地，少部分人则是被流放，他们必须寻找新的家园，新的乐土。适彼我土，尽管过程可能很艰辛，总之，他们失去了土地。在那一刻，他们不再有官宦的身份，不再是郡主，不再是皇亲国戚等的标识，甚至也不是普普通通的农民，他们是无家可归的人，他们可能还是士兵，还要行军打仗，还要从事生产，边走边停，一路从北方逶迤南来。自从西晋时期的八王之乱，衣冠南渡，中原的汉人大举入闽，也来到了小溪场。泉州的母亲河晋江就是为了思念故土而取的名字，地处晋江中游的古丰州，早早就辟为州府。中原汉人入闽，带来了先进的生产技术，让闽人早早学会了种茶，陆羽《茶经》的出现，说明茶文化的高度成熟，此时闽人种茶已不是什么稀罕事，可能技术落后些，或者并不这样。此时离小溪场不远的丰州，更早地得到开发，也是当年闽南的政治经济文化中心，莲花峰上题于东晋孝武帝司马曜太元元年（376年）的"莲花荼襟"摩崖石刻，是目前福建最早见证植茶历史的文字。小溪场，广阔的土地与稀少的人丁不成比例，南方丰茂的土地也得不到更多人的认识，包括写出《茶经》的陆羽，他对闽茶的认识并不完备，这里山河窈窕，大海茫茫，蚊虫遍地，人很野蛮，他们完全有理由得出这样的结论，反正没多少人去过，去过的人也大多回不来，或不回来。

小溪场山高皇帝远，土地很贫瘠，此时的整个大泉州，在唐初很长的一段时间，成为那些不为政府所用的外放官员的流放地，或成为接纳北方因为战争流离失所，失去土地，逃难在外的人的生存家园，这里还是一片文化荒漠。那是贫穷落后的土地，豺狼虎豹当道，充盈着氤氲水汽的瘴疠之地，并不适宜人的居住，而且大海茫茫，道阻且长，闽道蚕丛九折，大海浩瀚无边，加上东南常有台风兴风作浪，想想都让人害怕，让流民畏惧，与曾经温暖的家园相比，背井离乡的滋味不好受，漂泊千里万里，朝不保夕的日子，实在不好过，对于迁徙远方的早年先民，足够艰难，远方的未知，足够让他们畏惧，东南远方那里不一定是乐土。

南方的温润，充足的雨水，四季如春，南方的红黄土壤，适宜耕种植茶，大海可以捕捞鱼虾，南方有充足的阳光，让人舒服滚烫，让人充满想象，让人充盈着浪漫主义色彩，最后会演变成有福之地。当时的人没有想到，谁也没有想到，面对浩瀚的大海，已无退路，在此安居下来，抹干泪水，开始劳作，在劳动的号子中，让汗水流淌，营造自己的家园，成为快乐，暂时停下前行的脚步，热爱脚下这片土地，让这片土地长出茶叶，长出玉米和其他粮食，开始营构他们的房舍，生儿育女，逐渐成为他们的期盼，延续至今的闽人性格一直是勤劳奋斗的基因。

此时的小溪场，人口还不多，还可以接受更多的人，这里是包容的土地，将因一些人的到来充满歌声和崛起。20世纪30年代末，内迁安溪办学的厦门大学教授在安溪发现武吕唐墓，出土的墓砖铭文有唐高宗乾封二年（667年）字样，据参与挖掘的庄为玑教授在《1939年安溪唐墓考古记》认为，墓主可能为武则天的堂兄武惟良族人。出土文物中有大量茶碗，从文物中见证唐初的小溪场已经有大量饮茶的习惯。茶碗成为最好的实物例证。安溪发现的唐墓中，还有"郡主墓道"碑，皇族在此繁衍生息，让流放地有了文明的足迹，最终也成了他们的埋骨地，这些也是安溪最早的文字记载。唐垂拱二年（686年）献桑园建泉州开元寺的黄守恭第三子黄克纲迁居安溪。唐大顺元年（890年），安溪廖氏先祖廖俨在小溪场招集流民开发。唐乾宁元年（894年），入闽不久的开闽三王之一的王审邽任泉州刺史，建招贤院，善待名士。唐光化元年（898年），金紫光禄大夫兼太子太傅上柱国林珊肇基小溪场。

　　唐末的小溪场，逐渐热闹起来。在这热闹声里，就像人类奋斗的初年，总有饱满的热情，激情如火；总有一些动人的歌曲，溪流声、夯土声、打柴声、捕鱼声、耕作号子声，甚至是佛教寺院的钟磬声交织成一片。这里既有原住民的狂欢，又有外来人口的迁入，劳动大军的汇入。大量的流民士兵的驻扎，贫瘠的土地有了人的光顾，渐渐肥沃起来。此时的中原动荡不安，晚唐中央政府日渐衰颓，控制力逐渐下降，宦官专权，藩镇割据，农民起义风起云涌此起彼伏。王仙芝、黄巢起义震荡大半个中国，北方大量失去土地的农民逃往南方，河南固始人王潮、王审邽、王审知三兄弟率兵入闽。此时，先寓居小溪场的诗人周朴，后移居福州乌石山。唐乾符五年（878年），黄巢陷闽，因不肯归附，为其所杀。周朴在小溪场的住处产坑山，今安溪县城午山一带，山有瀑布泉，前面有塘，又叫周塘山。诗人韩偓则隐居离小溪场不远的南安，受到王审邽的优待，他在《信笔》中写道，"石崖觅芝叟，乡俗采茶歌"，见证小溪场周边一带的茶事活动。稍微梳理一下，此时的小溪场周边活动着周朴、廖俨、林珊等人，诸位先贤进入小溪场后，这里不再是蛮夷之地，曼胡之缨化为青衿之辞，这里已经得到文明的初步教化。

　　进入五代，廖俨、林珊已经在小溪场安营扎寨，繁衍生息，这里成了他们真正的家。此时的小溪场如何？在我看来，那时的小溪场一定很美，十里溪山入画来，到处是青绿，只此青绿，在县志记载中，确实美如画。地处晋江上游的小溪场山峻而水洌，晶莹如碧，其中有一条支流叫蓝溪，流经廖俨、林珊的家，这里兰草丰茂，山环水绕，美不胜收。廖俨、林珊的后人直到今天还在官桥上苑、莲美一带生活，现在看起来更像是邻居。到南宋，朱文公临县，标题清溪八景，其中六景和这条溪有关，美得让人颤抖，六景为龙津夜月、薛坂晓霞、芦濑行舟、葛磐坐钓、东皋渔舍、南市酒家，美得让人羡慕，写的就是这条溪，这江水，另外二景凤麓春阴、阆岩夕照，离这里不远，写的是山，山环水绕的安溪县城一角，美得足以让人羡慕。

　　县志载："廖公名俨，唐大顺中长官。招集流民，有功于地方，邑人德之，建祠崇祀。"在多维视角下，几乎处于同一时空下，在小溪场及周边地区，廖俨和周朴、王潮、王审邽、王审知、韩偓、林珊等一大批来自中原的汉人，有可能在这里交叉汇集，北方的先进生产技术得以在这里迅速传播推广。

廖俨开发小溪场，值得大书一笔。廖俨何许人也，他如何开发小溪场？廖俨，字端庄，原籍河南光州汝南，生于唐武宗会昌五年（845年），唐乾符二年（875年）榜眼及第，官至银青光禄大夫、检校太子宾客兼国子监祭酒、御史中丞、上柱国。当时的小溪场情形如何，我们从安溪开先县令写于后周显德三年（956年）的《新建清溪县记》可略知一二，小溪场地广二百余里，两营之兵额管二千余人，邑有三千余户，居民鳞次，坐肆列邸，土沃人稠，地华人夷，业儒者寡。置县前的小溪场，经近百年发展已初具规模，而诸多场长中唯有廖长官廖俨与开先县令詹敦仁为人铭记，建有廖公祠、詹公祠崇隆纪念。

此时中原出现了曲辕犁等先进的农耕技术，随着大量中原汉人进入小溪场，小溪场得到了有效开发。我们从县志里看到了塘、陂等水利设施，看到了桥渡等交通设施，似乎可以看到当年小溪场的开发繁忙一片。从唐墓出土的大量茶碗，到韩偓乡俗采茶歌，到詹敦仁的诸多茶诗，到稍后隐居在小溪场的吴越王钱俶幕僚黄夷简"宿雨一番蔬甲嫩，春山几焙茗旗香"茶诗等，充分证明最晚唐末时期小溪场已大量种茶。大顺年间招集流民开发安溪第一人，被尊为长官的廖俨，教导"地华人夷"的邑内百姓种茶，既是理应之举，又合乎情理。

随着人口的增长，流民的涌入，为了生存需要，作为长官廖俨带领小溪场百姓及流民垦荒，挖沟开渠，筑塘修路，种粮种茶，盖屋筑房，小溪场百业俱兴。县志里有记载他派遣部将陈潼戍守溪南。与龙津隔河相望，陈潼在溪南建营房砌角楼，筑堤植柳，即今安溪县城后坂一带。在县志寺观卷里，显应庙条中记，陈潼殁，民即旧垒祀之，南宋嘉定十六年赐额，嘉熙三年重修，邑人余克济记。

灵著庙与廖俨的关系更为密切。灵著庙出了个打虎英雄安宁，当年的武松，传闻唐中和四年（884年），有父老姓安名宁，善捕虎，邑人祠之，五代时廖俨建。后人思长官功绩，并塑其像于庙。南宋嘉定六年县令陈宓以虎暴祷于神，请于朝赐今额，并为记。在陈宓的这篇《安溪县埔寻庙记》里谈道，神御灾捍患，在抗瘟疫除虎患方面，威灵显赫，耿不可诬。他和神有个约定，"令到官与神约，聪明不及神则相之，贪以害民神则殛之，其忘之耶。今适令之罚而出猛兽以害人，将谁责耶，已而射中二虎，曳箭死于深薮，积雨漂其骨以出，乃知神之显灵于人，若将求天子之宠命，又以警载名之不谨者，不然则令之不德无疑也。"陈宓南宋嘉定三年任安溪令，尽职尽责，士民德之，不名宓令，尊宓曰"复斋先生"，其天性刚毅，身死家无余财，库无余帛，祀名宦。谱写一曲清廉佳话。

廖俨有功于人民，先祀于灵著庙，后在邑署大门内西侧建有廖公祠，清乾隆二年（1737 年）县令王植偕公裔孙翻建，时任翰林院庶吉士邑人李天宠撰《重建五代长官廖公特祠记》，乾隆二十二年（1757 年），县令庄成偕公裔孙拓建，翰林院编修邑绅李宗文撰碑记。1990 年后迁建于东岳庙西旁。廖俨墓在永安里埔寻乡，土名"乌鸦墓"，1985 列为县第一批重点文物保护单位。

小溪场经廖俨及诸多长官的开发，为数十年后的置县做了充分的准备，逐渐变成乐土，颠沛流离的流民找到了自己的家，并在此安家落户，安居乐业，数十年之后南唐保大十三年（955 年），詹敦仁具文置县，历五代至宋，郡志载"儒者安于田里，以漂泊为病；仕者守其途辙，以奔竞为羞"，此时的安溪真正成了东南形胜，开启了安溪新的篇章。

路

◎上官青梅

夏日的风从稻穗尾巴掠过，穿过摇曳的合欢

撞上堂屋的木门，簌簌作响

门前一树金黄的丝瓜花儿正在怒放

二宝拿着小木棍敲打着篱笆

"外公，外公，对面那条小路，通向哪里？"

"山上。"

"能到奶奶家吗？"

"能！"

"那能到白云那边吗？"

远山之后

古老的村庄大多沿溪流而建，茂林之巅涓涓细流一路呼朋引伴汇聚成了一条清澈的溪流，穿越和春、福新、河图，汇入福德，流向远方。一条石板路，缘起平水宫，蜿蜒于河图、福新人家的房前屋后，再穿过和春的溪尾、祖厝前直至村头，逆流而上，迈向远山，这是 20 世纪 80 年代以前河图、福新、和春三个边远山村通往祥华镇区的必经之路，那时，祥华境内也只有 1958 年修通的长坑至祥华 19 公里长和 1959 年修通的祥华至多卿 8.5 公里长的公路……拨开葳蕤草丛，斑驳岁月在石阶上点染了无数青苔，依旧光滑的石面似乎述说着曾经的繁华过往……

农历逢四、九是祥华圩日，天南地北客商云集，商品琳琅应有尽有。天刚破晓，妇女们纷纷拿出箱底起了褶子的花衬衫，对着"囍"字模糊、已然刮花了的镜面一遍又一遍地梳头，男人们则是早早地挑着粪水浇透房前屋后的菜园。太阳刚探出头，他们便三三两两、成群结队、说说笑笑地往镇上赶，男子挑着上百斤稻谷，以前是去交公粮后来则是售卖换钱，女子大多挑着鸡鸭兔或者只是揣着碎花袋子。每年春节前，母亲也都会带上自家养了很久的鸭子前往赶集，当天，我和堂妹总会破例地起早，一个帮着母亲摁住鸭子，一个帮着拽紧鸭脖子。母亲不断地给已经吃撑了的鸭子灌食蔬菜、裹着米糠的地瓜团等熟食，直到鸭脖子也粗了，甚至灌进去又吐出来了还得再塞几把地瓜团。我们心疼鸭子撑得难受还得白白浪费粮食。母亲说，路途遥远，一路颠簸到集市上，鸭子拉出去的加上鸭贩子缺斤少两和"折肚"（称重后再扣除肚里食物的重量，一般得扣除三两），一只鸭子都得"失重"大半斤，不灌不行。一整天，我们心不在焉地玩着小石子儿，时不时盯着村口看，期盼着母亲早点儿回来，好不容易挨到傍晚，村口蜿蜒的小路上陆陆续续出现赶集回家的人们，有的挑回沉重的化肥，有的卖掉鸡鸭兔换回一家老小的吃穿用度，大包小包，满脸雀跃，完全没有十几公里奔波的风尘与劳累，他们匆匆忙忙从我们的村庄经过，片刻不停留，直奔家去。很远很远地我们就认出了母亲，一路奔跑着冲向村口，抢过母亲肩上的碎花布包，歪歪斜斜、左摇右晃地背回了家，还没进门就迫不及待地把布包往地上一摊、一样样地翻出：面条、味精、红糖、面粉、黑粿子、豆皮、一方桃红色的布料……然后一阵香甜扑面而来，一袋橙红透亮、光鲜亮丽的大芦柑静静地躺在兜底。我们眼神发亮、口水直流、无比贪婪地盯着它们，母亲一人塞了两个给我们并交代说这些是春节的贡品不能偷吃。我们一把抓过、飞也似的跑了，一个很快就吞下肚，一个捂在口袋里，一会儿去摸摸一会儿掏出来闻闻一会儿抓出来比比大小，直到第二天带到学校里与伙伴们逐一"见面"后才一瓣瓣地掰着分吃掉，那种被大家包围的优越感不常有，却很是受用。

施工队之饭

突然地，村庄热闹了起来，三个村子、家家户户参与，按小组分包路段开挖公路。我们村庄的路段由河图村群众分包，出工的大多是健壮的男子，他们早上很早就到工地，中午在工地上搭个简易的炉灶，随随便便煮个咸饭就着开水就是午餐。到了我们的村子，热情的乡邻主动请他们在自家的灶膛上生火做饭，母亲也不例外，主动把灶膛腾给施工队先做饭，再做自家的。有时上山砍柴回来比较早也会给他们搭把手，帮他们煮煮咸饭。母亲煮咸饭的手艺是一流的，特别考究。肉、米、咸菜、芋头经过一番爆炒，香气几乎掀飞屋顶的瓦片，加水大火烧开后转为小火焖，再沿着锅盖边沿蒙上一层层的棉纱布防止漏气，待到八九分熟了便把柴火抽掉，摊开灶膛里的炭火任其慢慢烘烤了。远远地看到施工队的人回来，我就扔下手中的活计一溜烟窜进厨房、拨弄着灶膛的火星子。他们掀起沉重的木头锅盖，一股熟透的、焦嫩的香气扑鼻而来，弥漫着整个灶间，搅得我肚子"咕咕"直叫。好在他们总会先打一碗给"看顾灶膛火"的我，我毫不客气地接过，米饭松软香甜，锅巴橙黄透亮……施工队开挖到村子中间时，一座石头山挡住了去路，他们耗费了很长时间才炸开那些石头，勉强凑合出公路的模样！路一直往前开，施工队离我家越来越远，他们又换去了下一处热情的乡邻家就近做饭了。而我，懊恼着石头山怎么可以只有一座，如果他们还在我家厨房做饭那得多好呀!1993年，福（新）河（图）公路全线贯通，祥华开启了村村通公路的新纪元，家门前的小路行人日渐稀少，终于，野草覆盖了它原来的样子。

有一天，村口公路上"突突突"传来了震天响，远远地就能看见一个冒着阵阵黑烟的"怪物"慢慢往前"爬行"，扬起阵阵尘土，它越来越近、越来越近，堂哥竟然就坐在它上面，手抓着它的两个把手，到了家门口它又突然停了下来，一动不动、一声不响，就这样，堂哥成了我们村第一个拥有"两个轮子以上车型"的人。每天天刚亮，堂哥就开着他那崭新的手扶拖拉机一路"突突突"地离开村子，大部分当天傍晚就能回到村子，有时一走就得好几天，他拉回一车车的化肥、黑煤块、砖头，他带着我们一家族的人到十几里外的田里插秧、割稻，我们再不用扛秧船、木桶、稻草和桅杆……经常地，我和堂妹也会偷偷地攀吊在堂哥的车斗后面，"搭乘"到村口再跳车从小路跑回……

徒行的青春

1998年的夏天，我们完成了五年小学教育，顺利升了镇上的初中——安溪第十中学，一所1969年以"祥华中学"之名创办、1978年更名、1986年福建省原省长胡平亲题校名的境内唯一的初中校，全乡20个行政村孩子共同的求学殿堂。学校离家十二三公里，抄小路也得近两普路（普：闽南计量单位，1普约等于5公里）。学校每周五下午就放假，下课铃一响，所有学生顾不上老师还在布置作业就收拾书包，只待老师一声"下课"就如离弦的箭一般飞出教室、撞开宿舍门，有的拿着饭盒冲向食堂，有的抓起背包奔向校门。我们沿着祥华街道、抄小路向着山的方向进发，有时你追我赶，有时瘫坐在树荫下大口喘气，有时手脚并用地爬上横亘好几个山头的古岭大道，待上气不接下气地爬完最后一个石阶，融进大公路，我们的归途就只剩三分之二了！

烈日炎炎，公路上除了我们这群晒得几乎成干的学生，只有我们一路冲锋一路滑行而腾起的阵阵烟尘。每到一处泉口我们都要用手捧着冰凉的山泉水喝个痛快，清凉解渴还可暂时充饥。路上人烟稀少更别提车辆经过了，有时候远远地听见马达声，我们总是一边急步向前一边回首盼望着摩托车、拖拉机、"小四轮"快快到来，胆子大的时候，猛烈地向司机招手拦车，有时鼓足了勇气最后却还是没敢喊出口，只能继续边走边回首，大多时候，他们都愿意捎带上我们这群读书娃，偶尔个别陌生的大卡车司机看都不看我们一眼就往前开，我们才不管三七二十一，一个个蛮横地攀吊于他的车斗尾部，能少走几步就几步，反正他要是停下来打我们，我们跑就是了！又是一个周末，当我们再次从古岭石阶飞向公路时，眼前的景象让我们傻眼了，整个路面堆满了零碎的石子儿，凹凸不平，踩下去脚底生疼，雪上加霜的是，因为路况不好顺风司机也不敢再捎带我们。庆幸的是，糟糕的境况持续不久，在那年第一场霜到来之前，福（新）河（图）公路水泥路面硬化完成！路好了，过往车辆越来越多，我们搭乘便车的机会也越来越多。后来，大哥、二哥、邻居都买了摩托车，他们没有外出务工的时候也会轮流把我们载到半路，我们再抄古岭道冲向学校，就这样，我们度过了美好的初中时代。2002年，祥华村村通了水泥路，分散于各地求学的我们，每到暑假总会开着"力帆""豪爵"搭载着男的女的同学，穿梭于祥华的村庄角落、行走于高山田野之间……

与路的较量

上高中那年，村村通客车的春风吹进了山沟沟，祥华三个上官姓村庄自此开启了家门口乘坐客车的历史。开学前一天一大早，父亲帮我把装满衣服被褥的编织袋拖上车厢后，给我抢了个中间靠窗的位置，他自己则选了副驾驶的位置坐下，背着初三教科书和新华字典的我虽然激动得一夜未眠，却也雀跃地趴在窗口与母亲话别，母亲一再叮嘱我好好学习、吃饱穿暖。车上陆陆续续上来了外出务工或者求学、探亲的人，大包小包，有的还拎着要带给在外儿孙的鸡鸭兔上车，车厢慢慢拥挤了起来，汽车破旧，味道甚是丰富。早晨七点整，客车缓缓启动沿着三米宽的水泥公路慢慢驶离村庄，母亲絮絮叨叨的话语和瘦削的身影慢慢飘远，我的心也早已飞向新的学校。车子在蜿蜒的公路上不断盘旋着盘旋着，有时突然遇到石块或者水坑甚至还"跳了舞"。父亲身体突然往前一倾，呕了起来，他急急忙忙哆嗦着掏出口袋里母亲早已为我们备好的红色塑料袋，吐了起来，吐了好久才有气无力地瘫靠在车窗上，但不一会儿又吐了起来，刚开始是咕噜噜地往袋子里吐东西，到后面只能是干呕，甚至只剩下苦涩的胆汁水！这时候，车厢里大部分人也都吐了起来，有些猛地趴向窗外呕吐，有些没来得及摊开袋子或者扒不开窗玻璃的则顺势吐在了过道上，一时间，呛鼻的酸腐味、作呕的声音、呕吐出食物或者胆汁的声音夹杂在一起，刺激着我的大脑，我也跟着一股脑儿地吐了起来，直到全身没有半点儿力气才在颠簸中昏睡了过去。好不容易睡着，马上就到了长坑乡南斗街，那水泥路面上布满了大大小小的水坑，颠簸破旧的客车行走到这里摇摇晃晃、缓慢前行、随坑起舞，遇到大号水坑，车子随时有颠覆的危险，然而总能在一片呕吐声中又神奇地回归正位、继续前行。路面趋于平坦，车厢里的人们又渐渐地睡去，慢慢地，又一阵阵作呕或者痛快呕吐的声音传来，呛人的味道一阵紧过一阵，抬眼向外一瞄，车子正盘旋于科名往湖头的盆岭坡上，一个令人闻风丧胆、又爱又恨的山头——只有下了盆岭，才是晕车人终于可以安然入梦的平坦大道。就它的九曲回肠、七拐十八弯，我有理由相信"盘岭"才是它的本名。一觉醒来便到了县城龙湖汽车站，大家蓬头垢面、脸色苍白，人潮汹涌，我紧紧跟着父亲的步伐朝着县城一中走去……

　　每个假期都是我们最为期盼的温馨——归家与团聚。傍晚下课铃一响我就抓出藏在课桌下的行李冲向校门口，随便拦下摩的、毫不讨价地冲向车站。车站里车水马龙，长长的队伍蔚为壮观，售票员疯狂地出票，每张都写着"17：00前有效"，标着"长坑""祥华"的牌子前歪歪斜斜地排了好几路纵队，车子快进站时队伍突然骚乱起来，后面的人想冲到前面插队，前面的人生怕被挤掉又紧紧地挨着前一个，个个伸长着手期盼着检票员能收了自己手中的票。好不容易盼到了自己手中的票被接走，又原地等了很久很久，有时候遇到车子坏了需要修理，一等就是好几个小时，而下一部车子一到，后面的人顾不上检票一哄而上，冲向车门，健壮的一下挤进车厢、抢到位置，瘦小的很快就被挤出了队列，只能干瞪眼、瞎着急。待检票员上车，也只能无奈地让他们先走，总不能都赶下去吧。高中、大学、在县城工作的前几年，节假日都是我的期盼也是噩梦，饿着肚子苦等几个小时，挤不上车又怕无车可回，即使厚着脸皮乱挤一通，也总得晚上六七点才抢得到位置，到家已然深夜，随便扒拉几口倒头就睡，以缓解晕车之苦。

　　随着农村公路提级改造、省道308线贯通和农村客车的更新，回家的路途越来越宽敞、舒畅。而今几乎家家户户都买起了小轿车，汽车站再也没有人挤人的困扰。而我，每逢周末总会霸占着自家轿车的整个后座，回到和春村一个叫茂林的角落，那里一条角落路也铺设了水泥，车子能直接开到家门口……

一座山的高度

◎黄炳坤

安溪境内耸立的群山之中，佛耳山的高度并非最高，景致也不出众，因一个人的到来，竟成就了这座山的高度。

佛耳山在安溪西北隅，山真的很普通，有点儿陡的山路逶迤而上，若非其峰顶全由着些嶙峋怪异的巨石堆砌而成，峭峻卓立，它应当与周遭的峰峦一样，朴实得如憨静站立的江南汉子。

956 年的一天，一位气宇非凡、衣冠朴素的中年儒者，携家带口，跋山涉水，从清溪县城一路西行，来到县邑西陲的佛耳山下。山风阵阵，衣袂飘飘，他望着眼前深秀峻美的佛耳山，不觉颔首捻须，难抑心中欣喜。他在后来的《清隐堂记》中这样描述佛耳山："峭绝高大，远跨三乡。有田可耕而食，有山水可居而安。"于是卜地搭寮，成就了其与佛耳山的一段千古情缘。

这儒者便是安溪开先县令詹敦仁。

詹敦仁（914—979），字君泽，号清隐，人称"清隐先生"。先世河南固始人，祖父詹缵随王审知入闽。詹敦仁幼受家学，饱读经史，尤工于诗，才略非凡。史载，五代十国时期，后晋开运二年（945 年），留从效授南唐清源军节度使，据有漳、泉二郡。留从效视敦仁才识非凡，辟之为属，敦仁力辞不获，乃求监南安县小溪场。后周显德元年（954 年），敦仁到任视事。

在小溪场，詹敦仁发现这里"山川雄壮，人物伙繁。地之所产者，獐麈禽鱼。民乐耕蚕。冶有银铁，税有竹木之征，险有溪山之固……"一派生机盎然的景象，于是动了将之建成县邑的念头，提笔亲自写了请求置县书给郡守："本场土沃人稠，舟航可通，若益以邻界，因今之地，可以置县"。后周显德二年（955 年），詹敦仁的请求获得批准，小溪场"增割南安近地"正式置县"清溪"（宋时易名为"安溪"）。詹敦仁也顺理成章地当上清溪县第一任县令。

置县初时，安溪"地华人夷，业儒者寡"，敦仁洞悉根本，乃倡学教化，大树学风。立足农林，率黎民百姓披荆斩棘，垦地造田、兴修水利、栽桑种茶。经其首开规制，苦心经营，百废俱兴，清溪县城"坐肆列邸，贸通有无"，百姓"荷畚执筐，各安职业"。在治理清溪时，詹敦仁自始至终留给人一个勤政爱民、清修砥节的形象。

詹敦仁对清溪县贡献巨大，但他天性逸隐，并不想耽迷于宦场。宰邑一年多后，詹敦仁便举荐王审知之孙王直道继任清溪县令，自己则退隐于清静僻远的佛耳山中，俯身大地，怡情山水，回归自然田园。

詹敦仁来了，佛耳山有了性灵。

"我爱佛耳山，来偷一日闲。不见佛耳面，愧汗不开颜。"詹敦仁倜傥脱俗，但对一座山眷念到如此地步，心性何其淡然。

众鸟高飞尽，孤云独去闲。佛耳山坳，茂林修竹，绕泉而生，环境清幽静谧。当年躬耕佛耳山时，詹敦仁曾在山中建"清隐堂"。"春而耕，一犁雨足；秋而敛，万顷云黄。饥餐饱适，遇酒狂歌，或咏月以嘲风，或眠云而漱石。是非、名利、荣辱、得丧，皆不足为身心之害，此又所以为真清者也。宜乎斯堂以清目之。"时隔千年，这篇《清隐堂记》读来仍令人津津其味、悠悠其思。

走在山中林荫道，就如飘游在詹敦仁清静的境界中。山路边平坦的巨石，可不就是他"闲扫白云眠石上，待随明月过山前"的那方石头，巨石上还遗存他与介庵长老游佛耳煮茶待月而归的禅茶余温。在佛耳山里徜徉，你怎能不受詹敦仁的熏陶与浸染？

佛耳山巅却是棱角分明与刚劲的，攀爬在这些嶙峋的石道上不免心里有点儿发怵。远离故土的詹敦仁曾站在佛耳山尖，看年年杜鹃红遍，家国之思被引燃，遂在佛耳山巅筑"望云亭"，怅然沉吟"回首白云长在望"。

居庙堂之高则忧其民，处江湖之远则忧其君。身隐泉林的詹敦仁并没有把家国忧患置之身外。五代十国时期，国土分裂，战乱频仍，几无宁日。詹敦仁"报国丹心赤"，时时心怀社稷，以国家统一和平为己任。宋太平兴国二年（977年），陈洪进霸守漳泉，拒不归宋，敦仁乃遣其子詹琲力劝洪进。詹琲旷世奇才，议论慷慨，他力劝洪进，分析局势，指陈利弊，终于使陈感化，接受归宋劝说，即献漳泉二州并请詹琲代撰《献地表》。宋太宗览表后赞曰："漳、泉二州之民少瘳矣！"漳、泉纳入大宋版图，和平统一，闽南人民避免了一场战火刀兵之劫。

一座山见证了一段隐谧而令人崇敬的故事。佛耳山有了这段故事，山与故事的主人就再也扯不断了。

自此，佛耳山以非凡的高度雄踞在安溪群峰，那高度发轫于南唐，从宋到今。于是，凡来安溪的达官贵人，必到佛耳山追远慕思。一年又一年，来佛耳山的人越来越多。

站在佛耳山下仰望，它在苍茫的天色中静穆如初，敦实如故，在太阳的光辉里，峭绝的佛耳山愈觉得高大。

铁观音

依旧春风

◎绿　萍

一场细雨洒过，水面浮动着一层薄薄的水汽，氤氲着几分似有还无的情调。水汽从老树的根部向上游走，很快地滋润了华冠，枝叶在风中舒展荡漾。植物和泥土的气息扑面而至，削弱了南方冬日里难得的肃杀之气。

一个个古村落沿着西溪次第展开，如同缀在水畔的一颗颗珍珠。渡口则如一枚枚小巧的蚌壳，微微张开了缝隙，轻盈地含纳住它们。下林、元口、魁美、鲁藤、仙苑……一个个弥漫着草木的味道。村落的美感因了一个个渡口的名字，显得灵动妩媚起来。通往古渡的小径都极不起眼。有的隐于繁华街市的一隅，有的掩在清寂无人的村落一角，有的则安在路旁的一丛芭蕉林中。往往是走着走着，主人说，在这里。停住一看，果然有一条旧道。紧走几步，听到潺潺的流水声，再往前，豁然开朗——终于见到泛着波光的水面了。

现在，我们站在古渡口看水，闲闲然全是欣赏的心情。眼前的溪水让我倍觉亲切。多年前一个酷热的夏日，我徒步穿越山城西北部桃舟乡的密林，踏过布满青苔的小路，去探访晋江源头。终于，在海拔一千多米的高山湿地边，我见到了一眼汩汩流淌的山泉。它细细地积攒着，一路汇聚成山涧，顺着山势向东而去。在高山之上，它是那么不起眼，以至于我双手捧起时小心翼翼，生怕它从指缝间滑落。那天，我喝到了源头的泉水，冰凉且清甜，而眼前这片自源头而来的流水，到达西溪一带，则渐渐徐缓开阔起来，使人不复有逝水之叹。

过往的日子里，古渡承载起一场场的行旅——从岸的这头到那头，从这座山到那座山，从这个村落到那个村落，缓缓地划过时间的深流。那时，水面上没有桥，往来全靠摆渡。聪慧的山里人在漫山的林竹中寻找品质优良的材料，制成竹排或木船。摆渡的汉子撑着长篙，驾驭着竹筏，在水面上漂流行走。那个叫"冲啊"的撑船水平最高，最受大家的欢迎。岸上候船的人远远看到，就开始高声喊起他的小名："冲啊——冲啊——快点啊！"冲啊听到了，憨厚地一笑，奋力地把竹篙往水中一搭，转过几回急流的漩涡，竹筏稳稳地停靠在岸边。

日月行走，星辰交替。时日过去，一个村落里的人家渐渐地就分出高下来：有志于仕的，心驰魏阙，延誉公卿；有志于学的，晴耕雨读，闲适安逸。就在渡口边的这条街上，有一位别号榕村的李氏就走出了村子，上了京城。因为其清勤谨慎，成为两朝皇帝的得力重臣。然而仕途本就多歧路，官居一品的李氏一再被诬陷，多次请求告老还乡未被批准，后以老母亲水土不服为由才获准回乡。像一拨拨的摆渡人这样，生于斯长于斯，"不知冠冕为何制，钟鼎为何物"，安生于村落，倒也快活。白日里，摆渡人几乎没有闲下的一刻，只有到了晚间，才和低垂的夜色一起舒缓下来。回到家中，放松地坐下，婆娘备了新酿的米酒，喝上几口，驱散一天的疲劳，然后在微醺中睡到天大亮。那些日子，每一天都如楫桨上飞溅的浪花朵朵，单纯又快乐。

后来，水面架起了一座水泥桥，横跨过溪水。微微弓起的身躯释放出无尽的意境。桥当然比竹筏更让人感到心事安妥——走在桥上，人凌于水波之上，不必担心鞋履被水花湿透，也不必担心一座桥会刹那间倾颓，如果走累了还可以停下，靠在桥栏看远处风景，也让自己成为风景。一茬茬的摆渡人结束了往来劳作的日子，渐渐老去。一顶乌篷船静静卧在岸边，野渡无人，船主无踪。看那崭新的舢板和篷盖，显然是作为怀旧的道具。游人来了，倚在船头或钻入船中，探出头来拍几张照片，便匆匆离去。谁听得到流水拍击水岸发出的叹息呢？

那一页，就这样翻了过去。

人与水的相似之处都在于流动。许多人由水路出去了，也有许多口音各异的外乡人进来了。村子里商贾云集，一时间南腔北调交织着。下林渡所在的湖头，在当年是闽南、闽中、闽西主要的交通枢纽和商品集散地。清康熙《安溪县志》载："湖头市，上达汀、漳，下连兴泉，商旅所至，舟车所通，诚为辐辏……故《泉志》称'小泉州'云。"通往下林渡的船巷，即是当年的渡头。从启明星初升到夜半时分，这条长仅五十米，宽不足两米的巷子熙来攘往，热闹非凡。石板路被无数的脚板穿行而过，岁月无声中磨洗得细腻光洁。满载着各种日用品和土特产的舟筏云集于渡口，以货易货，繁盛一时。有些外乡人生意往来久了，觉得此地民风淳朴，生活的着落比自己的故乡更有盼头，便携家眷坐船来了。从此像一枚钉子，牢牢地钉在了这个村子里。清溪码头的溪后渡所在的村落，全村人口只有4800多人，姓氏有20多个，其中勤、褚、马等姓氏在闽南并不多见，就在于这里是沿海与内陆广为互市的古渡口。如今，他们的后代早已忘却了乡音。模糊的记忆中，只有上一辈，甚至上上辈口耳相传的故乡的名字——溪水下流的晋江某个村庄，甚至还有更远的温州……

雨后初晴，阳光落下，一下子铺满了整个水面。溪水被照得如锦缎般透亮。一个中年人端着刚从老街的磨坊里制作出的粉丝，在沿溪的石岸上一一摊开。然后熟练地开启一排风车。风车"咿咿呀呀"地转动起来。一个遛狗的少年从巷口跑了过来，用一口娴熟的方言叫唤着狗的名字，不一会儿又带着它，一阵风似的跑向老街。谁也不会去究问，他们到底是这里的原住民，还是来自异乡的后人。就如日夜流淌的水流一样，不论源于何处，都悄然地浸润融化于这片土地。在深沉的眷恋里，彼此都觉得不可分离了。

元口渡远远隔着的对岸是五阆山。雾气升腾中，层峦叠嶂满目青翠，好似仙境。向东流逝的西溪水在蓬莱镇抱山而走，转了个平缓的"S"形弯，又流向远方。主人指着流水转角处的一座青山，说，那里有一条鸡髻崎山古道。清康熙年《安溪县志》形容鸡髻崎山："自麓至巅，路十余里，为下六里及上游等府必经之途，不殊蚕丛九折。"曾经探访过古道的朋友说，从山脚到山巅长十余里，弯弯曲曲，气喘吁吁爬到山顶，觉得离天很接近了，因此和鸡髻崎山挨着的小山被称为接天山。清代诗人戴希朱途经该古道登临接天山，曾经发出这样的慨叹："谁是山高可接天？此间霄汉宛相连。我来欲向苍穹问，何日乾坤获转旋。"如今山道早已荒芜，山高林密，葛藤丛生，只有半山处据说还留有一座半岭亭，供当年走古道的人遮蔽风雨，停留休憩。

古道连接着五阆山背面，那里是尚卿乡青阳村的下草埔。下草埔拥有得天独厚的自然环境：丰富的铁矿资源就在身边，周边森林茂密，伐木烧炭十分便利；北高南低，东西夹向，形成一个风口，就像一个天然的鼓风机；临近水源，便于取水和运输。早在宋元时期，当地的冶铁业已成气候。宋人李焘《续资治通鉴长编》中这样记载："庆历五年，青阳（今安溪青洋）铁冶大发，即置铁务于泉州。"翻过五阆山，前面是密林峡谷，左侧通往新林渡。古时没有升降的机械架设于山中，分解上山下山的辛劳，全靠一双脚的力量。一柄柄打制得铮亮的铁器，在短衫挑夫的脚力和吆喝声中，从下草埔出发，沿鸡髻崎山古道，抵达西溪，又经由水路运往新林渡，然后沿着溪流，过元口渡，向东汇入刺桐港，驶向大海，抵达欧亚各国。我极目远眺，但见茫茫山林，密密层层地覆盖着接天的绿意，除了偶尔掠过长空的飞鸟，杳无人影踪迹。

山水之美都在其自然而然，不事雕琢。然而，山水又如此不同。山的稳固让人心安，即使面对一座再小的山丘，仰视时也觉得有所依靠。闽地的山多清秀而鲜有奇崛之样貌，应和着南方的优雅情致。水则不同。静水深流，起伏不定，哪怕是一口水塘都可能成为瞬间吞噬生命的黑洞。尽管现代的气象预报，已经可以精准到以时刻来预测水上的动态，在我的海岸线绵长的故乡，每年仍有许多惊悚的海难数字。一个漆黑的数字背后，是骨肉失散，家庭分崩离析的殇痛。每次出航前、归家时，海边人家都要在妈祖的神像前燃香，在袅袅上升的烟雾中祷告，祈求这位海上的女神护佑她的子民。历史上的西溪也发过几次大洪灾。当上流的洪峰汹汹而来，浊浪滚滚，连同泥浆推搡着向前。洪流到处，惊险和悲惨的场面令人惊骇。古渡岸边的人家与我故乡的人们一样，怀揣着出入平安的朴素愿望。他们在渡口修筑起庙宇：清溪宫、大使宫、关帝庙、惠泽庙……依次分列在古渡边。

走过几个庙，格局无一例外的局促狭小，装饰朴实，里面供奉着玄天上帝、关帝爷、朱邢李三大人等各路神灵。玄天上帝即真武大帝，为北方之神。在泉州地区，真武大帝被供奉为第二代海神。位于晋江入海口处的真武庙，是宋元时期泉州官方祭祀海神的场所。扬帆出海的商人、远航归来的旅人，在真武庙前，面向海洋祈祷或感恩海神一路庇佑。在深山老林远离海洋的古渡口，那些水路上来来往往的商旅，站在高岗之上，目光穿过层层山峦，遥望着大海星辰，虔诚如斯。下林渡口的大使宫供奉的其中一尊神像是明代的郑和。传说当年郑和奉旨七下西洋，所到之处，民众纷纷建造庙宇奉祀这位天朝大使，以表崇拜景仰，并祈求航海行船平安顺利。郑和在当地人的心目中，俨然已经飞升为水神。无一例外的是，供桌上堆积着厚厚的香灰，看得出香火添续得勤快，未曾有过间断。许是神灵的荫庇，古渡人家的生活过得清风徐来水波不兴，同流水一般安然向前。

走出古渡，再次穿过石板路，中山街闪现于眼前。又一年上元节将至，铺户开张，人声喧沸，一派热气腾腾的烟火气象。站在高高悬挂的大红灯笼下，恍惚间我仿佛穿越回宋元时期的山乡小城。忽来一阵风，怡然地拂过我的耳边，似乎在呢喃诉说着古渡的前世今生，以及这片土地更令人神往的未来。

春天到了。

铁观音

跟着龙湖的风漫步

◎谢巧玲

窗外，一团火红、一簇火红、一排火红，刺亮了双眼。仔细一瞧，原来又是凤凰花开的季节，此时龙湖两岸像是披上了一袭红纱，亮丽奔放。我乘着公交车往来于解放大桥，被这样的景色吸引住了。蓝天下，碧绿的湖水则被映衬得像一个温婉的女子，让人无比动容。

世事忙碌，以前每周末漫步龙湖，尽情享受美丽的湖光山色的日子，此时于我却变得有点儿奢侈。可是这样的季节，这样的龙湖，又怎能错过呢？

一个周末，沿着河滨北路往下徐行，到了铁索桥下我总要驻足，往上仰望，喜欢看着打通新老城区"瓶颈"的三安大桥又将华灯初上，一片阑珊，想象着多少夜晚，我就站在桥上惬意地吹着风，看着桥上车流滚滚，人来人往。

风儿是个顽童，调皮地细细地抚摸着我的肌肤，召唤着我跟着它往下走。我的眼光却被对岸吸引。对面的铭选医院和高矮不一的民房涂上了一层金黄色，映入水中，"一镜湖光半壁山"，清晰的倒影中但见半壁楼山轻轻荡漾。可是谁能想到大龙湖还没砌起时，溪的对岸却是一大片甘蔗林，上游没放水时，溪水极浅却很清澈，小鱼小虾自由自在地游玩，一片宽阔的沙滩也成了孩子们的乐园。

整条河滨路就像是一条美丽的画廊，似梦似幻，而每次漫步我最留恋的是南门桥附近的风景。蓝白相间的南门桥像是一条卧龙横跨南北，长期碧水滋润更显灵气，桥上隔一段距离就悬挂着红色的中国结，非常显目。桥下的沙滩栖息着一群白鸥，时间尚早，它们有的轻快地扇动着翅膀忽上忽下戏着水；有的聚在一起嘀嘀咕咕，交流着一天来的经历；有的正往附近的小岛飞去。小岛是鸥鸟的栖息地，翠色一片，远远望去，黄蝉花已绽开如小喇叭似的黄花点缀其中；有些鸥鸟已收起翅膀驻足在绿色的叶子间，让人不经意之间以为是朵朵白花灿然开放。此时，小岛丰富了许多。

20世纪90年代初，小岛是一片沙滩，有生意头脑的家乡人就在这里做起了夜宵。每当夜幕降临时，几处帐篷临时支起，至七八点时烟火味就慢慢浓郁起来，哥们儿几个，情侣一对对挑着路走下来。情侣则会挑个幽暗的地方喝着饮料，脸贴脸轻轻地说着情话。小岛常常热闹到下半夜还不散，猜拳声、欢笑声此起彼伏，到了第二天，小岛上的垃圾可想而知，这里也成了环保的死角。

现在，被绿植覆盖的小岛，每到节日，四处喷射的灯光秀常让路人惊艳到尖叫。

"甘瓜抱苦蒂，美枣生荆棘。采葵莫伤根，伤根葵不生。"米黄色的板材石上刻着黑色字体的诗句，从桥下开始的十里诗廊散发着浓浓的墨香，吸引着多少文人墨客前来深情吟哦，在月光下静静地怀古。每次漫步，作为古诗词的爱好者，我也免不了要在诗廊一首首地浏览，感悟古诗词格律变化和韵律之美。

　　刚想迈开步子往前走，却见一艘渔船正从桥下缓缓驶过，晚辉映照下一个渔人站在渔船上动作熟稔地收起网，碧波粼粼，拉长的身影在水中轻轻地荡漾。我又被这样的意境拉住了目光，不禁拿起手机，"咔嚓、咔嚓"拍了起来，"落日余晖波光映，舒云剩影水色悠。""一蓑一笠一扁舟，一丈丝纶一寸钩。一曲高歌一樽酒，一人独钓一江秋。"人生再美好的瞬间也不过如此。

　　一湖风光看似差不多，可是每行走一段，却能看到不同的风景。清晨里朴素无雕的雁塔和霓虹灯下焕发着光辉的雁塔，总会让人忍不住想要去查阅它的史迹；还有静心亭，正如有人这样写道："古人云：'花间隐榭，水际安亭，斯园林而得致者。'这应该是大龙湖得到的精妙所在。静心亭与湖对岸的金钱山山顶清心阁遥相呼应，一静一清，亦清亦静，互为欹势，共揽千顷碧波；亭阁峙立，山水相映，湖面倒影绰绰，美不胜收。"

　　渐渐地，夕阳收敛光芒，霓虹点亮小城。雁塔下，音乐声响起，舞步蹁跹；十里诗廊上，一位年轻的妈妈右手牵着男孩，左手指着诗廊上的诗句，一个字一个字清晰地念着，让孩子跟着读。我站着，偷偷看一位少年的手机屏幕，其上是小城的一角，天空、高楼、湖面、水下，一片迷离。我知道，龙湖又在转换频道。我愿意一直从龙湖里捞起无边锦绣。

逸楼，红色的记忆

◎蔡景典

周末，一曲《延安颂》点燃了我的热血。澎湃中，令我有了说走就走再去瞻仰逸楼的激情。

逸楼，是这首脍炙人口的革命金曲词作者莫耶的故居，就坐落在安溪县金谷镇溪榜村。

沿着美丽的东溪畔前行，两侧山坡满是翠绿的果园和茶园相伴，一路铁观音的清香，令人心旷神怡。山谷涧潺潺的东溪水清澈甘甜，犹如母亲的乳汁孕育着这一带朴素的人民。

抵达安南永德苏维埃政府旧址，一种红色的感觉映眼即入，这里是泉州地区最早的红色政权。落步前行，从南边石阶踏步而下，便是逸楼。

也许是主人出过洋的缘由，这幢两层阁楼的建筑便有了中西合璧的风格，个性甚是彰显。外观有着古罗马建筑的线条，又蕴藏着闽南红砖古厝的韵律。外墙以白色与红色为主，并有节奏地搭配着绿色，别致的情调令人回味。楼面顶额是晚清进士曾振仲题写的"逸楼"红字，在辉阳中甚是耀眼。

从朱红大门走进来，一楼厅堂是待客的场所，入门左壁上一宗宣传画，明了地标着这里的主题简介：红色女兵——莫耶。画像中的女主人公身着戎装，英姿飒爽。

莫耶（1918—1986），原名陈淑媛。十六岁赴上海入职进步刊物《女子月刊》，从校对做起，到担任主编。十八岁回家乡东溪开展抗日救亡宣传。二十岁赴延安，以笔为枪参与抗战，随后跟随贺龙部队挺进晋察冀等战斗前线。莫耶创作了大量作品，用丰富的语言文字凝聚战友的力量，激发群众的热血，特别是她作词的《延安颂》更是当时炙热的革命颂歌，传唱大江南北。贺龙赞誉她是"我们120师出色的女作家"，毛主席也多次接见了这位"红色作家"。

阁楼里的柱梁椽桷、门窗桌椅全是上了朱红大漆，头上红瓦，脚下红砖，尽是把这里写就一宅红色的庄严。

踏上阁楼木梯，"嘎吱，嘎吱"的声音令人一下回到以往的时光。或许是童年陈淑媛和哥哥陈文章准备赛诗。或许是返乡的莫耶，准备和嫂子们忙着去村里宣扬抗战精神。还是哥哥赶着去联络进步青年加入"抗战青年团"。

第一个房间陈列着房屋主人的故事。莫耶的父亲陈铮是缅甸归侨，当过私塾教师，后来投笔从戎，任至国民党将领。抗战时，曾率官兵屡屡奋勇杀敌。母亲黄全，曾是当地的大家闺秀。她知书达理，敬仰巾帼英雄，经常给孩子们讲秋瑾的故事。

再过来的展馆，用一幅幅红色的图文如影视般展播着莫耶各个时期的活动。从童年的敢于据理直言破旧俗，到青年时的以笔为枪激情抗战……玻璃展柜里，一册册作品文集记录着烽火的故事。珍贵的莫耶文稿虽已泛黄，但娟秀的笔迹和跃动的灵感还是那么飘逸。从窑洞捎回的《延安颂》歌纸，依然飘着延安的油墨香。

这座百年阁楼虽几经修缮，但墙角间仍有岁月斑驳的痕迹，唯有不变的是这个"窝篮血迹"是英雄永远的红色印记，早已渗透着深情的革命之魂。

走出展馆，我于楼道旁凭栏依立，哼着《延安颂》的调子，静观楼前青青的碗莲伴着蛙声荡漾。轻风吹拂，满潭尽是"出淤泥而不染，濯清涟而不妖"的意境。潭岸边坡，苍穹豪迈的罗汉松和吉祥如意的小叶榕，在岁月风雨的历练中，用生命之绿簇拥着这座阁楼的革命之红。

在肃穆中，再次敬仰莫耶塑像。跟前，一群到这里采风的学生已列队而立。领头的女青年舞起双手，当作青春歌者的指挥。一阵激昂的歌声从这座充满革命气息的逸楼里再次扬起：

夕阳辉耀着山头的塔影，
月色映照着河边的流萤，
春风吹遍了坦平的原野，
群山结成了坚固的围屏。
啊，延安，
你这庄严雄伟的古城，
到处传遍了抗战的歌声。
……

新锐坊

李志宏小辑

◎李志宏

一双布鞋

调到外地一年多了，工作的道道关卡接踵而来，我忙得团团转。

父亲托人从老家带给我一双布鞋，我一时愣住了。时过经年，我已习惯了用皮鞋迎合流行与时尚，布鞋已像一朵花，悄悄地在我脚下凋零。

我摩挲着这双布鞋，思绪万千。

小时候，家乡总是闹旱灾，勤劳淳朴的父亲终日忙碌在黄土地上，但一年到头，收获的仍是少得可怜的口粮。到了我上学的年纪，这种状况仍是没有改观，就在我认为自己会跟父亲一样，一辈子耕耘在这贫瘠的土地的时候，父亲却把学费交给我，要送我去乡里上学，还特地买了一双布鞋。我惊呆了，原来父亲毅然卖掉了唯一的一头老黄牛。那时，我不敢抬头，紧紧地咬住嘴唇。我想起母亲过世早，父亲赤着脚在田地里汗流浃背的情景，想起体弱的弟弟饿得直哭的情景…… 我实在忍不住，冲着父亲喊："我不上学……"话没说完，父亲一下子跳起来，用那双布鞋劈头盖脸地朝我抽来，嘴里不停地骂我"不争气，没出息"。这是我第一次挨父亲的打，那场"布鞋雨"和母亲当年呼唤我的乳名一样永远地印在我的脑海里。

后来，我拼了命地读书，上了大学年年拿奖学金，参加工作后发工资的那一天，我用自己的钱给父亲买了生日礼物——一双新布鞋。

"伢子，布鞋收到了吧？穿上它，不管多难的路，都可以走一走的。"父亲的电话来了。

"好，我穿着，就算蜀道也能过！"我语气坚定地说道。父亲不知道蜀道，但他笑得开心。

今年，我回到家乡。父亲带我来到耕耘了一辈子的田地上，说："跟我走一圈。"我爽快地跟在父亲身后，像小时候一样。

"再贫瘠、再不肥的泥土，只要对它费点气力，都会让它变得有用起来的。"望着父亲那希望与疲惫交织的眼睛，我懂得了父亲的良苦用心，说道："放心，我这次回乡当支书，就是要带领大家脱贫致富……"我用力跺了跺脚，"穿上它，不管多难的路，都可以走一走的。"

看着我脚上的布鞋，父亲紫膛脸上的麻斑泛着红光。

父亲的笔记本

父亲过世后，我和母亲整理父亲的遗物。

"娃，记得这个笔记本吗？"母亲摩挲着一本封面破旧的笔记本，泣涕涟涟。笔记本纸张已经发黄，但是页数齐全，笔迹清晰。

"记得，当然记得，这是父亲的感恩账本。他不止一次对我说，当我们遇到困难时，别人对我们伸出了援手，帮我们渡过了难关，我们要记在心里，等需要我们帮助的时候，我们要鼎力相助，不可视而不见。"

以前生活苦，父母亲曾接受过别人的周济，父亲把每一笔都记得清清楚楚，哪一家送来多少米，哪一家曾来地里帮忙干活……后来父亲圈了一小块地，养了一些鸡鸭鹅，他从来舍不得吃蛋，都把蛋送出去。母亲是种菜好手，经常也匀一些新鲜的蔬菜给邻里。只要人家招呼一声，父母亲是很愿意放下手头的活儿，去搭把手的。

"娃，记得这个笔记本吗？"母亲抚摸着一本六七成新的笔记本，感慨连连。

"记得，当然记得，这是父亲的生活账本。他不止一次对我说，一粥一饭当思来之不易，半丝半缕恒念物力维艰。勤俭持家、俭以养德是古训，也是美德和操守。"

家庭的每一笔开支父亲都记得明明白白，囊括了吃饭、买衣服、红白事等的全部费用。我从小学到大学的所有花费全部记录在册，并且每记一笔，都由我签名。父母亲生活特别勤俭，轻易不买新衣服，袜子破了，自己缝补了再穿，手套鞋子坏了都是一只一只换的。掉在桌上的米粒，他们也要捡起来吃，洗菜用的水沉淀下来后，用来拖地，然后再用来冲厕所。我童年时的衣服破了，父亲用缝纫机补补，母亲绣上花，我用的白纸父亲都要求正反面写……

我看见笔记本里夹了几张汇款单，好奇地问："那些是什么开支？"

"你父亲用收破烂的钱，暗中资助了几名贫困生，没让我告诉你。"母亲淡淡地说。

其实这事我隐约知道一些，那些学生曾给父亲来信，我追问父亲谁给他写信，父亲笑而不答。我望着存在手机里的父亲照片，忍不住地哽咽。

我忽然想起，在最后的那段时间，父亲病床边一直摆着一支笔和一个笔记本，母亲没日没夜地照顾他，怎么没提到那个笔记本。终是按捺不住，我问母亲："娘，父亲没再留下其他笔记本？"

母亲愣了愣，看了看我，没有声音，只有眼泪"扑簌扑簌"地落下来。她抖索着从枕头下摸出一个崭新的笔记本。

父亲得的是癌症，到了晚期，记性变得越来越差，差到最后连我们都快辨认不出来了。笔记本没有记载任何的账目，只是写满了母亲和我的名字。翻到最后一页，只有一句话：我不想忘记你们。

回　家

爷爷生日的这一天，我买了蛋糕和礼物回家。

爷爷身材魁梧，头发花白，脸上有许多深深的皱纹，隐隐约约还可以看到一条伤疤。爷爷和中华人民共和国同龄，参加过对越自卫反击战。当爷爷穿上我买的军绿色外套，高兴得手足无措，只是呵呵地笑。

看到我回来，妈妈脸上的皱纹全舒展开了，恨不得手脚并用地忙活。

一桌丰盛的菜肴，都是我爱吃的。饭桌上，爷爷喝多了，他颠三倒四地叨叨："我真幸福啊！"不胜酒力的爸爸也说着："是啊，苦日子熬到头了。苦尽甘来。"

"山娃子，让你念书不容易哩。"爷爷说，"你爸你妈为了你能念书，他们才出外去打工。捡破烂，扛大包，睡桥洞，什么苦都吃过。你有骨气，一心一意地念，念到肚子里，现在见识的都是外面的事情。你为咱老李家长脸了。"

我出生的这个小村庄，隐藏在大山褶皱里，原来土地贫瘠，交通不便，生活艰苦，父母亲在我读小学时就到繁华拥挤的城市去打拼，留下我和爷爷相依为命。

我说："这次回来，我不走了，留下来了。"

爷爷、爸爸和妈妈怔了一下，声音短促起来，不约而同地说："真的？"

"家乡的变化很大，路都通到家门口，路灯全村都遍布，环境美得夸不出口。我的科研成果有进展了，这次回国我准备投资。回乡创业有优厚的政策，上哪里去找这样的投资兴业'宝地'……"

"是啊，中华人民共和国成立七十年来，祖国发展日新月异。没有党的惠民政策，就没有我们村翻天覆地的变化，这些变化是我们祖祖辈辈做梦都没有想到的……"爷爷浑浊的眼里有亮亮的东西闪现。

银白的月光倾洒了满院，灯火通明，人声笑语。

第二天一大早，我家里转了一圈，没见到爷爷和爸爸，我问妈妈他们去哪儿了。

妈妈脸上堆满笑意："他们上村委会老人学习园地了。"

我惊讶地说："什么时候他们开始读书认字了？"

妈妈说："'人哄地一时，地误人一年。'念书和种地是同一个道理。你爸说，小时候书只念了半截，做不成啥事，现在得补回来，不能给你丢脸。"

花开正浓

姚强妈妈希望姚强能考上省重点高中，她每天念叨着，姚强耳朵都听出茧子来了。

初二期末考后，姚强成绩在年段 200 名，家长会上老师明确告诉姚强妈妈，你家姚强没戏，这所学校能考上省重点高中的，从来没超过 5 人。

第 200 名与前 5 名，差着十万八千里呢！姚强妈妈认命了，老师还不忘叮嘱姚强妈妈，孩子的健康成长最重要，切不可粗暴强求。姚强妈妈一回家，推心置腹地和姚强谈了一宿，姚强也认命了。

初三刚开学不久，一次偶然的机会，姚强被选派参加县级竞赛，走进了他妈妈天天念叨的那所省级重点高中。

高中的大门气派得使人吃惊，高大的楼房装饰着美丽的玻璃幕墙，树木繁盛荫翳，鲜花沁人心脾，校园里有姚强最爱的足球场，他恨不得马上在绿茵茵的草地上踢几场球，打几个滚。

校园里还有一座红砖楼，姚强坐在临窗的位置，窗外是一丛丛的桂花树，桂花正盛，深黄若金，繁花满枝，清香四溢，弥漫了整个秋天的空气。

姚强的心被深深震撼了，一种莫名的激动在血管中膨胀，他不禁问自己：难道我真的没有上重点高中的命？

回来后，姚强咬紧牙关一边学新课，一边把前两年落下的功课补上，姚强的妈妈看到姚强如此用心如此吃苦，既欣慰又心疼。

一年后，姚强走进了那所省重点高中。

周末回家，姚强兴致勃勃地向妈妈讲着校园里的见闻，妈妈听着听着，不觉潸然泪下，哽咽着说："你爸爸读高中时就在那座红砖楼，他说他最喜欢桂花……"

姚强的妈妈名字就叫桂花，姚强的爸爸一年前为了抢救落水儿童牺牲了，那时正是桂花十里飘香的季节。

母亲的 MP3

前年春节回家，我看见母亲戴个 MP3 随身听，惊奇地说："妈，你啥时候戴这玩意儿，整啥？"

母亲乐滋滋地对我说："现在村里兴起广场舞，我和你爸去学学，舒活舒活筋骨。"

父亲和母亲在一个村子里一起长大，青梅竹马，当年结婚的时候，母亲没给自已要过一分钱彩礼，嫁过来后，生儿育女，操劳了一辈子。这几年，父亲经历四次手术，身上六处伤疤，母亲没白没黑地守在身边做饭送汤，擦洗大小便，捶背按摩，整个人都累瘦了一圈。在母亲的悉心照料下，父亲慢慢恢复健康。现在他们俩有空去学学广场舞，愉悦身心，我为他们感到高兴。

今年春节过后，父亲突然不幸去世，我和爱人商量后，决定接母亲来城里住段时间。

我对爱人说："我妈这辈子就围着我爸和我转，尤其这几年，苦了她啊。我爸走后，我妈几乎崩溃，总哭着要去找我爸。你我多关心体谅她……"

最近，小区里组织"夕阳红"广场舞队，爱人极力鼓动母亲去参加。爱人对我说："你妈每天睡前都听 MP3……"

这天，母亲出去买菜，我在家打扫卫生。看到床头的 MP3，我一时感慨万千，这 MP3 可是父亲送给母亲的礼物。

对了，母亲都喜欢什么舞曲呢？我按下了键。

一阵阵熟悉的声音响起，温馨而淳厚，凝重而悠扬。我听着听着，不觉已是泪流满面。

MP3 里分明是父亲生前打鼾的声音。

水上漂

我家住在一个不为人知的地方，我们那儿几乎是一个与世隔绝的地方。河谷狭窄如走廊，崖壁削如城垣，山势岌岌欲坠，峰峦连绵相错，船行其间，仰望峰巅，云天一线，偌大一条河硬生生被逼成一条细带，千涛万浪无路可逃。唯一的交通工具就是一条贯穿南北的镇河铁锁。

穿越这条锁关，就是两个天地。另一边是一个阔大的世界，有热闹的市集，有像样的学校和城镇。说来没人敢相信，和我一起在铁锁上摸爬滚荡的人，只有我考上了大学，这在我们那地是破天荒的大事，但是大学一年的学费，在我们家就是一个天文数字！整个村子的男女老少一起凑钱，老师同学的资助，终于让我跨进了大学的校门。

大学期间我一次也没敢回家，一是为了省点路费，二呢，也是为了能够充分利用业余时间多打些零工，多挣点钱，以减轻家里的负担。我的母亲操劳家务积劳成疾，没钱治病，很早就离开了我。我的父亲在工地上累死累活，不慎摔伤，在家养了一段时间。一直以来，贫困就像一道挥之不去的魔咒，始终笼罩着我。我疯狂地打工兼职，各种学杂费都是向学校申请缓交的。

今天我收到了父亲给我寄来的一万块钱和一封信，父亲在信中说："孩子，你是我们整个村子的骄傲！你一定要好好上学啊，将来才能有大出息，只要你有出人头地的那天，我再苦再累心里也是暖的。现在我已经找到了一个赚钱的好门路，一年能挣个两三万，钱的事你就不用管了，你就安心上你的大学吧……"

我正纳闷儿有伤在身的父亲找到一份什么样的工作，怎么能有那么多钱。突然，班长拿着一份报纸跑了进来："特大新闻：断肠谷成了网红景点！那儿出现了一个会'轻功水上漂'的老头，大家快来看，这儿有游客和老头的合影呢！"

断肠谷！不就是我生活的那地儿吗？我忙抢过报纸先睹为快，一张布满沧桑的脸正望着我在笑，这是父亲在游轮上和游客的合影照。

原来父亲在那条贯穿南北的镇河铁锁上，吊着软梯，一有游轮经过，他就顺着软梯，带上皮筏，纵身跃入河心。他奋不顾身地划动皮筏，极力在起伏的波浪中保持平衡，追赶着游轮，瞅准时机，再把软梯扔上游船的甲板，爬上游轮。过往的游客们从来没有遇见过这么不要命的老头，纷纷和父亲拍照留影，父亲一下成了网红，虽然被游轮上的水上警察警告驱赶了几次，可是父亲像索马里海盗似的，神出鬼没。有一回，他被大浪掀翻落入河中，差点儿一口气没挺过来，可是他没有意识到近在咫尺的危险，依旧继续干这活儿。现在，全国各地的游人都涌向断肠谷，就为了花点钱和他合个影！

天呀，父亲赚钱的好门路，居然是冒着死亡的危险，在河面上当"水上漂"，我的眼泪，在刹那间无法控制地奔涌出来。我蓦然想起，那年父亲送我上大学时，我曾对他说，我要是能像《射雕英雄传》里的"铁掌水上漂"一样，那就年年回家……

战　友

"清儿姐"，护士小薇脚步匆匆不忘回头打招呼，"90后"的她戴着笑脸，青春洋溢，是科室里的"开心果"。

郝爱清莞尔："瞧你急的，啥事这么撒欢？"小薇大声说："不是发布集结令了嘛，报名去。"小薇一转身，一头黑色锦缎一样光滑柔软的披肩长发迎风散开。

"你报名了吧。"办公室里，一位慈祥的老人看着郝爱清和蔼地说。郝爱清笑着回答："是的，老师。我是护士长，又是党员，要冲锋在前。您都退休了，一听疫情刻不容缓，不也急着请缨再战，我可不能落伍哦。"老人哈哈大笑说："欲为武汉除病魔，肯将衰朽惜残年。与病魔做斗争，是我的光荣。我们是师生，也是战友。"郝爱清望着一头白发的老人，眼前一片雾雨，两双手紧紧握在一起。

一出门，郝爱清又撞见护士小薇，小薇已经剃了个光头。小薇向郝爱清敬了个礼，高兴地说："清儿姐，我申请加入你这一组，我们并肩作战。"郝爱清给她一个大大的拥抱，忍不住红了眼眶，说："我们是姐妹，也是战友。加油。"

郝爱清给妈妈打电话辞行，妈妈语气有点儿急："这事怎么不先跟妈说一声……大山知道吧，他现在在哪呢？"郝爱清回道："妈，我们已经三天没见面了。我在五楼，他在六楼，可是上周我院收治几个疑似病例，大山是传染科骨干，他第一个穿上防护服，现在还没撤下来呢。"妈妈显然愣神了，沉默一会儿说："清儿啊，你们刚结婚，又都是独生子女，不是说好早点要个孩子嘛……"郝爱清挂断电话，跟孩子似的把呜咽硬是咽下去。时间不等人，她急着收拾行李，想了想，她还是发了条朋友圈。

一小时后，大巴刚驶出院门口，郝爱清的手机上传来一条信息："清儿，见字如面。我太了解你的脾气，又是一次艰巨任务，望保护自己，规范操作，早日凯旋。我还没脱下防护服，就此打字祝福，你不是一个人在战斗，你是我妻子也是我战友。中国必胜。夫：雷大山。"

明天你有空吗？

儿子回到家，没换沾满泥浆的工作服，直接瘫在椅子上，父亲利索地端出晚饭。

看着儿子狼吞虎咽，父亲脸上露出笑容，随即瞅了儿子几眼。儿子觉察到了，就问："什么事？"父亲嗫嚅着，说："你……明天有空吗？""明天？说吧，你有什么事。""我是想，如果明天你有空的话，我们一起去市场买菜，你做的荷包蛋和葱油面最好吃，我很久没吃到了……"儿子生气了，不等父亲说完，劈头盖脸吼道："你是想我明天待家里，陪你去买菜，做顿面给你吃，那就我有空再说。我好不容易找份兼职，每天长时间辛勤工作着，房贷还没还完呢，我娘走了，让你把老家那破房子卖掉你也不肯……"父亲听完儿子的一通话，默默地收拾好碗筷，然后回了自己的房间。

儿子洗完澡，休息了一阵。今天工作出了点儿差错，被扣了工钱，他心里窝着一肚火，人比较烦，这会儿平静下来，他想着刚才对父亲有点儿凶，父亲平时从来没对他提过什么要求的。

儿子敲了敲父亲的门："爸爸，你睡了吗？""噢，还没呢。"父亲回答道。

儿子进了门："对不起爸爸，刚才我有点儿凶了。"儿子说，"要不，等会儿我给你下碗葱油面。""不用不用，明天你还得上班，别太累了，早点休息。"父亲说。

儿子出了门，父亲端详着儿子他娘的照片喃喃自语："老婆子，你走了，就没人记得明天是我的生日啰……"

近 邻

小时候，我家院子周围种了许多棵桃树。我很喜欢吃桃子，摘个熟透的桃子，咬一口，脆脆的，甜津津。

靠近邻居郝大伯稻田边的那棵桃树，是最壮的，结的桃也是最大最好的。每到桃子成熟时，父亲总会把那棵树结的桃，毫不吝啬地全部送给郝大伯。我忍不住问："这是为什么呀？"父亲不禁笑了笑，说："远亲不如近邻啊，互相帮衬着，应该的，不就几个桃子嘛，这满院的桃子还不够你吃吗？"可我总觉得受了莫大委屈，免不了嘀咕几句。

几年后，郝大伯年纪大了，他的那块稻田转手给了别人。没想到，那户人家二话没说，拿着镰刀，对我家那棵桃树一顿猛砍，桃树只剩下一截树干杵在那里。

原来，长满叶子的树干，绝大部分生长到稻田的上方，挡住了阳光，然后那户人家说，受不到阳光的照射，树干下几平方米的稻谷长势不好。我又心疼又生气，可父亲没说什么话。

第二年秋季稻谷收割完，那户人家郁闷了。郝大伯耕作的时候，那块稻田是全村最肥收成最好的，可是他辛辛苦苦耕作了一年，却减产了五六百斤。

这天，我和父亲谈到这件事，父亲淡淡地说："我们家的桃树确实遮了稻田，郝大伯为人厚道，从来没埋怨过，我也过意不去，就把那棵桃树采摘的桃子都给了他。后来我们家养猪，猪圈也在稻田旁边，我就挖了一条浅沟，平时会把养猪的肥料引入稻田，自从桃树被砍后，我就将水沟堵死了……"

亲情电话

女儿上高中。夜里，妈妈打电话给女儿。

女儿："嗯……妈，有事吗？"妈妈："没事，就是挺想你。"女儿："好啦好啦，学业紧，说多少次了，这是集体宿舍，没事少打电话。"妈妈："妞妞，听说你那要降温，记得多穿衣服，别感冒，照顾好自己。"女儿笑笑，挂了电话。

女儿上大学。夜里，妈妈打电话给女儿。

女儿："嗯……妈，有事吗？"妈妈："没事，就是挺想你。"女儿："好啦好啦，学业紧，说多少次了，考研，没事少打电话。"妈妈："妞妞，冬至快到了，回家妈给你包你喜欢的韭菜饺子。你舅说了，家里养的那头羊，可等你回来再杀呢。"

女儿笑笑，挂了电话。

女儿去美国留学。夜里，妈妈打电话给女儿。

女儿："嗯……妈，有事吗？"妈妈："没事，就是挺想你。"女儿："好啦好啦，很困，这边是凌晨，说了多少次了，有时差。"妈妈："哦，我又忘了，你接着睡，接着睡……"女儿笑笑，挂了电话。

一小时后，电话响了，女儿有点儿不耐烦："哎呀，谁啊。""妞妞，我是你舅，你妈住的楼层着火了，你妈没出来……"

"妈……"女儿哭了，立马回拨妈妈的电话……

盲人的快乐

老李的老伴过世早，退休后想让儿子多回来陪陪自己。老李打了好几个电话，可是儿子扎根山区，最近忙得团团转，连老李的生日也忘了，老李窝了一肚子火。

这天，老李出门，他想去社区老人活动中心转一转，好歹找人聊聊天。

一进到社区老人活动中心，老李听到一处传来的掌声。他一看，一大帮老大爷老奶奶们围成一圈，一个小伙子站在中间，正向大家讲一些逸闻趣事，俨然是一场脱口秀节目表演，那帮老大爷老奶奶们不时咧嘴大笑，好像每一块肌肉，每一根神经，甚至每一个细胞都笑了。听着听着，老李也被感染了，满面阳光。

老李问在场的一位大爷："这小伙子天天来？"大爷口未开，笑容已如花灿烂，说道："天天来，每天一早就到，然后9点准时去开店挣钱。我们现在已经习惯准时收听他的'早间播报'啰，听完，一天里心情舒畅多了。"

晚上，老李敲开了小伙子的门，原来，小伙子是老李楼下的邻居小乐。

聊起今天这件事，老李不解地问小乐："你怎么天天都这么快乐？"

小乐又展开灿烂的笑脸说道："我有什么理由不快乐？和聋人比，我能听到声音，和哑巴比，我能够说话，和瘫痪截肢的人比，我能走路。我们的生活也应该过得快乐……"

回到家，老李和儿子通了电话，然后找出多年前的一把二胡……

赔钱生意

这天，我把秘书小李叫了进来："有关银都酒店竞拍的事怎么样了？"小李说："我都调查清楚了，有意竞拍的就几家，我这里有他们的资料，您看看，我们还参加吗？"我说："参加啊，他们竞价多少，我一定比他们出得多！"小李很惊讶："以银都酒店现在的状况，我估计一般出价顶多两个亿。"我笑了笑说："别说两个亿，就是三个亿，四个亿，我也会拍下来的！"小李一听，急了："可是我觉得银都酒店就值两亿多啊，超过三个亿，铁定是亏了，难道我们还要买下来吗？"我说："是的。只要他们敢跟我竞价。"小李很不解："如果用三个亿四个亿买下银都酒店，我们公司财政会吃紧。"我听了，笑了笑说："我们公司目前的资金链还可以承受。这件事我自己会亲自处理好的。我叫你来，是还有一件重要的事要你去办。"小李忙问："什么事？"我笑了笑："我给你一个地址和联系电话，我已经和他谈好了，你带上现金去把我要的东西取回来。"小张一看现金数目，更加莫名其妙："就十万块，非得让我跑一趟，来回几百公里呢，我还想着和您参加竞拍会呢，我真的搞不懂……"我也不做过多解释："你按我说的做就行了。记住，我要的两样东西一样也不能少。"

小李一回来就问我："银都酒店拍下来了吗？"我高兴地说："拍下来了。竞争挺激烈，我最终以三亿五千万拿下。"小李说："您一直都是搞建材的啊，怎么想着非要竞拍酒店呢？我们多花了一亿多，您觉得这样真的值得吗？"我笑了笑说："做生意吗？总是有赚有赔。况且我也可以尝试酒店经营管理这一块。"小李摇摇头，苦笑着说："毫无疑问，您搞建材是内行，可是经营酒店这种生意，您真的……不，是我真的搞不懂……"我也不做过多解释："不会可以学嘛，再说我也可以物色内行的人来帮我管理。再不济，就算是我花钱买了个教训。"我问小李："我要的两样东西你带回来了吗？"小李非常不解："带回来了，一只猫和猫食盆。这种家猫很普通，一百块就可以买到。至于那个猫食盆，成色卖相也不咋样，您为什么非要做这种赔钱的生意呢？"我笑了笑说："我小时候老家就养猫，在电视上看到那个老人和猫的时候，我自然就回想起乡下的日子。多出一点儿钱，给那个困苦老人，也算是做好事了呗。"

其实，小李不明白的是，银都酒店有一幅壁画，如果拍卖，至少能值两三个亿，那个猫食盆也是老古董，拍个几千万不在话下。我原来是学考古专业的，下海后，拉了几个人跑工地做建材，正是在工地里我淘到了几件古董，我才一步步发家……

请 酒

今天一上班，青年小刘就对我说："李组长，昨晚咱们的王总还对我高看一眼、频频夸奖，今一早却通知我到你这里报到，还给我安排了最重的活，你说说，这是咋回事呢？"

我说："我有事没有参加昨晚的宴会，是不是你在宴会上得罪王总了。"

小刘赶紧说："没有，没有，我在宴会上的表现，得到了大家一致的认可。"

我笑着说："那你给我说说，你是怎么表现自己的呢？"

小刘说："大家到齐之后，王总得意地向大家展示了他的藏酒。哇，好家伙，茅台、五粮液、剑南春、西凤酒……每一款酒都各有千秋各有特色，有特制版、限量版、尊享版，还有一些非卖品，也有洋酒，皇家礼炮、威士忌……王总问有谁认识这些酒，我一看，我的机会来了，就第一个站起来，把每一种酒的名称、年份、制作窖藏工艺等一一作了讲解。王总听了，直说我有见识呢！"

我问小刘："还有吗？"

小刘说："有啊。王总一高兴，让我讲讲酒文化。这也难不倒我，什么有关酒的神话传说、诗词歌赋、段子笑话，我都娓娓道来，博得了现场热烈的掌声，我随即来了一段戏曲《贵妃醉酒》，王总听了，直说我有才学呢！"

我问小刘："还有吗？"

小刘说："有啊。王总问大家，今晚应该喝哪一种酒啊，大家都不出声。我当仁不让，选了几瓶酒，并当场表演了不同的开瓶方式。席间，我频频向王总敬酒，王总直拍着我的肩膀，夸我有魄力呢！"

我问小刘："还有吗？"

小刘说："没有了吧？这场酒大家都喝得很好，全喝醉了！大家都感激我，对我连声说谢谢呢！"

我说："那我知道你为什么被王总下调到我这儿了。"

小刘急忙说："为什么。"

我说："王总收藏了一辈子的好酒，正是凭着这些好酒公关，他签下了一个又一个大单。每年宴请下属员工，王总都会把他的藏酒炫耀一番，从来没有人说要动那些未开封的酒……"

小刘说："真的是这样？"

我说："我来的第一年，表现和你一样，直嚷着要开王总手里的酒，一瓶八万八……"

试　用

我们部门新招了一名海归高才生小陈，试用期三个月。

每次见到他，我总是展现出我干净整洁、阳光自信的一面，脸上带着爽朗而明亮的笑容，他一碰到困难，我总不忘上前搭把手，耐心的指点，甚至陪着他加班。

上个月，小陈对我说："李大哥，听说你把老王臭骂了一顿。"我说："老王管出勤，可是多年来他自己经常旷工，还爱指使人，端茶送水、扫地送餐的事，你没少干吧。我平时对他就受不了，但敢怒不敢言，这不，昨天你请我喝酒，我喝多了点，回到单位以后就耍了回酒疯……""是啊，我天天被他使唤，这种只占着位置，什么也不干的人，公司为什么不早处理？"我说："听说王主管是老王的亲戚，处处护着他……"

这个月，小陈对我说："李大哥，听说你和王主管吵了一架，差点儿打起来了。"我说："我无意间看到王主管将公司的重要资料泄露给了竞争对手，我气不过，差点儿把他的电脑给砸了……""是啊，公司的利益怎么能够出卖呢？这种事必须严肃处理……"

这天，小陈向公司的董事长汇报完工作，感慨地说："爸爸，你安排我进公司部门实习，这招好，这三个月，他们才是被试用的……"

王主管和老王被裁掉了，我被任命为新的主管。我高兴地给公司董事长家的保姆、我的妈妈打了个电话："妈，多亏您将小陈的身份提前告诉了我，我现在升职了。"

特价面

"啥，1000块一碗面？"女孩像受了惊吓的猫咪，浑身炸毛跳了起来。

这是火车站旁一间小吃店，店面不大，但干净整洁，挂着"惠民小吃店"的招牌。

"看我们是外地客，好欺负？"和女孩同行的男孩皱起眉头，不善地盯着店老板，似乎要从他脸上看出个究竟，老板不屑地瞟了男孩一眼，一副死猪不怕开水烫的架势。

店里显眼位置放着价目表，女孩指着价目表，呼呼的粗气一鼓一张："青菜肉丝面加蛋10元，这不是明码标价着吗？"

老板一把扯过旁边一块标有"特价"两个大字的牌子，说："你们吃的是特价面，一碗一千，就这价。"

"这是赤裸裸的宰客行为。"女孩生气了，眉毛挑得老高，漂亮的嘴角都变了形。她掏出手机，拍了三人的现场照，准备发到朋友圈和微博吐槽一番。

老板倒是一副淡定的样子，男孩却连连劝阻女孩："算了算了，破财消灾，这种人不值得计较……"

"你刚才还说，来城里几个月，混得很好，一遇到这种事怎么就尿了，城里人有这么欺负乡下人的吗？不能算了。"女孩说话像连珠炮，并按下110报警。

一会儿，警察就到了店里。女孩竹筒倒豆子般一股脑儿地全说了。

警察听了，不可置信地盯着店老板，说："你这块特价牌不是专门给六十岁以上的老人准备的吗？平时一碗青菜肉丝面加蛋，你只收他们8块钱，今天，你搞个特价面，要人家小姑娘1000块，到底咋回事，快说说！"看来，这警察和店老板挺熟识。

老板呵呵地笑了，说："他们来我店里吃面，男的让女的先给家里打个电话报平安，然后开始向她介绍说，有一份轻松的工作，两年就可以赚大钱，买奔驰宝马买房等等，还说过一会儿啊，会有同事来接她。我一听就留了个心眼，怀疑男的是搞传销的，所以我故意开口要1000元一碗面，想着女的受不住可能会报警，果真……是不是我多心了，你问问他们。"

警察来之前，男孩借口上厕所，可是没有再出现，电话也没接，可能跑掉了。

在警察的询问开导下，女孩终于意识到自己上当受骗，差点儿误入传销组织。她诚恳地向老板道歉，连声说着谢谢，"你这碗特价面，1000块，值！"女孩说着，脸上闪着泪花。

大山里的百合花

小花从小就是美人坯子，犹如这茫茫大山峭壁上一朵娇嫩而迷人的百合花，散发出一股清纯高雅的气息，村子里的男生都围着她转。

我和小花是邻居，我曾经问她："小花，你最喜欢什么东西？我一定帮你弄到，天上的星星都给你摘。"小花笑了笑说："傻瓜，这样的话谁信。我要走出大山，我要去看看外面的世界。我什么也不缺，如果你想帮我做点事，那就将来为村里建设出点力。"我看着小花稚嫩脸上透露的坚定，说："好，我们一起努力，走出大山。"

十几年过去了，我的公司生意兴隆，越做越大。小花也进了城，在一所重点小学任教，她已经出落得亭亭玉立，追求她的男孩子很多。

我想起曾答应小花的事，就筹集资金打通最后几十公里盘石公路，让村子跳出交通闭塞圈。当公路落成那天，小花一脸甜蜜地对我说："当初那么多男生都答应我要为村里办实事，就你记得诺言。"小花那甜蜜的微笑，像一股清凉的山泉在我心中流过，我笑着说："小花，你最喜欢什么东西？我一定帮你弄到。你想吃香喝辣，还是想要金银珠玉，或是车子房子？"小花笑了笑说："这些我都不稀罕。如果你想帮我做点事，就多想想村里的孩子，他们跟城市里的孩子比，受教育的条件差别太大了。我想更多的孩子跟我们一样有书可读，走出大山，飞向世界。"

于是，我更加努力打拼，事业蒸蒸日上。几年后，我捐建的希望小学竣工，篮球场、图书馆在后续的建设中，孩子们的笑声在大山里飞扬。小花一脸幸福地对我说："这些孩子是长在山窝窝里的金凤凰，一定能飞出山村。"小花在微风中怒放着鲜艳的色彩，那明艳使我陶醉，我豪情万丈地说："小花，你最喜欢什么东西？我一定帮你弄到……"城里人都讲究浪漫，我精心为小花准备了一个精致的礼盒，里面是一颗硕大的钻戒，我动手折了心形图案贴在盒上，然后带着红酒和9999朵玫瑰找上门去……

一年后，我回到村里，小花主动来到我身边，说："怎么，你不再问我最喜欢什么东西了？""对不起，我的公司破产了，我……给不了你什么了。"我羞愧地说。"九块钱。九块钱你有吧，傻瓜，有一种礼物只要九块钱。"小花笑着对我说。我非常惊讶，变得语无伦次，"你是说……一本……九块钱的结婚证？"小花点点头。

我拥着小花喜极而泣。大山里，洁白无瑕的百合花在春天里竞相开放着，就像无数小喇叭对着天空吹着动听的乐曲。

爱的礼物

贝克是著名的小提琴演奏家，每到一个城市，他总会停留一段时间，发出广告招收弟子。

今天，贝克非常高兴，来应试的人中，有一个小女孩的演奏，让他怦然心动，他当即笑着对小女孩说："你被录取了。"

两天的应试结束，贝克这次只招收这个小女孩。他开始按自己的琴谱训练小女孩，小女孩每天勤奋地拉琴，一开始总是错误百出，渐渐地越拉越好。小女孩的天赋实在难得，几个月后，贝克终于露出了笑脸。

离开前，照例举办了一次师生演奏会，演奏会相当成功，现场观众掌声不息。

演奏会结束，贝克发现小女孩的脸上明显有哭过的泪痕，他走到小女孩面前问她说："孩子，你应该为自己感到高兴，为什么哭啊？"小女孩说："这是我的第一次演奏会，我的爸爸妈妈却没有听到。"

"这样啊……"贝克为小女孩感到心疼，他提议，开车送小女孩去她父母那里。

他们开车离开市区，沿着蜿蜒的山路前行，来到了墓园。原来，小女孩的父母早逝，她从小和奶奶相依为命。

小女孩把一束鲜花放在坟前，深深吸了口气，闭上眼睛，然后拉响琴弦。琴声低沉哀叹，百转千回，最终回归明朗温柔。

小女孩的演奏让贝克大为惊叹，他问小女孩这是什么曲子，怎么连他也从来没有听过。小女孩说，这是她自己写的琴谱，她取名叫《爱的礼物》。

贝克呆呆地站在那里，眼里不觉噙满了泪水，他决定不再动身前往下一个城市，而是回到阔别多年的家乡，亲自为母亲献上这首《爱的礼物》。

楼上的笛声

楼上搬来了新邻居，是一家三口。除了早中晚饭点时间有些动静，似乎都不着家。可是最近，不时听到笛声，每次都在半小时左右，明显是刚开始练习，声音尖锐走调。虽说持续时间不长，可是打扰到了我的午休和晚觉。

我是喜欢安静的人，一有吵闹的声音会让我耳鸣头晕。我原先还窃喜搬来个好邻居，现在每次笛声响起，我就没来由地烦躁，我愤愤地说："肯定是楼上家的熊孩子，不行，我得去当面警告他。"妻子一把拉住我说："没准是暂时现象。俗话说'远亲不如近邻'，别伤了和气，我去了解下情况再说。"

妻子回来后，眼眶红红的，我忙问是咋回事。妻子对我说："楼上一家三口，孩子上学，父母打工。最近，母亲生病了在家休养，要做手术，需要一大笔钱，父亲兼了几份工难得回家。孩子放学做饭，母亲病痛的时候，孩子就吹笛子给她听。"我一听，火气消了一大半，长叹了一口气。

以后的日子里，笛声继续，孩子的吹奏水平也有长进，不再总是一个调了，长音短音，抑扬顿挫起来。不知不觉中，我习惯了，听完那笛声，便会很快地睡去。

这几天突然失眠。我一想，原来是几天没听到笛声了。我问妻子，妻子挤出一句："孩子的母亲走了。"我默然，没想到是这个结局。

今天，楼上又传来笛声，声音悠扬婉转，从墙壁可以直接透到心里。我从没想到笛子的声音居然会如此悦耳动听，忍不住去敲门。一个中年男人打开门，男子身材魁梧，黑红的脸上有明显的鱼尾纹。他朝我憨笑，说："大哥，前些日子孩子吹笛子，影响您休息了吧？""没……没有的事。知道我年轻时干什么的吗？矿山上开炮采石的，那轰隆巨响都镇不住我……"中年男子嘿嘿笑着，用手挠挠头："孩子说，他妈妈一听他吹笛子，脸上立刻就会露出笑容，身体也不觉得痛了……"我克制住眼里的泪花，说："是个好孩子，懂事……孩子呢？"中年男子说："孩子住校了，我也准备搬到学校附近。今天回来，吹一曲，权当给孩子他妈听，都怪我平时太忙……"

回到家，我对妻子说："给我买根笛子吧，我也想学学……"

下蛋的公鸭

远在乡下的母亲托人给我带来了两只鸭子，我唤来食堂的老赵，让他宰杀。

晚上老赵来敲门，他拎着一个保温盒。老赵笑眯眯地说："李科长你好，你送来的是一只公鸭、一只母鸭，公的我杀了，炖了汤，你趁热喝，味鲜。母的呢，我先用残羹剩饭养着，兴许还能下蛋呢。"我连声道谢，对老赵说："你有心了，辛苦。"

第二天，我接到通知出差，好几天后才回来，把鸭子的事忘了。月末的一天晚上，老赵来敲门，他拎着一个篮子。我很疑惑，说："老赵，你这是……"老赵笑眯眯说："李科长，那只母鸭下蛋了，三十枚，你收下。"

以后的每一个月底，老赵准时给我送来三十枚鸭蛋。

这天，母亲抓了两只鸭子，颠簸了几十公里山路来看我。母亲在厨房做饭的时候，问道："你一个人，买这么多鸭蛋干啥？"我高兴地说："妈，您上次托人带来一公一母两只鸭子，这鸭蛋是那只母的下的呢。"母亲听了哈哈大笑："你呀，哄我开心呢，我上次托人带的是两只公鸭子。咋的，到了城里，它会下蛋了？这次我要来你这住段时间，才是拎两只母鸭来，想着用残羹剩饭喂着，照看它们下蛋。"

我唤来老赵，问他咋回事。

老赵不好意思，挠挠头，笑呵呵地说："李科长，上次我妻子生病，你捎了只鸭子，让我给她补补身子，那是只好肥的母鸭，一连下了几个月的蛋，我想着这恩情得还上……"

签名信

我拿着一张信纸找班里的每个人签名。所有人都争先恐后地跑过来签。

我与人和善、学习勤奋，吹拉弹唱样样精通，因此这两年人缘极好，当上了班长，深得老师和同学喜爱，但父母亲调往外地工作，我今天办理转学。

同学们紧紧地围着我，不舍的惆怅弥漫在空气中间。我高声说："大家都签了吗？我要的是有一张全家福，一个都不能少哦。"

同学们我看看你，你看看我，欲言又止。许久，同桌嗫嚅着说："姚思情，没来……听说住院了。"

姚思情是班里的怪人，脾气暴，不大合群，成绩又不好。我曾向老师自告奋勇，说要帮助他，他于是成了我的同桌。可是，不到一个月，我们就闹掰了。他的臭毛病太多，迟到，不交作业，不讲卫生……有一次，我怒了，忍无可忍，敲着他的脑袋："你这是榆木脑袋，三斧子劈不开。你爸妈是怎么教你的……"没想到他仿佛被踩了尾巴，跳起来踹我一脚。我哪能受得了，和他打了一架。这是我生平第一次和人打架，说出来都没人敢相信。后来，我们成了陌路人，也再没人和姚思情做同桌。同学们一见他就扭身走开，故意跟我大声说笑，他成了班里多余的人。

初三毕业聚会，我被邀请参加。当我出现在会场，全场响起了热烈的掌声，姚思情更是一个箭步，紧紧地拥抱我，那是我第一次见他流泪。

会后，当只有我俩时，我问起他的近况，姚思情激动地说："那天，你到医院看我，我很惊讶。我一直以为你们看不起我，我爸妈离异了，我很自卑，家里有爷爷奶奶，我得帮忙干活儿，所以经常迟到。那天我摔伤了，原本打算出院后就退学，没想到，收到了班里所有人的签名信和一大笔钱……"

我没有说话。转学那天我去了趟姚思情家里，然后去医院看他。我在信纸上签上我的名字，还把身上所有的钱装在信封里。

天堂树

离开大路，车子一头扎进绵延的大山里，马达轰鸣。

路到镇里就断了，往天堂小学去的只有一条崎岖的山路，两边是高大的林木和繁盛的杂草。

我们一行人肩扛手拎着大包小包，狼狈地出现在学校的操场上，有的膝盖都蹭破了皮。我们的到来，一下子引出了全校的学生，他们睁大眼睛打量着我们，看到操场上堆满了衣物、图书、玩具，他们的眼睛里闪出期望的光。

当我们说这批物资要送给孩子们时，校长特别高兴，他殷勤地招呼道："你们先休息休息，崖边有山泉可以洗漱，我安排下，搞个捐赠仪式，让学生们列队欢迎。"

我赶忙摆摆手，说："不用了，本来我们是到镇里捐完物资就走的，听说了你们这儿的情况，决定来看看，准备的东西不多，抱歉了。"

校长的眼睛有些湿润，说："这里少有慈善家跑来捐款，你们走了一个多小时的山路，真是辛苦。对不起的应该是我，也没什么可以招待大家。"

我笑了笑说："操场边有一小丛灌木，我看着挺喜欢，要是不介意，我带走做个纪念行吗？"

校长一愣，随即说："那是我从很远的大山上挖来的，不值钱、也不知名，不嫌麻烦的话，你带走吧。"

回来后，我张罗着找朋友为天堂小学捐钱捐物，东西打包后寄往天堂小学。我收到天堂小学校长的感谢信，他说，朋友们捐献的物资价值超过了三千块钱。

那丛灌木我种在院子里，来过我家的人都说灌木好看，当我给他们讲到那次经历，他们说，就叫它天堂树。

这天，我去参加一个花卉展，竟然见到了这种灌木，定睛一看标牌：香刺柏，三万。

创作谈：燃烧生活的火焰

◎李志宏

  小小说又名微型小说或极短篇小说，原为短篇小说的分支，是顺应现代人繁忙生活而发展成一种篇幅短小的小说。中国的小小说在千余年前已有文字记载，但可以说它是"新文学"，真正的崛起，是五四运动之后以鲁迅为代表的白话小说写作。在当代，小小说形成了蓬勃之势，得到广大读者的认可。

  我写小小说，是从 2019 年的 10 月开始的。那天，我无意中加入了小小说写作群，在平时教学过程中，试卷里曾出现侯发山、刘建超等人的小小说，我本来就感兴趣，再想，我散文、诗歌写得多一些，尝试一下小小说写作练练手有何不可，于是欣然加入学习研讨。

  中国作家协会会员、菏泽市作协副主席蔡中锋老师坚持文学创作 40 余年，在《人民文学》《小说选刊》等数百家中外报刊发表小小说作品 3000 余篇，他有一个独特的"三一律"，简单地归纳为一句话：三个引人入胜的悬念，加上一个出人意料的答案。当然，"三"是多数的意思，在具体写作中，你可以写多个悬念。"三一律"运用的要点在于故事简单新奇，结尾曲折有味，中心明确突出。我创作的《父亲的笔记本》《亲情电话》《请酒》《试用》《大山里的百合花》等，用的就是这种写作方法。

  自己创作摸索，加上蔡中锋老师指导，我分享一些经验方法。写小说，要先有主题，因为主题是作品的灵魂。再有故事，故事是为表达或者阐述主题服务的。最后才是写作技巧方面的问题，因为技巧是如何将故事讲得更引人入胜，如何将主题表达得更深刻的问题。主题要明确，要新颖，内涵要丰富，要让人明白你写的是什么，想表达的是什么意思。故事要奇，角度要新，波折要多，特别是在结尾处，一定要转得有突破、有力量、有韵味，出奇制胜，使小说的情节和主题都得以升华。我自己觉得《试用》《楼上的笛声》《水上漂》的结尾处理得比较好。语言要精，不蔓不枝，力求准确生动，意味深长。我曾经尝试用散文化的抒情性语言去写，火候欠佳，初学者还是要紧紧围绕想表达的一个中心，用很小说的语言写，惜墨如金。还有小小说的题目要好，因为其非常短小，题目对于它来说尤其至关重要。古人作诗文讲究"凤头、猪肚、豹尾"，"凤头"是指开头部分要华丽精彩，"猪肚"是指中间部分要充实丰满，"豹尾"是指结尾部分要简洁有力。平时教学生写作文，我一直强调这点，小小说的写作也是如此。

这两年，我主要是以写六七百字的作品为主，在《喜剧世界》《今古传奇》《牡丹》《楚风作家》《海丝商报》《唐山晚报》《国际日报》等报刊上发表了不少作品。有人问我，你那些小小说怎么写出来的呢。我说，写小小说没有什么捷径和诀窍，要处处留心，做个生活中的有心人，然后就是勤奋。我们可以从我们自身或别人的人生经历和所作所为中发现灵感。平时聊天闲谈、读书看报、看电视电影，要在脑子里积累灵感，或在便签里记下来，我没有那种信手拈来的水平，我坚信慢工出细活。还有一条路径，就是沉下心来，向经典学习。真正的文学作品都是写人性的，只有写出了人性深处的东西的作品才是好作品。我利用课余时间学习了汪曾祺、冯骥才、杨晓敏、程思良等人关于小小说创作的理论和作品，从别人的作品里寻找能和自己的阅历、思想和构思产生共鸣的东西。

　　创作既要来自生活，又要高于生活。写作的人都懂得这个道理。我们在平时创作的时候，一定要先体验生活，积累素材，然后把好的素材在头脑中进行充分的酝酿和加工。小小说篇幅短小，更应该注意其内蕴的深刻与构思的精巧，要像放大镜一样，将小处放大，穷形尽相，将要写的素材加工变形，使之更能突出主题。写一篇作品，从主题思想的艺术表达，到故事情节的巧妙布局，再到精美语言的精练运用，要花费很多时间，挺累的，但是也有一种自虐的快乐。

　　生活是木柴，创作是将这堆木柴点燃，我一直在追求那团温暖的火焰，我知道自己有一段很长的路要走。希望更多的人喜欢上小小说的写作，小小说的繁兴应该就在我们这个时代。

夏日里的一份清凉
——试谈青年作家李志宏小小说的创作特色

◎黄志专

    一杯茶水伴着一曲轻快悠扬的古典音乐，翻转手头十多篇小小说，来次"群文阅读"，不承想，渐读渐入佳境，越发不能自已。尽管有些篇什平时已经拜读过，我依然一篇接着一篇读下去，读得畅快淋漓。这么一读，就是几个小时。

    说来奇怪，这时室外已是炎炎夏日，室内也没打开空调，然而似乎有丝丝凉风吹拂而来，由内而外地弥漫开来，在周身萦绕复萦绕，整个人顿感舒爽与惬意。咦——为啥有这般感受？哦，没有别的，其肱股之臣便是手头这些"小小说"。

    手头这十几篇小小说的作者是李志宏先生。他是安溪作家中一位后起之秀，目前其创作进入爆发期，业余创作大量诗歌、散文、小说等不同体裁的文学作品在全国各地文学期刊发表。单去年一年时间，他就发表两三百篇次，尤以"小小说"见多，我知道他有不少作品发表于《喜剧世界》《今古传奇》《牡丹》《海丝商报》等报刊。这些成绩着实让人刮目相看，他被称为"多产作家"，其名不胫而走。这不仅是我，还引起不少创作者的追随，甚至从心底里产生"忌妒"进而升腾一种追赶的劲头。我想，这是一种正能量的传递，更是一种以事实说话作为最为直接的榜样。这种榜样的力量是巨大的，也是难以估量的。李志宏的粉丝不少，经常有一些酷爱文学的作者主动加他微信，跟他聊文学、谈创作，还发些文稿要他拨冗给予指教、润色。李志宏是个热心人，他一般都会热情地给予一一回复，很多时候对文友提供的稿件进行修改，并推荐给有关报刊发表。这种"为他人作嫁衣裳"的事，虽然不是他应该做的事，但文友的请教，是一种对他的信任，他认为做人应该这么做，特别是一些文学新人更应该关心与呵护、扶植。这点他做得很好，有口皆碑，我是佩服的。对于一位作家来说，修改他人作品比起自己写还来得费劲，是一种吃力不讨好的事。这点很多人都有切身体会。或许因为这样，作为他的文友，我认为有必要在这个地方感慨一下：我们每个人的成长路上，都是得益于许多人的帮助，包括文学创作。因此，常怀一颗感恩的心去做些让人感恩的事，是一种感恩传递的伟大善举。我们应该热衷于这种善举。

    "文学即人学"。言为心声，即是也。心之所言付之以辞也。即是创作者情动而辞发。辞之所发，皆由情起。情之所起，皆因人与事或与之相关的背景矣。于是，了解未知之事，解开未知之谜，最好的做法就是阅读，就像刚才我用两三个小时阅读李志宏创作的十几篇小小说一样，会有一份清凉的收获。尤其在盛夏时节，清凉的感觉无异于天然氧吧！说实在的，这种清凉之感，并非空穴来风，而是有独特缘由的，那就是李志宏笔下那些"小小说"给孕育的，给生发的。

这是何如？

首先，这份清凉是来自脚下这片热土。热土之上，不乏故事。故事是生活的原型。在这片热土生活所衍生出来的故事，是更能打动人的。这就像沃田之上的荷花一样娇艳欲滴而楚楚动人，就像山野之中的翠竹那样鲜绿盎然而富有生机，就像大树底下徐徐吹拂的一缕缕风儿一样清凉而柔和……横竖无论哪种故事，只要植根于这片热土，故事就不会漂浮，就更有温度、有力气，从而给人以亲近以舒爽。在这个方面，李志宏是最有深刻体会的，也是颇具说服力的。他笔下文字所采撷的故事原型是这片热土之上的，是这个大时代的。比如《一双布鞋》讲述的是关于"一双布鞋"的故事。父亲托人从老家给"我"捎来一双布鞋，"我"由鞋引发万千思绪，想起小时候的苦日子，想起父母及与布鞋有关的事，父母给"我"的生日礼物就是一双新布鞋……这类故事或许就发生在我们身边，人们是熟知的，甚至平常还侃侃而谈，可是很多时候我们作为平常人大多熟视无睹，很少有过什么深入的思虑，乃至对故事进行重构与下笔之呈现。可是，在作家眼里这些故事就是一些"宝"，一些未曾雕琢的原生态的味道。这种原生态的味道，经过作家进一步创作加工后而付诸笔端，我们读来就显得亲近自然，就很容易被打动。心，被打动了，自然就进入文本叙述的情景中去享受一番、感染一番、熏陶一番、荡涤一番。如此这么一消受，眼前就是一片荷花池，正处于"接天莲叶无穷碧，映日荷花别样红"的境地里，怎会不凉爽呢？

志宏笔下小小说文本所呈现的内容就是根植于大地的。比如《父亲的笔记本》《母亲的 MP3》《战友》《近邻》……可以说每一篇都能在生活这个大舞台里找到舞者的原型。这就是作家取材于生活的那种自觉、那份执着。这种自觉与执着，是对生活的热爱，是对大地的虔诚。倘若不是这样，小说文本哪能这么动人呢？

作为小小说的创作者，单凭对生活这份热忱还不够，还要有加工的技能与匠心。这份技能就是小小说创作手法。手法的新鲜与灵动、巧妙，就是一个作家技艺高低的见证。小小说，"小"字出头，自然短小精悍。在短小精悍的篇幅里头要表达更为丰富的内涵，才能让读者在轻快阅读中达到调节心理的舒适度。志宏的小小说都很短，都承载着这种功用。他写小说惜墨如金，尽量压缩水分，该说的，一定说；不该说的，一句话也不写；可说可不说的，就不说；可用一句话表达的，绝对不用两句话表达。这是他平时创作的原则。难怪他的作品都很精炼，都很有韵味。

要做到这一点，没有一定创作功力是做不到的。志宏是训练多年的"老兵"，他善于运用一些创作手法，来架构故事内容，娓娓道来，不蔓不枝，非常精到。比如《水上漂》这篇小小说只有1094字（当然还有更短的三五百字），他以第一人称作为叙述点，将"水上漂"作为线索贯穿全文，把我求学路上在一条"镇河铁锁"出入往来的经过与父亲为了给我筹措上大学费用而"铤而走险"在这条"断肠谷"上找到一份"水上漂"的工作，成了一炮打响的网红，以及我曾经对父亲那种"要是能像《射雕英雄传》里的'铁掌水上漂'一样，那就年年回家"的承诺等等内容串联起来，形成一篇极为生动感人的故事，读来欲罢不能，长时间陷入其境其情之中，享受一阵"水上漂"炫动而生的水上之清凉。这种享受，的确是人生的幸福呀！看来，没有读读这篇小说，或许就是人生的遗憾。起码对我来说就是这般感受。如果换作其他读者，相信也会跟我一样感同身受的。

对于故事的架构，志宏笔下的故事往往是一波三折的，很多时候是出其不意的，让你想象不到的，因而产生阅读的快感。这份快感就有一种清凉的喜悦。比如《楼上的笛声》是围绕"笛声"展开写作的，反映的是楼上楼下关于"笛声"的故事。楼上新来的住户每天都在固定时间吹笛子，笛声生硬刺耳，如同锯床腿一般，影响到"我"的休息与睡眠。于是，"我"就准备上楼去理论一番。当"我"了解到吹笛人的家庭近况很糟时，便火气消了一大半。后来还有笛声响，但我已经习惯了。不久，忽然有一天没有笛声，我反而不习惯，便失眠了。再后来，楼上又响起笛子声，可这笛声跟往常不一样，"我"忍不住"诧异"起来，便上楼探个究竟，结果发现这次吹笛人是个中年男子，以前吹笛子的是孩子，因为孩子他妈生病一听到孩子吹笛子就高兴，就会减少病痛，所以……这是个懂事的孩子，最后，"我"受到影响，也想要学学吹笛子。就是这么一个故事，无论是从文本内容还是情感表达都是一波三折的，起起伏伏的，吊人胃口，扣人心弦，一口气读下来还不过瘾，还要反复读几遍才肯善罢甘休。这样一来，文中之清凉，就是从那孩子的"懂事"而呈现的。这点很触动读者的心。目前，很多孩子都过上好日子，吃穿不用愁，就是"懂事"略显苍白无力，令人不得不从作品中去反思这个社会关于孩子的教育问题，其内涵是十分深刻而悠远的。

这种表现手法，是得益于作家的深思熟虑与巧妙布局的。要做到这一点是要经过一番功夫的。志宏有一份匠心。这份匠心是每一位作者必须要有的，创作是要沉下来，潜游一片海域，而后凫游出海面，成为一名游泳健将，这历程是一定要的。志宏已在小小说这片海域泅渡好多时光，对于一些创作手法、创作技巧是娴熟的，即便不够娴熟也是熟知的，要不怎么能驾驭好这么完美的佳构美篇呢？

大家都知道"文以载道"的道理。文章承载着"道"的责任。好的作品都是"道"字先行，统领全文。在这方面，志宏无疑是个虔诚的践行者。从他的小小说中，任意一篇都可以领略到"道"的指向，以及"道"的熏陶与荡涤。当然这种"道"，作家不是传统式的说教，也不是什么本本主义的照搬照套，而是在"讲故事"中不动声色地自然流露。这就像一条潺潺流水，唱着欢快的歌儿奔向远方；就像来无影去无踪的风儿吹拂脸颊之时才能感受得到风的存在与风的价值；就像人饿了就想吃饭进食那般自然顺畅……这没有驾驭文字的能力是很难做到的。志宏在这方面是个高手，我不用多说，就举几个例子吧。

比如，《父亲的笔记本》讲的就是一个懂得感恩的故事。笔记本，大家都熟知，其用途大多相同，但就是有这么一个人用笔记本记载曾经帮助过自己的人与事。文章里是这样叙述的："以前生活苦，父母亲曾接受过别人的周济，父亲都把每一笔都记得清清楚楚，哪一家送来的米，哪一家曾来地里帮忙干活儿……"仅仅这一句话，从中读到什么呢？是懂得感恩，叫人要学会感恩。

再如《一双布鞋》中有这么几句话——

"'再贫瘠、再不肥的泥土，只要对它费点气力，都会让它变得有用起来的。'望着父亲那希望与疲惫交织的眼睛，我懂得了父亲的良苦用心，说道：'放心，我这次回乡当支书，就是要带领大家脱贫致富……'我用力跺了跺脚，'穿上它，不管多难的路，都可以走一走的。'

"看着我脚上的布鞋，父亲紫膛脸上的麻斑泛着红光。"

这又是隐含着什么呢？就是对这片热土的热爱，生他养他的这片土地就是根。根，是不能忘记的。每一个人都应该为家乡的振兴做点自己力所能及的事。这种意思，志宏是没有说的，但只要认真细读，我们就不难体会到作家的良苦用心了。这就是作品所承担的教育功能。

还有，读《明天你有空吗？》这篇小小说，越读就越发心酸。一方面是生活的担子压得"儿子"喘不过气来，一时没能体会到父亲问"明天你有空吗？"这句话背后所指向的原因而导致儿子对"我"回答得凶巴巴的，其实结尾处更让人心酸：

"儿子出了门，父亲端详着儿子他娘的照片喃喃自语：'老婆子，你走了，就没人记得明天是我的生日啰……'"

行文至此，所有的问题都明白了。看来，人生要且行且珍惜。什么来日方长，都是骗人的鬼话。从文本的阅读中，我们完全可以领略到深含文本的思想意蕴。这就是好文章好小说，值得让人回味。

无论怎么样，志宏笔下的小小说，是一束万花筒，是一餐麻辣烫，是一瓶五味子，无论是创作手法，还是呈现形式，或是文章主旨，都是耐人寻味，令人回味无穷，读了还想再读，甚至读了还会"责怪"起作家怎么这么"不怀好意"的这种情感宣泄。

是的，一个高超的作家，一个有担当的作家，一个有潜力的作家，就是要这样。文似看山不喜平，文学创作切忌平铺直叙，或是回答问题式的写作路径。无论什么创作，每篇小小说叙述的故事也需要情感与内涵的支撑才算是上乘之作。志宏这些作品，在我看来都是不错的。可以说，他是安溪近段来比较让人看好的有潜力的小小说创作的一颗新星。这颗新星，值得我们去用心呵护，让其闪光能够波及所有爱好文学的人。

新星之下，有棵树。树下有清凉，从志宏笔下的小小说之中生成而来，在夏日里尤为难能可贵。我们期待着这份清凉，能够惠及更多的人。

铁观音

诗
歌
潮

人间茶色（组诗）

◎杨金中

春风辞

土地的意象适合从内部解读，生活的枝节
被春风，一遍遍描摹，上色
南方的春天，雨是无骨的，群山遥望
空廓无际

这是一场，事关时令的宏大叙事
花开得迟疑而颓唐
粗粝的乡人，不识修辞
却深谙解构之道。犁耙所向
泥水土石为之让路。如众神，各归其位

天空像大地倒立，云朵如棉做的糖衣
人间又惊蛰，那么多鼓声膨胀
震荡过耳膜——

雷声又一次催促农时，溪流急匆匆
奔赴下一站。父亲一次次扬起手，播下种子
这些具体而微的小生命，内心紧闭
却饱含巨大光芒

开荒十四行

天地之间，山河湖海各有所属
父亲显然擅长横刀夺爱，得寸进尺
他向荒山索要领地
把石头归于石头，泥土归于泥土

在杂草地里找寻线索，抽丝剥茧，然后
凿地生花。把荒芜的境况，一点点逼出体外
为艰辛的生活之书撰写序言，开宗明义
偶尔动用一些蛮力，把浑圆的山体
切削，像写诗一样分行，赋予其鲜活的内涵
于是脚下的土地，开始初具意象

显然，茶叶是他惯用的修辞。一棵茶树
就是一个成语；一垄茶园，就是一个断句

他就是这么热衷于表达，一年的艰辛劳作
足够他抒写，一首十四行诗

人间茶

两片，或者三叶，都是季节馈赠的产出
春天，妈妈上山采茶
她的手指翻飞，翩然而绝美
春风弹唱，几畦茶垄，绿色的琴弦整齐划一
人间俗事了了
如清粥，如小菜。筷子横在碗碟中央
敲出锅碗瓢盆的交响
山形凹下去，尘世浮上来，再加一瓢
流水。天地支起蒸笼，炉火舔舐
热烈而温暖
茶叶葱茏，如玉，被妈妈一一收进
背篓。这生活不可或缺的甜
连同泪水和汗水
被用来调制一锅，人间茶色

消失的水花

◎吴小猛

消失的水花

——全红婵东京奥运会跳水夺冠有感

这一朵，只能在国歌的激昂中
在国旗的辉映下
绽放
这一朵，用一天四百跳的汗水浇灌
用不知奥运何物的单纯和清寂
细细打磨

这一朵，从一尘不染的童真里掏出来
国人为之一震，五环为之一震
泪，以及几许尘埃
掉了下来

火星，你好！

水到渠成的一声问候，并没有什么特别的含义
无须用力解读，或酸涩

奔赴、绕行、降落，四亿多公里行程
一波三折
荧惑，火红的小精灵和另一个小精灵
邂逅于数千年之后
天问一号把"中国来了"
结结实实地烙在
乌托邦平原

宇宙浩渺，星河寂寞。祝融号每个寸步
以及登月，太空站成型
都是科学探索开出的花朵
和芬芳
没有一瓣是威胁，没有一缕是政治

折　叠

反复折叠一张白纸，天天路过一片空地
折痕浅浅，分割空白
勾连空白
无文字载于纸面。小草渐渐绿了
你的孤单

反复折叠一张地图。异国，他乡
肤色、文化，距离和差异
不是问题
新冠疫情也不是问题
地球小成一个村

村里有人反复、大声叫嚷着
是月亮先亏的
生怕折叠后，他那张涂满锅灰的脸
再也遮不住心亏与慌张

佛首回家

回家了。

头在，微笑在。山河逢春，生机蓬勃
温暖的大手如两片绿叶伸向我

石头重见天日也会开花

身首异处的日子里，身在故土，心在故土
而微笑在脸。笑淡了风云变幻
笑出了神秘和信念
笑回了家

头在，含笑如蓓蕾。石质的坚硬
正好安放一朵微笑

铁观音

下雨的故乡

◎了　尘

下雨的故乡

下雨，那个雨中闽南
湿漉漉雨帘遮蔽的故乡
潮湿的，不只是
那只蜗牛
青石板和鹅卵石
开出的水花
结着梦的童年
似乎，雨下得越大
故乡就更像故乡
老去的缠绵
是撕扯不断的雨线

下雨的故乡
滋长着寂寞的苔花
屋檐叮咚
沟渠交响
远去的岁月
留下的背影
走出去青丝
返回了白发
下雨的故乡，岁月那么深
谁还站在巷口张望
是不见回首的亲人
还是昨日的恋情

下雨的故乡

雨下得越大
故乡更像故乡……

在你的梦里

在你的梦里，我仰望星空
七夕的银河黯然失色
找不到天边的那颗星
疏忽间，冷风吹自孤零

原来，这是一个无星之夜
或者参商再次错过
雨才收住滂沱，彤云如昨
我的仰望，有流星一朵

也许，又要等到天明
东方才有微光
可我的心灯已经熬尽
憔悴容颜，花失色

铁观音

你在哪里

◎冰　夏

茶　记

这种香气翻过了杀猪岭
茶王阁 "吧嗒吧嗒" 下雨
黄老汉 "吧嗒吧嗒" 吸烟
小狗 "吧嗒吧嗒" 喝起福寿泉

茶人开始吐茶气、说茶话
小镇姿容有别，一副茶模样
鲜鲜嫩嫩绿绿，天骄

换得苦涩的童年和两山回忆
像手掌上两块茧子

一旦阳光和人群同样多
他们便原道还家。青炉点火
清水煮干茶

你在哪里

你在哪里？我在福建省泉州市安溪县
到达凤山脚下顿了顿
算是谨呈的奏折虚掩

山中十里花香正酿，女贞子
枝枝带雨，鸣鸡野兔皆有归宿
你不确定？云中轻寄鹅毛信一封
信中言瓜田小径六月天，随便

喃语病诗小酒明镜心，随便
大谈家国情恨深似海，随便

我有山川

我有山川，我有平原
我有一个小镇孕育几十年的气候
我疯狂面对唯一的太阳
苍苍茫茫的草推开了春天
无数颗露珠点亮了夜晚，黎明
我草籽儿的身体收拢风中的舞蹈

农　事

翻旧历，犹豫，犹豫呵
不阅枯荣事，只道黄花句

青瓜藤葫芦藤丝瓜藤
再到捋着直直长长的豇豆。那诗
"燕草碧如丝，秦桑低绿枝。"
字字掩映
风中瓜实叶茂摇头晃脑的情景

又有什么呢？
南山风雨起起落落
落落起起南山风雨

大自然的欢庆

我想祝贺，想起那个校园小径
我身后拖着一排
长长的炮仗花，迎着曙光

铁观音

榕树下，一群蚂蚁正在悄悄地迁走
一个深秋，悄悄地，悄悄地
搬迁一个王国

当然，现在寒得不彻底。一个小女孩
捡松果，树枝马上蹲下来
慈爱的。轻轻一碰，云一样的叶丛
像雨点，轻轻下来

为你写就的诗

◎吴文建

为你写就的诗

用夜晚的身体储蓄雨水，然后调成墨
你知道这适合做点什么文章？

纸张早已铺好。唯独灯光的亮度
可能欠缺明暗的权衡
有时，一个人的内心或许是远道而来
因此才疲于应付
这孤寂的挑唆

房间之内，桌上的任何摆件
书架上一如既往沉默的书，都在为
此刻的安静加码
越来越静

分行的文字才能安全地相互依偎
仿佛相互取暖
我为你写就的诗，和刚过的芒种无关
却与不设防的情绪
一衣带水

但愿今夜的尘世安好
没有潜伏的旧梦，入侵睡眠的土壤
我希望为你移植一株干净的黎明
第二天晨风未醒，你的露珠已经抵达
人间柔软的叶脉

铁观音

168

那轮明月

那轮明月，定是与我一样不善言辞
不苟言笑。不然，它为什么要独自站到
那么高又那么远的地方？

一年四季，多少个夜晚啊
都知它的心事重重，就是没人能懂

想起小时候，农村油灯不够，我的母亲
会在院子里的月色下
缝补旧衣物，也试图一次次缝住
贫穷的
旧时光

一座旧了的清明

那一天，你把生命的灰烬还给了土地
那些你曾经日积月累的年龄，连同
时光里的荣辱，最后不过是
轻得不能再轻的
一抹灰
恍惚中，曾经的白发似乎从埋骨之地
长成了绿草
悄然间，便高过了墓碑上褪色的
你的名字

现在：一座旧了的清明，如期而来
对你，要惺惺相惜——
用香火的方式。

"孩子，人老了，身体也就旧了"

我想起你薄如金纸的话
那么薄，那么轻，却更像一把
岁月锻造的锋利之刀
寒光闪烁，掠过易于潮湿的季节
让活着的人，瑟瑟发抖

清明里，长眠的人不再醒来
但坟前的树，不知替谁，越长越高

铁观音

短　歌

◎吴东升

青　山

我们都喜欢说
青山做证
因为我们都知道
青山不语

锈

允许钢铁咬破手指
用一滴血在额头打一个结界
镇住内心森严的刀斧

我

其实，我也不是我
我只是在用一生
来无限接近我

秋

一路上，总是有落叶
轻轻拍打你的肩膀
转身，却无人
聒噪

风来的时候
没有一片树叶
是安静的

在林中

寂静是更加凝重的诉说
为了谛听，那些树
悄悄长出木耳

时光倒流

远地来的客，将市井之事
娓娓道来，他所言及的生活
多年前我们似曾亲历

背　影

用无言
说出拒绝
和放弃

铁观音

铁峰掠影

◎金 文

铁峰云海

这个冬天，走廊上的风景
就是对面唯一的铁峰山
植被在阳光下画出一道道绿痕
云雾缭绕，仅仅
为了那些岩石的伤口吗

不，不敢相信
是山耸立于云海
还是云海包围着山

一波一波的云
像裙摆飘动，像棉絮轻飞
像白白的丝带，裹紧山腰
像母亲抱住儿子的头颅
轻抚，啜泣

我想，如果山知道
流浪的风一次又一次吹过屋檐
那些无法治疗的伤
那些曾经的苦涩
和曾经的你
肯定与我一样，有许多热泪
夺眶而出

铁峰山的春天

我在一个中午接到一个电话:
铁峰山绿了

我在一张纸上写下:
春来了

又到惊蛰
出洞的蛇,一眼
就盯住岩石裸露的伤痕

我从窗户望去
有一些云
飘过山头,扯下更多的伤

有一些蜂蝶
在山上舞动春风,我望着
风拂过的山体,那些用心
润绿的小草

有一些雨
淋湿了归乡的路
我只是那个走在路上的不孝子

从星期一到星期五
我就陷入相思
一个多年来无法想象的山影

雨中铁峰山

这场雨来得不明不白,砸在

力护山身的枝枝叶叶，痛吗？
铁峰山，难以开口的
岩石，就这么眼巴巴地望着
铅云压向山头

看不见它的脸和身了
其实，我知道
有风雨光顾，并非坏事
顶着风雨站立，才见它的自然常态

即使风雨再大
只要心存阳光，一切的痛
都是暂时的

做一朵云

◎黄培云

纸飞机

空白的纸
载满少女的心事

一阵风
吻着它
跌进了时光的轮子

你说
那影子
是月光下她的明眸皓齿
做一朵云

风往哪里吹
云就往哪里去
有时候
活得累了
就想做一朵云
从你抬头的天空
到地球的另一片苍穹

你想留也留不住
世界变得那么大
路变得那么宽
一直飘也飘不到尽头
你双手拼命地挥着
云啊

孤单的时候
又想要做一朵云
一朵洁白的云
天还是那个蓝蓝的天
像棉花
像白雪
像那日光铺成的梦
悠悠地飘着
闲庭信步也能看四季花开
你在地上拼命地挥着
云呀

突然就做了一朵云
一朵黑色的云
怒睁着眼龇着牙
咆哮着撕裂了那深深的蓝
你拼命地跑着叫着
云啊

我还是我
你还是你
你看的那片云
早已经不是那片云
暴雨来的时候你要记得跑啊
我可不总是那朵洒下阴凉的云呀

窗

有些日子
我只能倚窗沉思
哪个窗后面

会有云雀的影子？
窗外阳光金子般耀眼
谁也在窥探？
那些自由的欢快的
悲伤的黯然的心事

粉色的桔梗

一朵朵
被谁砍去了脚
在选中的那一天
便戴上了粉色的头套

吹起了南方的空调
享受着自由凉爽的情调
再没有声嘶的汗水
夏天里　安抚着

我更想知道
还有没有什么是她想要的

苏醒

一场雨
足以洗去一切流于地表的痕迹
那些哭号的日子也将远去

天明的时候
又能听到报春鸟的声音
在渐渐苏醒的土地上
春天已经开出了希望
到处是一片花红柳绿的景象

铁观音

母亲撒下的谷种
在我脚下发出了一片青色的芽
我能看见
秋天结出的金色的浪花

也许此刻
就算那多愁善感的诗人
也不能再将眉头紧锁
那些盘踞在心头的忧愁
悠悠地开成花一朵

因为，春天已经破土
那沉睡了一冬的大地的脉搏
又重新跳动了起来
去年冬天的枯败
将再次被尘封
春天温暖的阳光啊
伴着鼓浪屿的海浪
将又一次拍响我温热的胸膛

致此刻

◎ 陈佩芳

西安古城墙

站在这里

入眼的可是秦砖汉瓦

扑面而来的可是唐风宋韵

城墙高深　不语

似乎象征着

至高无上的王权一般

休息的垛口

听　悠扬的古琴声

看　护城河水幽幽向前

这一刻

历史并不遥远

丹霞地貌

据说这是一场

风与沙砾的经年之约

为此　哪怕山高水远

哪怕夏日炎炎

只为一睹你

阳光下的色彩斑斓

致此刻

花　居然开好了

芬芳——释放

在早晨还是黄昏

忙碌的生活里
我们一味地迎头赶路
忽略了草丛里晶莹的露珠
忽略了花开似锦
生命中还有多少
宛如流水一般
闪闪发光而转瞬即逝的时刻？
且在月明的夜里
细细描述此刻的
风与云

品"放养"野放茶有感

一条路窄窄长长
伸向远方
两旁的房屋
旧了又新　新了又旧
唯有　家的记忆
历久亦弥新

山上走走
桃花始盛开　风葱正当时
邂逅一树新绿
收获一缕微风

天然"放养"
细细品啜
似苦犹甘
生活本真
尽在不言中

钢，勇往直前

◎王永建

输送带

用我们自己生产出的钢板支撑起了钢架

架起了如桥的通廊

焊起了一座座梯状的平台

纵横交错，井然有序的输送带

从焦化，烧结，原料

等输送转运的原料

在皮带、托辊、电机等设备的输送

从一次次转运

从头轮到尾轮

从精选过的输送原料到筛分返矿循环利用

源源不断地向高炉进军

冶炼成了铁水

淬炼成了钢铁

螺纹成了钢筋等建筑材料

每一条输送带都是钢铁生产的生命线

如同心脏中的各条血管

如同大树的根须

如同虫到蛹到蝶的不断蜕变

钢呼啸而过

钢过轧机呼啸而过在穿梭中忽明忽暗

钢过飞剪剪切后的铿锵有力地推进

高速过钢下冷床的踢踏声

钢过链条的"嗒嗒"声

机器运转的喧闹声

铁观音

剔短钢甩过的"咣咣当当"声
下放钢的咣当声声
"噜噜嘶嘶嘭嘭"的钢呼啸而过
剪切的咔嚓声
在喧闹中
在推进中
在相互变换手语交流中
在对讲机交谈生产情况中
钢又"噜噜噜嗖嗖"
"嘶嘶"
"嘭嘭"呼啸而过

主　操

手指一动
轧制的机器在运转
那加热炉里的方形钢坯
瘦身华丽蜕变
成一根根挺立
的钢筋

稳操机器
一根根火红的钢在穿梭
钢铁银流在辊道流动

钢，勇往直前

钢坯过了火红的加热炉
犹如浩浩荡荡的千军万马
滑过辊道
勇往直前
稳顺地过了轧机

下了冷床
入了床钩
对齐，剪切
到了精整的链条
收集集束成捆
磁吸吊装
钢
勇往直前

天　车

四个磁吸盘
落在四捆集束的钢筋上
像老鹰捕捉着小鸡

紧紧地箍住，钳住，吸起
航行到钢垛
徐徐地降落
或横或直
躲在钢垛上
垒得整整齐齐
或直接吊入火车或汽车的车厢
负载着钢铁人的祝福
整装待发

铁观音

品味与回响

◎王东城

陈　铁

喝一泡 2009 年的铁观音
想起了往日的苦涩
那些初绽的梦开始沉浮
而后在岁月偏角处受金木水火淬炼
看风花雪月走过
走进汤色金黄
凝成醇厚和音韵
这陈香味，浓浓
像远去的故乡

观音韵

痴情于从茶园到茶杯的精细和完美
像顶礼菩萨
还要痴情多久？
之于一片林　一壶山水
如果有选择　定是终生万古
每一杯茶都怀有赤壤般的诚
呷啜一口
就完成了一次叩拜
七泡之后
天地间便燃起真香
每一次显韵
都是观音的回响

冶 铁

夏天，青阳下草埔向世界脱去神秘面纱

在 1045 年，安溪的铁开始出海过洋

"哐当哐当"

脚步铮铮

炉火扑哧

像人们的心情

每一锤都记刻了宋元泉州海的声、船的影

那些归隐时生成的黄锈是铁证

"哐当哐当"

锤声又起

炉火旺

安溪的铁

将从海丝起点，再次远航

铁观音

过临安

◎钟文电

过临安，要备好香烛
还得有陈年好酒，然后在栖霞岭
温一壶他念念不忘的旧山河

过临安，要先借一匹快马
渡长江淮河，过秦岭，赴朱仙镇
寻他纛下端坐的身影

过临安，还得天晴
不然，南宋那阵潇潇雨
会在他心里没完没了
也别挑寒冬，别抬望眼
否则，白了少年头的大雪
在腊月廿九夜里
从绍兴十一年跋山涉水袭来

那夜，风波亭的风
肆无忌惮
而今，当有人谈道——
直抵黄龙府，与诸君痛饮尔
临安瘦骨嶙峋的风
一截一截的，乱了方寸

莫耶，扬眉出鞘

◎李志超

铁观音故乡长出的奇女子
基因里含铁
你不愿意做一根绣花针
活成父亲理想中的大家闺秀
逃出逸楼
投入革命的熔炉
让热血和红色的铁流
在烈焰中交融
炼成钢，铸一把利剑
呼啸长空，击穿黑夜
刺向鬼子的心脏

你的笔也是一把宝剑
寒光逼人，剑气磅礴
你用这样的笔
谱写战斗的诗篇
为暗夜中的人们指引方向
一曲《延安颂》唤醒血性
无数英雄儿女奔赴圣地
用血肉之躯铸成新的长城
扬眉剑出鞘
你是坚强的战士
是茶乡最美的女儿

喝茶的时候

◎陈振元

悬壶高冲　茶米翻动
青烟袅袅　茶香穿透
妈妈的脸　迷雾般苍然

未见合欢树　黄菊花
妈妈　如风雨般飘拂

群山　梯田　茶园
把时光拉长掰开
分分秒秒停在
荒山野岭

除草　施肥　修剪
采摘　晾晒　摇青
翻动的一叶一叶
呢喃低语　散发芬芳

家里田间
娘家婆家
少女　少妇　老太
女儿　妈妈　奶奶
红日已老　青丝染白发
一生沧桑　荒芜换绿装

寻一樽云龙献寿
沏一壶春水秋香
敬天地　敬父母

思 乡

◎林吉辉

一

挥洒白昼的激情
日头掉进山凹
留下一封羞答答的信
寄给人生
等不及夜幕降临
摊开细细阅读
晚霞弥漫整片苍穹
字里行间写着
明儿可以行千里
默默地收拾好自个
带上一颗仗剑天涯的心
把家乡的树留在身后

二

反复品读你的信
扪心自问秋是谁
秋是我，我就是秋
其他的一概不知道
红彤彤的枫叶和金灿灿的稻田
是秋的景色
当你看到秋光、秋月
唯恐秋节骤至
逢秋郁郁寡欢悲寂寥
你的眼里秋风萧瑟
忆起多少往事

不知秋月何时了
当你误入秋时新雨空山
树树秋色连波
秋草寻人
空见斜月挂寒林
望乡心四起
只知梦里身是客
离人心上满是秋

三

无可替代的风景叫故乡
一棵茂盛的树
遮不住儿时的理想
却容得下长大后归家的梦
远远望见那棵树
就回到了家
树下的母亲比树更容易老
一生只有一轮春夏秋冬

小时候视而不见的美
老大回去已两鬓发白
会惊讶石头卧在原地等待
一株小草从缝隙里伸出招手
摇曳的姿势比老母亲还热烈
再坚硬的心也经不起这样的撩拨
乖乖地投向故乡的怀抱

事关一句话

◎李秋白

　　风袭来　双手皆在兜里
　　左手离开时
　　右手又暖了一层
　　何曾不是——
　　落红时节
　　才觉花香甚浓

　　是谁让我披上了硬壳
　　隔离了世间冷暖
　　哪一天卸下外装
　　自己猛拍猛打
　　疼了全身
　　终醒了一颗心

　　谁知连梦中人也在打自己
　　自此有了这一句
　　冷暖两心知

品茶抒情

◎龚志毅

看茶叶壶中跳舞
观茶色渐露欢颜
闻茶香缥缈无常

今夜
与一盏铁观音对话
自斟孤独
多少往事随茶翻滚
风雨中的一把伞
落寞时的一盏酒
寒夜里的一席话
静守每一份感动
有一种思念
叫作好想和你喝喝茶

晚

◎傅建林

从日起到日落
一片红红火火
炎热的天气
一点儿也不消停
激情得
像一个充满荷尔蒙的少年

水波
荡漾着　绽放着
唯有行人步履匆匆
人间游荡
从家里到马路上
又从马路上上了人行道
走了一圈
便回去了

晚霞不曾问候溪水
溪水不曾招呼行人
各寻去处
自得其乐

这或许就是人生的样子
不轻易打扰
各自安好

铁观音

194

乡村杂感

◎李毅鹏

一

小山村的后山
那丛茂盛的荆棘
无数次扎疼
思乡的梦

二

从村口一直走到老屋
路边青石和瓦楞上泛绿的苔藓
生疏了几多
忧伤漫过心头

三

母亲坐月子的那间房子
熟悉而又陌生
厨房土灶前的火光中
依稀看见奶奶当年忙碌的身影

四

空空的燕窝
依然高挂在椽子下面
温馨的呢喃
要等到明年才能听到

秋 意

◎傅希哲

一

来临得有些迟
还留着葱郁

远山似肩膀
肩负苍穹
门前的小路
指示着去向
鸣蝉声声
吹起种种归途

是什么
如流水向海而去

两岸的桃林
应有轮回
你看那一抹抹叶的红

二

非云非雾非雪
阳光似乎不再是阳光

汗水　慢慢走失
蝶儿走　花香散
不安还在

当我吃下种子
让花开在心里
只为懂她

初见　惊艳

致敬勤奋

◎杨　简

不是平坦的路，却有如诗的画
没有热闹的街，却有欢快的笑语

花在雨中画着娇滴的模样
叶在风里旋出婆娑的声姿

雨中的草，赶着春天的脚步
风中的树，读起路上最美的回忆

启程是一段生命与生命交织的开始
人间最美的画卷被你们诵读

清晨的勤奋，溢出最美的醇香
夜晚的宁静，穿透蓝天的云朵

缓缓，漫步脚下这方热土
轻轻，扶着路边细嫩的草花

没有宽敞的路，却有宽厚的歌声
没有华丽的语言，却是本读不完的书

铁观音

美好的时光与大海有关

◎黄志雄

大海每天都是新的

我从来都不否定我的观点，大海每天都是新的。

我已经说不清自己有多少次在海边眺望大海了，海面的宽远给我足够的思绪，海浪的翻滚给我足够的震撼。

在我感觉到生命的渺小和无助的时候，我也喜欢在海边走走停停。我深信，大海有足够的能力，能够理疗我所有的伤和痛。

不同的人对大海都有不同的理解，同一个人在不同时期对大海也有不同的思考，粗暴或者温柔的说辞，大海都可以无条件地接受。

我还是希望海堤坚固，渔火安详，海鸟呼吸平稳。大海中的一切矛盾，都能在大海中解决。

这样，大海每天依然都是新的。

我喜欢的大海

更多的人都说，我是山里人，对于大海的故事，一知半解。

我窃笑。

他们不知道，我更多的时间是在搬运粮食，虽然勤奋努力，有时候还会陷于困境和悲伤。

但是，我一直相信，我喜欢的大海，会流动着我想要的幸福。

黑夜是不可避免的事物，可能过程中还会有狂风暴雨，但我认为这些都是生命里的必须。

只要流动，只要坚持，一路都可以散发着芳香。

爱，是劳碌奔波的佐料，如海水不知疲倦地流淌。

苦楚的人间，因为我对大海的喜欢，有了大山一样的挺拔。

我喜欢大海。

走过的路

他们说，我走过的木板，是曾经漂泊于波涛的木板。

我蹲下身，双手抚摸着木板，大海的波涛如我胸中的血液，一浪高过一浪。

大海是我生命中的另一种乡愁。太阳升起来了，月亮升起来了，定格的风景都是我心心念念的炊烟。

你们不信吗？家中的老黄牛多么像大海中的纤夫，所有的爱，是渔网，是风声，是家中的粮仓。

在四季里，风霜雨雪的描述，与我生命的旅途是一致的。

我也同时踏上石板路，那石板路是大海中的礁石吗？

没有人告知我答案，但我一样深情地抚摸着石板，大海的涛声，一样汹涌。

每次都要看一看的礁石

心心念念的虽然是大海，但大海中的礁石却是我每次都要驻足看一看的事物。

礁石与大海一样，每次都能给我一份澎湃的心绪。事物里的简单与复杂，礁石都一个不落地交给大海。

只是大海更像赶场的风，一路而去。礁石也许不会清楚，大海记下了多少。

大海也许也不会清楚，一路的礁石已经告诉自己多少个秘密。

我想着礁石应该更像一座孤岛，唯一的工作就是原地不动而且还不厌其烦地聆听着一拨又一拨路过海水的滔滔。

如果礁石不满意我的认知，我想礁石还有一个优秀的亮点，就是能给忙碌的海水指点一些生命的哲学。

万事万物一旦都随波逐流，这个世界还需要航标吗？

坐在沙滩上

距离大海有点儿远，但大海的蓝触目可及。更多的人在大海眼前嬉戏海水，海水以浪花的方式馈赠。

沙滩留下白鹭与海鸥的气息。大海的神秘，大海的波峰浪谷，沙滩像闲云野鹤，涂画太阳的构思。

我对大海有太多的言语，没有办法如大海一般进行着集体的宣言，然后踏浪而去。集体和个体，就是一滴海水和大海的关系。

坐在沙滩上，看着大海，海风送来了大海自信的诗语。

我再不把潮水前行的辛苦和旅途的艰难险阻挂在嘴上，风起或者云涌，大海终究是大海，风帆和霞光，不叙述伤痛。

把波澜掷给大海，沙滩只负责聆听大海的哄声。

一群人在沙滩上跳跃，如大海的浪在起伏涨落，美好的时光，与大海有关。

沙滩，沙滩，我的沙滩。

炉光千年红

黄志专

1

荒芜，定格在前些年。

前往，在青阳下草埔这片山坡地还是沉寂时刻。

悄无声息，却有温热暖身。

丈量的脚步，渐行渐近，渐近渐暖，渐暖渐热，虽然这时已是寒意料峭而逼人，却丝毫感觉不到些许丝凉，似乎有一缕缕火光穿射而来，从那山坡上，从那石头边，从那杂草丛中，从那香蕉园里，从那沟壑流水间，抑或从脚下这片泥地下……滚滚簇拥，萦绕周身。举目望去，皆是青山绿水，皆是灌木丛林，皆是田园沃野，哪里有什么火光？

不过，目光与青山对话，与土地通融，瞳孔拍摄的影像倏地擦亮思维的火花，似乎照亮这片山坡野地曾经的丰腴与绰约的风姿、深潜的意蕴。

看啊！或是坑洼边的白色碎瓷碗片，或是零散而居的砖块黑铁，或是坚如磐石的土墙石壁，或是从石缝里渗出来的湿湿的红红的锈水，尤其那依山而建的瓷窑静静躺卧在这荒山野岭之中，尽管窑体爬满青苔长满野草，却完好无损……所有的一切，似乎诉说着这里曾经的往事。

站在这里追寻，追寻的目光里开始透视，地下的炉火还在燃烧，噼噼啪啪地响，从时光的端口迎面而来，从地下的深处冒出来。多情的山风也呼啦啦地出来搅和，一直拉响下草埔这片山野的鼓风机。在眼前山体之上，香蕉叶摇曳劲舞，平静的心海泛起圈圈涟漪，由内而外地舒展开去……

借着涟漪，环绕山体一周，涌入怀抱的除了苍翠的色泽，还有沐浴春风的畅想，更有期许的展望。

或许，这就是炉火红艳映苍穹！

2

亮光，投射而来。已有一段时日。

走近，青阳下草埔一再刷新固有认识之时。

惊艳，撩拨兴奋。

在双脚渐行渐近这阵子，我越发小心谨慎，如履薄冰。不敢高声喧哗，更不敢快步行走，唯恐惊扰脚下这片沉睡千年的器物。

我知道，自从那次初吻开始，下草埔开始有了热恋。考古来了，专家来了，行家来了，领导来了，村民来了……一张图纸徐徐展开，描绘与勾勒在这片山坡荒地间呈现。发掘，剥开山皮，轻点细琢，或以锄头，或以铁镐，或以尖锹，或以畚箕，或以铁勺汤匙，或以仪器……所有的器械，所有的工具，都赋予时光在这里挥洒，任凭流淌，流淌……

随之而来的是，不见时光留痕，却见地下真容——冶铁炉渣、木炭屑、矿石、碎陶瓷片、炉灶、石堆、钱币……隐没的古物都逐一显山露水，重见天日，面见每一双双热切凝神的目光。目光之下，就是一次次惊愕，一次次震撼。

自此，厚重的底气喷薄而出，盎然成趣，跨越时光隧道，直抵史前时代，或见挑土和泥，或看抡锤锻打，或望起火烧炭……一片繁忙景象植入心间，如炉前的火焰在眼前熊熊燃烧，燃烧……一股股暖流涌遍全身。

暖流给予的惬意，归于收获。收获，是这片热土之上先民的馈赠。

这份馈赠，有一炉炉炭火吞吐着火舌，摇晃着红红的火焰，刷亮你我的眼睛。

3

了然于胸，在参观之后。

自豪再次油然而生，始于"世遗"点之一。

不惜脚步，直抵，登临。

遗址陈列馆已经落成。大可开怀畅游，零距离与遗址对话，与古物耳语。

漫步与凝视，翻转的是一块集成与浓缩的"电路板"。一行行文字，一张张图片，一个个实景，连同展柜上陈列的瓦当、碎铁片、祥符元宝、熙宁通宝、铜钱……将我的灵魂一再捕捉而带进千年往昔，穿梭冶炼场，与冶炼工人一起劳作与生活，真切体验那忙碌中的艰辛，那艰辛中的甘甜，那甘甜中的畅快，那畅快之后的升华，便是一炉烟火。

哦！烟火正旺，旺千年。我一直为这炉灶添加柴炭，赓续遗址血脉。那六座冶铁炉和三处房址，还有更多莲瓣纹瓦当、瓷器、建筑构件傲然于世，都是我骄傲与神气的理由。

其实，我不用言说。眼前那个冶炼熟铁、生铁、钢的古冶炼场的炉火已在史册中燃烧千年。千年炉光奔腾不息，滚滚而来，来到新时代，来到当下而越发熠熠生辉。

啊！千年炉光千年红。

此时，我就是一座炉灶，一块生铁，抑或是一缕炉光，行走天下。行走天下，千年炉光普照广袤大地。

大地之上皆和煦，满温情，尽温暖。

是我炉光之中的一枚器物，述说炉火的红艳，冶铁的辉煌。

铁
观
音

念奴娇·下草埔冶场

◎ 易曙峰

念奴娇·下草埔冶场

彤云散射，最青阳，待看霓裳飞渡。
灿若云霞下草埔，正是神工居处。
遍地流金，人声鼎沸，竟把豪情铸。
物华天授，八方名匠来驻。

筒瓦遥衬山花，柴门临水，万壑云中路。
短褂青巾沾铁锈，迸溅星光无数。
吐纳铿锵，浇消块垒，勾勒雄英谱！
乘筏东向，前行轻歌浓露！

古道行

暮色连丹嶂，秋藤挂树扉。
松枝横古道，车马负炭归。
雨打笼中炭，心忧雇主催。
扬鞭将吆喝，敢教赛白骓。

考古见宋代房基得句

瓦黛砖红墙泛黄，高炉做伴筑山房。
前身应是抢锤者，短褂方巾打铁忙！

余安诰

简从偶到九车溪，拄杖寻源莫为渔。

黄叶青根飘来处，深山更有匠人居。

谏草堂

回环碧水谏草堂，基业千年福禄长。
蔽日苍梧连百里，山花破壁泛异香。

五阆山

五郎山上寻五阆，云岫青峰托玉盘。
别处合该无此景，龙泉蟹眼灯火盏。

青阳古地

为有青阳地，昉来业始兴。
安得千脉矿，岂有百坊停？
车马疑都郡，流筏似江陵，
蓬蒿遮隐处，尽刻古贤名。

乡土风

安溪的手

◎徐贵祥

一脚踏上安溪的土地，扑面而来的是一个"茶"字。闻到的是茶香，看到的是茶树，听到的是茶故事，尝到的是茶味道……委实，生活越来越好了，越来越精致了，我们已经从温饱的基本需求中解放出来了，我们终于有了好心情，有了充裕的时间，有了宽敞的地方，可以从容地喝茶，喝好茶。不仅用嘴巴喝，也用眼睛和耳朵喝。目睹那一片片茶叶在滚水中缓缓舒展、膨胀、舞蹈、簇拥，学当地人的模样，把茶杯端在唇边，让茶水进入齿间、徜徉舌面、回流口腔，在这极具技术含量的茶汁旅行过程中，望着眼前鸡蛋大的一汪碧波，竭力调动自己的思维，让诗情画意伴随茶的香味缓缓沁入心脾，享受时代赋予我们的美好生活。

说到茶，难免有很多联想，首先是茶马古道。曾经以为，茶马古道就是马驮着茶走出来的路，后来才知道不是这么回事，而是以茶易马。说不清哪年哪月，哪里的聪明人有个发现，北方游牧民族吃肉太多，需要清理肠胃，而茶叶不仅能够让普通的水成为清新的饮料，还含有碱，可以和糌粑一起熬成酥油茶，帮助消化脂肪。产茶的地方没有马，产马的地方没有茶，那就交换。发展到最后，全世界都有中国的茶。

这样一看，茶就不是茶了。早期的情形是，中国西南的茶商从这边出发，用树上的叶子铺了一条路，从这条路的那端牵回了一群马，用不断输出的树叶和输入的马搞活了经济、影响了战争、改变了生活和命运。所以说，茶事不是小事，它和国家利益有关，同国际关系有关。至于说同精神有关、同诗词有关、同文化有关，那是后来的事。

我查了一下资料，安溪这地界，似乎不在茶马古道上，但是安溪是产茶重地，产的都是好茶，讲茶马古道，无论如何都撇不开安溪和安溪的茶。

实话实说，我基本上是个茶盲，我喝茶多是出于口腹之欲而非文化需要。从我供职的单位往南走，大约半公里，有个湖北大厦，楼下有个安溪铁观音专卖店，每次路过，看到门口的招牌，感觉怪怪的，弄不明白，观音这么一个大慈大悲的神，怎么和铁这种硬邦邦的东西捆绑到一起了。在这次到安溪之前，我很少喝铁观音，不完全是因为囊中羞涩，我更愿意把观音装在心里，而不是喝到肚子里。至于铁，更是难以下咽。这可能是一种奇怪的心理，可是没有办法，我无法战胜我的心理障碍。直到这次到安溪来，由被动到主动地喝了很多茶，听了很多关于茶的说法，这才改变了一些看法。

会议组织者安排我们参观的第一站，是藤铁工艺博物馆。一进工作间，首先映入眼帘的便是四双手——四个中年妇女，一字排开，坐在工作凳上，目不斜视，手中的藤条上下翻飞，好比朝鲜族的长袖舞，一经一纬互相挑压，每个节拍构成了一个瞬间画面，数个瞬间加在一起，一件工艺品的局部创作就完成了。那些手已经不再年轻，骨节粗大，皮肤干皱。可是，它们却是那样健壮，那样灵巧，那样朝气蓬勃。安溪有"三铁"：铁观音、藤铁工艺、古代铁矿，不管提到哪一种铁，我都要想到安溪的手。

离开工作间，参观成品展览室。我用手机拍了几十个画面，花瓶、长颈鹿、大象、猴子……如果不是亲眼所见，很难想象这些栩栩如生的工艺品出自农妇之手。据说竹藤编在安溪已有千年历史，最初也是同茶有关，安溪人用竹藤编织制茶和装茶的工具。竹藤编功能的延伸拓展，主要得益于那位名叫陈清河的大师，是他最先发现，竹藤编的作用不应该仅限于作为茶篓茶筐，还可以发挥更大的作用。心灵则手巧，有创意则有创造，于是乎，在陈清河的推动下，一代代安溪手、一双双安溪手成了工艺手，他们用一根根普通的竹藤，编织着劳动的岁月。那些竹藤被开发出新的价值，从安溪出发，途经厦门、福州、泉州……漂洋过海，流向世界，换回来的不仅是钞票，还有劳动者的自信。

创意，创造，创收，创造性地劳动，循环往复，是安溪手的重要性格。正是因为这些手的存在，使安溪的树叶成为茶马古道上的地毯，成为安溪人民振兴乡村的引擎。那些树叶从树枝上被摘下来，即结束了树叶的历史，而被赋予了新的生命，漂浮在我们的杯中和诗歌里。没有人的劳动，没有创意，没有艺术，没有故事，树叶永远只能是树叶。

5月22日上午，在西坪镇的一个山坡上举行"《小说选刊》文学创作基地"授牌仪式，让我讲话。望着眼前的十几个种茶人、制茶人、讲茶人、喝茶人，从这些人的头顶上方看出去，我看到了安溪的千家万户，看到了安溪的春夏秋冬，看到了漫长的茶马古道前赴后继的跋涉者，看到了那些漂洋过海的打拼者……我说，我们能为安溪做点什么？那就创作吧，那就好好地写小说吧，让我们一起来讲好安溪故事，讲好安溪茶的故事。

这一路上，接触了不少当地的新朋友，他们口中关于茶的认知基本上大同小异，听多了就有点儿麻木了。实话实说，我觉得铁观音的故事没有讲好，缺乏文学性，缺乏科学性，缺乏说服力，缺乏感染力——且慢，我担心我再讲几个"缺乏"，就要挨骂了。其实，我想表达的意思是，要让"文学创作基地"充分发挥作用，要让"文学创作"这几个字刻在安溪每个写作者的心上，用我们优质的文学创新荡涤陈旧的、功利的茶文化，让文学真正成为托举那枚绿叶的观音之手。

最后讲一个节外生枝的故事。就在我准备拉开架势奔走呼号的时候，我发现我又犯了主观片面的毛病。事实上，我希望出现的事情，早就有人做了，而且做得很好。安溪县文联主席林筱聆是这次活动的主要组织者之一，在我的印象中，这一路上，她就像一只辛勤的小蜜蜂，一直忙前跑后搞保障，大家讨论的时候她忙着记录，大家喝茶的时候她专心地聆听，很少开口。直到采风活动结束，在离开安溪前往厦门机场的路上，我讲了我的看法和建议，林筱聆才坦言，她写过一本小说名曰《茶王》。三言两语讲了梗概，引起了我的很大兴趣。用作家的视角看茶、品茶、说茶，这正是我所希望看到的。分手之前，拜托林筱聆，把她的大作寄一本给我。回到北京，那本书捧在手上就放不下了——资深茶商王章焰远赴南洋参加茶王赛，先是遇到海盗，参赛茶品被掠，因海盗中有人懂茶、惜茶，暗中相助，绝望中茶品失而复得，惊喜之余又发现茶品被调包，灰心丧气之际有人主动承认冒以王章焰茶品参赛，茶王桂冠最终实至名归……看得出来，林筱聆是一个很会讲故事的人，一波三折，峰回路转，把一个"参赛"写得跌宕起伏，扣人心弦。

当然，这本书的价值不完全在于故事讲得好，而在于故事中携带的"茶"——茶历史，茶情感，茶仪式，茶理想……说它是关于茶的百科全书，那是夸张，但是里面关于茶的知识，却是方方面面，种茶、制茶、品茶、斗茶，以及制茶与做人、茶德与人格……均有涉及。作品里面也有神话和传说，只是，这些神话和传说放在虚构的空间里，没有商业目的，看起来舒服多了。同利益没有关系的神话和传说，我们可以理解为"文化"而非"噱头"。

读书过程中，我向林筱聆要了她的简历，从而得知，这个人当过乡镇干部，在文联工作多年，先后组织了十几次采风活动，对于安溪的文化发展，功不可没。其实，在茶乡浸染多年，同茶农、茶商、茶工们朝夕相处，她才是最懂茶的人啊，至少也是之一啊！

用了三天，我把一本厚厚的《茶王》读完了，这本书把我和安溪的距离拉近了，我比较看重的是作品中的人物关系，王家、林家、山本父子，这三家十数口人，构成了一个茶文化的国际博弈空间，不断反转的人物和故事为我们提供了多方位视角。在这个空间里，爱恨情仇，生离死别，人性深处的明与暗、历史沟壑的真与假……安溪的绿叶们就是这样获得了新生，是一双文学的手，让它们从众说纷纭

铁观音

的迷雾中插上了艺术的翅膀，让它们在晴朗的天空下翩翩起舞，大放异彩。如果把这部小说改编成电影、电视剧，或者在安溪的青山绿水间循环上演的情景剧，如果……这远比那些苍白的广告、牵强的传说更有力量。小说是虚构的，但我有理由认为，它是真实的。

　　安溪有茶，有铁，有人。安溪有一篇大文章，等待我们去做。

安溪茶记

◎何立伟

采风，由《小说选刊》同安溪县文联组织，一众人于是来到素以"中国茶都"闻名的安溪。但凡喝茶的，鲜有人不晓得安溪，中国乌龙茶之乡嘛，铁观音发源地嘛，中国茶业第一县嘛。

行程只有二日，然在安溪，在西坪，在月寨，在泰山楼，在尚卿乡，在湖头镇，喝了多少遍茶呢？不记得！

总之到一地，坐下，便开始喝茶。工夫茶，讲究，有仪式感，使人于慢慢啜饮中对茶生出同茶汤一样醇厚的敬重。喝的多是铁观音，这中国十大名茶之一的茶种，是乌龙茶大类中的上品。何况，安溪是铁观音的原乡，是每一个安溪乡民的骄傲。

在中国，真正爱茶同懂茶的人，是有圈子的，圈子里的人，被称为"茶客"。我不是茶客，虽然我每日离不开茶，但说到懂茶，确是十足的门外汉。就像我不懂酒一样，然而我舌尖的味蕾，什么是好酒，什么是好茶，终究还是品得出的。在安溪，每到一地，所喝到的铁观音，无论是清香的、浓香的、陈香的，我舌尖的味蕾皆告诉我，这是好茶。醇正，浓郁，雅韵沁心，回甘中齿颔间涨出兰花一样的馥香，令人神往。

一面品茗，一面就听泡茶的老乡谈茶。在安溪，你随便遇到一个乡民，都能跟你谈茶，娓娓道来，如数家珍。当然谈得最多的，是铁观音的起源。铁观音发祥地在西坪，这是世所公认的。然在尧阳村同松岩村，却存着"王说"与"魏说"两种起源说法。前者的代表人物是王仕让，后者的代表人物是魏荫。前者与乾隆皇帝有关，后者与观音菩萨有关。两种传说皆有趣生动。王家同魏家的后人，皆将母本保护起来，立碑建亭，供之如神。我们在王姓族人家中喝茶，听的是"王说"，在魏姓族人家中喝茶，听的是"魏说"。又将两株母本都瞻仰了。皆好，皆信。

但人有取舍，并不一律。在最后一日下午的座谈会上，轮到张者发言，他就说，"魏说"真是一个完整生动的故事呵，基本上不要怎么改动，就可以拍出一部好电影来！

印象里，关于茶，尤其是关于一个茶的品种的电影，似乎还未见到过。如果按张者说的，将"魏说"拍一部铁观音起源的故事片，或者对铁观音品牌美誉度的传播，将起到很大的推动作用也未可知。

我们爬上月寨，我跟龙冬一起四处东张西望，走进一间瓦房，外头艳阳高照，屋内光线幽深。黑咕隆咚里坐着一位老者，慢慢起身，咕哝着低沉的闽南话，半天才听明白意思，原来是叫我们进来，坐，喝茶。

喝茶，喝铁观音，就是安溪人的待客之道。

我们在尧阳村王仕让后人的堂屋里喝茶，县文联的人把纸墨拿来，叫我们留点"墨宝"。采风团长徐贵祥命我画张画，我就在四尺对裁的条幅下端画了把茶壶和斟满茶汤的杯子，上书四个大字：好茶待客。然后采风团里的每一个人，在画上签上自己的名字，以作纪念。

晚上，我们在魏月德家中吃饭。魏月德住在山顶，堂屋外，天光云色，一片墨蓝。堂屋通亮，摆下两桌酒席。吃饭之前，当然是喝茶，喝老魏自己种的铁观音。他说，你们在外头，吃不到这么纯正的好茶。我也以为是。老魏善谈，侃起茶经，口吐莲花。他是唐朝一代名相魏徵的第三十六代后人，也是魏荫的第七代子孙。他居然育有四个女儿，三个儿子。他赠给了团长徐贵祥两个金属的小筒，里头装的，是最上等的铁观音。徐贵祥顺手递给旁边的人拿着，但他忘了是递给了谁。

告别安溪的时候，徐贵祥念念不忘魏月德赠给他的那两筒茶，在微信群里留语音，切切而悻悻，说哪位拿了，请璧还给他。

没有谁承认拿了他的好茶。

于是这一趟采风活动，留下了一段关于茶的公案。

安溪小传

◎唐朝晖

"到安溪，喝茶去。"

一想到这句话，下意识就总会冒出另一句："清水祖师的脸，为什么是黑的？"

这两句话有必然联系吗？为什么这两个句子像对联一样地黏合在我的念头里！自然地涌出，一定有某种内在的东西，被推动着。——它们自身在运动。

明心见性前，清水祖师去大静山求法于明松禅师。

师父泡了一杯茶，在禅定中等他。

清水祖师在师父那里又学了三年，而开悟得道，他虽没什么著作留下来，但他修桥数十座，身体力行各种善事。

我从北方到南方，经过一个岛屿，来到安溪。我能见到清水祖师吗？清水祖师的道场和圆寂之地清水岩，我能去吗？

人生第一次。一天里我喝了那么多的好茶，进了那么多的好人家，每家都有不同的茶香等我们端起来。

安溪，家家户户都有一个大茶盘，只要你进了门，他们就会请你喝各种各样的乌龙茶。

2021年5月22日黄昏，我们从安溪西坪镇往北，赶往尚卿乡。盘山公路的垂直高度，可以让你轻易地想象千年前，这里的路途艰险。

我们从一座茶山爬上另一座茶山，山上到处都是茶树，像一位位女神，安安静静地不理世间事，尽享自我之美。

第二天一早，群山中的一条小道，引我们下落到一个山丘旁。

热烈的水，唤醒茶叶本来的香味。茶叶展开翅膀，并大口大口地呼吸着。

清的香味，浓的甘甜，在水的柔软中，我们今天去朝圣的是一个锈的年代，锈是一种美，它在那个美的年代里，独树一帜。这种锈美对于我，与美玉相得益彰。走到哪里，我都能回忆起铁的硬度，何况，在青阳铁场还可以握住千年以前的铁。

铁证，并不想说明什么，它们沉默地挤在一起，慢慢地隐进大山之中，在梦里，它们回到矿山，听着树林向上生长的蓬勃之力。

在宋代，泉州矿冶业大发展，安溪青阳铁场，赫赫有名。

古代著作《尸子》写道："春为青阳，夏为朱明。"青阳，一个春天般的名字，落户安溪，与铁联系在一起。

青阳铁场分布在不同的山丘里，几座大的山峰之下都有铁厂的遗址。

安溪处于闽东火山断坳带，岩浆频繁而强烈地活动，给冶铁提供了丰富的矿石。群山之中至今留存有古老的矿洞。

我们所到的下草埔，是青阳铁场其中的一个遗址。冶铁场北高西低，东西相夹，形成一个风口。

我们站在那里，仿佛看见千年以前的工人在忙上忙下，泥土的炉子里，流动着铁的红色。在这5000多平方米的山丘上，能持续炼铁500年，这里包含了很多冶铁业的新发明。

在安溪县城西北部有座蓬莱山，山上有清水岩，清水岩上有位清水祖师。

清水祖师，俗姓陈，名荣祖，1037年出生，福建永春人，自幼在大云院出家，法号普足。1101年，在清水岩坐化，人称"清水祖师"。

永春，位于安溪北，两县相邻。

2010年，"清水祖师信仰"被列入国家级非物质文化遗产。在台湾，供奉清水祖师的寺庙有两百多座。

"清水祖师的脸为什么是黑的？"

我想到的回答是，安溪的茶为什么好喝！安溪所处的纬度、安溪的阳光、空气中的水分、群山起伏的线条、植物生长的土壤，让安溪的茶好喝。

清水祖师的脸虽然是黑的，但他内心光明，普照世间人。

人们把矿石一篓篓地背出矿洞，走在群山中。

下草埔炼出来的铁，通过最近的湖头、蓬莱渡口，顺流而下，过南安，到泉州港。

福建人与世界各地的商贸活动频繁。

我曾经在南太平洋漂航过四十九天，在有些与中国都没有建交的岛国上，却有福建人开的超市，有些岛屿，这些超市成为唯一的商贸交易场所。

有了发达的冶铁业，数百年的发展，人们自然会想到把铁进一步深加工，形成新的产业。铁与藤就这样结合在一起，做成工艺品和生活用品。世界各地的文化，都被安溪人很诚恳地展现在自己的手艺上。

"下草埔冶铁遗址博物馆正在建设中……"我逐字逐句地读着上面的说明文字，青洋村村民余庄林跑过来，他反复强调考古队领队北京大学教授的一句话，"考古工作正在进行中，这些文字和表述不够精准，有些东西待考，千万不能用于宣传。"不等我回复，余庄林又说了两遍，脸被急促的表达憋红了。

我喜欢做事认真的人，我向他保证，只参考性地学习，不拍照、不宣传。

乡土风

215

余庄林，安溪青洋人，是两个孩子的父亲，女孩读高一，男孩上初中。他说在当地，自己已经算晚婚，他的朋友三十八岁就做爷爷了。

余庄林十六岁与堂兄开大货车，开了十二年，实在太累，太惊险。他就给茶商开了两年的小车，自己一个人又开拼车干了十一年。

2019年，乡干部委托他给考古人员开车。每天早晨7点10分，余庄林准点到村部把考古工作人员接到下草埔。他是1979年出生的，考古队也需要帮手。余庄林又申请当考古队里的工人，工地上数他最年轻，余庄林如愿以偿。

余庄林的家在下草埔遗址两公里外的青洋村。老人们说，之前的青洋是太阳的阳，不是海洋的洋。

青洋村百分之九十八的人都姓余。1037年，余姓的祖上才来到安溪。村民的房子，建在两山相夹的一条长长的小盆地里。

青洋村家家信奉清水祖师、协天大帝、观音菩萨和土地公公。

村民到安溪清水岩寺的清水祖师像前，诚恳地跪拜，说出自己的想法，把清水祖师那里的香灰恭请回家，长年累月地供奉祭拜。

每年正月初六，是清水祖师的诞辰日，青阳村，甚至是安溪人，都会在这一天祭拜清水祖师。

"清水祖师是佛教还是道教的神？"

我第一次听到余庄林的笑声，"这个我不能答复你，祖宗就是这么传下来的，不知道是道教还是佛教。"

他后来又说，我们这里信奉佛教。

安溪县有数十个供奉清水祖师的庙，尚卿乡就有灵显堂、龙鹫堂、回龙宫、北山殿四座庙。

数百年以来，清水祖师信仰随着闽南人到了台湾、南洋，分炉宫庙数以千计。

二十年前，茶叶价格比较高。青洋村也有很多老的茶树，新茶树也种了些。

大部分村民都是自己加工茶，商人上门收，他们摘掉茶梗，装包后卖出去。

余庄林家以前每年有四五千斤茶青卖。六斤茶青能做一斤成品茶。

购买茶青的钱，加上人工、水电等费用，每斤茶的成本要七八十元钱，但有些茶只能卖到四五十元一斤。亏本的买卖，做茶的人就减少了。

青洋村五年前还有七八户人家在做茶。

后来只有三户人家了。

现在，村里没人做茶了，利润不好。

青洋村有三千八百多人。村民自己也是买茶喝。

铁观音

216

青阳铁场位于安溪县西北部,生产时间集中在宋元时期。下草埔遗址没有发现明、清两朝的遗存物。炼铁厂往北移到了潘田冶场等地方。

为什么会移走?不是矿的问题。因为即使在当代,矿石也还在开采,现在是因为环境治理,才把矿给停了。

宋元时期的安溪,森林茂密,炼铁需要炭、需要火,导致当时的树林被大面积破坏,这应该也是铁场转移的原因之一。

安溪有一俗谚:"到安溪必到清水岩,到清水岩必有所得。"

我想说的是:"到安溪,喝茶去。"

我已到,亦已得。

乡土风

安溪人

◎张　鸿

"凯伦，我要去安溪了。"

"去干啥？"

"喝茶！"

"喝茶，跑那么远干啥，来东莞！"

去安溪前，我打了通电话给在东莞办企业的我的战友凯伦，他是安溪人，说了好几年和他一起去安溪，都没能成行。

我知道并熟悉"安溪"这个地名，是我十六岁参军入伍后。我被分配到了江西庐山的部队疗养，班长小吴是安溪人，比我早两年入伍，她说话的腔调是软柔软柔的福建普通话。我那时不太合群，习惯一个人看书、学英语。同科室的理疗师陶霖也爱读书，我们常会有一些交流。有一天去陶霖宿舍还书，遇到了我们这些新兵人见人怕的安溪兵凯伦。

说起这个凯伦，还真有故事，我们新兵刚分配到庐山上，排队去大食堂吃晚餐，走到门口，就听到旁边别墅里传来大吼的北方话，以及轻轻慢慢的"福普"，似乎是什么纷争，吴班长对着我们队伍说，不要停下。后来我才知道，是安溪兵凯伦不听领导的话，所以给关禁闭了。越来越多的各种说法纷杂在一起，他在我们这些小兵蛋子的眼中成了"黑社会"，但和凯伦同年兵的吴班长他们对他很好，一直说凯伦是好人。

凯伦长得实在是不好看，个子不高，还有些弓背，特别是那一对小眼睛，加之他不苟言笑，让我心生畏惧。那天，我在陶霖宿舍门口进也不是退也不是，陶霖对着我说："进来进来，别被他的丑吓着。"凯伦笑出了声。那时凯伦十八岁。

我们在一起相处了三四次，没有想到的是，如此不出众的他，却读过很多的书，对社会、对人情世故，甚至对文学都有自己独到的见解，我和陶霖都很欣赏他。可以说，他开阔了初入社会的我的视野，对我今后事业的发展有过提示。那时，我们互相取外号，凯伦的声音粗哑，是"唐老鸭"，陶霖皮肤那个黑呀，他自己说是古巴人，于是他成了"黑乎乎"，新兵的我一上山胖了快十斤，他俩说我是胖女孩，于是我成了"胖乎乎"。然后，他就不见了。

他不见后的某一天，我与吴班长聊天时提起他，我说他不像是个坏人呀，班长说："当然是好人，他是为了帮助一个同年兵，得罪了领导。"

离开部队多年，我与陶霖保持偶尔的联系，也一直寻找凯伦，但几十年过去，没有任何消息。突然有一天，一个福建南平的战友打来电话，给了我一个电话号码，那时我正在东莞出差。我有点儿紧张，有一点儿担心凯伦还是那么直冲冲地对我说话，我会没有面子，我没有立即与他联系。我把号码输入完毕，居然是东莞的手机号码。一个小时后，我们见面了，他冲着我说："你还是那么胖啊！胖女人。"

那年他离开部队后，回了安溪，做了很多份工作，也想重新考学，但最终都没有做成。结了婚后，他来到了东莞，与人合作创办了一家织带厂，很辛苦很拼，也很有成绩。很快他就自己独立开办了一间工厂，订单越来越多，与不少国际大品牌合作，前几年，在越南又开办了分厂，他要两边跑。我问他为啥不和其他安溪人一样做茶商，他说安溪人在全国各地都有，都是做茶叶，这一行不好做也没有挑战，来钱不快。

他说我胖，可如今他的体重是当年那个他的翻倍，我说他才是"胖乎乎"，沙发都被坐塌了，眼睛也变成了一条缝，满脸横肉。他得意地说，胖有什么不好，又没有毛病，啥指标都正常，就是因为天天喝茶呀。凯伦媳妇说，他泡茶是满杯茶叶，苦得不行，也只有他喝得下去；又不运动，胖得难看。凯伦怼了过去，你爱运动，可是没有我身体好啊，乌龟不动活千年，是不是？

凯伦对着我家先生卖弄他的茶叶有多好："十年养肝、二十年养心、三十年养寿，就是说铁观音。喝上好茶不容易，你要经常来我这里。你知道制茶有多少道工序吗？采摘、晒青、晾青、摇青、炒青、包揉、解块、松散、烘干、挑选、储存，很不容易，要珍惜。"

凯伦家有三个兄弟两个姐妹，他和大哥在广东，姐妹出嫁了。每年过年回家，他和大哥都会给在家的兄弟姐妹每家一笔钱，另外给村里捐一笔钱，用于改善老年人的生活，建一些便民设施。"好人就是我这样的。"他得意地说。

他的二哥一家在老家陪老母亲，种茶，他们自家的茶只供自家喝，每年采茶季，七十多岁的老母亲亲自采茶，也参与制茶。凯伦说："不要让她去，她也要去，还被蛇咬过，烦人。"我却理解老人家，她手中的这些茶会出现在广东的两个儿子的杯中，她的心思也在其中。凯伦办公室里的两个大冰柜里全是茶，是新鲜的铁观音，铁观音被分成了小包。每年新茶一到，他就给我打一个电话，来东莞，喝茶！

我很喜欢安溪的女人，比如我这次相识的安溪文联主席林筱聆，她与我的班长小吴长得很像，说话腔调也一样。实际上，安溪人讲话就是这样，不论男人女人，说话都是节奏徐徐，语调和缓，斯斯文文，也许这就是安溪的气质吧。

说说我的班长小吴，她退伍后去了泉州，在一家企业工作，在那里结婚成了家，有了一个女儿。她与丈夫的父母和兄弟住在一起，一个大家庭，她是长嫂。凯伦曾说，她是大家庭里的"定海神针"。她退伍后我们也没有见过面，最近的相逢也是在凯伦东莞的家中。凯伦和吴班长说着安溪话，我一句也听不懂，他笑着说，我们还是不说安溪话了，免得她以为我们在说她坏话。

吴班长现在在一家国企从事党务工作，说话很有条理，很严谨，她说起凯伦当年如果不是"拔刀相助"，为了帮助战友而影响了自己的事业，也许今天他会发展得更好，他豪爽正直，为人豁达，敢拼敢闯，他对人是"爱你就爱得要死，恨你就恨得要命"。这是不是安溪人的性格特质呢？

我们一众作家到了安溪，品了几天的茶。随筱聆去拜访一位铁观音世家魏荫家族的掌门人魏月德。

当然，见到"真神"之前，我们要去游览他家的茶园，欣赏一株充满传奇色彩的茶叶母树。茶园与别家的也无差别，除了大。茶树是不一样的，小小一棵，甚不起眼，可已有三百多岁，枝干却只有拇指那么粗细，它的传说充满了神奇，因为魏荫，它成就了"铁观音"的来处——"魏说"。

清雍正三年（1725年）前后，安溪西坪尧阳松岩村（又名松林头村），有个茶农叫魏荫，勤于种茶，又信奉观音，每天早晚一定在观音佛前敬奉一杯清茶，几十年如一日，从未间断。有一天晚上，他睡熟了，蒙眬中梦见自己扛着锄头走出家门，来到一条溪涧旁边，在石缝中发现一株茶树，枝壮叶茂，芬芳诱人，跟自己所见过的茶树不同……第二天早晨，他顺着昨夜梦中的道路寻找，果然在观音仑打石坑的石隙间，找到梦中的茶树。他仔细观看，只见叶形椭圆，叶肉肥厚，魏荫十分高兴，遂将茶树移植在家中的一口破铁鼎里，悉心培育，因这茶是观音托梦而得，故取名"铁观音"。

与其他的传说相比，我还是愿意相信这一个说法。

茶园深处有人家，人家自在逍遥中。魏荫的九世孙魏月德，一个笑中透露出精明的中等身材男人，话虽不多但很到位，肯定是见人无数。"来了这么多作家，那我亲自泡茶，先喝普通的，再喝我的独家秘藏。"

酷暑，读着魏先生有关茶叶制作、茶文化专著，听他侃侃而谈"魏说"，喝着一小杯一小杯的热茶，大汗，透爽。所谓独家秘藏，就是不轻易拿出来的、十八道工艺手工制作的、价值十八万元的魏家铁观音。

一圈人，看着这一小包团卷在一起的茶叶，置入盖碗，冲泡出清澈的茶色，浸入肺腑，神清气爽，聊着徐贵祥是否能再写就一部《历史的天空》的安溪篇，魏微为她的本家写出一篇《魏月德与他的铁观音》，魏月德听着、笑着，安静着。

铁观音

220

站在魏家宽敞的大场坪上，放眼望去，都是坡地茶园，空气中飘散着隐隐植物的清香。傍晚，天空似要下雨，天空出现特别的靛蓝，何立伟兄用他时刻不离手的单反，为我们拍下了天人合一之佳照。今晚的每一位作家，心中都会有自己的"铁观音"，有着精细的制作工艺，有着沁人的茶香溢出，也或者有着深厚的蕴藏。

我不知道，凯伦、吴班长、林筱聆、魏月德是否可以算作安溪人的代表，可我知道，因为有了他们及他们的先辈，才有了安溪人的精神气质、性格特征，也正是有了历代安溪人才有了安溪文化的形成、积淀与传承。安溪人，行走在时空中，平静生活或者成就伟业；安溪茶，永远是伴随他们的那一缕安溪的魂爽。

"凯伦，喝茶还是要去安溪，地道。"

"那是！"

月　寨

◎张　陵

　　从安溪县西坪镇驱车出发，绕着一片片的茶园，一直向山里开去，就能到达月寨。远看，和其他村子没什么两样；近看，则感觉比其他村子要更老旧一些。村子不大，一些民居错落散在山坡上。此时，正是采茶制茶的淡季，村子里静悄悄的。几个老人在村头的一个小院里慢慢地喝着茶。一只狗趴在不远处，车过的时候，连头都懒得抬一下，更没有冲出来对陌生人一阵狂吠的野性冲动。

　　前来接待的村干部介绍说，因为建在形如弯月的山坳里，故得名"月寨"，是一座有着数百年历史的古村落。证明村子古老的标志性建筑则是一座方形的土楼——泰山楼，建于清光绪十八年，经历了百年风雨，仍然保存完好。说是土楼，其实是用花岗岩大石块垒砌而成的二层楼。拱形的石门、精心设计的回廊，以及精巧的天井，加上楼上楼下二十多个房间，显示出了大户人家的气派与格局。在那个年代的山里，要建这么一幢楼可不容易，称得上是个大工程。直到现在，村子里还没有哪一幢楼房能够与"泰山楼"相比。

　　楼主王三言从小跟着父辈学着种茶、做茶。心灵手巧的他爱琢磨，悟性高，很快就成了一个制作铁观音茶的行家里手，他种出来与制作出来的铁观音茶，品质优良稳定，最受客户欢迎，卖得最好，也得到了当时的商业中心的厦门重要商行"源泰茶行"和"同兴茂茶行"的认可和信任。商家不仅要他的茶，而且让他代理组织货源，运到泉州、厦门等大码头。渐渐地，他发现了自己的商业天赋与才能，于是就在城里创立了"梅记茶行"。从那个时候起，王三言的生意顺风顺水，逢凶化吉，发展得很好。据说，当时"梅记茶行"推出的王三言独创的品种足火茶，受到消费者的格外青睐。靠着这个自主品牌，"梅记茶行"生意红火，财源滚滚，很快成了安溪最大的茶行，生意遍及海内外。王三言先生也成为远近闻名的大富商，业界的领袖人物。王三言发了大财，就荣归故里，回乡盖了豪宅，因此，这"泰山楼"又称"梅记土楼"。

　　春天和秋天，是茶农们最忙的季节，也是月寨最有生气最热闹的时候。村子里突然多了好些打工人，平时好多空房现在都住满了。清晨，女人们就开始进入茶园采茶，山坳里不时传来笑声、喊声、叫骂声；男人们在作坊里摇青炒茶，一直要忙到夜里，整个村子日夜都飘着铁观音茶特有的醉人的清香。"泰山楼"里，每一个房间，都堆满了准备运出山外的茶叶。工人们进进出出，把一担担茶叶挑向山外。

商家们在树下一边喝着茶，一边漫不经心地对当年的茶叶品头论足，与茶农们讨价还价。随着最后一批挑夫挑着茶叶担消失在山那边，茶叶季节也就接近尾声。忙了一个季节的男人们、女人们也开始收拾行当，准备离开村子，到别处讨生活。几天以后，月寨又恢复了往日的宁静。

多少年来，这样的场景周而复始，不断重现。采茶、做茶用的还是老技术，运茶的路则越修越好。如今，运茶不必肩挑人拉，改用汽车了。终于有一天，人们才发现，许许多多的人靠着铁观音茶发家致富，过上好日子。更多的人也许没有发家，没有致富，但也靠着铁观音茶过得和和顺顺，平平安安，把生活一天一天推向前去。可以说，铁观音茶养活了一代又一代的安溪人。不过，很少有人注意月寨在一天天老去。好多老房子已经倒塌，没有倒的也成了残垣断壁。后来陆续盖一些新房子，也早已变成了杂草丛生的老房、破房。随着人口向外迁移，新房盖得越来越少了。"泰山楼"半个多世纪前，虽然经过王三言先生的后人翻修过，但是现在也人去楼空。不忍心者想方设法在楼里楼外挂了一个个的红灯笼，贴上红对联，布置了家族文化陈列室，算是增添了不少人气，也算是对先人的一点歉意和怀念。

这些年，当地的文化专家学者的目光越来越被古村落月寨的历史文化所吸引。多年前，他们就研究出月寨是铁观音文化重要的策源地，考证出王三言先生是把安溪铁观音茶推向海外的第一人。靠着"梅记茶行"，安溪的铁观音茶源源不断地运送到中国香港、中国台湾及海外各地，形成了一个发达、生动的茶叶贸易网络，对安溪铁观音茶走向世界，起着至关重要的作用。直到今天，"梅记"仍然在发挥着深刻的影响。新加坡有南美茶行，印尼还有梅记茶行，中国台北有圣峰茶行、梅香茶行，中国香港有梅美茶行、集友茶行，中国澳门还有道记茶行。据统计，数量要超过二十家。这些茶行的经营者，大都是王三言先生的后人；这些茶行的历史关联，大都可以追溯到月寨。小小的古村落，像魂一样，牵动海外游子的心。

专家学者的研究进展很快。泉州是著名的"海上丝绸之路"的起点，大量的商品从那里运向世界各地。近现代以来，安溪铁观音茶是这条"海上丝绸之路"的重要商品，贡献相当突出。甚至可以说，在相当长一段时间里，安溪铁观音是中国茶叶开拓海外市场最重要的先行者、引领者。从这个层面上看，王三言先生不光是一个出众的商人，更是一个安溪铁观音茶的文化使者。"梅记土楼"则是安溪茶文化的重要文化地标，月寨因此不再是一个普通的古村落，应该说是一个凝聚着安溪铁观音茶文化精神的古村落。

实际上，村尾的一座不起眼的小院落，才是月寨最古老的房屋，它有三四百年的历史，也有人说超过五百年。村干部领着我们走过高高低低的石板路，来到屋前，打开木制院门，院子多年无人居住，堆满了柴火。推开里屋，一股潮湿的霉味扑面而来，墙皮不断脱落，墙壁斑斑驳驳，房间低矮，光线昏暗。不过，村干部还是能指出墙角位置上，依稀可辨的一片外文字，说那是泰国文字，内容还有待进一步搞清楚，泰文确认无疑，文化上的重要性也可确认无疑。虽然还无法证明当年外国客商到过月寨，但可以确定，住在这里的主人应该很有文化，能读写泰文，可能是走南闯北的茶商。这个院落看上去已破败，如果来一阵大雨，就有可能完全坍塌。要是这样，那面珍贵的文字墙，命运该会怎样？

茶是好茶，村是老村。弘扬茶文化，就得抢救保护好老村子。有了老村子，茶文化才厚实，才有根基。像月寨这样的老村子，在安溪可能不止一个，但也不可能太多。有一个算一个，都是安溪茶文化的瑰宝。有故事的老屋子也不可能太多，有一个算一个，都是不可再生的精神财富。任其风吹雨打，自生自灭，破败下去，实在是不小的文化损失。村干部说，我们也很痛心，好多专家学者也在帮我们呼吁。我们每次带人来参观，都想得到一些专家指点，探讨怎样才能保护好这些历史文化遗存。镇上的领导们也在积极想办法，已经开始组织专家学者，探索形成科学有序地把古村落打造成文旅产品规划思路。如今国家实施乡村振兴战略，更会有力引领支持古村落的保护和开发。

虽然相信月寨的明天会很美好，但离开时仍难免还会有些惆怅。也许，这就是人们常说的乡愁吧。有了乡愁，我们懂得敬畏自然，敬畏先辈，敬畏古老的村庄。我们得留住美丽的茶山，留住古老的村庄，留住心中永远的乡愁。

铁观音

关于茶的想象和传奇

◎张　者

人们都说烟、酒、茶不分家，说的是朋友间的亲密。朋友聚会席间必有这三味——喝酒、抽烟、吃茶。我不抽烟，也不反对朋友抽烟；我喝酒，却不喜独饮，需等友来共饮；茶那是必需品，宁可三日无肉，不可一日无茶。得到茶就喝了，茶喜独饮，亦可分享。

茶在我的生活中是不可缺少的。早晨起来第一件事是泡茶，然后静静地端坐在那里吃茶。不是喝也不是饮，是吃。一杯茶进口，望着窗外正开放的花，吸吮，舌根搅拌，咀嚼，就像吃饭一样，就像茶中有茶。如果不了解的还以为我在嚼茶叶末。其实，我没有咀嚼茶叶的爱好，我咀嚼的是茶本身。任何美好的东西不咀嚼是无法品味其内涵的。在咀嚼中舌苔生津，深喉回甘，牙会幸福。因为牙往往要干硬活，可吃茶不同，吃茶时牙齿只享受而不出力。这时，牙的另外一个功能就被激发出来了，那就是品味。牙齿当然是重要的味觉器官了，否则你吃酸试试，肯定倒牙。

吃茶是静的，慢的，有一种静水流淌的孤独。茶汤下肚，充盈解燥，人就像鱼儿一样慢慢活泛了。清晨寂静，孤独会像晨雾一般开始包裹着你。这时你会目光迷离，意情绵绵，文思如泉……

即便是一群人品茗，茶汤下肚，也孤独顿生，那种孤独是集体无意识。有人会闭眼晃头，心往下沉，张口吐出来了很多内容，那当然是呵气如兰。如果用一个字表达，那个字不好找，应该是：啊，吁，嗯，呵……之类的。性格爽快的最多会发出两个字：好茶。可见，茶性是安然静止的，这比不了酒，喝酒是动的，快的，酒性是有激情的，但是，喝酒最后也会走向一种热情奔放的孤独。喝茶是从静中走向孤独，喝酒是从动中走向孤独。

酒进愁肠愁更愁，茶入愁肠愁更多。

茶，一年四季是要换的，换茶就像四季换衣服一样重要。一年四季喝一种茶就像一年四季穿一件衣服，就如酷暑盛夏穿棉袄和数九寒冬穿衬衫。茶是不可反季节喝的。春天要喝安溪铁观音，夏天是喝绿茶，秋天应喝普洱，冬天喝武夷山的岩茶。这种喝当然有科学道理。绿茶性寒，应该夏天喝，解暑；普洱去燥适合秋季；岩茶暖胃当然冬天喝；铁观音香气迷人，在春天尝鲜，能喝出春天的味道，能喝出鸟语花香。

在不同的地方也要喝不同的茶。在北方喝乌龙茶、安溪铁观音、武夷岩茶、普

乡土风

225

洱都好；在南方应喝绿茶、西湖龙井、碧螺春、信阳毛尖等。

如果在西南最好喝永川秀芽。那里有茶山竹海（就是拍《卧虎藏龙》的地方呀），特别是在夏季的川、渝之地，绿茶永川秀芽能清热解毒、防暑降温，一杯秀芽解千愁。秀芽而秀雅，是我绿茶中的最爱。泡秀芽当然要用玻璃杯泡，泡乌龙茶的那套茶具都抹到一边了，只需要一个晶莹透亮的玻璃杯。一撮秀芽被烫水一冲，秀芽在杯中翻滚，一下就还原了一个春天，就有了春风杨柳万千条的激荡，有了水墨山水的意境。喝一小口，春意尽在胸中。泡秀芽不能闷，那样绿色会变黄，茶水也失去了那种清香。把春天泡成了暮秋，只剩下苦水。正相反乌龙茶却不能在玻璃杯中泡，无论是铁观音还是武夷山的岩茶，在敞口的玻璃杯中泡，温度不够，香味激发不出来。乌龙茶要在紫砂壶中闷，逼出醇厚，激发香气，泡出色彩。喝时却要用玻璃杯。从紫砂壶中通过茶漏斟入公杯，再从公杯泻入私盏。无论是公杯还是私盏最好都用玻璃杯。通过玻璃杯你才能看到茶的形状和色彩，那是流动的琥珀色。端起杯一闻，醇厚怡甘，香气宜人，入口光滑如丝，有重量。这时，喉咙中突然回升出甘甜来，就像出来迎接老友的到来。这时的茶不是你喝进去的，而是茶主动滚进了你的内心世界。

喝安溪铁观音能激发出灵感，产生文学的想象。喝永川秀芽却能喝出中国茶的历史。

永川秀芽产地在重庆永川，这里是茶的故乡。清初学者顾炎武在其《日知录》中说："自秦人取蜀而后，始有茗饮之事。"中国茶业最初兴起于巴蜀，这一结论统一了中国历代茶事起源上的种种说法，也被现在绝大多数学者所接受。因此，常称"巴蜀是中国茶业和茶叶文化的摇篮"。

茶，经历了药用、食用，直至人们最喜爱的饮料，已经有数千年的历史。秦汉时期，四川产茶已初具规模，制茶方面也有改进，茶叶具有色、香、味的特色，并被用于多种用途，茶叶集散市在蜀地已经形成。

华佗在《食论》中说，长期饮茶可以提高思维能力。于是饮茶就成了脑力劳动者的最爱。茶不但醒脑，而且还可以入药，清热解毒。西汉《神农本草经》上说："神农尝百草，一日遇七十二毒，得茶而解之。"特别是陆羽《茶经》的问世后，对中国茶业的发展影响非常深远。

华佗说饮茶可以提高人的思维能力，这就和文人墨客分不开了。到了唐初，文人学士饮茶成癖，大开饮茶风气。有些人就著文写诗，宣传饮茶的好处。随着茶叶生产的大发展，饮茶风气愈加盛行。茶叶生产和贸易在唐朝成为历史上的一个高峰。

铁观音

茶不但和文学有关系，和宗教也有关系。南北朝时期，佛教盛行，和尚坐禅破睡，饮茶发挥了很大功效。饮茶风气流传各大小寺庙，推广佛教的同时，也推广了饮茶。饮茶和佛教是分不开的，有"茶佛一味"的说法。这样一来，就找到了安溪铁观音的渊源。所有的人也许都想知道，为什么安溪的乌龙茶叫铁观音，这茶和观音菩萨有什么关系。我带着疑问去了安溪后，才知道有一个关于铁观音的传说，这就是"魏说"。

据传，在清朝时，安溪西坪松岩村有个茶农叫魏荫，种茶为生，由于茶质粗劣，收入微薄，生活贫困。魏荫信佛，在家中供奉观音，早晚必拜，一拜数十年。魏荫祈祷大慈大悲的观音菩萨保佑全家妻儿老小过上好日子。一天夜间魏荫梦到自己出门，在山野中转悠，发现不远处金光闪闪，那分明是佛光。魏荫见那佛光中似有莲花宝座，观音菩萨端坐莲花之中。魏荫匍匐便拜，见那佛光慢慢而去，魏荫便随那佛光走，来到一个山洞边，魏荫似乎见观音菩萨莲花指一挥，指向溪边，然后忽然消失。恍惚而又疑惑中的魏荫，便向观音指的方向而去。魏荫来到一块岩石上，见岩石上有条白线，顺那白线而下，魏荫在石缝中发现一株茶树，枝叶茂盛，光彩夺目。魏荫近前一闻，芬芳醉人。魏荫大喜过望，猛然醒来。

天亮后，魏荫便以梦而寻，来到打石沟，果然见那岩石上的白线，顺白线而下，在石缝中居然就发现了茶树。魏荫将茶树挖回，种在家中一口破铁鼎里，经悉心培育，春来采撷，以古法制茶，成茶后沉实似铁，茶形似炭，茶质特异。魏荫泡来品尝竟然茶香盈室，香韵非凡。魏荫邀乡亲们品尝，大家都赞不绝口。邻居纷纷打听这是什么茶。这时，魏荫想起了那个梦，望着铁鼎里的茶树，就说是"铁观音"。后来，魏荫并没有独享那棵茶树，通过插扦繁衍，让乡亲们家家种植。于是，铁观音名满天下。

这是一个神奇的传说，在所有关于茶的故事中，唯有安溪铁观音最有想象力，最接近文学的虚构。把一个传说编织的密不透风，不容你质疑。这种编织已经达到了文学高度，并且还有了宗教和文化加持。传说就成了神一般的存在，并在茶的芬芳中传遍天下。

当然，当地还有一个"王说"，传说铁观音是乾隆赐名，并且两种说法还不断考证，为谁的说法为正宗而争论不休。

铁观音茶的命名考，其实没有必要，因为本来就是传说。无论是"魏说"还是"王说"都是"传说"。考证一个传说，就像考证小说中的人物一样吃力不讨好，因为，那人物本来就是虚构的。如果非要找一个关于铁观音茶的命名的真相，可能和佛教有关。大胆想象，也许在一个香火鼎盛的庙宇中，和尚为了打坐，做功课，不瞌睡，只能饮茶。方丈把这能醒神的茶称为铁观音，以表敬重。茶就是观音圣水，喝下不打瞌睡，如此种种，亦未可知。

到了"魏说"的现场，我脚踏岩石上的白线，还是被震撼了。顺着那白线我看到了一丛瘦小的灌木，这就是魏荫梦中的母树。它太不起眼了，要不是梦见，在现实中根本不可能发现。当你反复打量它后，又觉得它就应该是一个传奇。世界上的所有传奇在现实生活中都是沉默的，显得渺小和孤独，透着低调、内敛和严肃。它在岩石上生长了三百多年，枝条坚硬，叶片收敛，情绪低落，就像生育了太多儿女的老母，瘦骨嶙峋。它又是长生的，几百年来不变，不生，不老，不死。它就站在山石上睡着了。每年的春秋两季，它需要人们把它摇醒，通过它和它的子孙们被摇醒，才能焕发出让人沉醉的香味。怪不得在铁观音的制作中要有摇醒这道工序呢，原来所有的茶树都是沉睡的，它们等待着人类的唤醒，最后焕发出终极的光彩。

茶和文化是分不开的，文如其茶，茶若其人。种茶是一种传奇，制茶需要一种灵感，喝茶需要一种想象。无论是灵感还是想象都是文学、都是文化，都需要修养，最后才能走向永恒。

茶与人生

◎魏　微

　　我在口舌上很迟钝。凡是经过口舌之物，比如茶、食物、烟酒，我当然也有口味，那合口味的，我便赞声"好"，至于怎么个好法，却不能细究。有一次我在苏州吃"菜泡饭"，青菜切碎了，用荤油炒，泡在米饭里，我老家也有这样的吃法，是童年的味道。我便一连声说"好"，或者加上感叹词："哎呀，真好吃！"或者连声调都变了，充满柔软慈悲："天啊，怎么可以这么好吃！"

　　我的朋友们一旁看着，暗自高兴。心里想，这人怎么这么好糊弄，随便一碗街头小吃，就能把她对付得七荤八素。味觉上的简单粗陋由此可见。

　　这一点上，我不大像典型的中国人。中国自古就有"食不厌精，脍不厌细"一说，出自孔子。当然孔子也有他的道理，春秋末世，社会体系行将崩塌，但大面积的兵荒马乱还未来临，有那么一小节的"现世安好"；他老人家本不是苦行僧，又爱极了生活，衣食住行上最讲究个精致；可能也是出于"法度"的需要，即人之为人，首在于体面。

　　孔子死后的两千年间，唯有他的话为子孙后代所牢记，表现在饮食上，所谓"食不厌精，脍不厌细"，怕是要以淮扬菜为代表。那年我在江苏，与朋友一起去吃淮扬菜，记得有道菜名字似叫"菊花羹"，手心大小的一块嫩豆腐，据说切成了九百九十九道丝，雕成菊花模样，浮在汤碗中；下面汤鲜汁美，把个菊花托得漾漾的，端的十分漂亮。

　　我看了好久，不忍下筷子，怕自己暴殄天物。豆腐自然不是天物，可是淮扬菜的特点便是极家常的食材，也能挖空心思，做出一个"花繁叶茂"来。烹饪一旦成为艺术，走向极致，就有"穷奢极侈"的意味。照我一个穷孩子出身的人，这背后其实是空虚。

　　我从小是喝绿茶长大，用的是搪瓷缸，开水一滚，茶叶根根分明，是森林的味道。张爱玲小说《倾城之恋》里也有这一譬喻，她写男女主人公调情，隔着玻璃杯看茶叶生长，有森森之意。

　　绿茶形样不一，像草木、像树叶，开水滚过，叶片舒展，是它原来的样子。汤色也好，青黄、雅绿都有。含在嘴里，清清润润，满身心都被植物所笼罩。

　　这一点上，它与乌龙茶形成了鲜明映照。说来惭愧，我是到了广东才喝上乌龙茶，同事中有不少潮汕人，我跟着他们喝了十几年，也没喝出个意思来。倒是看他们煮茶、沏茶，看得兴致盎然，眼睛忙得挪不开来。我所在的单位，几乎人手一套工夫茶具，俗称"茶房四宝"：炉、壶、茶盘、盖碗和茶盅。单是茶具上，就比绿茶繁复许多。

乌龙在广东也叫"工夫茶"，照我粗略的理解，工夫可当"时间"解，喝茶是件费功夫的事，三四人团团坐着，品茗之余，也有消磨时间之意，有的是消磨一天，有的则是一生。譬如唐人陆羽，一定是以喝茶为志业，才会写出《茶经》来。

茶一旦上升到"经"的层面，毫无疑问已是学问。中国茶里，就繁复深奥而言，怕是要数乌龙茶。乌龙是一门手艺，单是制作，所谓晾青、摇青、杀青、烘焙等，已是繁杂之至，而这只是开始。再有沏泡的功夫、品饮的技能，里头的门道多了去。内中最顶要的莫过于水、火、冲三字，水、火都讲究一个"活"字，活水活火，是煮茶的要诀。

《茶经》中说："其水，用山水上，江水中，井水下。"今天，我们连井水都喝不上了，等而下之只以纯净水取代，古人有知，怕是要取笑。"山水"指的是山泉水，这个也有讲究。以山顶的泉水为"轻清"，山下的则为"重浊"。山泉中又以石中泉为"清甘"，沙中泉是"清洌"，土中泉为"浑厚"。

我实在分不清"清甘""清洌"，倒是苏东坡的"活水"说更实在些。水只要是"活"的就好。当然这话也不能讲死，譬如西湖龙井，只有在西湖边才能喝出至味来。也就是说，龙井茶，须用西湖龙井村的水，方不辜负"天下名茶"的味道，换个地方，隔个十里八里，即便是"活水"，滋味全不一样。

苏东坡的"活水"说，原话是："活水还须活火烹"，他的关注点是在"活火"。何为活火？简单说，即"炭有焰"，必须烧出火焰，见得生猛，方能煮出佳茗。潮汕有一种木柴叫"绞积炭"，是最上乘的燃料，树木成炭后，毫无烟臭，敲之有声，碎之莹黑。还有用乌榄核做炭的，火焰呈浅蓝，焰头活，火势稳。

讲究到了这一层，活水、活火，连炭火都有规定，估计离"茶道"不远了。此外，乌龙茶还有茶具上的种种名目，各式精致，炉叫"潮汕炉"，壶叫"玉书碨"，也有叫"孟臣罐"——一种出自宜兴的紫砂壶。茶盘以景德镇的为最佳，茶盅雅称"若琛瓯"，另有茶洗、茶池、茶垫等不一而足。

至于盖碗更是少不得，工夫茶的"形样之美"全在盖碗上。一套令人眼花缭乱的操作，所谓纳茶、候汤、冲茶、刮沫、淋罐、烫杯、洒茶……林林总总，沏茶人的手在盖碗上绕来绕去，既繁丽又轻巧，是巴洛克的风格。在我们是叹为观止，在人家则是云淡风轻。

潮汕人喝茶是从娘胎里开始的，从小练就的童子功，对于茶叶更是内行。观

铁观音

形、辨色、闻香，样样使得。茶香总比人先到，鼻子灵得跟狗一样。时常他们也会教我说，这个好，有回甘。我懵懵懂懂，不明就里，非但喝不出"回甘"，反觉苦。因此来广东多年，虽然喝了不少乌龙茶，但多数被我糟践了，实在替乌龙茶不值。

这一带又不兴绿茶，我只好改喝普洱，是那种极普通的口粮茶，一个人坐在办公室静静喝，不惊艳，不失望，聊胜于无。直到不久前去了趟安溪，突然开窍。那几天连着喝，顿顿喝，突然喝出道道来了。原来乌龙茶是这么个好法，随着茶水入腹，口齿竟有余香，在舌根下、口腔里、齿缝处……隐隐约约，似是而非，并不分明在哪里，又似乎到处都是；待要凝神捕捉，却囫囵囵之至，不像有那回事。

香气是世上最难描述的气体，以若隐若现为最佳。记得有一年我走在大街上，突然闻得一阵蜡梅香，沁得心脾都醉了，及至驻足细闻，哪里闻得见！所谓香气撩人，这便是"撩"了。茶香又不比花香，它更隐约、更暧昧，因此撩起人来委实要命，是一种欲罢不能。

我第一次被茶撩着，便是这趟安溪之行。临行前我做了些功课，知道这里是铁观音的故乡；说来惭愧，我喝了多年铁观音，也喝大红袍、岩茶、凤凰单枞，及至来到安溪，才知它们都叫乌龙茶。学问上的这点精进，让我开心不已，也许从此得了路径，一头扎进去也未可知。

乌龙茶中，最有名的便是铁观音了，堪称乌龙茶的代表，又以安溪产的为最好，素有中国"十大名茶"之谓。说起来，茶虽然被潮汕人喝出了名堂，成了"国家非物质文化遗产"，但就茶叶本身，到底还数福建。等于是，广东只在枝叶上繁盛，而福建独是那根树桩。

福建有两大著名产区，一个是武夷山岩茶，一个便是安溪铁观音。岩茶因为更高深，不在茶水里浸泡个几十年，基本喝不出意思来，其实是为老茶客所专备的小众茶。而安溪铁观音则驰名天下，各式滋味，笼统说分三种香型：清香型、浓香型、陈香型。以我的口舌，自是辨不出这三者的区别，但香气竟让我尝到了，一种幽幽兰花香，不单靠鼻子，也是以口唇。

兰花香，据说是铁观音里最雅致的香型，难得能喝上。我先是闻，尔后品。香气清远，滋味醇厚，及至入腹，舌下生津，称得上是"回甘隽永"了。那一种滋味，亦是无味至味，在心脾、在胸腔，慢慢积蕴，突呈醍醐灌顶之势，涌至舌根齿间……安溪人讲，这便是"观音韵"了，铁观音的魅力不在味道，而在神韵。也就是说，我终于上了道，喝出门路来了，"观音韵"都能找上我，从此茶路上怕是要突飞猛进。

何以我在广东喝了那么多年乌龙茶，一直懵懵懂懂、云里雾里，而来安溪只几天，却突然茅塞顿开，喝出了至味？自然是茶本身。这里是铁观音的"原乡"，好比写人物传记，总要到这个人的故乡走走，以深得他的气味；安溪大街小巷、满坑满谷都充塞茶香，有时逛个街，也不胜店主殷切之意，坐下来喝盅茶。安溪人喝茶，似不像潮汕人那么多规矩，茶序虽一样，但那一种随意冲淡，透着有根基、有家底的自信：茶好才是真的好。生来国色天香，哪还需打扮！

另则，喝茶是件有门槛的事，必须有准备、有铺垫，至少乌龙茶是这样。有个外地朋友，来广东生活多年，一直听不懂粤语，有一年被派至香港公干，人生地不熟的地方，突然什么都懂了，不但会听，而且会说。这是听觉上的准备。我喝了那么多年乌龙茶，属于味觉上的准备，只为这一次来安溪，感悟铁观音的大名，闻兰花香、品观音韵。

我天性喜简单、远繁复，但这话只适合在年青时代说。从前买家具，只逛"宜家"，为的是它的简洁方便，书柜能装，衣橱能盛。及至中年，便开始逛实木店，不是因为它更名贵，而在于木头有灵性，伸手抚摸，它会与人发生感应。即便是不摸，一旁看着，心里也滋润一片。人生本空无，好物填充之。这话也适用于乌龙茶、铁观音。

铁观音

安溪一刻

◎龙　冬

这是哪里？

拾级而上，我气喘吁吁钻入村头石砌的阴凉门道，缓缓走进了小小村落石板铺成的一条狭窄街巷。

街道宁静，太阳在头顶火热。两旁砖瓦石块的民居，棕黑的木门紧锁，从石楞立柱护窗的空隙望进室内，刚才强光下的眼睛还不能适应昏暗，黑黢黢的什么也看不见，过了好久，才隐隐约约发现屋子里面空空如也，地上有箩筐、木棍、碎烂布片等杂物，房梁角落垂吊着大大小小的蜘蛛网，灰尘掩盖了所有的遗留。还有坍塌的房舍，如同戏剧舞台布景，营造了那面"第四堵墙"，空间顿时豁然开朗，全无遮拦，往昔主人的遗像镜框悬挂在一壁残存的土墙上；另一面斑驳墙壁上隐约可见几十年至近百年以前的泰国贴图，也有村民亲属邻里他们还不忘记，在新年为这些空空荡荡的老屋房门、室内立柱贴上鲜红的春联。这户人家的祖上已经离开家乡多少年了？他们几代后人什么时候回过这老屋？这一出是宏大的多幕剧，还是独幕多场次戏剧？一切无从知晓。我只是来到这里的匆匆过客。残垣断壁的民居，个别还有房基遗存，杂草丛生，破碎的红砖黑瓦隐现其中；也有生活人家留守，有老人，有小孩子。宽阔的屋门洞开，老人或立于堂屋正中，或站在门槛外头街边，手里挂着一柄长长的扫把，犹如一尊蜡像，目不转睛注视着我这个陌生的外乡人。孩子们是活泼的，他们一只手托着大碗，站立着，也有坐在竹凳上，晃动身体，用另一只手使劲握住一双筷子往嘴巴里扒拉饭菜。

这是哪里？脑子又在作怪，我站到的是什么地方？我是从雪山之上的高原跑下来的吗？错觉很像是，可并非真实，而真实的情形，我似乎又非常难以认同。我是从北京顺义首都机场飞行了两小时四十分钟，贴着海面降落于福建厦门的高崎机场，然后跨海进山车行七八十公里，来到了泉州市的安溪县。我在灯火通明高楼林立的安溪县城住了一夜，在自西往东穿城而过的蓝溪岸边走一走，第二天中午即乘车翻山越岭到达西坪镇的南岩村。

此刻，我徒步攀上的这条小街，名字是"寨顶角落"。寨顶，也即上寨，又名月寨。对应的有其下方半山腰的日寨，也即下寨。我也很想到下寨看一看，可是时间不够了，非常遗憾。

头一天，安溪县城宽大流动的蓝溪汇入晋江，入海口流注台湾海峡。入夜的蓝溪岸边,还有搭建的临时舞台进行歌舞表演。

安溪,原名清溪,是不是因为这条河水?蓝溪,又名西溪,河流如此宽大,为什么它不是河,也不是江?或许此地水系众多,又临大海,我经验中的江河在这里不过就是一道溪流。我们早已知道,久远以前从东方出发,海上丝绸之路的起点正是这个地方。这就容易理解为什么安溪这个曾经的贫困县,如今村落特别安宁,原住民大都易地搬迁了,也不乏流向他乡外域。有资料统计,今天将近百分之十二的台湾人,都是安溪祖籍。东南亚、世界其他地方,祖籍安溪的也不少。在大山褶皱里谋生,艰辛可想而知。河水流动,又必然启发人的思想流动,腿脚灵活,总是向外往远迈步。如今安溪,早已经历曲折求生,告别了贫穷面貌,可以说焕然一新。

车子总是在山路盘旋上下,海拔大都在数百米千米之多。灌木的茶树遍布高山坡地。山谷狭窄平地间耸立高楼大厦,车子往上走一走,看到的都是一块块灰色楼顶和红绿铁皮屋顶。山里村镇街头两边尽是商铺人家,门户敞开,家家户户感觉都是生活讲究的人的"工作室",都有长条的茶案,随时恭候邻里熟人、朋友或陌生的过路人进屋落座品茗。

我缓缓地溜达,顺着坡路往下,转弯走到寨顶角落的第二条小街上。这条街道只有一边民居,另一边是陡坡,视野远大,极目所望,墨绿青翠的高矮山峦起伏连绵,猛然令人心旷神怡驻足不动。近处坡下传来鸟鸣婉转。在小街拐弯的地方,一位立于家门的老者正同我讲话,可是他说话乡音有一多半我不能听懂。我对地名的请教,总要用手势反复比画着再用猜测才能证明他的回答。我正要转身告辞,老者最后的一句清清楚楚,他说:"来屋里喝茶吧,喝茶吧。"时间没有允许我停留。我甚至有些犹豫,有些莫名伤感,真想接受他的邀请,到这户村民家中坐一坐,啊,不仅仅是坐一坐,而是喝喝茶谈谈天。这样的机会今后还会有吗?我大概能够设想,这位老者一边沏茶为我斟茶,一边不间断地夸赞介绍他家茶水的口感妙处。福建人,特别是这回安溪的西坪镇之行,给我加强了一个印象,当地人非常会说话,特别擅长介绍说明,哪怕任何一件极其日常的事物,他们都能说出一大篇头头是道的言辞语句,但是绝对不会令人感到琐碎累赘。他们并非名不符实的"忽悠",而是循循善诱,如同当地最大特产铁观音茶叶繁复的种植与制作工艺,总归要尽其所能地表现丰富。在此,敬请原谅我的联想不够雅致。曾经我在捷克,特别是那座比尔森小城,公厕尿斗尿池都是啤酒的味道。比尔森啤酒享誉全球。我在安溪所到之处,尤其西坪镇"魏说""王说"两大铁观音品牌基地,公厕里居然都有茶香。

寨顶村民的猪圈都在房屋门外街边。烈日当空,一头大黑猪独卧在圈里的阴凉处,哼哼唧唧。另外一个圈里,两只灰色小猪被我叫醒了,吱吱作声。这里猪圈的气味似乎也有茶香，是我的嗅觉偏离了真实吗？还是我也变成了一个"胡建人"（福建人），学会了别人可以接纳的夸张说话？

此次从北京出门之前，天气预报报道安溪未来几天都有雨水。我在安溪西坪、湖头、尚卿两镇一乡三日，天空成团的白云翻滚多姿、明媚刺目，空气黏稠湿热，人在室外动一动就要汗流浃背，夜晚微风扫过，完全没有一点来雨的意思。直至离开的时候，阳光还是烫人。据说飞机起飞之后放平，下面的安溪这才风雨大作。如此神奇，绝非瞎扯，真是福人天佑。

平日有喝茶嗜好的人，你们若到安溪旅行，完全不必在行李中带上茶具、茶叶。我告诉你，茶乡村镇任意一家酒店、民宿里，每一间客房里，都有茶案、茶桌、茶具和清香、浓香、陈香多样口感的铁观音免费给你。

如果以后我还有到安溪旅行的机会，我会刻意再来西坪镇的寨顶角落村街走一走，甚至还要住下几天。为什么呢？我也说不出理由。不为什么，就是这样想。

茶师傅

◎王国平

　　茶是一门学问，种植、管护、采摘、炒制、冲泡、品鉴之间，都是规矩，都是门道。就拿跟人有关的来说，称谓上就有不少说道。茶农、茶商，都好理解。真正的茶商，并非在家里坐等当年的新茶送上门，再通过自己掌控的销售渠道去赚取利益，他们在茶季是要到现场的，摸摸青叶，闻闻茶香，心里踏实。还有茶姑，可能说的是采茶工，顺着茶季，到茶场打零工，双手轻盈，收集叶子，是个劳苦活。茶人，格调好像要高一点。茶农其实就是农民，干的是农业的事。茶商更多的是从经济角度看待这一片片叶子。茶人有点城里文化人的意思，开始从哲学、美学的角度看茶、品茶。还有"茶亲"的说法，大概是高度痴迷喝茶这事。

　　在安溪县感德镇，遇见"茶师傅"。不由得心头一暖。

　　这里举办茶师傅大赛，内容涉及品评、理论演讲、茶园管理、拼配技术、烘焙技术、初制技术等。感德茶师傅有自己的宣言，其中有这么几句："茶树留高，梯壁留草；禁用草剂，禁止压茶。科学防虫，有机生产；倡导传统，精心制茶。高香鲜爽，定位特色；工艺创新，兼纳百茶。健康之饮，康身健体；灵魂之饮，怡养心灵。"看来好的茶师傅，是个多面手，精通的手艺，贯穿茶事的始终。

　　"师傅"这个称呼，自有魅力，去除了层级，撑起了平等，还有职业的尊严，一门手艺在身，潇洒走天涯。"师傅"并非纯粹的客观描述，而是渗进了主观情感，又不油腻、不咋呼，刚刚好。

　　出门跟陌生人打交道，比如问个路，年龄大的，喊"大爷""大妈"没问题；要是年龄处在中间位置，就有点尴尬；或者跟问路者相当的，也是个难题。有位山东来的学长，出门嘴边忙乎的就是"师傅"。逢人喊"师傅"，基本上不分男女老少，除了小小孩。看着比自己年轻一点的，还喊"小师傅"。人家畅通无阻，自然、亲切，不冒犯，不失礼。在日本旅游，需要问路，他知道自己日文、英文都不灵，就指着一个日本老人，在旁边出主意，轻声说："你可以去问问那个师傅，他可能知道。"同是山东人的莫言写有中篇小说《师傅越来越幽默》，张艺谋把这篇小说改编拍了电影《幸福时光》。

　　在福建，在安溪，"师傅"二字也受到礼遇。在感德，感觉师傅越来越重要。

一片叶子，从茶苗的培育种植到茶叶送到喝茶人的手边，不是直线抵达，而是经历一趟漫漫旅程，其中有很多个站点，都是要茶师傅经手的。比如茶叶采摘，传统上的"虎口对芯"，用上拇指和食指，捏着鲜叶嫩梢，用力适度，一提，即可。要是力度上稍稍猛了一些，把鲜叶捏成汁了，那就坏事了。要是叶片、叶张、叶缘有破损，或者折断了、折叠了，那就坏大事了。

摇青是安溪铁观音的独门工艺，也是安溪铁观音成为"安溪铁观音"的关键一招。怎么摇？茶师傅登场。

一个竹编摇篮，半月的形，一根木头当直径，圆心位置系上一根绳，悬挂在屋顶。摇篮里盛上四分之三的青叶，娇嫩可人。茶师傅一个马步，定定神，握住摇篮的边沿，有节奏、有韵律地甩起来。

第一摇，摇走水。鲜叶经过了晒青环节，部分水分散失了，有点蔫了，所谓"萎凋状"，这次摇，是轻摇，通过摇动，让鲜叶内部的水分移动。这次摇，以两分钟为宜，每分钟32转。摸摸叶子，有润滑感，就行了。

然后是晾青。过了一个小时左右，顶多一个半小时，再看青，摸摸叶子，出现消水疲软的状态，"落软"了，就要继续摇了。

第二摇，是摇活。这是个唤醒的过程，叶子跟叶子撞击、拥抱、交汇，破损叶细胞，让疲软状态的鲜叶再次活跃、硬挺起来，也就是"还阳"。这一次是5分钟时间，每分钟还是32转。这次味觉、视觉全出动，等空气中有明显的青叶味，还略带轻微的清香味，青叶边缘有些许的泛红，大致就可以了。

第三摇，绿叶红镶边。摇出朱砂红，青叶能闻出花香味。这次的摇青，也要看青，边看边摇，看朱砂红的面积与质感。茶师傅双手在摇，动作轻快、欢畅，有力度，富有美感，双眼盯着青叶，捕捉青叶的渐变过程，等待着刚刚好的那个瞬间降临。摇10分钟，停一停，看看茶青的变化，如果火候不到，再续摇，眼看着茶青发酵适度才罢休。

这过程，可以说是惊心动魄。都是经验在参与、在创造。快了或慢了、早了或迟了，重了或轻了，都直接关系到茶叶的色、香、味、形。好的茶师傅，得心应手，"无他，唯手熟尔"。

在感德，见了好几位茶师傅，一看就是劳动者，利索、干练、步子轻盈，袖子是挽着的，随时准备用双手去做点什么。坐下来，说上几句，你就知道这是懂茶的文化人。他们说："这辈子，活着就是为了心中的那一泡好茶。"还说："好茶是用心做出来的，用心计较，花费心思。"再说："好茶一摇皮、二摇筋、三摇香、四摇韵。"甚至说："茶好不好，关键是看有没有'水'"。

这就有"形而上"的意味了。

茶，进入日常生活和普通人家，有人感觉是一种堕落。生于 19 世纪 60 年代的日本人冈仓天心，在《茶之书》中写道："对晚近的中国人来说，喝茶不过是喝个味道，与任何特定的人生理念并无关连。……经常地，他们手上那杯茶，依旧美妙地散发出花一般的香气，然而杯中再也不见唐时的浪漫，或宋时的仪礼了。"这个观点，在理又不在理。茶的仪式感，确实已经没有那么雅致了。不过，茶与人的生活起居更亲近了，有何不可？

还是那个问题。茶，是"柴米油盐酱醋茶"的"茶"，还是"琴棋书画诗酒茶"的"茶"？是不是后者就更高级、更有品位？我看将之彻底割开有些不妥，其实二者是可以交融的。

茶，"上得厅堂，下得厨房"。一盏茶，慢品，轻尝，悠然乐声缓缓飘，岁月静好，心自飞扬。一碗茶，咕噜一声进肚肠，解渴，酣畅，"前门情思大碗茶"，是兄弟，一碗起。

文化是美的，生活是美的，劳动也是美的。茶师傅是劳动者，也是文化人，在享受茶生活，也在创造茶生活。

铁观音

一叶小镇，人文振兴

◎刘大先

世间有很多地方，有因为名人的足迹遗踪而为人所知，也有在绝妙文辞中留下记录而声名广布，更多是以某种特殊景色、风物、产品、手艺、习俗而成就自己在外界的形象。说到泉州的安溪，无疑是因铁观音闻名，以至于安溪铁观音几乎成了乌龙茶的一种独特分类——套用一句广为流传的广告词：不是所有铁观音，都叫安溪铁观音。

安溪坐落在闽南群山之间，从地理上来说堪称偏僻，但夜晚登上山头的楼阁回望县城鳞次栉比的楼宇和迷离堂皇的霓虹灯光时，会让人恍若置身大都市。人们无法想象这个二十年前还是贫困县的地方，如今已经提前进入小康社会。

其中的关键当然是茶。传说南宋末年抗元人士谢枋得避乱隐居此地，从江西带来茶树，从此落地生根，开花散叶，谢枋得也因此被乡民尊为茶王公，立祠祭祀。种茶、喝茶固然在中国早有传统，但乌龙茶的发明其实迟至清雍正年间，并且真正意义上的规模化生产的历史并不久远，一则囿于地理交通，二则受困经营规模，茶农与茶商并未形成最佳的良性互动机制。至于品牌的形成与茶农较为普遍的富裕更无从提起。

我在安溪下辖被称为"中国茶叶第一镇"的感德镇考察，爬了云中山老固茶叶基地，拜访了两固、琦泰、庆芸三家茶叶公司，发现此地最突出的特色是合作社制度，乡民、合作社、公司形成了风险与利益共同体，保证了以集体化、规模化、组织化超越个体性的种种缺陷。在感德镇可以看到中国改革开放以来农村产业转型与振兴的一个缩影，从合作化形态来看，正体现了中国特色社会主义的理念与实践。晚近四十年中国社会结构最为突出的变化无疑是从城乡中国转型为城镇中国，从而形成了独有的中国特色发展道路。从改革开放初期的苏南模式、温州模式，乡镇一直是新型经济形态的前沿。我想如果一个有魄力的社会学家或经济学家也许能够从感德镇崛起中发现当下城镇经济的秘密，从而提出一种类似"苏南模式"之类的命题也未可知。

感德镇靠茶叶振兴，但除经济与生计之外，我更感兴趣的是文化，这与茶的特性息息相关。唐代陆羽、皎然等人开创茶学，注入了农、儒、释、道等诸家思想，茶雅文化兴起，宋代欧阳修、苏轼、范仲淹、沈安老人等把茶的内涵提升到人格高度，所谓"茶德即人德，茶格即人格"。明代文人文化使得茶空间得以广泛出现。

冈仓天心在《茶之书》中说，紧随中国文明步调的日本，熟知中国茶发展的这三个阶段，并且随着南禅宗在日本的传播，形成了日本的茶道。所以，茶不仅仅是华夏物质精神的缩影，还称得上是东方文化的某种象征。

可能很少有其他饮品能够像茶与酒这样与文化高度结合，它既依赖文化的深厚积淀，并且形成了深厚的传统，同时也在当代创造与生产出相应的观念与实践。感德文化在这个意义上可以视为一个有意义的人类学个案。从器物、生计到精神层面大致可以看到茶成了文化的核心，无论是关于铁观音的制作工艺流程（采摘、晾青、摇青、炒青、簸拣），还是有关它的高香、鲜爽、典雅的品质阐述，或是茶园中杂草与茶树杂错丛生而不施农药的解释（和谐共生），都构成了比较成熟的叙事。此地的老建筑与信仰也颇具特色。龙通土楼便是一例，这座建于康熙年间的方形古堡型土楼，显示出中原南迁民众聚族而居的生态。保生大帝吴夲据说出生于感德镇石门村，原本是艺术精湛的民间神医，后来则成为一尊超越了地方性而覆盖到东南亚的道教神祇。它们也被整合到有关茶的叙述之中。

考察期间，我正好赶上在茶王公祠举行的"2020年感德镇秋茶庆丰收感恩仪式"。这个祠堂供奉了谢枋得夫妇，书记与村主任带领乡民代表敲鼓吹笙，唱念祷辞。他们身着类似道公及民国期间的长袍，头戴礼帽，看上去颇有些不伦不类。这种场景其实在中国广袤地域的乡村中屡见不鲜，他们的行为可以视为某种与当下生活相适应的新发明的传统，并非某种"伪民俗"——所有的节日、庆典与仪式发明出来，一定是为某种目的服务，发挥特定的社会功能。

茶王公祠的感恩仪式在我看来，一方面意在塑造感德镇"感恩尚德"的文化底蕴——显然这是一个望文生义而顺理成章的文化阐释；另一方面则凝聚民众，达到一种集体性的欢腾，也突出了以茶叶种植、制作与贩卖为中心的生计系统。基层官员与民众合为一体，同时又形成了带有表演性质的场面，在媒介发达年代具备了一定的传播价值，可以说所有参与者都皆大欢喜。值得一提的是，茶王公祠的二楼还供奉着佛、道、释、儒诸家的仙佛圣贤，甚至还有关帝与财神，这个众神和睦的神圣空间显示出民间的包容并生。乡镇文化之于都市文化的另类现代性的意义可能就在于此，它细大不捐，包罗并举，体现的是民间的生存智慧和对于幸福的渴望。

一片神奇的树叶赋予了感德镇乃至整个安溪县的丰硕收获，但如果从整个全球范围内来看，茶在与可可、咖啡并称的三大饮品当中仍然还有很大发展空间，事实上中国茶叶更多是内销市场，在国际上无法与英国、印度相比，甚至还不如斯里兰卡。一种广为分布的商品一定要在物质层面之上附着上文化与观念，才能焕发出持久而广远的影响力，就此而言，茶叶的人文振兴依然任重而道远。

《论语·子路》中记载，孔子去卫国时，曾经对冉有说人口繁盛后就要让他们富裕，而富裕了之后则要兴起教化，文明昌盛。这可以是文化发展的进阶论：当经济富足之后，文化的更新就自然而然地提到了日程之上，这两者当然原本就齐头并进，而小康社会对于文化的创新与提升则尤为迫切。一段时间以来，我们谈论乡村振兴，重点放在产业升级与转型上，其实如果从更长远与更高层次的发展来说，乡镇文化的传承与创新更为重要。期待未来某一天，当我再次来到感德镇的时候，人们不仅津津乐道于铁观音在本土的销售传播，还让铁观音更具有在海外的文化影响力。

医神与茶香

◎杨少衡

　　北宋明道二年（1033 年），闽南漳州、泉州一带瘟疫流行，百姓相继而死，田园荒废，景象凄惨。有一位医生带着他的徒弟在疫区奔走跋涉，对病人施以丹药，拯救生命无数。这位医生堪称神医："按病投药，如矢破的；或吸气嘘水，以饮病者……是以厉者、疡者、癃疝者，扶升携持，无日不交踵其门"。"虽极沉痼奇形，无不立效。"且他还"以医名天下，以济人救物为念，而义不取人一钱。"我在福建安溪邂逅近千年前那场瘟疫和那位医生，心里有一种奇异感，因为恰相逢于现时一起抗疫事件中。那一天，我们一行数十位朋友从四面八方而来，前往早有"中国茶叶第一镇"之誉的山乡感德访茶。

　　石门村有座玉湖殿，香气环绕。这里的香气很特殊，不在香炉，不在烟火，却在周边。有一种淡淡的，隐隐约约，似有若无的香气弥漫于天地，却是茶香。说来也不奇怪，我们在一个秋茶制作的时节到访铁观音茶的一个核心产区，茶季之际此地几乎家家摇青，户户炒茶，自是茶香四溢。若干年前我曾到过感德，也在茶季，当时便记住了遍地茶香，此次再来，却在茶香中与一位古人意外邂逅于玉湖殿。之所以称为邂逅，因为这位古人早为我熟知。在我出生成长并工作多年的故乡漳州，出城约三十公里，有一座著名的建筑叫慈济宫，其东数百米处另有一座慈济宫，两宫以"白礁""青礁"区别，也有"西宫""东宫"之称。由于数百年间行政区划的变动，近在咫尺的两座慈济宫眼下分属漳州与厦门，它们纪念的是同一位真实存在过的人物，名吴夲，（一说吴本），他就是北宋明道年间在漳泉瘟疫中治病救人的那位医生。他也是一位道人，白礁是他的生活、成长之地，青礁则是他的修行之所。近千年前那场瘟疫过后三年，北宋景祐三年（1036 年），这位医生在青礁龙池岩因采药坠崖不幸辞世，时年五十八岁。而后以至明代，因其事迹得到众多敕封，直至被封为"保生大帝"，民间则多称为"大道公""吴真人"。因工作和地利之便，数十年间我曾多次到过白礁、青礁，对相关事迹耳熟能详，知道当年的神医已在漫长历史里演化成民间医神和地方保护神，以"慈济"为名的宫庙遍及闽南、台湾地区以及其他海外华人聚居地，资料称有千余座。玉湖殿未冠"慈济"，以往我未曾更多留意，直到本次到访，才得知也是吴夲的纪念场所，所在石门村竟还是"真人故地"，也就是吴夲的家乡。其有清康熙年间著名人物李光地笔证："吴真人者，石门人也，乡里族人在其山麓建庙立祀。"原来保生大帝是此地人，其父母从石门迁居白礁，而今石门村仍生活着三千多吴姓族亲。这于我可称意外发现。

玉湖殿坐落于石门村赤血仑，殿后青山蜿蜒而上，殿前是百级石阶。资料称该殿始建于宋，尚存宋代柱础等遗物，殿中吴夲像造型为当地独有。或因深居茶乡，这里有不少医神与茶的传说。据说吴夲精于茶道，擅长用中草药茶治病，至今茶农使用的茶叶治病药方就是他传下来的。石门村玉湖殿祭祀，以敬奉铁观音为一大仪式，叫作"茶为礼，奉献诸高真"。据说各地慈济宫多有各种药签，其中以茶入药签比比皆是。我试查一份《保生大帝吴真人药签》，果然找到多条涉茶药方，入药的有"清远茶""普洱茶""普庆茶""旧远茶""回香茶""去岁午时茶"等。这些药签是宋时吴夲留下，或也有后代医者的贡献难以考证，可想而知的是，在医疗资源缺乏而瘟疫常发的漫长历史年代里，慈济宫作为祭祀灵医之所，当是缺医少药的黎民百姓求医问药的一个去处，那些平实药签为当年普通民众提供的医药帮助，一定比现今我们所能感受到的要大得多。就此而言，吴夲医生无论在生前或者离世后都在护卫生灵，"保生"实至名归，不在封赏光环耀眼，只在治病救人，值得后人尊崇与纪念。

我倍觉玉湖殿香气环绕，沁人心脾，因为当地茶季，更因为其中人物。古往今来都一样，为苍生黎民，其心至诚，其香自来。

茶乡记

◎岳　雯

　　太阳快到正午的时候，喧闹的锣鼓声才略有迟疑，人群也开始渐渐散了。对于安溪县感德镇的茶人来说，这一天是个重要的日子，按照传统，秋茶采摘完毕，要举办"感恩祭祀仪式"，以纪念谢公。谢公何人？谢枋得是也。这位生活在南宋年间，后世被奉为"茶王"的人并不是安溪人，而是江西上饶弋阳人，以组织民兵抗元名世。相传谢枋得逃到福建后，曾长期流亡在建阳一带的穷山野岭之间。这里的人们相信，谢枋得隐居此间，教化民众以茶为业，作为新兴茶区，感德也在建构自己的传统。人们对"保生大帝"和"茶王公"祭祀仪式的虔诚无疑正在强化这一点。这一天的太阳很好，明晃晃的，带着初秋和煦的温度，适合制茶。这一年，对于这个世界上的大多数人来说，意味着动荡与危机，然而，这个地处福建东南的小镇却依然宁静，仿佛没有什么能侵扰到它，如同千百年一样，并不期然迎来了茶叶的丰收。

　　一直陪着我们的林镇长感到谁悄悄拍了他一下，他扭过头，看到了老王，读懂了他的示意。他知道，老王是让他留下，喝杯茶。其实，这两天我们一直在喝茶。再说，在安溪，谁不是成天与茶为伍呢。老王没有说出来的意思是，他新制了一款好茶，想让作为评茶师的镇长给品品。其实，也不光是镇长，还有几户茶农。他们是一个小小的共同体，都将一生的心血倾注于茶上，都在致力于做出理想的那一杯好茶。所以，也有业务切磋的意思在了。

　　果然是一杯好茶。将茶叶倒入白瓷盖杯中时，围坐的几户茶农就不动声色地看着，都是一辈子与铁观音打交道的茶人，一眼就能看出端倪。一般将铁观音的形状形容为秤钩、蜻蜓头、青蛙腿或者螺旋体，倒也没有那么复杂。茶叶紧致地蜷缩着，沉重匀整，等待着重新被沸水唤回属于一片叶子的记忆。

　　是的，之前我们已经领略过它作为叶子的存在。那座长满茶树的山，叫云中山，想必是因为云雾缭绕而得名吧。"云雾山中出好茶"，怀着这样的念想，我们奋力爬上颇为陡峭的山坡。山路算不得宽，两旁间或有橘子树。同行的朋友一闪身，不见了踪影，再出现时，笑嘻嘻地捧着几个橘子。在橘子的清甜中，我们终于一睹茶树的真容。茶树并不高，齐腰的样子，叶形椭圆，叶色浓绿。每株之间大约两个人的距离。一不留神，我被地上横七竖八的杂草绊了一跤，差点摔倒。据说，间苗是为了茶树有足够的空间，长得更舒展，茶叶也可以得到更好的光照。将野草留置其间，并不是茶人偷懒，而是因为据说只要有草在，虫子就会宁可吃草，也不吃茶叶。我们去的时候，茶叶刚刚被摘过，寻觅漏网之叶顿时成为我们的乐趣所在。有经验的茶人告诉我们，好的茶叶应该是"一芽三叶"，即三片叶子中间有闪烁着银光的芯子。"寻宝"没多久，我们就感觉出劳作的艰辛了。太阳下站得久了，逐渐感受到了阳光的威力。想想茶农背着茶背篓，还得时时像呵护小婴儿一般呵护采摘后的鲜叶，不能重压，不能久放，采到一定数量需要及时倾倒出来，放于阴凉处并轻轻翻松鲜叶，保持茶叶的鲜活。

白瓷杯里的茶叶开始舒展开了。围坐的人们揭开茶盖，轮流闻了闻茶叶氤氲开来、沁在茶盖上的香味。事实上，经过这几天顶级好茶的"突击培训"，我才略略分辨出香味的不同。比如，眼前的这一泡，花香中似乎隐约有些果香的酸，香气清扬，仿佛在往极高处飘升。铁观音"一茶三香"，说的是清香、浓香和陈香。问题在于，在茶山上，我就闻过，鲜叶无色无味，那么，铁观音沁人心脾的"兰花香"又是从哪里来的？镇长看出了我的疑惑。他接过我手中肥嫩的叶子，相互摩擦，然后再让我闻，翠绿的清香在手掌间蔓延开来。原来，茶香是这么来的。科学的解释是，在摩擦过程中，叶缘细胞被破坏，从而促进酶促氧化作用，使鲜叶发生一系列生物、化学变化，进而产生花香、果香等不同香气。镇长感慨说，这都是劳动人民的智慧啊！于是，镇长坐下来，顺势给我们讲了这么一个故事。相传，很久很久以前，安溪有个猎人，有一天，他采茶之后，面前突然跳出一只獐子。情急之下，他背着茶篓去追赶这只獐子，待到晚上回到家才发现，茶叶在背篓中被来回摇动，以至于叶子的边缘变红，就像镶上了一层红边。第二天制作出来的茶叶，意外地散发出幽幽兰花香。这也是铁观音制作工艺中最关键的一个环节——摇青。

这仿佛是茶叶最具灵魂的一刻。从茶树上摘下来，茶叶是一个慢慢萎缩，失去生命的过程，然而摇动的过程，却又是赋予其生命的过程。叶子处于生和死之间，一会儿变涩，一会儿变得油亮。水分慢慢往上走，主茎开始变红。制茶的师傅凭肉眼观察，凭鼻子去闻，凭手去摸，寻找到最完美的那个时刻，茶就成了。制茶大师陈两固说，制茶是一门没有终止的学问，特别是摇青，是机械所无法取代的，充满了灵活性和技巧。茶青、摇青程度的掌握每个季节不一样，每个季节的每一天也不一样，甚至每一天不同批次的茶青都不一样。或许，正是因为这充满机变的"不一样"，茶的美才愈发让人觉得可遇而不可求吧。

那么，且饮茶。人生苦短须饮茶。清亮的茶汤进入口腔的那一刻，是一片叶子向你讲述它所经历的阳光雨露、风聚云会的时刻。它尽力释放自然的恩泽，是微微的青涩，以及漫长的回甘。喝上茶，所有人都放松下来，可以闲话家常。"叹息老来交旧尽，睡来谁共午瓯茶。"老王说，今年的茶是丰收了，因新冠肺炎疫情特别是设在机场的专卖店，走国际市场的，大半萎缩。所有人黯然。小小的山村仿佛一瞬间陷入了沉默，并随着动荡的世界缓缓摇晃起来。

铁观音

茶乡的温度

◎朱法元

一个人品茶的时候，是人生很惬意的时候。

一个人抽烟叫抽闷烟，一个人喝酒叫借酒浇愁，只有一个人饮茶，才叫品味生活。

今年的冬天来得早，且来得猛烈。时令还是庚子冬月，西伯利亚的冷空气就以强大的威力和迅猛的速度，直下江南，横扫东西，南昌的气温一夜之间就从摄氏十多度陡降到零度以下，教人猝不及防。此时作为退休赋闲的一介老夫，我自然紧闭门窗，把凛冽寒气关在门外；打开电器，将温馨暖意招来周围。然后煮水净盏，沏一壶热茶，览几页佳文雅句，听几曲高山流水，打发时光。茶自然是要有讲究的，忽然想起，金秋时节赴闽南安溪采风时，文友林筱聆君赠我上等铁观音，便取来盖杯，装茶，冲水，洗泡，入盏。于是屋子里立刻洋溢出奇异的香气，而那凛冽的寒意，似乎也被茶香赶出了屋子，屋子里顿时温暖起来。

我于是笃信一个道理：茶能驱寒，或者说，茶有温度。尤其是安溪铁观音，凸显得很。这温度似乎是从它的产地带来的，被包装在锡箔纸里面，封存在精致的铁盒子里，一打开，或是一冲泡，便释放了出来，给主人以极其享受的温柔。

对铁观音，我并不陌生，早年从军来到福建，我的连长就是安溪人，整天端着一个大洋瓷盖碗，满碗是茶叶，碗的内壁包括盖子，已变成了棕黑色，从几条划痕上可以看出，那层茶垢的厚度足够吓人的了。后来有一年，他的通讯员退伍，便从新兵中挑了一个接替。那是个山娃子，人很机灵，异常勤快，一上岗就不停地帮连长搞卫生，把连长的房间整得一尘不染。第二天早晨出完操后，官兵们正在洗漱，忽然听到连长大叫"完啦完啦"，追着通讯员要揍他，原来是通讯员手快，见到那个茶碗脏兮兮的，一阵擦洗，就把连长苦心积攒了十几年的那层茶垢洗了个干干净净，弄得连长叫苦不迭。从那时起我才知道，茶垢不脏，既有药用价值，又是茶家资历的骄傲见证。

虽然我在福建待了十几年，但是没有去过安溪，这说明"走遍天下路，读尽世上书"是根本不可能的。你在一个地方待得再久，哪怕是生你养你的故乡，肯定也有你未曾触及的地方，有你不曾知晓的东西。这次去了，一进入那座夹在群山之中的小城，我就明显有一种异样的感觉，除了满城飘着茶的香味，还有就是感到有种温度的提升，似乎比山外要暖和得多。我不知道这种感觉发自哪里，这自然不是指主人接待的热情，那是预想得到的、来自友人之间的一种特有感情，不用说的。后来我苦思冥想，怎么想都在一个"茶"上。只要一遇到茶，不论是在茶园、茶场，还是在茶市、茶室，这种温度便油然而生。不说别的，只在茶席间，你看那泡茶女，端坐在茶桌前，总是那么庄严肃穆又温情脉脉，整个泡茶的过程俨然就是一套宗教仪式，尤其是端起茶盏敬客时，右手绽开兰花指，捏住盏沿，左手伸出观音掌，托住盏底，把茶举至齐眉，眉下的眸子里总是溢出绵绵情意，里面有虔诚、有淑雅、有一股暖流、一片清风涌出，教人未饮先醉，飘飘欲仙。

我老是想，安溪人为什么把茶称为铁观音？在人们心中，观音是什么形象？那是大慈大悲、救苦救难、千手千眼、有求必应的大德菩萨啊！在观音面前，善良的人们就像有了护卫，佛光普照，心安神宁；丑恶的灵魂则暴露在光天化日之下，胆战心惊，无处逃遁。把茶叶冠以"观音"这个神圣的名字，必有不凡的来头。茶人便说，安溪茶的做工颇为讲究，要经过采青、晒青、摇青、晾青、炒青、揉青、包揉、烘干等工序，千锤百炼，方才成为熟茶。那茶的颜色恰如重铁，形象酷似一尊端坐的观音，故而取名"铁观音"。

这解释很普遍，当然也很符合实际，可我却心有不甘，好像还有很深的含义没有表达出来。

采风活动全程安排在一个叫"感德"的镇上。主人说福建茶叶数安溪，安溪茶叶数感德。感德茶业实力雄厚，有陈两固、陈庆云、王奕荣等顶级茶艺大师，也有"野实""叠山""问鼎""那年这味"等享誉海内外的铁观音品牌。感德还是中国商业企业协会评出的"中国茶叶第一镇"，到这里深入生活自是理所当然的了。实践证明，在感德的几天里，我们也确乎耳濡目染，脑记心悟，受益匪浅，收获颇丰。只是有一件事，至今没有弄明白，就是这"感德"的地名，究竟有什么出处？问了几个人，都说不清楚；查了资料，也只说宋元时期始叫"感德里"，中华人民共和国成立后先后称感德区、感德公社、感德镇，至于为什么叫感德，还是无从得知。

中国的地名，多取自两个方面，一个是地理方位，一个是文化内涵。比如，山东、山西，河南、河北，黑龙江、青海等，就是按其地理方位取的。以文化内涵取名的最为广泛，其实就是某种寄意。古时人们为了祈求风调雨顺、物阜民安，往往在地名上做足了文章，从阴阳五行、五色四季、八卦四兽、数字星宿等方面择善而取，非常讲究。比如福建的福州、福安、永泰、惠安等，江西的南昌、吉安、万安、安福等，几乎全国各地都可列出许多；很多大小地名还是皇帝恩赐，像北京周围的昌平、怀柔、大兴、延庆、顺义等，都是皇帝所取。有的皇帝出京巡游，走到哪里还会把吉祥的地名取到哪里，以示皇恩浩荡、爱民如子。因此一般而言，一处的地名，都会有其出处，或有典故，特别是像"感德"这样含义凸显的名字，不可能没有来由。

采风第一天，主人就带我们去参观茶王公祠。茶王公祠坐落在感德镇槐植村，为两进式建筑，占地1200平方米。祠型古朴，气势恢宏，雕龙画凤，富丽堂皇。祠内供奉的茶王公、茶王母，乃南宋名臣谢枋得夫妇。谢枋得头戴官帽，手执宝剑，金袍红披，黑脸长髯。乍看上去，那张黑脸与包拯无异，只是额头上不见包公的月牙儿。据说当年谢枋得是在元兵的追赶之下，一路逃奔数百里，来到感德的。他跑到大岭山时，为避人耳目，躲进一座破窑，在窑中居住了好多天，被村民发现时，脸上身上全被窑灰涂黑，恍如包公，因此后来塑像，便将其塑成了黑脸。

谢枋得字君直，号叠山，本为南宋朝廷重臣，官至六部侍郎，是与文天祥并驾齐驱的民族英雄，其文坛地位也不在文天祥之下。南宋灭亡之际，他以一柱强撑江东一隅，多次率部与元兵血战，终因寡不敌众而失败，只身逃至福建山区，隐姓埋名，苟且度日。期间元朝五次派人诱降，均被他严词拒绝，并写下《却聘书》云："人莫不有一死，或重于泰山，或轻于鸿毛，若逼我降元，我必慷慨赴死，决不矢志。"后来福建行省参政魏天佑亲自出马，强迫谢枋得北上大都，拘禁于悯忠寺（今北京法源寺），他竟绝食五天而死，完成了他为国尽节、至死不降的烈士之志。这么一个鼎鼎大名的历史人物，却怎么成了这远山僻壤的"茶神"呢？

事有凑巧，那天正逢开茶节，"2020年感德镇秋茶庆丰收感恩仪式"在茶王公祠举行。主人介绍说，茶王公祠最早建于明成化五年（1469年），为感德人缅怀谢枋得所建。该祠延续近五百年香火不灭，直到1958年才被拆除，地基辟为茶园。2010年，感德人又捐集资金，在原址重建，确定每年春秋两季的开茶节，固定在祠内举行。我听罢大为惊异，在一个地方，人们对一个古人的崇敬，达到这样顶礼膜拜的程度，也是无以复加的了。

谢枋得享此殊荣，自然事出有因。其作为一个亡国之臣，屈身山野，他的愤恨、羞辱自是胸怀满满的，可他并没有失落和消沉，他一方面写诗作文，发泄对南宋腐败朝廷的愤懑，抨击异族入侵的罪行，思考历史的沉痛教训；另一方面讲学劝道，教化山民。他发现此地土壤气候非常适合茶叶生长，便鼓励山民垦荒植茶，以茶致富。在他的带领和感召下，当地人民积极种植茶叶，通过茶叶贸易获取利益，谋到了一条生路。感德人对这个教育引导他们的恩人感恩戴德，尊为"茶王公"，当成了茶神供奉。重建茶王公祠时，在前后堂之间的天井一角处，涌出来一股清泉，人们认定这是谢枋得显灵，特赐烹茶之水，庇佑乡民。于是人们便将泉眼开凿成一口水井，取名"感恩井"，每年开茶节都要在井前设台祭祀，表达感激之情。

茶仍在冲泡。烧水壶的水按照电热炉"保温"挡的设置，隔几秒钟便发出呼呼的响声，壶嘴里冒出一股股热气，把室内的温度不断抬升。我手上捧着的是宜山先生的《围炉夜话》，乃劝世教人之书。人到暮年，里面的句子读来感同身受，用来佐茶是最佳的伙伴。寒冷时节，享受着满屋的温暖，嚼几行文字，品一口香茗，再靠着椅背做思考状。如此循环往复，倒是引发了许多感慨，竟又把思绪拉到了"铁观音"上。

佛教界的层次，有佛陀、菩萨、罗汉等之分。按说观音菩萨功德圆满，法力无边，其名望甚至超过了如来，为什么没有成佛？据说这一"天问"不无道理。观音菩萨在赶往大雷音寺接受封佛的途中，遇一老妪正被猛虎追赶，生命危在旦夕。当时菩萨若去解救，则会错过受封时机；若不解救，又有违自己的良心。菩萨没有迟疑，使出法术，赶走猛虎，救出了老妪，而自己受封成佛的时刻却没有赶上。慨叹之时，菩萨顿悟：普天之下，还有多少善良弱小者需要救助呢？于是菩萨立下宏愿，不解救完天下所有人的苦难，决不成佛！菩萨这个愿，何时还得了？所以观音菩萨是不计自己的得失，宁不成佛也要拯救黎民。

我忽然明白了，安溪茶之所以称为铁观音，是他们把感恩戴德的心愿寄托在了茶之上，把茶推向了人生的最高境界。以观音命名食品，应极为讲究，烟太俗，酒太烈，均不可造次，唯有茶，清纯、淡然、优雅、芬芳，才是最好的感恩佳品，苏东坡不是有诗句"烹茶可供西天佛"吗？佛家说"即心即佛"。所谓"佛"，其实就是人心，是人心与天地万物的感应。人生一世，得天地万物之助，故不可不存感恩之心；与天地万物共进，故不能不具修德之怀。茶乃天地恩赐的珍品，人们获得了珍品，又以珍品敬奉天地，以表达感恩戴德之心。或许，这便是"感德"的深层含意，便是取名"铁观音"的由来。

我忽然想，屋子里的暖意，是不是从安溪茶乡带来的？

一叶如来

◎耿　立

　　到了铁观音茶的腹地，我算是理解了茶，这茶，是有记忆的，温暖的，它有着古典的质地，古典的气质。

　　安溪的茶，当我走进茶王的庙，看到祭祀茶王公谢枋得的时候，我知道，这是感恩的茶人，也是感恩的草木和泥土、山川溪流。

　　谢枋得，我是熟悉的，他的气节，他编选的《千家诗》曾是我们这个民族的道统和文统的熠熠星辰，他的诗多伤时感旧，沉痛苍凉，也常有味外之旨，他是我的书法老师谢孔宾先生的先人，我喜欢他的墨迹："十年无梦得还家，独立青峰野水涯。天地寂寥山雨歇，几生修得到梅花？"

　　这是一首可以和文天祥《过零丁洋》比肩的诗，南宋德祐元年，诗人抗元失败，弃家入山。次年妻儿被俘，家破人亡，至作此诗时将近十年。"十年无梦得还家"，但他以梅花励志，要修到梅花那样的高洁，对抗着冰雪，绝不屈膝。

　　抗元失败后，他一路南下入闽，至常乐里（今感德镇）大岭山。他隐姓埋名，一边讲学劝道，教化山民，一边鼓励群众垦荒植茶，富裕山民。

　　在安溪，他留下了《觅茶》诗："茂绿林中三五家，短墙半露小桃花。客行马上多春日，特叩柴门觅一茶。"

　　谢枋得殉国后，安溪的百姓奉他为"茶王公"，塑造金身供奉。

　　在茶王公庙，虽然我听不懂闽南话祭拜的词语，但看到那些穿着红色长衫，头戴黑色礼帽，手奉香烛的端肃，在一叩一拜，诵经钟磬的氛围里，我知道了铁观音最香、最醇的来源了，那些香烛，那些茶人的端肃的面目，模样也像是一枚枚的茶叶，在时光里发酵。

　　夜里，我和诗人汗漫住在一个茶人的乡间别墅。别墅在半山，窗外逶迤的也是山，月亮在楼顶，如一片白瓷，就如冲泡铁观音那种瓷器中走掉的一片。

　　我们徐徐喝茶聊天，我觉得在安溪，那一枚枚的叶子，像融入了这土地的精神与皮囊。

　　这位茶人的生意很广，在上海的浦东机场、虹桥机场，西安的机场，都有很多的铺位，是茶，驮着安溪走出感德、走出安溪。这里的人，饮茶的讲究，使我开了眼界，我觉得茶建立了一种雅致诗学。

　　在这里喝茶，真的成了一种修身宗教。我和汗漫兄，听茶人讲道，真难得，在这个喧嚣的世上，还能放下安静的茶桌，来修复人们疲惫的心灵。

也许茶的修复分摊在每个人的细胞里，只是人感觉不到，但日久为功，在与茶人的对话中，我听到了最朴实的茶，不是那些云山雾罩、神乎其神、附会的邪魔外道。我原先曾对那些喝茶的玄虚，有过心里的犹疑，在这夜里的山间别墅，我知道茶就是一个味，要你自己体味，这确实如禅了，悟者悟之，得者得之，一些野狐禅，那是大话唬人，是邪魔外道。

在于茶人的絮聊中，我在茶人的话语间，知道了铁观音摇青环节的源头了，那种茶香的来源。

有这样一幕：背着一篓新采茶叶的茶人，发现一只兔子。

其实这是神示，是密函。

茶人追去，虽然没追上兔子。

下山时，背篓里的茶味道却发生了变异。

这是摇青。

还有第二幕、第三幕、第四幕……

我明白了，这里的每一片叶子，如悬在大地上的道场，观音就趺坐在天地间，圆满，温润。这就看你的虔诚，你的机缘，你的悟性。

安溪的人悟到了一片叶子的天启。

最后我们安静了，茶人说，他备下了纸和墨，准备明天让到他茶园的人写字，汗漫兄就推我，今晚就可写。

在下楼时，为茶人写字的楼梯间，月亮在上，愈加是白瓷的白，我想到了一词：一叶如来。

《景德传灯录·慧海禅师》有："迷人不知法身无象，应物现形，遂唤青青翠竹，总是法身；郁郁黄华，无非般若。"

这一枚小小的叶子，何尝不是法身？茶是观音，是佛，是如来，是地藏，是茶王公谢枋得，也是保生大帝吴夲，人们也可在茶里找到菩萨和安慰，也找到了疗救。

今我南来，兜兜转转了几年，在这安溪感德的山中，在接近夜半的时分，在下楼的时候，"一叶如来"四个字，使我如遭电击。在今夜，我才终于看见了那枚茶，它藏在草木间。只是今夜，我觉得，我的肉体和精神才走近它，也许，以后，它渡我的灵魂、肉体和文字。

写书法回来，看了一眼西斜的月亮，一列山间的火车正鸣笛通过，我想到了我的父亲，在他去世下葬，棺材成殓的时候，我给他的棺木里，放下了两瓶酒。我欠父亲一包好茶叶，在他的棺木里，没有茶叶的位置。

在这个山中的月夜，我的心思在茶上，在这枚叶子上，我可以找到如来和父亲。

那白瓷一样的月，正好一束光照下，在我转角的楼梯，真的就像是如来，是佛陀，在我的头顶。

在这夜里，我和他相遇。

我想着，该如何回答这个场面。

安溪记

◎汗　漫

山顶茶馆

月亮起身，沿一棵银杏树，走上更高远的位置。我摸摸茶壶，依旧是热的。朋友们围坐在树下桌边喝茶闲谈，没注意这个细节。

安溪城中央，凤山顶上这一茶馆，砖木结构。屋脊是闽南建筑常见的燕翅，充满飞扬的势能，与凤凰状的山脉相呼应。屋檐下，悬挂红灯笼和木匾。灯笼上写着"茶"，在霜降后的凉风里微微晃动。木匾上只写"茶馆"，显出孤高不二的气质。我的确没有在山上看到第二家茶馆。偶尔有卡车像老虎般爬上来。茶馆建在山路拐弯开阔处，路边竖一巨大凸面圆镜，提前反射出车灯也即虎眼的光辉。不知车上是茶叶还是藤铁——本地用竹子围绕铁材编织而成的器具，装饰或实用，如花瓶、茶几、椅子等，畅销海内外。有司机停车，到茶馆内给茶杯加满热水，又爬上卡车急急赶夜路，像骑老虎的人。

我们喝的自然是本地名茶铁观音。周遭夜色如铁铸，满月像观音脸，铁身玉脸慈悲心。茶过数巡，碗盏中茶水依然香冽，颜色如黄昏。茶叶舒展开来，瓣瓣似铁，锋芒暗藏，直指内在的暗疾、病灶、软肋。

茶馆旁，三十余级石阶，通往峰顶一座空亭。"地位清高，日月每从肩上过；门庭开豁，江山常在掌中看。"亭中镌刻的对联，系南宋朱熹所作。他在安溪流连甚久，留下碑刻诗文甚多，日月江山就有了神采人意。朋友们陆续沿石阶上来，清高开豁一番，再回到茶馆，继续喝茶。我也随本地朋友小林上来。

满城灯火如繁花。穿城而过的西溪、举溪汇成晋江，下达泉州，上通内陆，是海内外物资与人事往来的重要水路，在夜色中微微泛白，势如长龙，与凤山一起注释"龙凤呈祥"的意义。安溪城自然是一方宝地，码头商栈云集，龙凤般的人物代代不绝，如名相李光地、诗人林鹤年等。抗战时期，厦门集美中学搬迁到安溪避乱，在文庙内办学，十二岁的湘西少年黄永玉在孔夫子像前埋头练习木刻、绘画。多年后，回忆在水池中乌龟背上刻字描红的往事，黄永玉哈哈大笑。

小林为我一一指点，清水岩、溪禾山、金钱山、大仑岭……那些远远近近、重重叠叠、浓浓淡淡的峰岭轮廓，在教导一个人如何深刻、冷峻，不像平原，注重培养一个人的开阔。安溪，八山一水一分田，自古就是兵家不争之地、百姓避世安身之所。山水田园外，远处、更远处，是泉州、厦门、大海、世界。海上丝绸之路，以泉州为起点，以茶叶、陶瓷等事物为动力，把黑眼睛中国推广到蓝眼睛里去，也让欧风美雨次第而来，吹拂华夏大陆。在闽南，在这一边缘而又先锋、古旧而又新锐之地，汉人的世界观蝉蜕蝶变。

空亭中，有三两本地人四望闲谈。"咱安溪房价都三万元了，快赶上厦门了哩！""那么多茶农、茶商富了，来城里安家，房价抬起来了啊。""也有外地人来买房养老。安溪风水好、空气好，四季如春嘛……"这些对话，是小林低声翻译后我才听懂的。

闽南语，也叫"河洛语"，就是黄河、洛阳一带最初的汉语，表达现代物、事也能流畅无碍。闽南一带的汉人，大多是历史上数次南渡而来的中原人。冲州撞府，越山涉水，在大陆东南角，他们用口音保存一个故乡。安溪人现在还是将"锅"说成"鼎"，"稻子"说成"粟"，"干活"说成"作穑"，充满美感和庄重。我也是中原人，历经辽、金、元、清各朝治理的那片土地，汉语词汇表与闽南语截然不同。处在不同的汉语里，就是处在不同的人间。类似于我穿着厚重外套在十一月的北方登机，落地后瞬间回到夏天，在安溪，穿一件短袖随风晃荡，但这毕竟是一个现代化的安溪。

从空亭下来，与朋友继续喝茶。一片银杏树叶幽幽飘落桌面，半绿半黄，是山中来信，写着某人与我分别后的种种感伤与倦意。如何回信？这些年，除了两家银行的生日问候，我再没有收获任何抒情的表达了。

黄永玉在文章中写到安溪城外一个村子："上天给这些好人特意安排下来的这块长满粮食和果木的大盆地。全村人都姓叶，树叶的叶。周围山上、平地、河边、鱼塘周围长满高高低低的花木果树，不姓叶姓什么？"这个目前已经九十多岁的老头，依旧保持少年的天真，让我这个不姓叶的人，在一片落叶、无数茶叶面前，惭愧。只能用花白头发，向白露霜降后的这一杯热茶，致歉。

茶馆老板娘身穿红衣蓝裤，是否姓叶，我没好意思问。壶内荡漾着她家新采的秋茶，她的父母在茶山上操持，兄弟分别在上海、福州开了茶馆、茶叶店。"安溪人都感恩铁观音啊，先生们来看看我供奉的茶王像吧。"众人起身去茶馆内看：一尊黑脸男人雕塑，旁边是一尊赤面女子雕塑，一束细香袅袅点燃。"男人是茶王谢枋得，女子是茶王娘。"我大吃一惊："谢枋得？叠山先生？宋末元初那个隐居福建、宁死不降的谢叠山？"小林笑了，说："是他，他在我们安溪避祸时，鼓励山民种植茶叶，后被元廷官员发现，押解到北京后，绝食而死。安溪人供奉他为茶王，建德镇上有茶王公祠呢！咱们明天去看。"我问："这茶王娘，是谢枋得的母亲还是妻子？"小林和老板娘也困惑："说不清，自古以来有各种说法。"同时供奉一男一女两座神化偶像，我还是首次遇到。安溪乃至闽南文化中对女性的敬重，由此可见。

茶王像两侧，贴一副红纸黑字对联："福与土而并厚，德配地以无疆。"大概是老板娘手迹，稚气中充盈寥廓与庄敬。

铁观音茶的醇厚在舌尖肺腑缭绕。小林边品味边说："这茶，是感德镇大岭山茶园里出产的。"大家笑说："你看见茶叶包装盒上的地址了吧？"我扭头问那位正在用手机对着月亮、松树拍视频的老板娘："您是哪里人呀？"老板娘回答："感德呀，大岭山上呀！"小林得意："怎么样？我是一级品茶师呢！安溪每一座山上的茶，味道差别细微，能品出来。这是大岭山阴坡处的茶，最好，阳光没直射。我能品出这茶大致上所属的十米左右的区域。是的，这茶附近，有一棵高大的老榕树！我去过——是那里！"我震撼又感动，看着小林。她写小说，应该能写出滋味细微而独特的文字，书桌前的大脑，像台灯没有直射的阴坡。一个好作家，应该如好茶叶，携带着河山与时代的隐秘信息和生机。

来自大岭山的一壶铁观音茶，携带一大团白云，把我改造成莽苍山野。一壶清茶天地宽。我与中国东南的土地，并厚而无疆，就必须幸福、怀德。

致叠山先生，或秋祭

叠山先生，我在感德镇槐植村一派茶山下的茶王公祠，与您隐秘交谈。

自安溪城来此地，高速公路两侧时时闪现各种地址路标：蓝田、蓬莱、尚卿、龙门、桃舟、福田、翔云、金谷、西坪……您熟悉这些地名，步行或骑马，悲怆、孤寂地穿越而过。我与您大概都最爱其中的一个地名"剑斗"——短剑上，星斗闪烁，照破古中国的漫漫长夜。

此时，茶王公祠中正为您进行一场秋日祭奠仪式，庆秋茶丰收，感激您与天地四季的赐福佑护。

祠内，您和茶王娘的塑像，比安溪城内凤山顶上茶馆中那一对壁龛中的塑像，巨大百倍，背景墙绘有云海、绿色长龙、红日。供桌漫长，苹果、橘子、橙子、枣、葡萄、萨其马、糖果、卤蛋、花生……盛满数十个圆形红色漆盘，向您表达喜悦和祈祷。排成三行的祭祀者，一概身着红色长袍，头戴黑色礼帽，在小乐队伴奏下，揖手、诵唱、鞠躬，与周遭围观的村民、游客对比，像两个时代的人。一对穿汉装的少年少女，洗杯、温杯、斟杯，缓慢动作里有无限深情。两杯铁观音茶放在您和茶王娘面前。我似乎看见您黑脸上的一抹笑意，像夜晚流水闪烁的一抹微光。

1271 年，蒙元军队越过长江，南宋君臣纷纷被俘或逃亡。您，一个诗人，在故乡江西招募士兵一万余人抗元，与文天祥等义士苦撑危局。孟子曰："文王一怒而安天下。"您、文天祥等书生的愤怒也能移山填海。接到被挟持往元大都的南宋太皇太后的投降诏书，您回应："君臣以义合者也，合则就，不合则去。"直到1279 年 3 月，得悉年幼的南宋后主及辅佐大臣蹈海于崖山，您才彻底崩溃，身穿丧衣逃亡于武夷山中，痛哭不休。您靠占卜与授课维持生命，拒收元朝货币，只取粮食、蔬菜等食物。元廷获悉您的踪迹，钦慕您的才华与品格，欲重用。新朝官员即前朝同事，纷纷来安溪邀请您出山，您拒绝。1288 年末，强押您北上入京，因于文天祥当初所拘之悯忠寺，您高呼："荣幸！荣幸！"绝食数日，一头倒在地上，终年六十三岁。

我去江西弋阳祭拜过您的墓地。那里，群山与修竹苍茫无尽，与您前世知音辛弃疾长眠的铅山一脉相承。墓地前，有游客留下作为祭品的《千家诗》。那是您在闽南避祸期间编选的一部唐宋诗选，影响后世人心。其中，就有一首您写于安溪的诗作：

十年无梦得还家，
独立青峰野水涯。
天地寂寥山雨歇，
几生修得到梅花？

叠山先生，您已经修成一束山中梅花，在寂寥与变幻的时代里，持道义而凌寒怒放。您就是名副其实的叠山万重，独立青葱，不动不移。您的同道同乡文天祥号"文山"。叠山与文山，山山辉映天地间。

曾在一博物馆，我看见您收藏后转赠文天祥的岳飞砚台。其上，深刻两种不同字迹："持坚守白，不磷不缁。岳飞。""砚虽非铁磨难穿，心虽非石如其坚，守之弗失道自全。文天祥。"或许，正是这一砚台中的墨汁狼毫，生发出岳飞《满江红》、文天祥《正气歌》，以及您《却聘书》中的名句："人莫不有一死，或重于泰山，或轻于鸿毛……慷慨赴死易，从容就义难。"这砚台，采自山川，像三个伟大者共同的遗骨。

茶王公祠周围，梯田状的茶园像一层层台阶，逐步把我的目光引向茶山高处的云朵霞光，再落实到深谷里的溪水、农舍、人烟。您主动选择在 1288 年末扑向大地，升起，进入神仙行列，与建德石门村出生、由名医而成为保生大帝的吴夲一样。在闽地、台湾乃至东南亚各国，您与吴夲，拥有许多寺庙与壁龛，让漂泊四方的汉人的目光，从现实的困厄里抬起来，在高远处获得慰藉。石门村外，穿过几块巨石组成的大门，我曾去山坡上的玉湖殿祭拜，那是一座从北宋开始祭祀吴夲的祖庙。正是吴夲，以茶为药，赐福于闽地百姓：茶叶加盐，可明目消炎、化痰降火；茶叶加糖，和胃暖脾、化瘀通气；茶叶加姜，发汗解表、温肺止咳；茶叶加蜜，止渴养血、温肺益肾……

安溪人选择您而非陆羽作为茶王公，祭奠、感恩，是由于您在闽地演进、推广制茶技艺，声动远近，被元廷发觉并追捕；也因为您清敬不二的士子精神，如铁如观音——您就是铁观音。在离乱逃亡的时代里，您常常端茶吟味前贤诗篇以自安："无由持一碗，寄与爱茶人"（白居易），"休对故人思故国，且将新火试新茶"（苏轼），"酒阑更喜团茶苦"（李清照），"晴窗细乳戏分茶"（陆游）……

我更爱您在安溪写下的《觅茶》：

> 茂绿林中三五家，
> 短墙半露小桃花。
> 客行马上多春日，
> 特扣柴门觅一茶。

茶叶加诗，可怡神、祛忧、壮志、散心。

安溪数年间，您在茶香里、纸墨间，获得暂时的解脱和安放，"山自青青水自流"。安溪人选择在这茶山下建设祠堂，请您的魂魄从元初定居至今，很合适。"感德"地名，内含感恩修德之意。这里的人，感恩您的出现与永生，感恩四季的轮回流转，在铁观音的静气暗香中修养美德。茶王祠内外，感德镇内外，安溪内外，我看见那些行立坐卧的茶人、饮茶人，一概内敛淡定如茶。当下，新冠疫情在世界上持续波动。我戴口罩来访，脸上隐隐有勒痕，像伤痕。安溪人处变不惊，境内无一人受感染。他们把这一奇迹，归功于您和铁观音的赐佑。

请听，祭祀者正在颂咏。这是南音——南方之音，您懂，我懵懵懂懂。仍然是小林为我一句一句翻译：

> 雪中松柏愈青青，
> 扶植纲常在此行。
> 天下久无龚胜洁，

人间何独伯夷清。
义高便觉生堪舍，
礼重方知死甚轻。
南八男儿终不屈，
皇天上帝眼分明。

他们在诵唱您被押解着离开安溪时所作的《北行别人》。

笙箫与笛子声声慢。一面小鼓、一面铜锣，像您与我隔世融通的心跳，在鼓面与红铜之间回响。铜锣上，用红漆写着两个楷体小字，我俯下身去细看，是"集福"二字。收集幸福，在负重与沉痛中集福，从一片一片采茶叶，到一句一句写诗，乃至一里一里赴死不归，为自我，为众生。

叠山先生，我沉默着说出这些话，您听见了吗？如果写在纸上，在茶王公祠内的香炉里烧掉，像把一封信投入邮筒，您很快就能收到吧？

岐阳村一夜

傍晚来到岐阳村，一个四面群山围成的小盆地。住下来，才知道这是茶人王建取的家，而非途中所意想的民宿。

位于山坡上的这座三层大理石贴面建筑，一层是茶室，接待客人或家人们团聚自饮，墙上挂着王建取父亲2002年在福建电视台演播厅接受采访的照片，于是有了一个自创品牌"那年这味"；二层是茶叶作坊、库房，为女儿出嫁而备的铁观音老茶，已经藏了二十年，价值不宜询问；三层是两大套叠加式别墅，内有十多间客房，常常空着，等待谈生意的茶商、采访的记者、蹲点调研的官员、春节时从外地回家团聚的兄弟儿女。

几个朋友围坐在一楼茶桌旁聊天。王建取大约四十来岁，穿短袖T恤，身板壮实。他捏起一撮黑沉沉的铁观音，动作有着女子般的柔情、细腻："注意听啊！"随即有茶叶入壶发出的有力、清脆的触底声，像铁屑，铮铮作响。"这样的声音，才是好茶叶，无声或声音浑浊，茶叶品质就一般。"建取说。他家的极品铁观音，一年只能制作十多斤，每斤价值在一万元以上。其他茶品，则每斤几百元、数千元不等。我暗自庸俗地揣摩，这一晚，建取盛情招待的铁观音价值多少？

建取是岐阳村乃至感德镇的著名茶人，通过茶叶合作社和公司化运营，组织村民经营数千亩茶园。安溪境内，海拔一千米以上的山脉约一百一十余座，湿度与光照适宜铁观音生长，茶园共计约六十万亩。全县目前一百万人，劳息与忧欢一概系于自唐末肇始至今的茶叶、茶事，直接或间接。清明前、立夏前、霜降前，是安溪最忙碌、最喜悦的三个时节。每一时节，茶人们只有十天左右的时间可掌控，提前或滞后，茶叶就沦为一般树叶。制茶，每天须在十八小时内完成十六道工序：采青、摊青、晒青、晾青、摇醒、摇水、摇青、摇韵、炒青、揉捻、初烘、包揉、烘焙、塑形、焙味、收藏。"精微烂金石，至心动神明。"曹子建《精微篇》中的这句诗，可献给一代代精微至心的安溪茶人。

"看看我的手指，裂纹、老茧，都是在铁鼎中炒青落下的。"我握了握建取的手，感受到铁的热息："您采茶怎么样，能赶上女孩子吗？"建取憨憨一笑："采茶就不灵光啦，女孩子手指尖尖，采得快，姿势也好看，记者们、摄影家们最爱照采茶女！采茶舞也是女孩子们跳好看。"我大笑。建取举起茶碗，很沉醉地抿了一口："女孩子采茶也辛苦哩，趁天晴，上午十点到下午三点间采摘，品质好。采茶不能用机器。摇青、炒青没以前辛苦了，有机器了——这是我父亲的功劳！"

建取的父亲王奕荣，之所以能进省城、上电视，名闻安溪乃至闽地，在于琢磨、发明了空调除湿恒温机、摇青机、炒青机等现代制茶设备，模拟手工制茶的环境和细微过程。这一发明异常艰辛，屡败屡试，在各种疑虑、非议、观望中，最终获得成功并推广。如今，在安溪，许多土旧房舍外也挂着空调外机，室内一定就是茶叶作坊。正是这些工具演进，使制茶期可以延长，规模化生产得以实现。"现在，世界茶叶市场，外国人占大半，粗暴直接，就是让制茶过程工业化。咱中国的茶叶有故事，有人情味，可也得进步，继承、发展祖宗手艺，不能满足于吃老本、过小日子。"建取经常出去给茶农讲课，口才好，说话流畅，像门前哗啦啦的溪水，在夜晚异常响亮。

从王奕荣到王建取，这些乡贤式的人物，是民间生活中的先知，赋予一方地域以智性、活力和戏剧性。

说得高兴，喝得畅快，建取起身带领我到二楼茶叶作坊开动摇青机。那机器，果然像一个人端着圆竹匾摇动怀抱中的茶叶。建取也端起一个圆竹匾，演绎摇青动作，与摇青机的节奏、姿势神似魂通。一团团碧绿的茶叶摇荡着，酷似恋爱，在摇荡中散发出越来越浓烈的香气。

摇青，这种充满美感和抒情性的技艺，据说来自一只古代野兔的启示：它反复穿越茶园，茶树摇曳不止；一个猎人东奔西窜追逐，茶树继续摇曳不止。这块茶园中的茶叶，炒制后散发的香气，明显强于其他没有野兔出现的茶园。自唐、宋、元、明、清，到今天，人于茶叶，如逢美色；茶叶于人，终成知己。

铁观音

一个老人推门进来，矮壮。建取介绍："老父亲，老父亲，呵呵。"我忙起立，邀他入座，老人摆摆手："您坐，您喝，我走走，走走。"我赞美他一头黑发："喝铁观音的缘故吧？精神！"老人咧开嘴笑了："染的。喝铁观音，头白得慢一些，但还是要白的。"老人处于退休状态，茶事由建取和另外两个远在厦门、香港经销茶叶的儿子打理。孙辈都从事与茶无关的职业，让他惆怅："年轻人都跑得远远的，山里茶园怎么办？"这些年，岐阳村乃至整个安溪，茶园荒废的现象屡屡可见。老人告辞转身，后面寸步不离的一只狗，像在认真回味由种种传奇故事所造就的一个人的独特气息。

　　建取一家人住在旁边另一座红楼里。红楼与我所处的这座楼之间，是老人在20世纪70年代盖成的砖木结构四合院，风吹雨打，蚁噬虫啄，仍舍不得拆毁。我从阳台上俯瞰这座四合院，瓦片密集如鱼鳞向天空游动；屋脊飞檐也是燕子翅膀形状，代表春意、吉祥。

　　一夜无梦。鸡鸣声、火车声突然响亮，为黎明的到来和人间觉醒，广泛制造舆论。我赤脚跑到阳台上，一列从漳州开往泉州方向的绿皮火车，沿着深谷之上的高架桥缓慢掠过，车头蒸汽像白手绢朝我挥舞了几下。小盆地以东，名为"旗鼓山"的峰顶，为我呈现了一次日出全过程。从灰苍苍中的一抹微白，到忍无可忍的赤身跃出、大放光彩，前后历时约五分钟。一个逐渐进入暮境的人，仰望山顶，眼神在支持还是拖累日出？在上海，我多年没有看见日出，也未目睹一个婴儿的出生。

　　小盆地传来国歌声。岐阳学校的孩子们，在绿色塑胶操场上列队、升旗、做体操。鹰在天空飞翔，我像一只高处的鹰俯瞰他们。我刷牙、洗脸、走下山坡，来到学校紧闭的大门前窥视，被一高大保安目光炯炯地盯了几秒钟。我忙转身，在岐阳村里晃荡半小时。村民打量我，邀请我进家喝茶。我谢绝，心里很感动：大清早就邀请陌生人进家喝茶，这是其他地域没有的事情吧？小盆地里散居的数百户村民，都姓王，源自中原迁徙至此的同一祖先。我母亲、妻子也都姓王，不知道彼此间的血脉是否存在隐秘关联。

　　溪水边，矗立着一座"深厚王氏祠堂"。悬山屋顶，土木结构，墙上有"明代保护建筑"铭牌。门紧闭，楹联醒目："深高阅历，方知世味如尝胆；厚丰乡土，别管人情且看花。"

　　我俯身看过茶叶开出的细碎花朵，是白花瓣、黄花蕊，像娇嫩的小女孩。

　　在岐阳村乃至安溪、闽地，茶园里按时序夹杂共生着如下花草：灯芯草、白叶菊、野淮山、金银花、弯枝花、耳筋草、米粉草、五根草、鸭母草、玉碗抱金珠、山葡萄、无根草、石橄榄、水甘草、鸡骨蓝、将军草、金钱莲、接骨草……茶人们不会清除这野生的草和花，任其萌发与枯萎。草好花好茶才好，是我在安溪获悉的地方性知识——看花尝胆德深厚。

一个骑摩托车的少年，疾风般从我身边掠过，沿溪水旁的石子小路，蓦然掉头，冲向山坡上的树林。在唐代或晚清的早晨，他的某个祖先，或许也疾风般冲向山坡上的树林，骑一匹马，从我的某个祖先身边掠过？

南方嘉木与个人饮茶简史

1849 年 5 月罗伯特·福琼走在武夷山中。两个仆人紧跟，挑担，牵一匹马，周围是山雾水声、鸡鸣狗吠。每当茶园出现，福琼便尤为激动，止步，钻进去……

身高一米八的福琼，用中国人装束掩盖英国人身份，长袍、马褂、假辫子；说一口流利汉语，熟练操持筷子，聊《西游记》《水浒传》，喝黄酒。当然，更用诡异眼神闻着茶杯盖上的余香，盯着茶壶中叶子的沉浮舒卷，随时掏出笔记本书写。中国人好奇询问，他解释："我是游记作家，是文人、写书人。我爱你们的生活，爱你们的茶叶，要记下来，让远方的人羡慕。"中国人笑了。他下意识按按鼻子。剃去茂密胡须后，这鼻子更显嶙峋，令他有些不安。

从苏州、石门、塘栖、杭州，至徽州的屯溪、婺源，又到宁波、金塘，现在进入武夷山，这条神奇而危险的路线，福琼走了一年多。中国人完全忽视了对他身份的探究，热情接待，有问必答。地方官员也没有觉察到辖区内有某种异常。一旦被地方官员觉察的严峻后果，这个英国人明白：牢狱之灾。他正肩负英国政府和东印度公司赋予的秘密使命：猎取最好的茶种，带回英属印度的加尔各答和喜马拉雅山，并招募茶人协助移植、传授加工技术，以摆脱对中国茶叶进口的依赖和重金支出。

资料表明，自 17 世纪中叶，茶叶被引入伦敦，英国人对这神奇的中国树叶的需求不断上升。18 世纪末，中国七分之一的茶叶出口到英国，每年达到两千三百万镑。喝下午茶，不仅是贵族阶层、文人雅士间的流行风尚，甚至还会吸引一个码头工人迟到早退去喝茶。如此巨大的商机，怎能丧失并受制于东方大陆？东印度公司为福琼开出的年薪，约合今天的一百万元人民币，以支持这一意义深远的隐秘行动。福琼成为第一个深入中国未开放地区的茶叶猎人，或者说间谍、贼。此前百年间，英国人几度尝试从中国公开或隐蔽地引入茶树，均因清政府禁令或漫长海路运输中的环境变化，而宣告失败。1843 年，福琼曾作为植物学家首次来中国，三年后带回一百余种植物，出版游记《中国北方的三年漫游》。显然，他是这次新尝试的合适人选。

行走于中国南方茶树、茶人间，福琼口袋里装着一本陆羽的《茶经》，手摹神追。

安史之乱时期，陆羽结束在南方产茶区的旅行，于湖州隐居、写作。《茶经》，这部世界上最早的茶叶经典，对茶叶缘起、采摘工具、制茶工艺、泉水、茶器、分布地区、茶叶分类、功能、茶事等等，都详加叙述。从神农尝百草以"茶"解毒的遥远传说，到陆羽自己眼观、身历、心得，由"茶"字生发、确立"茶"字，整部书文笔雅致、从容开阔，完全是一篇七千余字的散文。从此，中国茶，被赋予诗性美感和禅意的幽深。

《茶经》开篇，福琼常常在途中自言自语地背诵：

> 茶者，南方之嘉木也，一尺、二尺乃至数十尺。其巴山峡川有两人合抱者，伐而掇之。其树如瓜芦，叶如栀子，花如白蔷薇，实如栟榈，蒂如丁香，根如胡桃。

由《茶经》，我知道陆羽没来过福建。他所经历的产茶区，有峡州、襄州、荆州、光州、黄州、湖州、常州、杭州、睦州、润州、苏州、越州、婺州、台州、彭州、绵州、蜀州、泸州、邛州等地，涵盖当下湖北、安徽、江苏、浙江、广东、云南、四川诸省。陆羽坦言，对岭南、闽地茶叶所知不详，"往往得之，其味极佳"。也就是说，陆羽品尝过武夷山中的红茶和安溪介于红茶、绿茶之间半发酵的乌龙茶，即清代乾隆年间定名的铁观音。

嘉木在南方。福琼用自己携带的测量工具，以现代科技语，确定中国茶叶分布的边界线：北纬25°与北纬31°之间。查看地球仪，我明白：中原的信阳毛尖，位于茶叶版图的最北端，再向北，喜欢温湿、云雾的茶树就止步不前了。茶马古道、丝绸之路也就必然出现，向辽远寒冷地带，输送中国南方浓缩、暗藏的生机与暖意。

以《茶经》为行动指南，福琼从1848年起步，至1849年5月，在中国南方的嘉木暗香间寻访、记录，将收集来的茶种，移植于密闭的玻璃容器"沃德箱"。他根据中国与印度的气候、土质差异性，在沃德箱内同时种下桑树苗，使其蒸腾出的水分均匀支持茶种发芽。可以说，在沃德箱内，福琼模拟构造出一个微型的中国南方：平均气温在17℃到21℃，平均海拔1000米，年平均降雨量1800毫米，酸性土壤……两年后，即1851年，福琼和八名中国茶人所携带的数万株茶苗，乘船抵达印度加尔各答植物园，落地生根，化名为印度茶，与中国茶竞逐世界市场。

"求知去吧，哪怕远在中国。"这是先知穆罕默德的名言，非穆斯林信仰的福琼，亦践行之。

正是在武夷山和安溪，福琼才明白：红茶并非红色茶树上的茶叶，乌龙茶与"龙"这种虚无缥缈的动物毫无关系。茶叶滋味与功能的种种微妙分野，全赖于中国茶人的双手，在光线、云雾、火焰、铁鼎、泉水间，研磨追索数千年，渐次形成制茶工艺中的简劲与繁复，继而在人类的舌尖肺腑焕发幸福和感动。茶，就是"敬天时、惜地利、重人和"的中国智慧之佐证。例如，发酵术的出现，就源于自然的赐予：茶叶在运输途中偶遇骤雨，抵达目的地后晾晒，这干湿交替后的茶叶品尝起来，比出发时的滋味又醇厚许多。于是，此后茶叶加工过程中，就以人工模仿骤雨、日晒，骤雨、日晒……

这些年，我常喝简单、快捷的袋泡立顿红茶，契合于这扁平、提速的世界，也凸显个人生活的单调平庸。这种红茶，显然是福琼中国行之后才会出现的工业化产品，毫无中国茶的雅致与深情。它拒绝传说和梦境，符合我的渴饮方式：鲸吸、牛饮、马狂吞。回忆大半生所喝饮料，自远至近如下：井水、溪水、自来水、柳叶茶、菊花茶、信阳毛尖、咖啡、立顿红茶、绞股蓝降压茶、枸杞菊花茶——这样一个饮料序列，配合的相应饮具如下：双手捧成凹形、粗瓷碗、水壶、玻璃杯、一次性纸杯、保温杯。这充分暴露一个人的清寒来历和窘迫现实。目前，也杂乱喝着苏州碧螺春、杭州龙井、云南普洱、武夷山大红袍、安溪铁观音，品不出彼此的差异，辜负嘉木南方，惭愧。某年，一友人在山中发现一处野茶林，惊喜万端，就亲手采青、晒青、炒青，用小陶罐装满寄给我品尝，滋味难忘。

马可·波罗曾经在帆樯林立的泉州港观察，并大为震惊。那奔赴世界各地的大船，装满陶瓷器物和茶叶。陶瓷为中国赋形，茶叶为汉人乃至全人类赋魂。所谓"味道"，就是万千滋味中隐含的一条道路。什么样的味道里，走着什么样的人，抵达什么样的远方。所谓"斟酌"，就是围绕一个茶壶，对世态人心深切玩味、清醒决断。

一百二十回的《红楼梦》，有一百一十二回出现了饮茶情节，在花园与客堂之间，是自然而然的事情。就像《水浒传》《三国演义》总是出现烧酒，在杀伐与盟誓之间，也自然而然。《红楼梦》中出现的茶，有如下九种：枫露茶、凤髓茶、六安茶、老君眉、杏仁茶、女儿茶、龙井茶、暹罗茶、千红一窟。这些茶，真实存在或纯属虚构，参与了人物性情的塑造和命运的达成。显然，曹雪芹是一个懂茶爱茶的人，故而叹惜春天的到来与消失。

绿茶凉性，红茶热性，铁观音在凉与热之间保持平衡，这是我在安溪掌握的另一个地方性知识。美国人类学家克利福德·格尔茨认为："所有知识都是地方性知识。"显然，我的知识谱系，完全来自一个又一个偏远之地，如眼前的安溪。热爱安溪的朱熹，也在此地获得启示：乌龙茶或者说铁观音，可作为儒家中庸之道的最佳诠释和载体——不偏不倚、中正、恒远。

于我这样时而狂热、时而哀凉的人而言，喝铁观音，是合适选择。当然，它价格有些高。当然，我盼望那个制作野茶的友人，再寄些小陶罐来。

她们的美

龙通村的阳光，从四面悬崖般的三层土楼围合而成的"口"字形庭院之上，自四方形的苍穹深处，倾泻而下。我坐在这一庭院里，像野兔，处于峡谷底部。抬头，眯起眼睛看云朵和飞鸟，欢迎一种温暖、美好的洗礼。

三个茶桌旁，围坐茶人和朋友。十二个女孩在略微高出地面的戏台上，表演茶艺。她们是龙通小学的孩子们，穿深蓝长裙、浅绿上衣，双鬟间系一缕长长的红绸带。如果不是脚上的运动鞋泄露现代感，她们完全像处于汉唐，保持一个民族早期的清新喜悦。

此前，我在土楼外绕行一周，用时十五分钟。这一个充满危机感和责任感的堡垒，矗立于周遭山野茶园间，醒目、巨阔。闽地多土楼，一因平旷之地稀缺，须向上索取生存空间；二因强盗来袭时，可据此安身存命。一座土楼往往耗尽数代家人积蓄，历十年、二十年方能建成。形状呈圆形、椭圆形、方形、五角形、交椅形、连环套形、簸箕形，让异国卫星掠过中国东南时，屡屡惊诧、误判："此地藏有无数秘密飞行器！"龙通土楼是四方体。走向它，感觉自己像清末土匪来踩点，寻找深夜进攻的角度与门径；又像民国初的贫寒青年，爱上这凭借经营茶叶而富庶的豪门内某一少女，忐忑不安，上门提亲；更像是私塾先生或茶叶商人，即将受到一个家族的盛情款待。我缺乏匪气，也不再年轻，只适宜用小算盘在身体内盘算酬金和利润。

这一福建省历史保护建筑，正门朝向西北，石质门额镌刻"崇墉永峙"四字。两侧分别有"甲申年""瓜月立"小字，说明始建于1644年瓜果成熟的阴历七月，历时八年落成，"土楼公"许尔堦家族得以荫蔽、繁衍。每逢兵匪来袭，全村乡亲涌进土楼，紧闭大门和西南侧另一小门，即可在其中无忧度日，最多时据说有三千人在土楼内生活。庭院一角，井水清澈，粮仓充实。

与闽地其他土楼一样，龙通土楼以石头作为基础，向下深布两米，防止外人挖掘地道进入内部。墙体厚度为两米，以黄土掺杂米汤、红糖，增强黏合力，一寸一寸向上夯筑，至屋顶，覆以青瓦。从一层到三层，均无开向外部的窗户，只设有数十个眼睛般的观察口和射击孔。无数房门与窗户，朝向内部这一巨大庭院，"千门万户瞳瞳日"，贴上红色或绿色的春联——红色代表喜庆，绿色意味着有老者去世不久，这是中原与闽地共同的风俗。红茶的暖意，绿茶的凉意，似与此相贯通。许氏后人星散四方，土楼现成为民俗博物馆。楼内没有一缕蜘蛛网。红灯笼在走马廊高悬，随风摇荡，写着"许""茶"字样，装点当下游客的目光。端肃、矜持的许氏先祖不会这么张扬，故能家业存续三百余年。

我从一楼走到三楼。被炮弹击中的墙体造成的一个硕大的窟窿，像大眼，含着山间茶园的暗绿和云雾。许家一直留着这个窟窿未予填补，昭示着一种自信：如此而已，无伤大局，且有光照、风吹沟通内外，甚好。

各房间内，收藏有一系列装满铁观音茶的大小陶罐。雕花大床或简陋木床空空如也，那些从前的身体，身体中的欢爱、沉痛、疲倦、空寂、炙热或幼弱，何所去？玻璃柜中或墙壁上，陈列着本地明清以来的往事前情：地契、雇佣契、婚约、请柬、日记、茶叶账册、镇纸、砚台、东南亚地图、手提箱、马鞭、马灯……

位于三层正中的一个房间内，两支红烛和几碟水果、点心，敬奉在土楼公许尔塔和土楼嫲的小雕像面前。一男一女，平等并立，让我想起谢叠山及其身边的茶王娘。当然，那是已经上升到云端的神仙，而眼前是人间烟火中的一对夫妻。

土楼嫲，一个李氏女子，在八年建造土楼的过程中留下许多传奇：数月不洗头，操劳于灶台、土楼间；为那些即便来土楼送一块砖瓦的人，也端上一碗米饭以示谢意；回娘家撒娇，运来一车车粮食。在面对这一壮大土楼深感震撼和忧虑的父亲前，跪下，发誓：许家与李家乃至远近乡亲，世代交好，决不恃强凌弱、招灾惹祸……她应该是美的，否则不会嫁入这一世家。她是智慧的、有力的，否则不会有土楼的艰难造就。她是善良的、动人的，否则不会在感德乃至安溪广为传颂。

闽南女子的力量，来自群山与大海两相夹持的地理形态，源于茶业、渔业、海洋运输业的勃兴。男子们出远海捕鱼，漂泊四方经商，数月、数年甚至终生不归，

铁观音

在异乡落地生根。仅安溪籍在台湾繁衍壮大的人口，今已达二百多万人，旅居东南亚等国家者达一百余万人，大都经营与茶有关的事业。一代代闽南女子，荷载起丈夫们暂时甚至永远放弃的责任，最终形成强大的自我。担石抬轿、织网造船、种稻制茶、赶车策马……在咸腥海风和连绵山雨间，她们绝对不是家庭的附属、男性话语的旁白，而是第一人称单数"我"，负重，独立，以汗水、泪水获得尊严、造就传奇。

中国东南这一片孤绝强悍之地，有茶王娘与谢叠山并肩而坐接受崇拜，理所当然。

在安溪，我才知道郑律成作曲的《延安颂》，作词者莫耶就是本地女子。1934年，缅甸归侨、国民党军队少将旅长、原安溪县县长陈铮的女儿，原名"陈淑媛"的十六岁女孩，离家出走，只身闯荡上海，成为《女子月刊》记者。她改用笔名莫耶，向神话中那个南方铸剑者莫邪致敬，并以此寄托自我解放之心志，创作出以女性自由、抗日救国为主题的众多剧本、诗歌、小说。我惊奇于这个少女笔下的歌词，高拔迥阔："夕阳辉耀着山头的塔影，月色映照着河边的流萤，春风吹遍了坦平的原野，群山结成了坚固的围屏……"

当写到"群山结成坚固的围屏"这一句时，莫耶，你是否想到了故乡安溪的万重峰岭？

一束阳光，突然投向我所在的、目前处于阴影中的茶桌。它穿越三楼的一个观察孔，照亮眼前茶杯上的一行字"老固野实"。"三点了。"为我斟茶的女子说。我表情大概很困惑。她笑了："每天下午三点，这个观察孔中就有阳光直射下来。土楼公当年有意设计的，很准啊！"我赞叹，喝茶求教："'老固野实'是成语吗？没印象啊。"斟茶女子又笑了，解释："老固"，她公公的名字；"野"，指老固在戴云山深处寻找到的一棵百年茶树；"实"，茶人须以诚心实意为准则。真好。野与实，真好。感德镇每年秋天在这土楼举行"茶师傅比赛"，即古人所言的"斗茶"，比斗牛内敛温和，比斗蟋蟀端庄正大。老固在这戏台上领过奖，现在成了制茶大师，坐在戏台下评点新一代茶人的技艺。每年茶师傅比赛，镇政府颁发数万元奖金，获奖者都捐给村民以助脱贫。

闲谈间，知道她是惠安女子。大学毕业初，在厦门一茶馆偶遇安溪铁观音，看主人斟茶姿势很美，她开始爱茶，继而爱上茶馆里出现的老固儿子，来感德结婚，学会采茶、斟茶、网上销茶，成为这一制茶世家的顶梁柱。她斟茶的姿势也很美，十指纤细，大约不同于她母亲、祖母等先辈大手大脚划大船的海边身姿了。

土楼中庭这一戏台，三百多年来，有无数面影、背影浮现流转。它举行过历代许氏家人的婚礼、葬礼，演过高甲戏《审蛇记》《凤冠梦》《孟丽君》《吕布与貂蝉》一类剧目。现在，十二个女孩表演完茶艺，一边歌唱一边走下戏台，头上的红绸带像蝴蝶一样飞起来：

采茶莫采莲，茶甘莲苦口。
采莲复采茶，甘苦侬相守。

我起身，追随她们从侧门向外走，像追随着安溪一个村庄的记忆和梦寐，向前走。阳光从门口沛然涌入。那两扇门上，贴有庚子年春节的红纸门心，以楷体写着两个巨大的词语："国泰""民安"。

戏
剧
选

莫耶·延安颂

◎ 王文胜

人　物

　　莫　耶　原名陈淑媛，化名白冰，后改莫耶。十六至二十岁，热血文学青年，后成长为红色才女。

　　陈　仓　莫耶恋人，军统沈醉年轻时的化名，二十多岁，后莫耶与之分道扬镳。

　　郑律成　莫耶延安鲁艺同学，作曲家，二十多岁。

　　秀　花　莫耶同乡同学，与之同龄。

　　黄　氏　莫耶生母，谨守妇道，年近五十岁。

　　陈文章　莫耶之兄，三十岁左右。

　　陈　铮　莫耶父亲，国民党少将，五十岁左右。

　　陈老师　莫耶国文老师，地下党，三十多岁。

　　左队长　上海救亡演剧第五队队长，三十多岁。

　　李　婶　纺棉花妇女，四十多岁。

　　小　刘　上海救亡演剧第五队演员，十九岁。

　　小　崔　上海救亡演剧第五队演员，十八岁。

　　帮会头目、报童、日本兵若干、卫兵若干、便衣若干、众喽啰、救亡演剧队队员若干、军警特务若干、鲁艺学生若干

序

（幕后曲）

　　　　　　　山河破碎起狼烟，
　　　　　　　白山黑水风雨寒。
　　　　　　　日寇铁蹄任践踏，
　　　　　　　烧杀掳掠逞凶残。

曲声中日本兵烧杀掳掠。

日本指挥官　前进（進め）！

日本兵　站住（止まれ）！

铁观音

众百姓　打倒日本侵略者！

日本指挥官　杀（殺世）！

百姓被日本机枪手扫射，纷纷倒下。

难民甲　你、你、你，你这禽兽……

日本指挥官　混蛋（バガ）。（一刀将百姓杀死）

日本兵内声　站住！

怀抱婴儿的妇女奔跑而上，被日本兵一刀扎死。

百姓的哭喊声夹杂着日本兵的狂笑声。

一阵婴儿惨烈凄厉的哭喊声戛然而止。

收光。

一

1932 年。

安溪崇善里东溪乡。

陈家后花园。

陈淑媛领着秀花上，四处张望。

陈淑媛（唱）

> 日寇东北强霸占，
>
> 泱泱大国实不堪。
>
> 我虽年少一弱女，
>
> 抵制日货敢为先。

秀　花　淑媛姐，你、你要做什么？

陈淑媛　现在到处都在抵制东洋货，家里怎么能有东洋布？

　　　　秀花，咱俩去把东洋布烧了！

秀　花　好，你说该烧咱就烧！

两人下，一时火光冲天。

（内声）老爷回府——

卫兵鱼贯而上，身着戎装的陈铮手执马鞭与陈文章随上。

卫　兵　报告旅座，东洋布，是小姐……

陈　铮　嗨！

（唱）　女儿任性惹事频，

　　　　放火烧布闹纷纷。

　　　　　　喜与师长结秦晋，

　　　　　　一举两得少烦心。

　　陈文章　阿爹，只怕小妹未必答啊……

　　陈　铮　你多虑了。记得生你时，敬奉祖宗用了一斤猪肉，生她可是供了两斤。
我视她如掌上明珠，她怎会不听呢？

　　陈文章　小妹生性倔强……

　　陈　铮　这可由不得她。

　　陈文章　可是……

　　陈　铮　不必多言，快叫她过来。

　　陈文章　是。小妹，小妹——

　　陈淑媛　（应声上）阿兄，你回来了。（见陈铮转身不理）

　　陈　铮　怎么？你将我娶你三娘的东洋布料全烧了？

　　陈淑媛　哼！

　　陈文章　小妹，不得无礼！

　　陈　铮　算了算了，反正很快就要嫁人了。

　　陈淑媛　嫁人？

　　陈文章　是啊，阿爹已将你许配师长公子，下个月初八要来迎亲。

　　陈淑媛　（旁唱）　听得阿爹亲事定，

　　　　　　　　　　　淑媛似觉大厦倾。

　　　　　　　　　　　本是求学好年纪，

　　　　　　　　　　　怎堪嫁人误前程？

　　陈　铮　彩礼都送来了，这可是千载难逢的好亲事啊，哈哈哈……

　　陈淑媛　我想读书，不愿嫁人！

　　陈　铮　不可任性。平时你要什么阿爹我都答应，这婚事嘛，可得听阿爹我的……

　　陈淑媛　（捂着耳朵）我不听我不听……

　　陈　铮　阿媛，这可都是为你好啊，嫁过去可是一辈子吃穿不愁啊！

　　陈淑媛　我不！我不！

　　陈　铮　你，岂有此理、岂有此理——

　　（唱）　　想我诗书传家孝为先，

　　　　　　　怎容犯上忤逆不听言？

　　　　　　　怪我平日太宠人惯坏，

　　　　　　　才会无大无小变刁顽。

铁观音

272

陈文章　阿爹息怒……小妹，阿爹正在气头上，你莫要再顶嘴了……

陈淑媛　他自私自利只想自己。

陈　铮　你……

陈淑媛　你娶二娘已让我阿母受尽欺凌，再娶三娘，叫我阿母要怎么活？原以为你是一位慈父、是英雄。万万没想到你为求权势逼我嫁给一个花花公子，你、你简直是太无情了！我、我没你这样的阿爹！

陈　铮　大胆！

气极怒打陈淑媛一马鞭。

静场。

陈淑媛（唱）　这一鞭打得我火烧般疼，

　　　　　　　　这一鞭打得我心寒如冰。

　　　　　　　　这一鞭打得我梦中惊醒，

　　　　　　　　这一鞭打得我悲泪盈盈。

黄　氏（上）女儿——

陈淑媛　阿母……（扑到母亲怀中哭泣）

黄　氏　乖囡！

陈淑媛　阿母！

陈　铮　这、这、这就是你教出来的好乖囡！

一卫兵匆匆上。

卫　兵　禀告旅座，军长召开紧急会议，命你即速前往！

陈　铮　走。

卫　兵　是。

陈　铮　迎亲之前，不准踏出房门半步！（气冲冲带着卫兵下）

陈淑媛　阿母……

黄　氏　乖囡，阿母知道你心里委屈。

陈淑媛　阿母，我想读书，不想嫁人……

黄　氏　阿母知道，可是你爹决定的事，谁也无法改变啊！

陈淑媛　阿母，他娶三姨太更会欺负你啊。

黄　氏　自古嫁鸡随鸡，阿母只能认命了……

陈淑媛　阿母，阿母认命我不认命！

陈文章　小妹，那你如今却要怎么办？

陈淑媛　我、我只能离开家门。

黄　氏　　离家？你一个女儿家，要去哪里？

陈淑媛　　我和我同学秀花约好，准备去厦门读书。

陈文章　　可是阿爹若知道你去厦门，到时定会前去找你。

黄　氏　　是啊。

陈淑媛　　那……那我就隐姓埋名，改名叫……白冰。

陈文章　　白冰？好。

黄　氏　　乖囝，阿母不甘你离开啊……

陈淑媛　　我从来没有离开过阿母，我也不甘离开……

陈文章　　小妹，趁阿爹不在，要走赶紧走。

黄　氏　　事到如今，不走也得走了。

陈文章　　那我赶紧去联系马车。（下）

黄　氏　　（从袖中取出银票）乖囝，这是阿母平时偷偷攒下的十八块银票，你带上。

陈淑媛　　阿母……

黄　氏　　这钱原本就是要给你添置嫁妆的，看来阿母是见不到你出嫁那一天了……（转身拭泪）

陈淑媛　　阿母……

（唱）　　从小未曾离阿母，

　　　　　　一朝分别泪淋淋。

　　　　　　从此无人问寒暖，

　　　　　　病痛有谁汤药斟？·

　　　　　　委屈不能怀中哭，

　　　　　　欢喜却要诉谁人？

　　　　　　如今离家难复返，

　　　　　　恰似心痛如扎针。

黄　氏　　乖囝，咱这里有风俗，女儿家出嫁要开脸。今天，阿母就当女儿出嫁，帮你开脸吧！

陈淑媛　　好！

黄　氏　　（向内）取梳妆匣来。

婢女递梳妆匣上。

陈淑媛端坐，黄氏含泪为其开脸。

（幕后唱）

　　　　　　红线轻绞复慢捻，

　　　　珠泪难禁湿娇颜。

　　　　纵有千言和万语，

　　　　怎诉别情似水绵。

（内声）　老爷回府——

陈淑媛　阿母……

黄　氏　女儿……

陈文章　（急上）小妹，快走！

切光。

二

1934 年。

厦门鼓浪屿。

报童卖报上。

报　童　卖报、卖报，中央军进驻福建，蒋蔡两位将军流亡香港……

众人买报，突然响起凄厉的警笛声，众人四散。

军警追打、抓捕嫌疑人过场。

陈淑媛在厦门的住处。

陈淑媛　小李，这稿件校对好抓紧排印。

小李应声取稿件下。

陈淑媛　小张，这些标语夜里两点后再去贴，注意安全！

小张拿标语下。

陈淑媛收拾稿件。

陈淑媛　（咳嗽）——

（唱）　　离家别母为抗婚，

　　　　一晃两年住厦门。

　　　　除去读书兼编辑，

　　　　耳濡目染受益深。（咳嗽）

秀　花　（端药上）冰姐，你又咳嗽了，来，快将这药喝了。

白　冰　秀花，好得差不多，不用了。

秀　花　嗨哟，那可不行，要是留下病根，那就麻烦了。

白　冰　好，我喝，我喝。（喝药）

秀　花　这就对了。

白　冰　多谢，多谢了。

秀　花　咱俩可是亲如姐妹的好同学，自小就在一起，还跟我客气？

白　冰　对对对，有你这么一个好姐妹，是我的福气。

秀　花　是缘分。那你对稿，我去洗衣服。（下）

陈老师　（匆匆上）白冰、白冰……

白　冰　（开门）陈老师？你怎么来了？

陈老师　我们的《火星》旬刊刚刚让他们查封了。

白　冰　哦！凭什么？就因为我们支持蒋蔡两位将军停止围剿红军，一致抗日的主张？

陈老师　是的，福建事变失败，现在军警特务到处抓人。

白　冰　岂有此理——

（唱）　任凭日寇来横行，

　　　　装聋作哑不吭声？

　　　　任凭国土尽沦丧，

　　　　忍气吞声笑脸迎？

陈老师　当然不能！只是目前处境危险，你还是先回避一下。

白　冰　回避？为什么要回避？您不是教我们要坚持真理，并敢于为之牺牲吗？

陈老师　没错，但也不能做无谓的牺牲。听老师的，赶紧离开。

白　冰　好吧，这两年您让我看了不少书，也教懂了我很多道理，我听您的。可是要避往哪里呢？

陈老师　去上海，上海《女子月刊》的主编是我同学，你很有写作的天赋，去上海会有更大的施展空间。

秀花上

冰、花　去上海？

陈老师　事不宜迟，这是推荐信和地址，赶紧收拾一下，马上离开。

冰、花　陈老师你不走？

陈老师　我还有其他事情要做。

白　冰　陈老师，你是不是共……

陈老师　是共同的志向把我们聚集在了一起，你们以后会明白的，我走了。（匆匆下）

冰、花　陈老师保重。

秀　花　冰姐，我们赶紧去收拾东西。

白　冰　好！（两人下）

几个身穿黑色中山装的便衣贼头贼脑上，陈仓随上。

众便衣　（聚拢在陈仓周围）组座！

陈　仓　四周仔细搜查，不许放走疑犯！

便　衣　是！（散开搜查）

陈　仓　白冰就在这里。

（唱）　奉命搜捕本寻常，

　　　　不意名单列上方。

　　　　白冰两字脑中印，

　　　　文章锦绣自芬芳。

　　　　开门！请开门！

白　冰　（上）是谁……

陈　仓　我是……是厦门报社记者，口渴，来讨杯水喝。

白　冰　哦！你是厦门报社记者？

陈　仓　正是！

白冰开门。

陈　仓　啊呀——

（唱）　忽然眼前觉一亮，

　　　　果然佳人屋中藏。

　　　　本就才情暗钦慕，

　　　　岂料容颜更端庄。

白冰倒水。

白　冰　先生请喝水。

陈　仓　哦，多谢，多谢！小姐可是在很多杂志上发表文章、小说，还有话剧
的白冰白小姐？

白　冰　嗯。（点头思索）

（旁唱）不速之客门来登，

　　　　行为蹊跷暗自惊。

陈　仓　（旁唱）倾慕之人成疑犯，

　　　　　　　　心生恻隐难权衡。

白　冰　（旁唱）看他彬彬有礼好斯文。

陈　仓　（旁唱）看她超凡脱俗多优雅。

白　冰　（旁唱）是善是恶难辨分？

陈　仓　（旁唱）是抓是放一念差。

白　冰　（旁唱）纵是恶魔眼前立。

陈　仓　（旁唱）纵是有罪不容赦。

白　冰　（旁唱）自当从容免失尊。

陈　仓　（旁唱）不忍狂风吹落花。

秀　花　（上）冰姐，东西收拾好了……

白　冰　（示意秀花有人在场）来来来，先生再喝一杯。

陈　仓　多谢多谢。在下陈仓，经常拜读白小姐的大作……

白　冰　陈先生水已喝了，还有什么赐教？

陈　仓　没没没……（旁白）才女大名，仰慕已久，怎舍得让她受牢狱之苦？

众便衣冲上，围住白冰。

一便衣　组、组、组……

陈　仓　阻什么阻？我一个小小的记者能阻止什么？不过讨杯水喝而已。（转对白冰低声）白小姐，此地不宜久留，快走！

一便衣　她、她、她……

陈　仓　（故意大声）她什么？（低声转对便衣）她是咱上峰派来的。（转又大声）你们要抓就抓。（径直下）

众便衣　走走走！（忙跟陈仓下）

秀　花　冰姐，这个陈先生怎么怪怪的？

白　冰　他……不用说了，赶紧走。

秀　花　是！

造型，切光。

三

1937年。

上海。

追光中，陈仓焦急地踱来踱去。

陈　仓　白小姐，你在哪里？

（唱）　　当年匆匆一面缘，

　　　　　挥之不去印心间。

　　　　　多方打听终无果，

　　　　　今到上海情更牵。

一手下匆匆上。

手　下　组座，打听到了。

陈　仓　（激动）在哪里？

手　下　在霞飞路霞飞巷48号。

陈　仓　好！哈哈哈！（随手扔给手下一个银圆）

手　下　多谢组座。

陈　仓　慢，知道怎么做？

手　下　打死也不说！

陈　仓　嗯。

手　下　是。（喜滋滋下）

陈　仓　白小姐，终于找到你了！（灯暗）

暗转，白冰住处。

白冰独自倚窗望远。

白　冰（唱）　黄浦江水向东流，

　　　　　　　转眼又过三春秋。

　　　　　　　编辑校对主编任，

　　　　　　　进步思想孜孜求。

　　　　　　　手中紧握虽是笔，

　　　　　　　字字肺腑隐国忧。

秀　花　（上）冰姐，明天我们学校组织游行，午餐你自己吃吧。

白　冰　游行？什么游行？

秀　花　宣传抗日的游行。

白　冰　好，我也去。

秀　花　（拿起桌上的笔）你是大主编，这才是你的武器。你发表了那么多批判文章、进步话剧，给民众很大的鼓舞，同时也触怒了很多人，你可要多加小心啊。

白　冰　我不怕！自从陈老师被反动派杀害，我就下定决心要成为和他一样的人。倒是秀花你，在学校当老师，参加抗日宣传，外面兵荒马乱的，你更要注意安全啊！

秀　花　我知道，冰姐啊——

（唱）　　这几年在上海眼界大开，

　　　　　早不是山里娃无知小孩。

弹丸岛国欺华夏，

　　　　岂容沉默任剪裁？

　　白　冰　秀花，你真勇敢！

　　秀　花　我这算什么。听说延安那些共产党人才真是勇敢，主动到敌后去打日寇子。我真想去延安看看，他们都是些什么样的人。

　　白　冰　延安？我也真想去看一下。他们肯定也是为了国家，为了民族，不惜牺牲自己的生命。

　　秀　花　那我们找机会，一起去。

　　白　冰　好！

　　陈仓兴冲冲拎着两盒月饼上。

　　陈　仓　（敲门）白小姐——

　　白　冰　（开门）是你……

　　陈　仓　白小姐还记得我吗？

　　白　冰　记得，记得……

　　秀　花　哦，你就是那位厦门报社的陈记者。

　　陈　仓　对对对。这是上海老字号的月饼，不成敬意。

　　白　冰　陈先生客气了。

　　秀　花　（将白冰拉到一旁）冰姐——

　　（唱）　多年不见今日现，

　　　　　　还需提防莫直言。

　　白　冰（唱）我自有数心放宽，

　　　　　　正可借机试一番。

　　陈　仓（唱）两人分明存疑虑，

　　　　　　怎生化解成姻缘？

　　白　冰　当年陈先生不是被特务带走了吗？

　　陈　仓　没没没，只是一场误会……

　　白　冰　你我素昧平生，先生为何相救？

　　陈　仓　在下久仰白小姐才华，不忍坐视……

　　秀　花　哎哟哟，这么说，我们是遇到好人了？

　　陈　仓　助人为乐，理所应当。

　　白　冰　那陈先生此番来上海……

　　陈　仓　实不相瞒，在下专程来找白小姐你啊！白小姐啊——

（唱）　　自从厦门初相见，

　　　　　　念念不忘心已牵。

　　　　　　今日重逢岂是巧，

　　　　　　分明此情天亦怜。

白　冰　（羞）你……

陈　仓　在下唐突，确是念念不忘啊！

秀　花　（旁白）哦，原来醉翁之意不在酒。

一帮会头目带着一群喽啰上。

头　目　白主编！

白　冰　你们是什么人？

头　目　我们是什么人不重要。拿人钱财，替人消灾。纱厂张老板嫌你多管闲事，请我们兄弟来给你修理一下。

秀　花　（护住白冰）你们要干什么？

头　目　滚（将秀花推到一边）。

白　冰　怎么？怕我用文章说话？那我更要说！

头　目　怕是没机会了，来，打！

陈　仓　住手！

头　目　多管闲事，给我打！

喽　啰　是！

开打。

陈仓伺机掏枪顶住头目的脑袋。

头　目　大哥……不不不，大爷，有话好说……

陈　仓　滚！

头　目　是是是……（忙与众喽啰逃下）

秀　花　想不到陈先生这么厉害。

陈　仓　过奖，过奖了。

白　冰　哎呀——

（旁唱）　眼见他恰似英雄威风凛，

　　　　　禁不住莫名好感添几分。

　　　　　似此怎会秉性恶？

　　　　　不由俊颜尽红云。

陈　仓　白小姐，你怎么会得罪这班人？

白　冰　哦，可能是我在《女子月刊》上写文章，为女工仗义执言，得罪了纱厂老板和幕后的日本人。

陈　仓　日本人也太嚣张了！

秀　花　哦，陈先生也痛恨日本人？

陈　仓　是啊，倭寇烧杀掳掠，人神共愤！

秀　花　想不到陈先生也是个有血性的中国人。

陈　仓　过奖，过奖了。如今国共合作，一致对外，早晚要让日本侵略者血债血偿！

冰、花　对，中国人只有团结起来，才有希望。

陈　仓　没错，日本侵略者就是看到中国人不团结，才敢这么肆无忌惮。要是都团结起来（情不自禁握住白冰的手），打败日本侵略者还不是轻而易举。（猛然发觉，放手）不好意思，我、我太激动了……

白　冰　没、没关系……（不好意思走到一边）

秀　花　既然陈先生有心抗日，为何不上前线去打日本侵略者？

陈　仓　这……

白　冰　秀花，陈先生不方便说，那就算了。

陈　仓　没，你们都不是外人，我就直说了。我另有秘密身份，就是专门对付日本间谍。

冰、花　真的？

陈　仓　报效国家，义不容辞！

白　冰　好啊——

（唱）　　都说花影共徘徊，

　　　　　少女何曾情窦开？

　　　　　两度相救意难忘，

　　　　　志同道合入心怀。

陈　仓　白小姐，在下真心一片，不知可否随侍左右？

白　冰　秀花，陈先生不是送来月饼？正好配上咱们安溪的铁观音茶。

陈　仓　铁观音茶？

（幕后唱）

　　　　　家乡安溪山水亲，

　　　　　层层茶园百花馨。

　　　　　不独美景人间少，

　　　　　处处飘香铁观音。

铁观音

秀　花　哦，喝茶吃饼，真是绝配。陈先生，你可明白其中之意？

白　冰　秀花，快去泡茶。（推秀花下）

陈　仓　白小姐，你是说……

白冰含羞微微颔首。

陈　仓　好啊——

（唱）　　我曾多方打听杳无信，

　　　　　我曾旧地徘徊似丢魂。

　　　　　幸喜上天不负我，

　　　　　与你重逢共沐春。

　　　　　阿冰……

白　冰　阿仓……

陈仓取下玉坠，为白冰戴上。

两人紧紧相拥。

秀　花　（端茶上，见状忙背转身）啊……

两人慌忙分开，秀花捂脸。

切光。

四

几个月之后。

（幕后曲）

淞沪会战炮声隆，

苏州河畔旗如风。

芊芊弱女何从去？

抉择艰难风雨浓。

白冰领着上海救亡演剧第五队的小刘小崔她们，正在排练抗日节目。

队　员　军号啊军号，我要让你发出令日寇胆战心惊的号音……

白　冰　停停停，我们救亡演剧第五队排练节目可不能这么随便，要投入。你要把军号当成你的爱人，倾注无限的感情。同时，要把对日寇的满腔仇恨表达出来。来，再来一遍。

队　员　好。

白　冰　大家把戏演好。

众　　是。

白　冰　开始。

队　员　军号啊军号，我要让你发出令日寇胆战心惊的号音……

白　冰　好啊，这遍好多了，一定要有激情，要对日寇有满腔的仇恨。继续……

众　是。

左队长　（匆匆上）白冰，白冰——

白　冰　左队长。

左队长　原本节目排好是要去慰问前线的将士，可是国军接到命令，要撤出上海。

白　冰　撤出上海？那倭寇岂不打进来了？这是何人下此误国之令？

左队长　是蒋委员长亲自下的命令……

白　冰　啊！

（唱）　不是说抗战到底不容疑，

　　　　却为何言犹在耳世人欺？

　　　　空让满腔报国志，

　　　　化作烟云碾成泥。

左队长　所以真正抗战的希望，是在延安。

众　对，在延安！

左队长　我们救亡演剧第五队准备明天出发，一路演出宣传，目的地就是延安。

众　去延安？好啊……

暗转。

白冰住所。

陈仓忙碌着准备饭菜。

陈　仓　怎么还不回来？

（唱）　自与冰儿情相许，

　　　　相敬如宾难分离。

　　　　戴老板声色俱厉来反对，

　　　　老母亲泪湿信笺不容娶。

　　　　与其优柔寡断熬煎苦，

　　　　不如快刀斩麻两无虞。

白　冰　（上）阿仓——

陈　仓　阿冰回来了？今天特意煮你最喜欢吃的东坡肉。

白　冰　哦。阿仓，我有好消息要告诉你。

陈　仓　我也有好消息要告诉你。

铁观音

白　冰　我先说。

陈　仓　我先说。

白　冰　那好吧，你先说。

陈　仓　阿冰，你不是催我早日完婚吗？我决定了，三日后成婚！

白　冰　你母亲同意了？

陈　仓　她……没有，只要我们婚礼办好，到时她老人家也无话可说……

白　冰　阿仓，让你为难了。

陈　仓　不，今生今世非你不娶。

白　冰　阿仓……（扑入陈仓怀中）既然如此，你我不如一同去延安？

陈　仓　这便是你要告诉我的好消息？

白　冰　对啊，共产党在那么艰苦的条件下，还主张抗战，坚持抗战，太了不起了，我佩服！

陈　仓　阿冰，你有赤化嫌疑啊，说话要小心。

白　冰　我不怕，现在不是国共合作了吗？

陈　仓　事情没有你想的那么简单……

白　冰　此话怎讲？

陈　仓　没、没什么……

白　冰　（旁唱）　看他欲言又止神态慌，
　　　　　　　　　莫非另有隐秘心中藏？

陈　仓　（旁唱）　怕她世事不谙受人骗，
　　　　　　　　　怕她从此分别各一方。

白　冰　来来来，阿仓，你不也痛恨倭寇吗？那就随我一起去延安。

陈　仓　那还不如跟我去重庆。

白　冰　不，延安才是真正抗战的地方。

陈　仓　重庆不也是抗战的地方吗？

白　冰　也是，但至少不够坚决。

陈　仓　何以见得？

白　冰　自卢沟桥事变以来，国民党军队是一退再退，而共产党的军队却是主动迎战，深入敌后。

陈　仓　阿冰，你不要听人瞎说，这淞沪会战，国军不是打得很惨烈吗？

白　冰　是打得很英勇，可为什么要命令撤退？

陈　仓　这……

白　冰　事关国家危亡，寸土必争，岂有拱手相让之理？

陈　仓　这不是你我能明白的。不管怎么说，你我都不能分开。

白　冰　我也不想分开啊，阿仓……

几个师生慌慌张张上。

老　师　白主编……

白　冰　什么事？

老　师　秀花老师她……

白　冰　秀花她怎么了？

学　生　她参加抗日游行，被反动派开枪杀害了……

白冰摇晃欲倒，陈仓连忙扶住。

白　冰（唱）　突闻噩耗天地旋，

　　　　　　　痛断肝肠泪潸潸。

　　　　　　　朝夕相伴好姐妹，

　　　　　　　骤然永诀却怎堪？

　　　　　　　秀花啊，我的好妹妹——

　　　　　　　你蓓蕾初绽早凋谢，

　　　　　　　你性柔心善情如天。

（师生同唱）　你为抗日敢呐喊，

　　　　　　　却遭毒手枉蒙冤。

白冰痛不欲生。

老　师　白主编，你不要太伤心了，我们先回去了……（示意众师生下）

白　冰　阿仓，你看到了，这是真心抗日吗？真心抗日能对一个宣传抗日的弱女子下这样的毒手？

陈　仓　这、这恐怕有所误会……

白　冰　误会，别说了。阿仓，我们一起去延安。

陈　仓　阿冰，难道你就不能为了我，和我去重庆？

白　冰　那为什么你就不能为了我，和我去延安？

陈　仓　我、我有我的信仰……

白　冰　我也有我的信仰。

陈　仓　那就将我们的感情都忘了？

白　冰　我没忘记。

陈　仓　既是如此，我们哪儿也不要去，你就跟着我踏踏实实过好日子吧……

白　冰　能踏实吗？日寇的铁蹄在践踏，多少同胞受煎熬？

陈　仓　可这不是你一个女子操心得了的……

白　冰　不，我一定要完成秀花的心愿！去延安！

陈　仓　可是此去延安山高路远，危机四伏啊……

白　冰　我不怕！

陈　仓　阿冰啊——

（唱）　　你可知为能与你长相守，

　　　　　多少回彻夜难眠暗自愁。

　　　　　上峰命令抛脑后，

　　　　　老母阻拦一边丢。

　　　　　你怎忍心来抛弃，

　　　　　就此难再两情柔？

白　冰　闻言不由泪纷纷，

（唱）　　如刀剜心痛万分。

　　　　　自认非是无情女，

　　　　　却要先做负心人。

陈　仓　阿冰，秀花若在，怕也不愿看到你我为此各奔东西啊！

白　冰　秀花啊！

（接唱）提起秀花满腔恨，

　　　　　恨煞恶徒太残忍。

　　　　　柔情已然烟云付，

　　　　　奔赴延安更铁心。

陈　仓　阿冰，我不让你走……

白　冰　你若是男子汉就放手。

陈　仓　（掏出手枪）站住！（对空开枪）

白　冰　什么也阻挡不了我！（毅然拭泪冲往高处，音乐起）

陈　仓　（跪趴地上，失声痛哭）阿冰……

切光。

五

1938 年。

延安，巍巍宝塔，清清延河。一排排窑洞，一片片云彩。

大刀进行曲歌声中，一队队战士舞起大刀，精神抖擞，朝气蓬勃。

白冰与小刘、小崔欣喜地上。

白　冰　这才是我向往的地方啊——

（唱）　　处处歌声群山应，

　　　　　人人振奋有精神。

　　　　　抗大学习与操练，

　　　　　从未看过样样新。

　　　　　延安果然是圣地，

　　　　　心灵净化思想真。

　　　　　为崇高理想而奋斗，

　　　　　我倍觉震撼感触深。

　　　　　虽说生活朴素却火热，

　　　　　似觉脱胎换骨远凡尘。

　　　　　身心自由皆平等，

　　　　　连这空气也醉心。

刘、崔　是啊，咱们演剧队来延安真是太好了。

沉浸在欢乐中。

（郑律成内声）　白冰！

郑律成领着李婶和学员们，拿着纺车上。

白　冰　哦，律成同学。

郑律成　白冰，这是学校指派的李婶，来教咱们纺棉花。

白　冰　好，大家做好准备。

小　刘　律成同学，咱们现在是八路军战士了，学打靶、学拼刺刀，怎么还学纺棉花？

小　崔　是啊！

李　婶　不光你们，大家都要学。

小　崔　纺棉花也不能打日本兵。

李　婶　怎么不能？纺成线织成布，做成军装，就能支援前方打日本兵。

白　冰　是啊，小刘、小崔，我们都应该好好学。

郑律成　对，要好好学。

刘、崔　那我们可学不来。（两人欲下）

李　婶　站住！

刘、崔　你……

李　婶　我看你们不配穿这身军装！

小　刘　你凭什么这么说？

李　婶　凭什么？恁听着！

（唱）　　就凭恁满脑都是贵与贱，

　　　　　就凭恁两人小姐架子端。

　　　　　既然纺棉引为耻，

　　　　　不如趁早离延安。

李　婶　我说错了是吗？

白　冰　没错，穿着这身军装的八路军，都是争着抢着帮百姓干活，别说是纺棉花，啥脏活累活也都干过？大冬天的都敢跳进粪池掏大粪。

李　婶　是啊，你们呢？

郑律成　李婶，她们两人是从大上海来的，可能一时想不通……

李　婶　大上海来的就娇气了？连周副主席都在纺棉花。

刘、崔　周副主席纺棉花！

郑、白　是啊，连周副主席都在纺棉花，咱更要好好学。

众　人　对，咱们更加要学。

李　婶　好，你们听着——

（唱）　　这里可是讲平等，

　　　　　人人只把对错听。

白　冰　说得对——

（唱）　　管你出身穷与富，

　　　　　有错就该受批评。

刘、崔　啊呀——

（唱）　　犹如耳边响惊雷，

　　　　　震得我心暗崩摧。

小　刘　自以为思想进步才情好，

（唱）　　却不如乡村妇女明是非。

小　崔　自以为平等二字早读透，

（唱）　　殊不知脑中残留有尊卑。

（幕后伴唱）

　　　　　无言以对自羞愧，

不禁掩袖泪双垂。

李　婶　哎呦，我怎么把你们两个人都给说哭了……

刘、崔　我、我们没哭……

李　婶　没哭就好。我两个儿子也都在部队里，前前后后都死在打日本侵略者的战场上，我得到消息，也没哭、没哭……

白　冰　李婶，你为什么没哭？

李　婶　我觉得光荣、光荣……

刘、崔　李婶……（抱住李婶）

众　　　李婶啊！

李　婶　我知道你们来延安是要打日本侵略者，为百姓，对吧？

众　人　对！

李　婶　相信大家都是来打日本侵略者的，这为百姓，你们不懂百姓的生活和劳动，就不知道百姓想啥要啥，要怎么为百姓啊？

郑、白　说得好！（鼓掌）

众　人　好啊！

众人纷纷鼓掌。

白　冰　看来只有一腔热血是不够的，思想还要进一步提高啊。

郑律成　我终于明白了，为什么到了延安，会感觉浑身都是力量。

白　冰　因为延安是真正的平等，这里没有贵贱，都是百姓。同学们——
（唱）　　延安如同吸铁石，

众　人（唱）吸引热血青年万万千。

白　冰（唱）延安如同引航灯，

众　人（唱）照耀前进方向路不偏。

白　冰（唱）无论出身来何处？

众　人（唱）汇集成河浪滔天。

（幕后伴唱）

　　　　　同是百姓为百姓，
　　　　　生死与共心相连。

郑律成　白冰同学，我听说，毛主席希望我们文艺工作者能创作出一首歌颂延安的歌曲，很多人都在创作，可是一直没有写出来。

白　冰　毛主席！

众　人　毛主席！

郑律成　是啊，你是大才女，你来写歌词，我来谱曲。咱们一起写出大家心中的延安！

白　冰　好！

众　人　太好了！

白　冰　李婶，感谢你给我们上了生动的一课啊。

李　婶　我大字不识几个，要怎么给你们上课啊？

白　冰　纺棉花呀。

李　婶　哦！对，大家都来学！

众　人　好啊！

（纺织歌）

>   太阳出来红又红，
>   大家来把棉花纺。
>   纺得花来织成布，
>   支援抗战送前方，
>   纺呀纺呀纺，
>   支援抗战送前方……

众人在李婶的指点下，边唱边纺起棉花。

暗转。

六

数月后。

大生产之歌歌声中，郑律成与白冰扛着锄头边说边上。

郑律成　白冰同学，你这拿笔的手，一劳动起来，一点都不输男同学。

白　冰　你不知道，我是有绝招。

郑律成　哦？

白　冰　我啊，就把这荒地当成日寇，一锄头下去就消灭一个日寇，这样就越干越有劲了。

郑律成　哈哈哈，还真是个绝招。对了大才女，你那歌词写好了吗？我还等着谱曲呢。

白　冰　唉……

（唱）　　数月来古城内外足迹遍，

　　　　　总觉得激情难抑感触深。

　　　　　有心写好延安颂，

　　　　　绞尽脑汁难成文。

郑律成　别着急，慢慢想。我知道，要从心里唱出对延安的崇敬和赞美，确实
不容易。

小刘和小崔上。

小　刘　白冰同学，有人找你。

白　冰　是谁？

小　崔　看样子像是个国民党军官，不过很帅气。

陈　仓　（风尘仆仆上）阿冰……

白　冰　阿仓？

郑律成示意小刘、小崔下。

两人冲到跟前，陈仓张开双臂，见白冰止步，尴尬地放下双臂。

陈　仓　阿冰，你还好吧？

白　冰　我很好。你想通了，也来延安？

陈　仓　不是。我陪上峰来延安，特意来带你回去。

白　冰　哦！

陈　仓　阿冰，你父亲可是国军少将，共产党对待所谓的敌人，可是毫不留情
的……

白　冰　没！延安这里不论出身，只要是真心爱国，坚决抗日，都能得到平等
的对待。

陈　仓　这是何苦呢？你放着好端端大城市的生活不过，跑到这穷山沟，开荒
种地……

白　冰　阿仓——

（唱）　　这里条件虽艰苦，

　　　　　却是革命大熔炉。

　　　　　锻炼意志增见识，

　　　　　倍觉充实才情抒。

　　　　　你看，这里多有生机，多有朝气。

陈　仓　我承认，这里确实和国统区不一样，精神面貌令人耳目一新。

白　冰　那你就留下来，你不也是一心抗日的热血男儿吗？

陈　仓　留下来？不，你还是太天真了——阿冰啊！

（唱）　虽说这里面貌新，

　　　　抗日岂光凭精神？

　　　　小米步枪难敌飞机炮，

　　　　最终还需国军百万兵。

白　冰　小米步枪怎么了？照样打得日寇落荒而逃。国军百万兵又怎么样？淞沪会战撤退了，南京沦陷，武汉会战也打败了。

陈　仓　这是策略，委员长是要以空间换时间……

白　冰　那就要以牺牲无数民众的生命为代价？

陈　仓　战争总是免不了牺牲……

白　冰　可也不该无谓地牺牲。

陈　仓　不管怎么说，国民政府才是正统的……

白　冰　一个置民众的生死于不顾的政府，何谓正统？阿仓啊！

（唱）　你不见国统区里禁锢严，

　　　　你不见哀鸿遍野受熬煎。

　　　　你不见纸醉金迷尽贪腐，

　　　　你不见尔虞我诈倾轧欢。

　　　　延安抗日旗高展，

　　　　军民团结斗志坚。

　　　　自由平等民拥戴，

　　　　一目了然两重天。

陈　仓　延安难道不是也在国民政府的领导之下？阿冰啊！

（唱）　人老难免病缠身，

　　　　国危自然百毒侵。

　　　　等待日寇来打跑，

　　　　民主博爱万象新。

白　冰　事实证明，历史也终将证明，唯有得民心者方能得天下。

陈　仓　阿冰，你受蛊惑太深了……

白　冰　不，这都是我的亲身感受。你不是曾经问我延安有什么好吗？那我可以明确告诉你，是平等！为民！

陈　仓　平等？为民？

白　冰　是呀。这是有着几千年封建等级思想的中国，从未有过的。

陈　仓　阿冰，你这么执迷不悟，是会后悔的……

白　冰　我坚信我的选择！

陈　仓　好好好，时间不早了。阿冰，我们不要再争论了，还是跟我回去吧？

白　冰　不。我是不会走回头路的。你要么留下，要么就走。

陈　仓　我不能背叛我的信仰。

白　冰　你你你！既然如此，那、那你走吧。

陈　仓　阿冰……

陈　仓　为什么，这是为什么？

白　冰　你我是道不同情难久。

陈　仓　我不明白，是什么让你连亲情、爱情都舍得放弃？

白　冰　信念！

陈　仓　信念？

白　冰　只要认准，永不回头！

陈　仓　阿冰……

白　冰　什么都别说了，你走！（转身）

陈　仓　阿冰！

陈仓只得挥泪悻悻而去。

白　冰　（含泪对着陈仓远去的方向）阿仓——

（唱）　　见阿仓就此离去痛心房，

　　　　　回想起多年风雨自悲伤。

　　　　　若非自由心向往，

　　　　　岂要抛亲弃爱走他乡？

　　　　　阿仓，从此世上再无阿冰了……对！（拭泪）我要和过去决断！

（接唱）　名字改，赞歌唱，

　　　　　利剑出鞘现青锋。

　　　　　信念从此融生命，

　　　　　烽火年代书荣光。

郑律成和同学们上。

郑律成　白冰，怎么了？

白　冰　我、我要改名。

众　人　改名？

白　冰　古有干将莫邪雌雄宝剑，取其谐音，我就叫莫耶！

郑律成　哦。你要像干将莫邪用生命铸成宝剑扫除黑暗与邪恶，打败日本帝国主义。

众　人　好啊！

莫　耶　你们看，太阳照耀下的宝塔，金光闪闪，真是好看啊！延安——

众　人　延安——

莫　耶　好啊——

（唱）　远望宝塔朝霞映，
　　　　光芒四射心崇敬。
　　　　放眼延河波光闪，
　　　　奔流不息热血腾。

众　人　耳边此起彼伏歌不断，

（唱）　处处朝气蓬勃燃激情。

莫　耶　心潮涌，情思荡，

（唱）　顿如排山倒海撞心灵。
　　　　有了，有了……（急切地掏出本子，蹲下书写起来）

众　人　好啊——

众人围绕在莫耶身边。

莫耶挥笔疾书，沉浸在创作的激情中。

幕上出现一行行歌词。

伴随着歌声，不断变换着各种造型、舞蹈。

延安宝塔金光闪闪，格外醒目。

众人亮相。

收光。

——剧终

取舍之间见真章

——现代高甲戏《莫耶·延安颂》创作谈

◎ 王文胜

　　大凡爬格子搞文字的人，都知道素材取舍的重要性。一篇文章，若是不知取舍，面面俱到，岂不成了懒婆娘的裹脚布，又长又臭？同理，一出戏也要有所取舍，撷取最能彰显人物个性、挖掘人物内心的情节和细节。舍弃那些无关痛痒、可有可无的枝枝蔓蔓。毕竟一出戏的容量有限，不像电视剧三十集不够，还可以写一百集。当然，并不是说电视剧无须取舍，而是说作为舞台艺术而言，可能更为严苛。那么，创作一出戏，对于手中的素材究竟该如何取舍？窃以为仁者见仁，智者见智。取舍精准，自然水到渠成。捡了芝麻丢了西瓜，势必空留笑柄。高甲现代戏《莫耶·延安颂》的创作，就是一个艰难的取舍过程，个中滋味，不言而喻……

　　《延安颂》是一首经典的抗战歌曲，是对延安作为民族精神"灯塔"地位的集中概括和反映，表达了千百万革命人民向往延安、热爱延安的真挚感情。一经诞生，歌声就像长了翅膀一样，响彻延安城，传遍各抗日根据地，甚至传到国统区的革命群众和海外华侨之中，成为激发抗战爱国激情的颂歌，引发无数革命青年冲破艰险奔向延安，投入抗日救国的行列。然而歌词的作者莫耶却随着岁月的流逝，渐渐不为人所知。我在应邀创作之前，对于词作者的生平事迹也是毫不知晓，但是家乡安溪的人民没有把自己的优秀儿女遗忘，立志要把莫耶这位"红色才女"搬上戏剧舞台。于是，我走进了莫耶的故居——逸楼，来到了莫耶在延安鲁艺学习的校舍。我翻阅了近三百页的《莫耶传》及有关莫耶的大量资料。慢慢地，拂去历史的尘埃，莫耶的形象重新浮现了出来。她从少女时代便敢于反抗封建家庭，并且经历种种艰难抉择，最终，凭借她对信念的坚守，由普通的热血青年成长为真正的革命战士。无疑，她是那个时代追求光明、理想、自由、平等的一个代表。莫耶的一生有无数不平凡的经历，作为戏剧舞台，不可能事无巨细，尽皆写到，必然要有所取舍。纵观她的一生，从十四岁离家到十九岁写出《延安颂》歌词，是最为纯粹、最为质朴，也是最为闪光的年华。因此，主要截取她这一段人生来进行创作，这是对于素材的一番取舍。通俗地说，这只是第一道工序。

　　在创作过程中，同样需要进行反复取舍。众所周知，人物关系是展开戏剧冲突的关键。首先，在剧中，主要人物关系是以莫耶与秀花亲如姐妹关系为主，还是莫耶与陈仓的恋人关系为主？若是前者，虽能反映热血青年的进步追求，但是缺乏戏剧性。后者则代表不同选择、不同信仰，更具戏剧张力，更有独特性。其次，主要事件的确定，也非一蹴而就。既然莫耶是《延安颂》的词作者，那么她是如何写出《延安颂》的？这必然是观众关注的焦点。年轻的莫耶究竟经历了什么，让她最终写出了《延安颂》？是离家的怨、别母的泪、初恋的痛、老师姐妹的血，还是国统区的禁锢，以及对自由光明的向往？行程从安溪到厦门，到上海再到延安，名字从陈淑媛改为白冰再改成莫耶，这是充满艰难曲折的苦旅，这是破茧而出的蜕变。主要矛盾的确定也是斟酌再三。按理说，每个戏一般都有贯穿始终的一对主要矛盾，并由此展开冲突，凸显戏剧性。这个戏则是以莫耶的内心抉择为主要矛盾。父亲逼婚从与不从，离别慈母舍与不舍，避难上海走与不走，与陈仓重逢爱与不爱，美好爱情弃与不弃，艰苦劳动受与不受，圣地延安留与不留。最终，坚定的信念，让她做出了有苦有痛、悲喜交织的抉择。情节结构的确定也是衡量许久。本想借用话剧的手法，采用回放式。可能是我出于对传统戏曲的偏爱吧，最终还是按戏曲传统的开放式结构，以时间为顺序来进行架构。从莫耶反抗封建家庭离家出走，到厦门求学兼任编辑，接受革命思想启蒙，再因杂志被查封避往上海，邂逅爱情又毅然舍弃爱情，奔赴延安。火热的革命生活让她从热血青年成长为真正的革命战士，与过去彻底决裂，最后改名明志，写出传唱不衰的抗战经典歌曲《延安颂》。主题的提炼，一直是剧作者颇为头疼之事。虽然目前的创作，早已摒弃了以前的主题先行，但是一个戏究竟要告诉观众什么，还是需要剧作者了然于心的。否则剧作者不知所云，观众就更云里雾里了。当然，一个戏也不可能承载太多，不然难负其重。显然，依旧逃脱不了取舍两字。从莫耶的传奇经历，不难发现，一切皆源于她对信念的坚守。信念是她的精神动力，也是使之成为那个烽火年代无数热血青年杰出代表的重要因素，这不正是当下所要积极提倡和弘扬的吗？革命现实题材作品更多的是红色精神的传承，为构筑新时代中国特色社会主义人生观、价值观，提供鲜活的实例。讴歌莫耶，也是在讴歌那个时代，弘扬鲁艺坚定正确的方向，坚守文艺报国思想，坚持为民服务宗旨，特别契合当下"不忘初心，牢记使命"。同时，继承革命传统，弘扬革命精神，也是我们这个伟大时代的必然要求。革命信念的坚守，不仅是我们党从一个胜利走向另一个胜利的重要保证，更是完成中华民族伟大复兴的力量源泉。该剧主题意蕴在于此，现实意义也在于此。

的确，取舍之间见真章。要做到精准取舍，既要求剧作者要有一定的艺术修养，敏锐的艺术嗅觉，又要有当舍则舍的决心和魄力。艺术判断力是其中的关键，具备良好的艺术判断力，才能在众多的素材中，撷取精华，理顺人物关系，确定主要事件、主要矛盾，架构情节，提炼主题。当然，冰冻三尺非一日之寒，唯有学习再学习。点滴体会，并非自诩取舍有方，《莫耶·延安颂》仍有诸多不尽如人意之处。借用一句时髦的话，剧本创作永远在路上。

愿将忧国泪，来演丽人行

——读现代高甲戏《莫耶·延安颂》

◎周　明

　　1947 年 3 月 9 日，由田汉创作的话剧《丽人行》在无锡首演，田汉感慨赋诗一首："举世争和战，全民迫生死。愿将忧国泪，来演丽人行。"《丽人行》写抗日战争时期至抗战胜利后上海的三位年轻女性的不同遭遇，其中透射出的是当时国家的多舛命运。文学是人学，戏剧也是人学。写好人的命运就会看到时代的印记，人的遭际与民族、国家的遭际密不可分。人生的苦难、幸福，爱情的挫折、美满，无不与民族、国家的命运相关，逃避现实是不可能的，逃避现实既无人生可言，更无爱情可言。

　　抗日战争是中国近现代史上抵御外族入侵的伟大壮举，本已苦难深重的中国人民因为日本人的入侵更是雪上加霜，面临着亡国亡种的危险。在这动荡的时代，一个年轻女子该如何选择自己的人生道路，该如何面对自己的爱情困境？现代高甲戏《莫耶·延安颂》似乎想用戏剧性的铺排来回答这个问题。

　　王文胜笔下的女主人公莫耶（本名陈淑媛，后又改名白冰），一出场就是一个叛逆少女的形象。她烧毁了父亲准备娶三姨太用的所有洋布，任性而决绝；接着便是拒绝父亲为她安排的婚姻，同样决绝地只身逃往厦门。这个性格鲜明的女孩单纯、聪慧、爱憎分明，她的举动让人觉得有失大家闺秀的风范，甚至有些突兀和过激，但她是那个时代的女性的典型，并不是个例的存在。20 世纪 30 年代，经过了新文化启蒙运动和五四运动的洗礼，"科学、民主、自由、爱国"等先进思潮广泛传播，反封建、反军阀、反对专制统治成为众多学子的思想和行动的目标。表现在女性身上，挣脱封建婚姻的桎梏、追求恋爱自由更是成为最现实也是最迫切要解决的问题。许多与莫耶有着相似经历的知识女性都不约而同地选择了逃婚，选择了追求想象中的自由生活（虽然多数人都碰得头破血流），这在当时几成风气。由此而言，莫耶的叛逆性格除去青春期的生理因素外，主要还是时代的影响，是她所接受的思想和所形成的价值观所决定的，故而也算不得突兀和过激。当时，日本已侵占了东三省，吞并中国的野心已昭然若揭。在全国抵制日货的风潮下，已经在学堂中接受了爱国思想的莫耶义愤之下烧了自家的洋布也在情理之中。在莫耶选择逃婚时，作者安排了一幕温情感人的场面，母亲将女儿的出走当作出嫁，按闽南的习俗为其开脸，母女亲情跃然纸上，演出时的情景更是让人黯然神伤。在依依不舍中女儿毅然出走，挥泪而别。

改名白冰之后逃往厦门的莫耶，在秘密从事抗日宣传中遇到了危险，也遇到了她生命中难忘的恋人陈仓。这一遭遇竟为后来莫耶的感情抉择埋下了伏笔，使她后来的感情经历曲折磨难，令人唏嘘，也由此可见个人感情与国家命运复杂的内在关系，见出了国难大于身痛、大于心伤，而个人的信仰抉择往往是以牺牲情感为代价的，哪怕是刻骨铭心的爱情也不是决定个人价值取向和追求人生理想的唯一动力，有时甚至是相互矛盾的。本剧中的莫耶不幸陷入了这样的矛盾之中。陈仓是具有爱国思想的国民党特工人员，他因爱慕莫耶的文学才华在厦门对她一见钟情，并暗中帮助莫耶逃脱了搜捕。陈仓执此一念又追寻到了上海，两人再度相逢，危难之时陈仓又一次解救了莫耶，这一戏剧性的重逢让两人的感情自然地升华了，共同的抗日思想和青年人蓬勃的朝气，以及天赐的机缘巧合使他们深深地坠入了情网之中。对于莫耶而言，她所面对的现实又不能不使她从情网中痛苦地挣脱而出；而对于陈仓而言，在现实面前，他的苦心劝阻也注定不能挽留住莫耶的心。这是怎样的现实呢？这现实就是当时的国运，就是那个战乱的年代，就是第二次国共合作抗战的复杂背景。两个爱国青年有着共同的抗日救国理想，却处于两个不同的抗日阵营之中。作为统治者的国民党面对积弱积贫的中国，面对各自为政的军阀，面对穷凶极恶的侵略者，没有能力掌控全局，在执政上往往捉襟见肘，自顾不暇。更重要的是蒋介石将中国共产党视为心腹大患，认为是颠覆自己独裁统治的危险势力。于是他们罔顾共产党极力主张抗日，以及由共产党领导的八路军、新四军在前线浴血奋战的事实，依然主张"攘外必须安内"，不断地与共产党搞摩擦，破坏抗日民主统一战线，甚至弹压满腔热情的爱国青年。此时的共产党中央所在地延安则成了爱国青年向往的心中圣地。共产党旗帜鲜明的抗日主张和在根据地实行的民主、平等、自由的执政方针深得民心，更让爱国青年充满了遐想和憧憬，使他们有理由相信延安不仅是领导抗战的中心，也是他们未来理想生活的社会雏形。一时间，爱国志士纷纷奔赴延安，成为那个时代的一道风景。

在这样的外部环境下，陈仓与莫耶的分手因他们的不同信仰便有了必然性。信仰的力量大于个人情感的力量，信仰的价值大于个体生命的价值，而在那个国家民族的危难时期，对于有志青年来说尤其如此。因此，处于两个不同阵营中的恋人在不能说服对方的情形下便只能分道扬镳了。作为戏剧性的情节推进，莫耶密友秀花的牺牲是促使她斩断情丝的最终动力。秀花在宣传抗日的游行时被国民党军警开枪打死，一个如花的生命仅仅因为宣传抗日就惨遭国民党当局的毒手，这使素来有主见的莫耶彻底看透了国民党的真实面目，而对于无法离开国民党军队的陈仓，莫耶只能痛下决心与之分手。这次的分手让两人痛断肝肠，他们在各自呼唤着对方与自己同行，却因信仰的不同而成为徒劳，他们听从各自信仰的召唤而将男女之情生生撕碎。

于是莫耶有了第三次的出走，而这一次却是崭新的旅行，是一次脱胎换骨般的重生。因为她来到了延安，来到了梦想中的圣地。这里的一切都让她感到新鲜，这里的一切都充满了生机。与国统区的腐败、沉沦相比，这里是清明的世界，是人人平等而有尊严的社会。莫耶像其他奔赴延安的青年一样很快就融入了这个活力丰沛的集体中，她感受着周围的一切，克服着自身的弱点，她知道这是自己最重要的人生转折点。前方的路或许依然崎岖，甚至布满荆棘，但前进的方向不会改变了。剧中安排了陈仓与莫耶的第三度相逢，这次相逢宣告了他们爱情的彻底破裂，从此两人各行其道，陌路天涯。莫耶以再次改名表明自己将以生命铸剑，将信念融入生命之中。莫耶与过去的自己决裂，完成了新生。

完成了新生的莫耶，对于延安的山山水水有了全新的感受，在夕阳西下的傍晚灵感乍现，文思如涌，写下了名篇《延安颂》："夕阳辉耀着山头的塔影，月色映照着河边的流萤。春风吹遍了坦平的原野，群山结成了坚固的围屏。啊，延安！你这庄严雄伟的古城，到处传遍了抗战的歌声……"

传唱至今的《延安颂》是那个时代的最强音，而莫耶的经历则是那个时代千千万万女性中的一个，是无数爱国志士历经身心苦难许身报国的缩影。

评论台

那回荡在现实与历史之间的悠悠茶香

——关于林筱聆长篇小说《故香》

◎王春林

　　就基本的思想内涵和书写方式来说，林筱聆这部以中国茶为主要表现对象的长篇小说《故香》（百花洲文艺出版社 2022 年 3 月版），应该被纳入文化小说的范畴之中来加以理解和评判。一般来说，文化小说，就是指那些故事情节主要围绕某种文化现象或者文化器物而展开的小说作品。新时期以来，这一方面的代表性作品，时间久远一些的，如阿城那部以中国象棋为聚焦点集中讲述下乡知青"棋呆子"王一生故事的中篇小说《棋王》，冯骥才那部以中国男人的辫子为聚焦点讲述天津卫的街头小贩傻二以祖传的一百零八式"辫子功"享誉津门故事的中篇小说《神鞭》、以中国女性的小脚为聚焦点讲述贫家女子香莲因"三寸金莲"之美而得以改变命运后又在"赛脚"中从失宠到得宠并进一步成为缠足习俗捍卫者故事的中篇小说《三寸金莲》，以及王旭烽聚焦于中国茶叶的长篇家族小说"茶人三部曲"（《南方有嘉木》《不夜之侯》《筑草为城》）。晚近一些的，则有江苏作家郭平以古琴为聚焦点，旨在描写如同周明这样挣扎于文化理想主义和文化世俗主义之间的当代琴人故事的长篇小说《广陵散》。无论存世时间久远与否，这些文化小说的一个共同特点就是都有着对于被聚焦的文化现象或文化器物本身的精彩呈示。《棋王》的棋艺、《神鞭》中的那条不无神奇的辫子、《三寸金莲》中令人倍感惊讶的小脚，"茶人三部曲"中以红、绿、黄、白、黑、乌龙等为主要代表的各种茶叶，以及《广陵散》中以最终无声变哑的唐琴"长清"为代表的那些个性别具的古琴，都给读者留下了难忘的印象。因此，同样作为一部以中国茶叶为主要聚焦对象的文化小说，林筱聆的《故香》也应该在对茶叶的描写上有突出的表现。在我们展开这一方面内容的分析之前，有必要指出的一点是从人物形象刻画与塑造的角度来说，一方面，《故香》固然是一部由若干很难被进一步做主次之分的人物形象共同组构而成的人物群像小说；另一方面，如果可以把某一种文化器物也看作是人物形象的话，那么《故香》中无处不在的重要"人物形象"，恐怕就是以福建安溪的铁观音为具象代表的中国茶叶。这里的一个关键性问题是，既然已经有王旭烽示范性的"茶人三部曲"在先，那如何在有效规避王旭烽描写经验的前提下独辟蹊径，另外开出一条茶文化书写的路径，自然也就成了林筱聆无法回避、不得不认真思考的一个问题。

铁观音

从根本上说，正是因为林筱聆已经虑及了如王旭烽"茶人三部曲"这样一种成功的先在性描写，所以她才会在《故香》中回避对茶叶当然也包括茶艺在内的那种展示性书写，而是把描写的重点集中在了茶叶的滋味和茶香形象的呈现。比如，在上部的"去阿萨姆"这一部分，作家就描写了英国人托尼·菲尔德如何在王之信的指导下品味铁观音的状况："哪有加什么呀，这是铁观音自带的香，是最原始、最自然的香。王之信一脸骄傲，又夹杂着些许神秘的意味。你先喝一口，先一小口，不要多……他一边讲解，一边示范。像这样……我听见茶水在他的口腔里先是'咻咻'，后是'啾啾'地响着，自如地运动翻转，他的嘴巴里像是挤着几只正在学叫的小鸟。对、对，一小口，不要多，先提住气息，不要急着吞下去，用舌头顶住上颚，嚌住嚌住，然后放下舌头，让茶水在口腔里铺展浸润，渗透到牙缝间，然后，这样，这样，舌头绷紧，咧一下嘴，把茶水往上送，让上面的牙缝里也能钻进茶水，这样，口腔里的每一个细胞都能充分感受茶水的滋味……是不是它跟其他茶都不一样？不要吞下去……我哪里懂得这么复杂的技术活，他的话音还未落地，我的茶水已经入了喉。"这里的茶水入喉，并不意味着托尼·菲尔德品茶行为的失败，请看接下来的一段传神描写："我按着王之信说的，又呷了一小口，我的舌头一点都不听使唤，怎么都无法让茶水动起来，索性就这么静静地含着。果不其然，汤水醇厚饱满，满口都是茶香。它不像添加了茉莉花、桂花，或者是柠檬、佛手柑的那些花茶那么浓郁，它只是淡淡的，但又实实在在地存在。它没有任何形状，可我分明感觉它手脚灵敏，刚进了鼻子便迅速兵分两路，一路直往头顶上蹿，一路直往心脾处钻，什么东西被打通了。香，让人舒服到极致的香！更重要的是，茶水入了喉，一种甘醇又从喉底爬上来，满口生津。我连喝了几小口，不禁赞叹，不仅仅是能喝，是非常好喝的香水。"请一定注意，这两个品茶段落的前提是，包括托尼·菲尔德这样的中国拥趸在内的一众英国人拒不相信中国茶的真正佳处。为了从根本上反驳这一点，心有不甘的王之信，方才不仅取出自己珍藏的铁观音，而且还悉心指导托尼·菲尔德他们如何品茶，怎样才能体会到茶叶的佳处，才能品得满口茶香。事实上，我们很多人都有过品茶的体验，但如果要求你用形象的文字把这种真切的体验过程书写表达出来，恐怕就没有那么简单了；而林筱聆的非同寻常处，首先就突出地表现在对茶叶滋味和茶香简直出神入化的别样书写上。细细品味林筱聆的相关书写，我们便不难发现这样两个特点的存在。其一，要想真正品尝到铁观音的滋味和茶香，喝茶时的嘴部相关动作很重要。从饮水量的大小，到舌头、下颚该如何动作，作家都给出了极具分寸感的描写。如果不依照这样的方式来细细品尝，而只是不管不顾地做牛饮状，肯定无法体会到铁观音的佳处；其二，是比喻加通感手法的使用。不管是喝茶时嘴里像挤着几只小鸟，还是腿脚灵敏的茶水进入鼻腔后的迅速兵分两路，都是比喻手法的妙用。以"咻咻"和"啾啾"这样的一种声音的词语来状写茶叶的滋味，是在以听觉写味觉。以"手脚灵敏"和"爬上来"写喝茶时的感觉，是在以视觉写味觉，但听觉也罢，视觉也罢，却终归都可以被理解为是通感手法的巧妙使用。

　　作为一部把以铁观音为代表的茶叶作为重要"人物形象"的长篇小说，其中关于茶叶滋味和茶香的描写，肯定不止一处。同样令读者印象深刻的，还有上部"故香（一）"中的相关精彩描写。先是王子衿："王子衿也深啜一口茶，杯中的茶水急急顺着舌面直接冲向舌根，发出一长串不间断的'咻——咻'之声。茶水刚冲到舌根，他就缓缓收住气息，让茶水停留下来，不被吞下。茶水浸润着整个舌面，他很陶醉地感受茶水的抚摩。而后，他轻合嘴巴，上下牙齿相互紧扣，往内轻吸几口气，让原本留驻在舌面上的茶水迅速被挤向口腔两边、齿缝之间。这时，便有'呲——呲'之声撞击着口腔，像是在撞击密不透风的墙。"与托尼·菲尔德不同，多年经营茶叶生意的王子衿，可谓真正是打小就在茶水里泡大的孩子。考虑到他的社会身份，作家在描写他喝茶的感觉时便除掉了惊讶的成分，而只是专注地展示他对茶水滋味那种简直就是游刃有余的品尝过程。无论是控制茶水入口后的速度，还是对茶水"抚摩"作用的陶醉式享受，抑或是借助于吸气的动作以迫使茶水迅速布满口腔，整个过程，我们所见到的，都是王子衿品茶过程的娴熟与自如。其次是英国人茗哥，即何晚或者陈香说的那个英国女婿："茗哥又啜了一大口，依然是含着，转着，什么东西开始在眼眶里聚拢。他眨巴几下眼睛，等不及王子衿招呼，急急提盖闻了第二遍茶香。那一口吸进空气的气息很长、很缓，许久，他才不舍地呼出那口气，哇，真是醉了，这茶有一股奇特的香味，好像可以直通脑门。真真只有铁观音才有这种可以触动灵魂的香。而且，他抿尽杯中的茶水，又闻了闻杯子，不停咂巴着嘴，它的汤水细腻、绵柔就像是米汤，连喝干的杯子都自带紧结的香。王子衿被惊到了。一个'灵魂'，一个'紧结'——这人已经完全将茶人化了。如果不是对茶有真正的了解，不可能这么专业地描述一泡好茶。"与打小就浸泡在茶水里长大的王子衿不同，这位茗哥虽然是英国人，但却无论如何都称得上是中国茶叶的热爱者，否则他也不至于总是在一个名叫"外国人吃中国茶"的抖音里卖力地推广茶叶。关键问题是，茗哥虽然熟悉中国茶叶，但对于王子衿他们专门推出的"大故香11111"却从未接触过。一方面熟悉茶道，另一方面却又对具体的"大故香11111"感到陌生，只有这样的一位品茶者，才有可能在第一次喝到"大故香11111"的时候，在一种比较的前提下，品味出其中所蕴含的那种特别意味深长的茶香。其实，借助于茗哥这样一个特定的角色，作家在这里所试图强力凸显出的，正是"大故香11111"这一品种的铁观音所特有的那种茶香的味道。诚如王子衿所言，一个"灵魂"，一个"紧结"，仅仅只是两个看似寻常不过的语词，却已经在把茶叶人格化的基础上，直观而形象地道出了这一品种的铁观音的出色品质之所在。因此，如果说缺少对茶叶真正意义上的深入了解，就不可能这么专业到位地描述一泡好茶，那么，《故香》的作者林筱聆，就毫无疑问是一位真正的知茶者。如果不是茶叶的知音，的确不可能在一部长篇小说中对茶叶的滋味和茶香有如此这般出神入化的描写与呈示。

请注意，对茶叶滋味及茶香所做的精彩描写，不管怎么说都仅仅只是《故香》的一些局部和片段，要想成为一部成熟的长篇小说，除此之外，最起码，在合情合理的故事情节构建的基础上，也还需要有相应的艺术结构设置与人物形象的深度刻画。好在，林筱聆的《故香》也还的确能够满足我们这些方面的审美需求。一篇小说，尤其是一篇体量相对巨大的长篇小说，必须具备带有突出统合性的整一艺术结构。这一方面，王安忆曾经发表过相对精辟的见解："当我们提到结构的时候，通常想到的是充满奇思异想的现代小说，那种暗喻和象征的特定安置，隐蔽意义的显身术，时间空间的重新排列。在此，结构确实成为一件重要的事情，它就像一个机关，倘若打不开它，便对全篇无从了解，陷于茫然。文字是谜面，结构是破译的密码，故事是谜底。"① 既然结构被看作是一种"破译的密码"，那么，分析其具体的结构方式对于理解把握一部小说的重要性，当然也就显而易见了。具体到《故香》，可以说林筱聆在艺术结构和与此紧密相关的叙述方式设定上下了不少的功夫。从叙述方式来看，作品所采用的是第一人称和第三人称的混杂方式。整部小说由上、中、下三部组成，每一部分又分别由两小部分组成。上部的两部分分别是"去阿萨姆"和"故香（一）"，中部的两部分分别是"去萨哈兰普尔植物园"和"故香（二）"，下部的两部分分别是"大吉岭上"和"故香（三）"。上、中、下三部分的第一个小部分所采用的，是一种第一人称的叙述方式。叙述者是一位名叫托尼·菲尔德的英国人。依照托尼·菲尔德的自述，他的父亲原本是英国一家茶馆的经营者，没想到的是，由于经营不善，更由于东印度公司的祸害，作为家族祖业的茶馆生意竟然破产了："我讨厌这样的父亲。他的父亲原本在伦敦最繁华的地段开着一家名为'美丽花园'的奢华茶苑，因为一次投资矿产的失败，祖父以酒浇愁，一个冬天的夜里醉酒冻死在路边。他是父亲的翻版，我们经常吵架。"既然母亲已

---

① 王安忆. 雅致的结构. 上海：上海书店出版社，2011：16-17.

经去世，父亲的茶馆生意也已经破产，托尼·菲尔德的无奈选择，也就只能是想方设法离开英国伦敦这个令人心碎的地方。后来，在约翰叔叔的帮助下，早已因为对罗伯特·福钧《在茶叶的故乡——中国的旅游》一书的阅读而暗中喜欢上了中国的托尼·菲尔德，却阴差阳错地来到了作为中国邻居的英属殖民地印度。当然，也只有在过了一段时间之后，托尼·菲尔德才通过约翰叔叔的来信了解到，原来，所有这一切看似由约翰叔叔安排的行程，其实都是父亲生前意愿的体现。至于父亲自己，则早已在他离开的时候便自愿赴天堂和母亲相聚了。阴差阳错地来到印度的托尼·菲尔德，虽然满心不情愿，但也只好万般无奈地服从于命运的安排。好在，在他抵达印度之后，竟然神奇地先后认识了三位与茶叶紧密相关的中国人。对于早已对中国茶叶有所了解的托尼·菲尔德来说，虽然没能如愿以偿地抵达中国，但能够意外地结识与茶叶紧密相关的三个中国人，也还算得上是一种不错的结果。以我所见，林筱聆之所以要专门设定托尼·菲尔德这样一位对中国、中国茶叶心存好感的英国人作为第一人称叙述者，其根本意图，正是要借用他者的眼光来观照描写林秉全、王之信和陈金鼎他们三位曾经一度在印度游荡的中国茶人。尽管制茶高手陈金鼎一直到下部中的"大吉岭上"才登场亮相，但他们三位之所以会先后出现在印度，毫无疑问是因为陈金鼎的缘故。原来，因为父母不幸双双亡故，年仅六岁的陈金鼎，便只能寄居在林姓的姨妈家（即林秉全家）。由于比他大十八岁的大表哥林秉全对他要求一贯严厉，他便在疏远大表哥的同时，和差不多同龄的小算盘（即王之信）成了好朋友。如果说善于计算的王之信天然地就是一个商人的胚子，那么，打小就在摆弄茶叶的陈金鼎，就是一位无师自通的制茶高手。让人没想到的是，一件出人意料的事情，竟然发生在 1860 年年底。那一年，因为拥有民间正义感的小算盘拒绝把茶叶出售给欺负中国人的英国人，引发了一场争端。年少气盛的小算盘和陈金鼎他们俩，竟然不管不顾地与那个霸道的英国人扭打在了一起。事发之后，预感到官府会来找麻烦的小算盘，安排陈金鼎先躲一下，约定好第二天上午卯时在码头见面。第二天，小算盘果然在约定的时间出现在了码头上，但并不是一个人，他不仅带着大表哥，而且还有两个身穿制服的衙役。因为陈金鼎错误地以为小算盘和大表哥是要把自己送官，所以便打定主意到洋行去应聘前往印度工作的制茶师职位。如此一番阴差阳错的结果，就是陈金鼎最终来到印度。从根本上说，林秉全和王之信他们俩之所以后来会联袂出现在印度，正是为了寻找陈金鼎的缘故。这一点，突出地表现在这样的两段叙事话语中。其一，"你说，表哥和小算盘来印度找过我？他们真的找过我？陈中国'呜呜呜'地哭了起来，像个孩童。可惜我运气不好，他们去了阿萨姆，去了萨哈兰普尔，他们不知道我一直在大吉岭……"其二，"那就是陈金鼎？！林老板是你表哥？王之信是小算盘？我惊叫了出来。那两个衙役怎么可能是去抓你？怎么可能？！你表哥怕外国人再生事端，所以请衙门里的人帮忙，那是为了保护你！我看到熊熊的火焰映照着他，他的脑门可真光亮，他的辫子可真长，他的眼睛可真大。"事实上，借助于以英国人托尼·菲尔德为第一人称叙述者的三个部分，作家林筱聆意欲实现的，最起码有三个方面的艺术目标。其一，以形象的笔触书写再现鸦片战争之后中国茶叶在包括英国、印度在内的一些国家流播盛况的同时，更是借助于托尼·菲尔德这样一位中国茶叶的激赏者之口，对产自安溪的铁观音赞不绝口；其二，通过林秉全和王之信他们不惜千里迢迢，也要跨山过海地来到印度寻找陈金鼎的行为，强有力地凸显一代茶人彼此之间的那份真挚情义；其三，巧妙地借助于一个外国人的眼光，在异国他乡的土地上，表现出了王之信他们源自本能的一种虽然朴素，但却特别难能可贵的民族意识。比如，面对着傲慢的英国人哈瑞，王之信那番可谓是咄咄逼人的言辞："这可惹恼了王之信，他的语气马上变成了质问。你们还没欺负人？你们跑去侵略中国，你们在人家印度的土地上肆意作为，你们到处搞殖民地，这还不是欺负？！说实在话，喝了那么多年中国茶，很多时候我还是看不懂眼前的这个中国人。他肯定没有林老板喝的茶多，他总是习惯于正面进攻，而且每一次都火力十足。"无论如何不能被忽略的一点是，这位第一人称的叙述者，即英国人托尼·菲尔德，到后来，不仅自己摇身一变成了作家，撰写了一部名为《印度之泪》的带有明显纪实性意味的小说作品，而且他的后代苦哥，即安迪，竟然成了陈金鼎的后代何晚（即陈香）的英国女婿。

如果说第一人称叙述的部分，作家所主要讲述的是历史上曾经的茶人故事，那么，上、中、下三部分中的第二个小部分，也即被明确标明为"故香（一）""故香（二）""故香（三）"的那三个部分，不仅采用了第三人称的叙述方式，而且具体讲述的也是当下时代（时间为2018年）的茶人故事。需要指出的一点是，"故香"的三个部分虽然采用了第三人称的叙述方式，但每一部分却也有相对集中的聚焦点。具体来说，"故香（一）"的聚焦点是王子衿，或者说以王子衿、王子鸣兄弟为代表的王氏家族。"故香（二）"的聚焦点是林有福，或者说林氏家族。"故香（三）"的聚焦点是何晚（即陈香），或者说以何晚为代表的陈氏家族。之所以一定要强调家族，是因为王、林和陈这三个家族，都属于世代制茶或卖茶的茶叶世家。首先，是王家。王家的茶叶生意能够追溯到天祖王之信那里去："那时候，天祖王之信在巴城开起第一家王记茶铺，很快就赚到了钱。赚到钱的第一件事便是回乡娶亲——女方是林家二小姐，小姐的父亲是他原来的老板。"虽然期间也几经跌宕起伏，但到了王子衿、王子鸣他们兄弟这一代的时候，原来的王记茶铺，已经发展壮大成为一个现代化的王记茶业进出口公司。其次，是林家。与王家相比较，历史上林家的茶叶生意更为辉煌耀眼："太祖把生意做到了俄罗斯、土耳其"，"秉全公（也即烈祖）把茶叶卖到了英国、荷兰、葡萄牙。"相对来说，"林有福最崇拜的还是秉全公。虽然远祖开始往武夷山发展，置下十八座山头的产业，但他更多靠的是命，靠的是梦中白马的指引。从秉全公开始，林家的茶叶生意从陆路扩展到水路，曾经走出过福建茶界的大半个江湖。林有福读的书不多，但对于秉全公，他总会有一种充满文学意味的想象。秉全公创造了茶界的神话，几十年的生意他一直在高位上行走。在他无数次的想象中，秉全公总是与王家的之信公一起出现，秉全公长着他现在的模样，王家的之信公更多出现的是王子衿年少时的容颜。"到了林有福这一代的时候，由于他生性过于聪明，总想着能够投机取巧，没有能够做到对茶叶生意的坚守，所以，呈现出的就是一种不那么理想的时起时伏状态。最后，是陈家。如果说林家和王家都以茶叶生意的善于经营而著称于世，那么，陈家的特点就是有着出色的制茶手艺。当年的陈金鼎年纪轻轻就可以无师自通地完成制茶工艺，一直到陈暖的父亲，年近七旬的时候，仍然还要坚持到侄子的茶叶公司里去当茶师傅。陈家制茶手艺的长期传承，于此可见一斑。当然，"故香（三）"这一部分的聚焦点之所以会落到何晚身上，一方面，因为她是陈家的后人（她的身世之谜，一直到小说临近终结处才被彻底揭开），另一方面，则是因为她在遥远的英国经营着一家被命名为Golden Leaf 的公司，从事着包括茶叶在内的多种国际贸易。某种意义上，我们也可以说何晚或陈香是在以这样的一种方式传承着陈家的祖业。

由以上的分析可见，第一人称和第三人称两种不同的叙述方式所对应的分别是历史和现实两个不同的时段。这也就意味着，长篇小说《故香》的艺术结构，其实是由历史和现实两大部分以相互穿插的方式组合而成的。尽管从表面上看，现实也即"故香"的（一）（二）（三）部分，讲述的似乎的确是王子衿、林有福及何晚他们之间围绕茶叶而进行的激烈商战，但如果着眼于人性的层面，那么，作家所实际意欲挖掘展示的，其实又是一个罪与罚及如何救赎的重要命题。话题应该从王子衿和林有福他们少年懵懂时期的恶作剧说起。王子衿和林有福的恶作剧，一个是他们在道路上挖坑致使耕叔腰部严重受伤，再也无法站立起来。那一次，王子衿、林有福和耕叔的傻儿子傻欢，三个人在小路上"挖陷阱打埋伏"，躲在一边静等着走过来的人中招。没想到，最后中招的，竟然是挑着两大桶农家土肥的耕叔："纯粹就是为了好玩，谁都想不到那两大桶土肥砸在耕叔的腰上，就此耕叔再也站不起来。"

原本只是顽劣孩童的游戏行为，没想到到最后竟然会造成这么严重的后果。遗憾之处在于，一直到很多年之后，身为当事人之一的王子衿，才明确表示出追悔之意："故事讲完，王子衿态度更加诚恳地道歉，跟耕婶道歉，跟王记的消费者道歉。他说，这么多年，一直忘不了当年的那个恶作剧，心中时有愧疚之心和负罪之感，感谢网友们揭开多年前的这个伤口，感谢网友们让我有勇气去面对。是的，每个人都应该为自己所犯下的错误承担责任，哪怕是因为年幼无知。"这里，一个无法回避的疑问就是，假如不是网友们率先翻出旧事，揭开了多年前的这个伤口，那么，王子衿就极有可能继续装聋作哑，继续这么若无其事下去。因此，借助于这一情节的设定，作家到底是要肯定王子衿的勇于忏悔，还是要隐晦地批判他的虚伪，其实也都是值得引发我们深入思考的一个问题。相比较来说，后果更严重的恐怕是王子衿和林有福他们的另外一个恶作剧。那一次，先是林有福和王子衿、王子鸣兄弟俩以一块五毛钱为诱饵，诱使傻欢喝酒。后来，王子鸣中途退出，但林有福和王子衿却依然连蒙带骗兼带吓唬地迫使傻欢把差不多一整瓶白酒喝下肚去。没想到的是，这一喝，反倒喝出了特别严重的两个后果。一个后果是傻欢的惨死，酒后乱性的傻欢，先是被警察抓进了派出所，后又因其傻而被释放，但常年卧床的耕叔，却不肯放过自己的这个无端造孽的傻儿子，不是打就是骂。万般无奈之下，傻欢只好躲进了山上的树林里。最后的悲惨结果，是他葬身于饿虎之口。受到强烈刺激的耕婶，从此之后便总是处于疯疯癫癫的不正常状态之中。少年时期的懵懂无知不重要，重要的是相关当事人成年后的反应。"每次见面，他都不敢正面看她，不敢看她的双眼。戏台上曾经顾盼生辉的那双大眼睛像坏掉灯芯的一盏灯，一点点浑了、浊了、暗了，再生不出一丝光彩。"如果说王子衿的躲闪中还多少显示出了一点愧疚心理的话，那林有福的无动于衷就只能说明他的没心没肺。作为一个被鞭挞的负面多于正面的人物形象，林有福的没心没肺倒也可以理解，关键是如同王子衿这样一位被作家充分认可的人物形象，仅仅只是止于愧疚心理的表达？如果真是这样，那其所凸显出的，其实是他的不负责任。不仅没有增彩，反而还会有所减分。我很欣喜地看到，小说中的王子衿一直在采取行动，寻求心灵的自我救赎。他以各种方式对耕叔、耕婶进行照顾，他建养老院，他帮耕婶梳头⋯⋯

　　另一个更严重的后果，体现在何晚（也即陈香）这个命运特别坎坷的女性身上。尽管说何晚或者说陈香坎坷命运的谜底，"卒章显其志"地一直到结尾处才被彻底揭开，但相比较而言，罪与罚及人性救赎的思想脉络还是在这个人物形象身上体现得最为突出。原来，傻欢酒后乱性的受害者，不是别人，正是当时年仅五岁的何晚或陈香。无端地被一个醉酒后的傻瓜性侵倒也罢了，关键的问题是何晚或陈香的命运从此被改变。因为三四十年前的闽南人思想的不开化（"老人说，三四十年前可不像现在这么开化，女孩的名声坏了，金贵就去了一半多，全家都抬不起头。"），所以，在得知孩子被人欺负的实情后，家里人就谋划着怎么样把她送养给别人。何晚或陈香此后的一系列人生劫难，无论是遭受养父母的无端虐待，还是在嫁给台湾人之后的继续遭受虐待，尤其是她生理乃至心理上某种难以化解的症结，全都是拜那场性侵所导致的结果。正因为何晚或陈香对自己的不幸遭遇一直耿耿于怀，所以，才有了她策划已久的对王子衿的"王记"和林有福的"传芳"的那一个复仇计划。她之所以会在预定后又在海关"意外"扣押，便是其中非常重要的一个环节。正因为内心深处有着难以愈合的精神伤口，所以何晚或陈香才仿佛总是处于一种自我分裂的状态之中。只有她自己知道，她一直试图用这种表面的极动与极静来掩饰内心的恐惧与慌乱。表象再多的喧嚣与繁华，最终都要映照内心的孤寂与落寞。当热闹的人群散去，留给自己的是更深、更暗的寂寞。而这些更深、更暗的东西别人是看不见、摸不着的，它们就像横亘在心底深处的一条条暗流，偷偷地流淌，越流越长，越流越宽。当然，连同何晚或陈香自己也不可能料想到，她所精心策划的复仇行动，竟然会因为陈暖父亲的意外去世而终结。随着复仇行为的被终结，何晚或陈香的身世之谜也被彻底揭开。原来，这位来自英国的女商人，就是被姐姐陈暖一直以为早就不在人世了的妹妹陈香。事实上，也只有到这个时候，到何晚的真实身份被确证之后，作家林筱聆才很好地描写出了一种应有的人性救赎力量。其具体表现有二：一是陈暖自己。这么多年小暖一直心存愧疚，一直觉得是她害了妹妹，如果知道她妹妹没死，一定会想方设法找到她；二是生前的父亲。陈暖指着南边的几个缸说："这几缸是给我做嫁妆的，二十年前我就拿走了，里面是空的。说着，她伸手打开'1987'的缸，这几缸都是给你的，一直给你留着。生产队上从1981年开始包产到户，那些年的茶叶除了国家统购的，剩下的茶叶阿爸都存在这缸里，他说这是女儿茶，说是要给女儿将来当嫁妆。我早出生两年，所以给我的茶年份更早一些。"陈暖看似寻常的一席话，所真切道出的，正是在把爱女送给别人后父亲内心深处一种浓得化不开的愧疚之情。很大程度上，正是凭着以上两个方面，林筱聆得以相对成功地书写表达出了一种不无深刻的罪与罚以及人性救赎的思想内涵。

　　一部以中国茶叶为主要关注对象的长篇小说，有了对茶叶的滋味和茶香的形象描述，有了叙述者和艺术结构的合理设定，有了若干人物形象的深度塑造，自然可以说取得了一定的思想艺术成就。在结束我们的评论之前，还有一项必需的工作，就是题解，也就是，作家林筱聆到底为什么要把自己的这部长篇小说命名为"故香"。依我所见，所谓"故香"，在小说中所具有的最起码有三种相互依存的意义内涵。其一，是由王记茶叶进出口公司所专门开发的一个铁观音系列品牌；其二，"故香"者，故乡也。意指作为故乡存在的福建，或者安溪茶乡；其三，从何晚或陈香的角度来说，"故香"完全可以被理解为"陈香"。

2022 年 8 月 17 日上午 11 时许

完稿于西安寓所

一片叶　千斤重

——林筱聆长篇小说《故香》阅读札记

◎江　子

1

　　林筱聆的长篇小说《故香》是一部非常有野心的作品。它在结构上独具匠心，设计了上、中、下三部来展开叙述，每部分由两条线讲述安溪茶叶的历史与现实，仿佛一枚镍币的 A 面与 B 面。一条是借助一位叫托尼的英国小伙的眼睛，呈现了晚清时期安溪茶人林老板（秉全）和"筷子伙计"王之信为向海外传播安溪茶文化在印度巴城闯海探路的种种际遇，并借此展开了中西方茶文化的交流与碰撞；另一条是以王子衿、王子鸣、林有福为代表的当代安溪人在传承茶文化道路上的抵牾与和解。

　　两条线仿佛两条河流，或者如通向远方的两条铁轨，看似毫不相关，却在后期有了交汇。所有的草蛇灰线，渐渐浮上水面；所有的谜面，都有了谜底：A 面的先人，是 B 面的人们的前世。当年以伙计身份跟着林老板去海外闯海的王之信，是追求诚信、品质，事业蒸蒸日上的王记茶厂的新主人王子衿、王子鸣的天祖，而当年成熟、干练、严谨的林老板的后人，却是不讲规则想抄捷径发财又吃尽苦头不思悔改略显落魄的林有福。这部小说，写的就是王家和林家百余年来的过去与现在，写的是祭祖、婚礼、募捐、茶品鉴会、大师赛、品茗赏艺会……写的是安溪铁观音茶的前世与今生、出走与归来、日常生活与文化精神，旨在书写安溪这块充满茶香的土地向着未来的正剧和史诗。

2

　　这部作品塑造了一组关于茶的人物群像，人物有数十个之多。A 面的人物，是茶叶种植园经理、英国"茶三代"托尼、亨利先生、哈瑞、印度植物园主管史密斯、林老板、"筷子伙计"王之信、滞留于印度植物园的制茶能手陈中国；B 面的人物，有王记茶厂的王子衿、王子鸣，王子衿父亲，王子衿祖父王邀青，王子衿夫人陈暖、儿子茗浩、茗瀚，林家的林有福、林有福妻子白飞雪、林有福的儿子，还有领导、何晚、林文明、耕叔、耕婶、傻欢、安迪……他们各具面貌，轮流出场，你来我往，此消彼长。在这部三十万字的小说里，共同演绎着发展、传承和光大安溪茶文化、推进茶产业的大戏。

这部作品真正的主角是茶。它的名字叫铁观音，现在它有一个时尚的名字叫"故香"。

在这一作品中，茶是有生命的，它是文明的信使，是国家的名片，是贸易的筹码，是财富的代名词，同时，它是时尚，是风雅，是天地精气，是社交礼仪的度量衡，是道德品行的标尺。它既是饮品，也是治病的药；它是物质，更是精神；它是君子，也可能是王者，它是历史，也是现实。它是引发矛盾又弥合裂缝的根源所在。

因为茶是主角，这部小说有了一种别样的草木芬芳。

3

我必须再次说说小说的结构。

本部作品的结构是独具匠心和极其稳健的。上、中、下三部，每部都分历史和现实两条线。它们相互镶嵌，阴阳交汇。这不禁让我想起建筑学的榫与卯。整部小说，因此呈现出了端正、厚重的建筑之美。

历史版块（A面）的林秉全、王之信、陈中国等人的出走，现实版块（B面）的安迪、何晚的归来……昨日的放逐与今日的回归，互为因果，鉴证这块土地让人欢喜的变迁，也让小说有了鸟之双翼般的平衡之美。

4

小说立志于写史、写江山，这使得小说有了一种滞重之感（正如铁观音茶给我的口感）。可它并不仅仅有山河辽阔，还有儿女情长人间烟火。小说的一些小笔触让整部野心勃勃的小说有了许多温婉。我说的是陈暖、何晚和白飞雪。这是三个同时代的女性，她们是姐妹、同学、同事，她们还可能是失散多年的亲人。她们因命运而聚散，又在命定的茶香中重逢。她们之间爱恨交织，却又在茶香中得到命运的宽容和彼此的和解。她们让小说情感炙热、张力饱满，使小说既疏可走马又密不透风，也让小说有了一缕瑰丽的色彩。

5

怎么回事？读这部作品，我竟然无端地想起《白鹿原》。《白鹿原》与《故香》，一个是西北的土地孕育的苍茫大戏，一个是南方海边的土地上的出走归来；一个是充满莫合烟味的雄浑书写，一个是散发着茶香的且歌且吟。《白鹿原》有着关乎民族命运的正大气象，而《故香》明显有着女子花店的草木葳蕤之感。

可是且慢——

王子衿与林有福，难道不像是安溪版的白嘉轩与鹿子霖？他们一正一反，一庄一邪，一矛一盾，一白一黑。他们一个卫道守信重视规则，一个唯利是图不择手段；一个严谨斯文，一个嘻哈粗鄙。他们是人性这块镍币的两面，或者说是中国道家阴阳图的阴与阳。他们貌似对立却又融合，看似两面其实又不分彼此。他们是中国文化的两极，也是我们日常生活的常道。他们相互对抗与和解，让我们的世界既秩序井然又生机勃勃。

当年严谨斯文的林老板林秉全的后代，竟然是嘻哈粗鄙的林有福，而林老板的伙计王之信的后人，（王子衿）却成了安溪这块土地的文明传承者，文化的卫道士。这种关系的转变，多像《白鹿原》中不择手段的鹿子霖的儿子，却是怀抱主义的信仰者，而坚守仁义道德的白嘉轩的儿子，却是虚伪、无耻、没有底线的白孝文？林筱聆在小说中如此设置，是有意向《白鹿原》学习，还是参透了中国文化传统的玄机，与陈忠实先生在对中国文化密码的解码上殊途同归？

茶叶、全球化与乡愁

——读林筱聆的《故香》

◎岳　雯

"来，让我们喝茶。"谁在说话？说话的是一位英国人托尼。因为家道中落，他不得不到海外寻找生路。他刚刚经历了两个多月的海上漂流来到这里。在哪儿？这是从加尔各答开往阿萨姆的蒸汽船上。虽然他最想去的是中国，但是命运将他抛在印度，似乎有意让他去见证大英帝国的茶叶种植园在印度的蓬勃兴盛，一种以奴隶的生命与自由为代价的兴盛。什么时候？没有人告诉我们，但是不难推测："三十年前，东印度公司海外贸易垄断权被取消。"此时，小说开始叙述的时间大约是1843年，离东印度公司被撤销还有十五年的时间。然而，它的影响早已无远弗届地辐射到每一个普通人身上，比如，故事的讲述者托尼和他所遇到的两个"奇特"的中国人——林老板和小伙计王之信。他们的相遇，缘于茶叶。事实上，早在1669年，英国东印度公司就开始从爪哇购进中国茶叶输入英国。这一神秘的东方植物征服了欧洲人，迅速从贵妇人的餐桌扩展到中产阶级和普通民众的生活中，成为一种新兴的闲暇活动。到1718年，英国东印度公司的中国茶叶的进口量和销售量急剧增长，居中国输出品的首位。在全球政治经济版图中，茶叶将欧洲、亚洲和北美紧紧联系起来，成为大西洋两岸的贸易媒介，进而打开了新世界的大门。这正是长篇小说《故香》的背景。这意味着，这是一次野心勃勃的、有难度的飞翔。作家林筱聆要以茶叶为羽翼，回到全球化刚刚开始的时刻，回到东方和西方相遇、碰撞的时刻。

对于英国人托尼而言，这是奇迹的时刻。"汤水醇厚饱满，满口都是茶香。它不像添加了茉莉花、桂花，或者是柠檬、佛手柑的那些花茶那么浓郁，它只是淡淡的，但又真真实实地存在。它没有任何形状，可我分明感觉它手脚灵敏，刚进了鼻子便迅速兵分两路，一路直往头顶上蹿，一路直往心脾处钻，什么东西被打通了。香，让人舒服到极致的香！"这段话描述的是茶叶抵达一个人的灵魂的过程，又何尝不是西方对于东方文化的渴慕与接纳的象征。林筱聆巧妙地以异域为舞台，以他人的目光为灯光，折射出19世纪中国人的形象。在托尼看来，这些随身携带着美妙茶的中国人是如此的神秘与复杂。一方面，他们背负着民族主义的骄傲：只有中国的土地才能生长出来一口好茶。中国的土地是丰饶多产的，千百年来传承的饮茶文化是东方精神文化的象征；另一方面，他们又被屈辱感与愤怒所裹挟着。是啊，当封闭的中国毫无防备地被卷入全球资本主义体系时，一切和以前都完全不同了。我们都知道，之所以有这趟印度之行，就是因为英国东印度公司在中国的贸易独占权被废止后，印度总督开始研究在印度栽培茶叶的可能性，以对抗中国的生产独占。托尼与林老板、王之信的印度之行，也是中国茶在英国市场上逐渐衰落，印度茶最终取得优势的开始。如此宏大的故事，却分明落实在王之信的寻找身上。他们不辞辛苦地去阿萨姆，去萨哈兰普尔，奔走于因尚未得到开发而危险重重的丛林，都是为了寻找自己不幸被骗到印度的同胞。茶叶的故事里，包含着中国人至醇至厚的情谊。

　　"来，让我们喝茶。"谁在说话？说话的是一位中国人，王子衿。他是王之信的后辈。几个世纪过去了，沧海已变成桑田，茶的故事却依然流传着。什么时候？这是当下的中国，日常与传奇同在、传统与现代并置的中国。这也见出了林筱聆叙事的匠心。19世纪的印度与21世纪的中国，构成了某种对位结构，极大地扩展了小说的历史容量与内涵。此时的中国，不再是全球化的被动承受者，而是有力的参与者、推动者。这是一个中国人昂首挺胸在全球行走的时代。王子衿所经营的大型现代茶企公司的崛起，就是这个全球化故事的新篇章。小说充满了对王子衿所代表的现代中国人的肯定。他诚实、正直、稳健、可靠。他是企业的掌舵人，稳稳当当地带领"王记"这条航船穿越暗礁丛生的市场，乘风破浪，驶向愈发开阔的航道。他是以一己之力支撑家族的顶梁柱，是父亲的好儿子，是妻子的好丈夫。即使对待满怀敌意的商业竞争对手林有福，他依然留有余地，对人、对事都有最大的善意。毫无疑问，他是为现代价值理念所洗礼的中国人，但依然对传统，特别是农村传统社会的一整套习俗保持足够的敬意。小说好几处仔细描写了王子衿和他的朋友们祭拜先祖的情形。这是完全属于福建安溪的地方性经验。这里的人们将祖先安放在日常生活中格外重要的位置。在他们看来，进入一整套仪式中，自然而然会感到庄严、神圣。"每一个仪式都是对过往的一次回望，每一次回望都是内心对本真的一次靠近与倾听。"从这个意义上说，《故香》讲的不仅是以王记、林家和陈家的商业合作与竞争，也不仅是王子衿、陈暖、林有福、何暖之间的爱恨情仇，还是为茶所塑造的中国人的品格与风骨。

　　"来，让我们喝茶。"谁在说话？说话的是林筱聆，《故香》的作者。她以印度的风、英国的雨、安溪的云冲泡了这杯氤氲着奇异芳香的茗茶。绛珠仙草要把一生的眼泪还给神瑛侍者，以偿还灌溉之恩。从某种意义上说，《故香》也是林筱聆的"还泪之书"。茶叶润泽了她的气息、滋养了她的魂魄。她要将从茶中所得，一一灌注到这本书里。说到底，茶的故事是有关现代性的故事，是全球化展开和生成的故事；茶的故事还是中国故事，是中国人的宛转心事和绵延不绝的乡愁。

来，让我们喝茶。

杯中有故香

——读林筱聆长篇小说《故香》

◎石华鹏

福建小说家林筱聆的长篇小说取名"故香"，想必有着意味深长的含义。小说读完，这含义逐渐清晰起来，"故香"至少包含着四层意思：一、"故香"是王记茶业公司开发的一款铁观音茶的品牌名称，高端的叫大故香，亲民的叫小故香；二、指王记茶叶推出的一句让人耳熟能详的广告语：心里有故乡，杯中有故香。既突出强调公司的品牌茶，也亮出公司"以茶怀乡"的文化精神；三、"故香"既指故园安溪的茶香，也指故国中国的茶香，暗示小说的两条叙事线索；四、"故香"谐音"故乡"，中国是茶叶的故乡；每个人心中都有故乡，记忆中的故乡总是有香气的；故乡静止在那里，而故香是可以行走的故乡。

在我眼里，林筱聆是安溪铁观音茶最执着和最深情的"代言人"，她的代言不是挂在路旁街边的各类唯美茶图，也不是足迹遍布全国的茶叶推广者，而是以一种更为深广雅致且可能名垂青史的方式为铁观音代言——以文学的方式一遍遍书写铁观音的陈年往事和当下新事。如果有心去统计，林筱聆以铁观音为主题的文字该有百万余字了吧。这部最新面世的长篇小说《故香》，可以看作她书写安溪铁观音的一部集大成的作品——这部小说融汇了她对铁观音历史、文化、品鉴、商战等各方面的知识和见解，也融汇了她此前创作的诸多中短篇小说的人物和故事；也可以看作是她迄今为止故事吸引力和艺术说服力做到完美结合的一部作品。

一部三十万字的《故香》，其实可以当两部小说来读，目录上的小标题就明示了这一点。"去阿萨姆"——"去萨哈兰普尔植物园"——"大吉岭上"，构成了一个独立的叙事体，三个地名均为印度东部、北部、西部的城邦，以茶叶种植闻名于世界。这是个发生在一百五十年前的故事：英国年轻的大学生托尼因家庭变故，不得已受聘到英国人在印度的茶叶种植园工作，与两个来自福建安溪的中国茶人相遇，他们一同前往阿萨姆和萨哈兰普尔，在工作和交往中，他们成为好友，托尼被安溪铁观音——能喝的香水征服，也因此向往中国的安溪。而那些当年远赴印度的中国安溪茶人多数结局惨淡，但他们向世界讲述了中国铁观音的遥远芳香，"饮过一次，便怀念一生"。此外，目录上也明确标示另一个故事，"故香（一）（二）（三）"。这个故事发生在一百五十年之后的今天，两个安溪茶叶世家的接力棒已经传递到了媒体时代的新一代身上，王记茶业的王子衿和传芳茶业的林有福，两人既是世家好友，又是市场竞争对手，还是情感纠缠和人事纠纷的参与者，故事因此而多姿多彩和跌宕起伏。

林筱聆让这两个故事平行交叉推动，花开两朵各表一枝，前者是一个安溪茶人闯荡异乡的传奇故事，后者是一个安溪茶人壮大茶产业的创业故事和情感故事。两个故事之间隔着一百五十年的光阴，隔着印度和中国遥远的空间，当然，也隔着古代的原始残酷和现代的光怪陆离，还隔着传奇探险的日常性和日常生活中的创业传奇及情感传奇，在这巨大的故事时空间隔以及传奇性和日常性的叙事平衡中，小说对读者的阅读吸引力和艺术说服力完美地呈现出来。

聪明的读者肯定会预计到，这两个遥远的故事终究会不出意外地交集融汇起来。当小说下部的"故香（三）"中出现英国人安迪的身影时，读者就知道叙事的谜底将要揭开了：那个大学生托尼就是安迪的先祖，托尼当年写下了《印度之泪》一书，安迪在这本书中了解了他的先祖，也了解了中国安溪。安迪说："一杯铁观音让我的祖先永远记住了中国茶，也让我们家族永远神往这杯茶的故乡——中国。"如今，安迪来到了中国安溪，并且成了安溪人的女婿，安迪如回到故乡般完成了托尼的夙愿，也赋予了这句广告词"心里有故乡，杯中有故香"新的寓意。

小说在最后一刻，让两个故事合为一个大故事了，这个大故事就是安溪铁观音一百五十年前对世界的征服和安溪铁观音今天再一次对世界及自我的征服。两个故事，无论安溪人的印度历程还是安溪人的创业历程，其故事所折射的精神向度是一致的，即闽南人开阔的眼界和爱拼会赢的不屈性格一直如血脉一样流淌在这块土地上。

鲁迅先生说："写小说，说到底，就是写人物。小说艺术的精髓就是创造人物的艺术。"《故香》在人物创造的成绩上也有目共睹，有几个人物形与神兼备、典型与平凡兼具，被写活了，如托尼、王之信、王子衿、林有福等。其中托尼与王之信写得最生动、最可爱，尽管小说读完了，但他们一直在我眼前晃动，他们"争斗"的样子，他们友谊的笑颜，新鲜如画。托尼是印度历险故事的叙述者，他表面上看是主角，其实主角是安溪茶师王之信。王之信虽然来自遥远的贫穷的国度，但是他来自茶乡安溪，在印度的土地上他是知识优越的茶叶专家，他在英国人托尼面前的"小骄傲"不时会跑出来。我就喜欢他身上那股"小骄傲劲儿"，加之善良、勤快，他就是安溪人、闽南人，或是中国人的典型。他对托尼讲安溪茶，讲安溪的风土人情，讲安溪的美食，"小骄傲"地讲故国故园的一切都胜过没有见识过中国的洋人。比如，王之信讲铁观音茶，他说："你们英国人真是不懂茶！喝过我们那儿的茶，你就不会说印度茶是茶了。"比如王之信"教训"亨利，说："你们那么点小国家，怎么老想欺负人家……我们就不欺负人，我们中国人就是喝茶喝太多了，人太好了，太讲究礼仪……喝茶可以让一个民族变得文明。"王之信热衷教托尼品茶，把托尼教成了一个首席茶叶品鉴师，什么香气、口感、舌头、上颚，一套一套的，托尼也按中国喝法去评判世界茶。

与小说中托尼和安迪一样来自英国的年轻著名小说家扎迪·史密斯说过一句在理的话，她说："作家的任务不是告诉我们某人对某事的感受，而是告诉我们世界是怎样运转的。"《故香》的写作符合这一看法，《故香》告诉了我们铁观音王国的运转机制和秘密，包括它的历史脉络、文化基因、市场游戏等等。

酒醒春晚一瓯茶
——读林筱聆的《故香》

◎黄小郦

　　《故香》是一部"闽味"醇厚的长篇小说。大海、海浪是闽南语歌曲中经常出现的词汇，有句闽南俗语"人生海海"，意思是人生像大海一样变幻不定、起落浮沉，没有那么多一帆风顺，更多的是造化弄人。《故香》中的茶人茶事，就是一部"人生海海"的寓言。"王爷抓去"的传说是贯穿始终的文眼，这位传说里面目可怖的瘟神正如命运一般捉摸不透，让吃着地瓜、菜脯、蚵仔煎的闽南人充满了时间的紧迫感。哪怕壮士断腕，也要与命运搏击到最后一秒。"人生海海"的另一层含义是人生的无限可能。以茶叶为纽带，属于闽南人的故事也在全球化的背景中展开，茶叶赋予了他们一系列漂洋过海的神奇际遇，让他们的目光自然地延展到更加广阔的历史和现实空间。几代人的爱恨情仇自然展开，命运的波诡云谲隐藏其中，人性的光明黑暗也相互交织。"人生海海"更是一种现代性的审美体验，现代闽南、现代中国并不是在摧枯拉朽中推倒重来，而是在前进中频频回顾。

　　小说中关于"人的社区、祖先的社区与神明的社区"三位一体的叙述耐人寻味，在当代闽南人自我身份的追寻中，海外宗亲与祖籍地的联系千丝万缕，它与被压抑多年的家族主义、光宗耀祖这一传统的人本欲望一拍即合，形成了闽南侨乡传统民间生活的一大特色。《故香》的"闽味"写作，并不局限于语言片段或风俗志式的书写，而是一种系于共同人文乡土与精神故园的文化感情。

　　《故香》也是一段家国想象的诗性演绎。"南洋"茶路由闽南人开创，中国茶由此中转、出口海外。数百年来，在输出中国茶及茶文化的同时，也将闽南人身上浓厚的"家国情怀"向外传递，从此重情践诺、敢拼敢赢的闽南茶商，成为中国在海外的重要文化力量。作者选取了风情叙事和向内的视角，力图进入闽南茶商的记忆源头和情感深处，寻找其生存延续的文化基因和精神信仰。风情叙事将一度受压抑的乡土文化提升为具有审美自足性的文化空间。在文中，盛产茶叶的观音岩是一个精神的母体；故香是闽南茶商的图腾，那是一种带着微苦、微涩的幸福，是一代代茶农依靠勤劳和智慧创造出来的"故园之香"。

　　一百多年前的殖民地，第一批中国茶工被英国人"请"到阿萨姆培植茶叶，来自安溪的林茶商、王伙计、陈师傅目睹了第一世界和第三世界的折叠：负责管理茶叶种植园的英国白人正悠闲地坐在院子里喝着美妙的下午茶，而印度和孟加拉黑人们忍受监工的鞭子，开垦新的茶园——这惨烈的对比让他们对积贫积弱、屈辱悲惨的旧中国命运感同身受，强烈的民族认同也油然而生。他们渴望重返茶叶的故乡，耕作属于自己的茶。

《故香》塑造了一批"茶女"群像。她们兼具茶的性格、风度和灵魂，是由茶精神凝聚而成的神清气爽的当代茶人。故事的展开围绕着镇上两朵金花的命运，一个是面若西施的何晚，一位是面若观音的陈暖，前者是茶无限强韧的生命力体现，后者是茶深厚的精神文化底蕴所在。在何晚眼中，"生命是一条长方形的击剑场，长度与宽度都是既定的，生与死是一对四目相望的击剑手，生逼着死后退，死向着生进攻。"何晚的人生是颠沛流离、历经苦难的：自幼被送给远房亲戚抚养，后又被卖给台湾人为妻，经历了无数折磨后才幸运地遇到英国丈夫。漂洋过海后创建起自己的茶叶贸易公司，她的命运就好像一杯茶，底味中偶带微苦，清香又柔软，具有吸纳性，在与命运的贴身肉搏中沉淀了岁月的风雨，让虚无人生中多出一丝厚重和亮色。陈暖的困境更加具有普适性，在一定程度上折射了当代茶人通过"寻根"，在充满不确定性的时代中重新定义自身的努力。陈暖面临的苦难和困境更加抽象，甚至具有众生皆苦的哲学意味。小时候，因为妹妹的"惨死"，"克亲"的诅咒如影随形，因此也埋下了仇恨的种子，招惹来一连串无来由的祸事。这恰恰也是这一代茶人的困境：在艰苦卓绝的努力之后，终于有资格平视昔日的虎狼，却不知该如何讲述自己的故事。在一个以互联网为核心、连接和竞争的定义被快速改写的新时代，完成自我身份的重塑，路径尚不明晰。作者以陈暖父亲多年前埋下的一坛坛女儿茶为载体，给出了解读中国故事的新密码——"回家"。在中国古代，少女可以被称为茶茶、小茶，寓意纯洁，也代表了家人之间的美好和谐。当处在困顿与冲突中的陈暖们开启一坛坛似糖如蜜的女儿茶时，岁月的沉香好像父亲无尽的思念，这让陈氏姐妹获得了爱的和解。"故香"是茶的生命在寻根中代际传承的印记，它为处在迷惘、焦虑中的当代茶人提供了情感抚慰和前行的方向指引。

在闽南人的潜意识里，盈盈一杯茶，颇具母性；也正是这一汪深婉与暗香，泛起了多少人的回忆。